MI LADRÓN FAVORITO

KARYN MONK

MI LADRÓN *FAVORITO*

Titania
ARGENTINA - CHILE - COLOMBIA - ESPAÑA
ESTADOS UNIDOS - MÉXICO - URUGUAY - VENEZUELA

Título original: *My Favorite Thief*
Editor original: Bantam
Traducción: Amelia Brito

Copyright © 2004 *by* Karyn Monk
This translation is published by arrangement with The Bantam Dell Publishing Group, a division of Random House, Inc.
© 2005 *by* Ediciones Urano, S. A.
  Aribau, 142, pral. - 08036 Barcelona
  www.titania.org
  atencion@titania.org

ISBN: 84-95752-77-8
Depósito legal: B - 29.126 - 2005

Fotocomposición: Ediciones Urano, S. A.
Impreso por Romanyà Valls, S. A. - Verdaguer, 1 - 08786 Capellades (Barcelona)

Impreso en España - *Printed in Spain*

Para Philip, mi héroe.

Capítulo 1

Londres, verano de 1875

*P*asó la pierna por el alféizar de la ventana, se dio impulso y cayó pesadamente en la oscura habitación, sofocando a duras penas un gemido.

«Ya estoy demasiado viejo para esto.»

Soltando varias maldiciones para sus adentros, se friccionó el hombro para aliviarse el calambre. No debería haber trepado por ese árbol. ¿Desde cuando echaban tan pocas ramas esos malditos árboles? Se había imaginado que subiría con la agilidad de un acróbata, pasando fácilmente de rama en rama, y lo único que consiguió fue quedar colgando de una rama como un títere histérico, agarrándose con los brazos temblorosos y balanceando las piernas para trepar. En un momento estuvo a punto de soltarse y estrellarse en el suelo. Eso habría sido una buena diversión para las damas y caballeros reunidos en la cena de lord y lady Chadwick en la planta principal, pensó sombríamente. Nada igual a ver pasar a un enmascarado cayendo del cielo por fuera de la ventana del comedor mientras los criados te llenan el plato con un grasiento estofado de fibroso cordero con guisantes.

Se quedó inmóvil un momento para que los ojos se le acostumbraran a la oscuridad. No le llevó mucho tiempo darse cuenta de que a lady Chadwick le gustaba el oro. Todo brillaba en su dormitorio, desde la gruesa colcha de brocado sobre su cama dorada a la relumbrona y gigantesca cómoda tallada que había al lado. Sin duda en sus momentos íntimos se imaginaba que era la esposa de un magnífico príncipe y no del abotagado petimetre llorica con que había elegido casarse. Aunque tal vez todas las mujeres tienen derecho a un poco de fantasía en sus vidas, pensó. Su mirada pasó a la cómoda del otro extremo de la habitación, cubierta por una profusión de frascos y potes exquisitamente decorados. Avanzando sigiloso por la penumbra alargó la mano hasta coger el joyero que sobresalía en medio.

Con llave.

Abrió el primer cajón y pasó la mano por las capas de ropa interior bien dobladitas. Encontró la llave debajo de la armadura formada por los formidables corsés de lady Chadwick. ¿Por qué las mujeres siempre suponían que a los ladrones no se les ocurriría nunca mirar ahí? Tal vez preferían creer que la mayoría de los hombres eran o tan recatados o tan caballerosos que no se atreverían a hurgar por entre la ropa interior femenina.

Daba la casualidad que él no era ninguna de esas dos cosas.

Insertó con sumo cuidado la llave en la diminuta cerradura, le dio una vuelta y abrió la tapa.

Sobre el forro de terciopelo oscuro reposaba una brillante colección de piedras preciosas. Además de su gusto por el oro, a lady Chadwick también le gustaba sentir el peso de unos enormes diamantes, rubíes y esmeraldas sobre su piel. Supuso que eso era una justa compensación por haber soportado tantos años el tedio del matrimonio con lord Chadwick. Cogió un magnífico collar de esmeraldas, lo puso a la luz del delgado rayito de luna que entraba por la ventana, y contempló fascinado el cambio de color, de casi negro al matiz verde claro del río en el que había jugado durante tantos años cuando era un muchacho.

En ese instante se abrió la puerta del dormitorio, dejándolo bañado en luz.

—Ah, perdone —se apresuró a disculparse la joven que estaba en el umbral—. No sabía que hubiera alguien aquí...

Harrison observó con pesarosa resignación cómo descendía la comprensión sobre ella. En todo caso, sólo tenía una opción. De todos modos, sintió el peso de la culpabilidad en el pecho cuando cogió a la chica y la atrajo bruscamente hacia él. Ella tropezó, él la afirmó y cerró la puerta con el pie. Le plantó la mano enguantada en la boca y la hizo girar, apretando su esbelta figura contra su cuerpo. El miedo de ella era palpable, lo sentía en los latidos de su corazón contra su brazo, lo oía en sus suaves respiraciones jadeantes. Se sintió invadido por el asco que se daba a sí mismo.

«Por el amor de Dios, concéntrate.»

—Si grita la mataré —le dijo con voz dura al oído—. ¿Entiende?

A ella se le tensó el cuerpo. Él no podía dejar de sentir su aroma al tenerla tan cerca. No era a rosas ni a lavanda, ni a ninguno de los empalagosos perfumes que acostumbraban a usar las mujeres que conocía. De la chica que tenía pegada a él emanaba una fragancia suave, limpia, como el aroma de una pradera justo después de una lluvia de verano.

—Le voy a quitar la mano de la boca. Si me jura que no va a gritar ni a intentar huir, le doy mi palabra de que no le haré ningún daño. ¿Tengo su promesa?

Ella asintió.

Receloso, le quitó la mano de los labios. No sabía si podía fiarse de ella. Su traje de noche indicaba que era una de las invitadas a la cena de lady Chadwick; fuera cual fuera su motivo para salir del comedor, lo más probable era que no tardaran mucho en enviar a una obediente criada a ver qué la hacía tardar.

La delicada caja torácica de la chica continuaba elevándose y bajando contra su brazo. Se le había calmado un poco la respiración, y él lo agradeció, aún cuando pensaba que habría sido mejor para ella y para él que se hubiera desmayado. Así podría simplemente dejarla sobre la cama y salir por la ventana. Pero tal como estaban las cosas, tendría que atarla para que no pudiera salir chillando de la habitación, poniendo en peligro su escapada.

—Por favor —dijo ella, con una vocecita débil, vacilante—. Me tiene sujeta tan fuerte que no puedo respirar.

Era escocesa, comprendió él, complacido por la dulce y refinada cadencia de su voz. La soltó al instante.

—Perdone.

Ella se tambaleó ligeramente, como si no hubiera esperado que la soltara tan de repente. Por instinto él estiró el brazo para afirmarla, pero esta vez con suavidad. Ella lo miró por encima del hombro, sorprendida.

—Gracias.

El rayo de luna le dio en la cara, iluminando sus rasgos. No era tan joven como había creído, porque tenía unas finas arruguitas alrededor de sus enormes ojos oscuros y otras que atravesaban la blanca frente, lo que sugería que tenía por lo menos veinticinco años, tal vez más. Los pómulos altos y pronunciados hacían resaltar la elegante fragilidad que parecía rodearla. Tenía fruncidas sus cejas hermosamente delineadas y los labios algo apretados en una línea seria, mirándolo atentamente, con una expresión que parecía flotar entre el miedo y otra cosa, una emoción que semejaba casi una cierta simpatía.

Ridículo pensar eso, se dijo él, impaciente. Ninguna mujer de buena cuna simpatizaría con un ladrón de joyas, y mucho menos con uno que acababa de amenazarla con matarla.

—Se le cayó el collar —le dijo ella, apuntando el brillante montoncito de esmeraldas y diamantes sobre la alfombra.

Harrison la miró incrédulo.

—Tal vez sería mejor que dejara ese y cogiera unas joyas más pequeñas —le sugirió ella—. Seguro que Lady Chadwick notará que ha desaparecido su precioso collar de esmeraldas en el instante en que guarde sus joyas esta noche. Si se lleva algunas de las menos importantes es probable que no note su desaparición inmediatamente, con lo cual usted tendrá más tiempo y facilidad para venderlas. Una vez que se denuncie el robo a la policía y aparezca en los diarios, sus receptores podrían mostrarse renuentes a comprarlas.

Él arqueó una ceja, desconcertado.

—¿Siempre es así de servicial durante un robo?

Ella se ruborizó ligeramente, azorada.

—Sólo pensé que podría considerar las ventajas de elegir joyas de calidad de apariencia más modesta. Las piedras más grandes, más opulentas, no son siempre las más valiosas. Pueden tener defectos dentro.

—Eso lo sé.

—Perdone, claro que lo sabe. —Su mirada expresó curiosidad—. Usted es La Sombra, ¿verdad?

Harrison volvió a la cómoda y empezó a hurgar por entre las prendas íntimas de lady Chadwick en busca de algo para amarrar a su extraña huésped.

—¿Cuándo considerará que ya ha robado lo suficiente?

Él detuvo la actividad para mirarla.

—¿Perdón?

—Los diarios han estado llenos de reportajes sobre sus robos desde hace unos meses —explicó ella—. Simplemente quería saber cuándo considerará que ha robado lo suficiente para dejar esa vida de delincuencia y aplicar sus talentos a una profesión más conforme con la ley. A la larga, señor, estoy segura de que descubrirá que las recompensas son mucho mayores al llevar una vida respetable y productiva.

Harrison sintió vibrar la rabia por todo él. Según su experiencia, las mujeres que soltaban mojigatos sermones acerca de la senda de la virtud siempre llevaban vidas muy resguardadas. No sabían ni una maldita nada sobre la vida más allá de sus envanecidas existencias.

—Es algo que debería considerar —continuó ella, muy seria—. Si lo pillan lo enviarán a prisión. Y puedo asegurarle que no es un lugar muy agradable para estar.

—Lo tendré presente. —Sacó una media del cajón—. Lamento tener que hacer esto, pero tendré que atarla a esa silla. Procuraré no apretar demasiado...

—¿Señorita Kent?

Se oyó un suave golpe en la puerta y luego se abrió.

—¡Socorro! —chilló la criada, horrorizada al ver a Harrison todo vestido de negro y con máscara negra a punto de atar a la chica con una media retorcida—. ¡Asesino!

Acto seguido echó a correr por el corredor gritando tan fuerte como para despertar a los muertos.

—¡Rápido, salga por la ventana! —exclamó la chica—. ¡Deprisa!

Maldiciendo enérgicamente, Harrison soltó la media y corrió hacia la ventana. Los gritos y chillidos rebanaban el aire nocturno, atrayendo hacia la casa a cocheros y curiosos que pasaban por la calle antes tranquila. Se sentía relativamente seguro de que sería capaz de bajar por ese maldito árbol en menos de un minuto sin romperse ningún hueso importante.

La clara posibilidad de que algún paladín entusiasta de entre el gentío pudiera dispararle y hacerlo caer de las ramas como un gigantesco e impotente pájaro, le dio que pensar.

—¿A qué espera? ¡Salga! —exclamó la chica, moviendo los brazos hacia él como para hacer salir a un niño errante por la puerta.

Comprendiendo que tenía pocas opciones, pasó una pierna por el alféizar y estiró sus doloridos brazos hacia el árbol.

Sonó un disparo en la oscuridad, rompiendo la rama donde acababa de poner los dedos.

—¡Lo tengo! —rugió una voz excitada abajo—. ¡Alto, ladrón!

—¡Entre! —le dijo la chica, cogiéndolo de la chaqueta—. No puede salir por ahí.

—Eso ya lo sé —concedió él secamente.

—Tendrá que salir por la ventana de la habitación de lord Chadwick, al otro lado del corredor; es de esperar que no haya nadie esperándolo al otro lado de la casa.

Tras decir eso, la chica fue hasta la puerta y la entreabrió para asomarse al corredor.

—¡Salga con las manos en alto! —rugió una voz.

Harrison fue a reunirse con ella en la puerta y al asomarse vio a un joven y escuálido mozo de establo subiendo receloso la escalera, balanceando un viejo y aporreado rifle delante de él.

—Le advierto que he matado antes —gritó el mozo, nervioso—, y no tengo miedo de volverlo a hacer.

Harrison pensó que eso era improbable, a no ser que se refiriera a matar roedores en el establo. Pero en ese momento, la perspectiva de que le disparara un joven aterrado con un arma de fuego antigua se le antojaba muy indeseable, sobre todo dado que el chico podía errar el tiro y herir a la guapa desconocida que tan galantemente estaba tratando de ayudarlo. Sin la posibilidad de cruzar corriendo el corredor para entrar en el otro dormitorio, se le había desintegrado la única oportunidad de escapar. Qué irónico, pensó amargamente, ser cogido y arrestado por sus delitos en esa tardía fase.

Exhalando un suspiro de disgusto, levantó las manos.

—¡Tiene una pistola! —le gritó entonces la chica al mozo—. ¡No le dispare, porque entonces me matará!

Harrison la miró incrédulo.

—¿Qué demonios pretende hacer?

—No tenemos elección —le susurró ella enérgicamente—. Tiene que utilizarme a mí para salir de aquí.

—¡Suéltela! —gritó el mozo, como si estuviera a punto de vomitar—. ¡Ya le dije que no tengo miedo de disparar!

—Por el amor de Dios, Dick, ¡no lo amenaces! —ladró un lacayo, subiendo la escalera detrás del mozo.

—¡Podría asesinarnos a todos! —añadió el mayordomo, uniéndose a ellos.

—Muy bien, entonces —chilló el mozo, muy agitado, ofreciéndole el arma—. Tal vez querría tener esto usted.

—No me lo des a mí, idiota —ladró el mayordomo, apartando el arma—. ¡No sé dispararlo!

—¡Silencio todos! —Resollando y sudando copiosamente, lord Chadwick se esforzó en aparentar un aire de majestuosa autoridad al llegar a lo alto de la escalera—. Habla lord Chadwick.

Se detuvo a secarse la frente con un pañuelo de lino, dando tiempo para que se asimilara la importancia de su presencia.

—Lord Chadwick, gracias a Dios que está aquí —dijo la chica, simulando un tono de alivio—. Por favor, dígale a todos que despejen la escalera y nos dejen bajar. Él no le disparará a nadie, siempre que nadie intente detenerlo.

—Toda la gente de la casa tiene exactamente dos minutos para bajar a la cocina y encerrarse allí con llave —ladró Harrison.

Puesto que la chica había añadido el rapto a su letanía de delitos, suponía que bien podía desempeñar ese papel como era debido.

—¿En la cocina? —dijo lord Chadwick, al parecer horrorizado por la idea—. Escuche, señor, no sé quién es ni qué pretende al allanar mi morada, pero le aseguro que no me voy a mover de este lugar mientras no haya liberado a mi invitada dejándola a salvo bajo mi custodia, ¿me oye? El bienestar de la señorita Kent es mi responsabilidad, y no tengo la menor intención de abandonarla a sus malvados y despreciables...

—La primera persona que vea al salir de esta habitación caerá muerta de un disparo, lord Chadwick —prometió Harrison lúgubremente—, y eso lo incluye a usted. Ahora, muévase antes que...

Un disparo ensordecedor resonó en toda la casa, dejando sin terminar la amenaza de Harrison.

—¡Sálvese quien pueda! —chilló lord Chadwick. Con los ojos a punto de salírsele de las órbitas, hizo a un lado a los criados y empezó a bajar corriendo, como si quisiera ganarles a todos en llegar abajo—. ¡Corred, o nos asesinará a todos!

Al instante toda la casa se convirtió en una barahúnda de cuerpos corriendo, borradas las distinciones de sexo y clase social mientras criados y aristócratas chocaban entre ellos en su desesperada huida para salvar sus vidas.

—Les dije que entraran en la cocina —refunfuñó Harrison, exasperado—. Ahora tendré que contender con una multitud más numerosa cuando logre salir.

—Si me lleva delante, no dispararán —le sugirió la chica.

—No la llevaré conmigo, es posible que ese mozo idiota la mate a usted por querer salvarla.

—Creo que soltó su rifle —dijo ella. Asomó la cabeza y vio el tosco rifle abandonado sobre la alfombra—. Ahí, ¿lo ve?, debió soltarlo después que se le disparó.

—¿Es señorita Kent, verdad? —dijo Harrison en tono soso.

—Charlotte es mejor. Señorita Kent siempre suena terriblemente formal...

—Puede que la sorprenda saber, señorita Kent, que no tengo por costumbre raptar a mujeres indefensas para utilizarlas como escudo. Y no tengo la menor intención de empezar a hacerlo ahora.

Le había comenzado un dolor sordo en la base del cráneo; estaba empezando a desear haberse quedado en casa.

—En realidad no me va a raptar. Yo me he ofrecido a ayudarle —señaló Charlotte—. A menos que esté preparado para que lo arresten y pasarse el resto de sus días en una celda de la cárcel, tiene que dejar que lo ayude a salir de aquí.

Sus grandes ojos lo miraban muy serios. Era imposible determinar de qué color eran a la tenue luz que entraba en la habitación, pero él tuvo la clara impresión de que era muy improbable que se hubieran visto alguna vez. De la extraña joven emanaba una fuerza especial, una resolución única, tan desconcertante como cautivadora.

—¿Lleva pistola? —le preguntó ella.

—No.

Ella frunció el ceño.

—¿Y un puñal?

Él asintió, de mala gana.

—Llevo una daga en la bota.

—Una daga valdrá para amenazar con rebanarme el cuello —dijo ella con la mayor naturalidad—, pero si alguien decide arrancársela de la mano, tendremos un problema.

Él no lograba decidir cómo definirla. Cualquier mujer normal de buena cuna estaría ahogada en lágrimas suplicándole que la soltara y no le hiciera daño, en cambio ella lo que hacía era pasear la vista por el dormitorio, al parecer buscando algo que pudiera servirle de arma a él. Se acercó a la ventana y miró la multitud que seguía congregada en la calle; el martilleo de la cabeza se le iba extendiendo, arrojando sus largos tentáculos de dolor hacia la frente y las sienes.

—¡Ya sé! —exclamó ella de pronto—. Puede sostener el cepillo para el pelo de lady Chadwick en el bolsillo y presionarlo en mis costillas cuando salgamos, dando a todos la impresión de que tiene un arma de fuego.

Cogió un pesado cepillo de plata de la cómoda y se lo pasó, como si de veras creyera que él era un hombre de inmensa osadía, capaz de burlar a una muchedumbre airada con la fuerza de un simple cepillo para el pelo. Curiosamente, sin saber por qué, le fastidió la idea de desilusionarla. ¿Cuándo fue la última vez que una mujer lo miró con esa confianza tan pura, tan inmaculada, en sus ojos?, pensó tristemente. El dolor de cabeza iba empeorando; sabía que dentro de unos minutos se volvería atroz y que entonces sería absolutamente incapaz de pensar. Si había una posibilidad de escapar, por pequeña que fuera, ese era el momento de cogerla.

—¿Y qué haremos cuando salgamos? —preguntó.

—¿No tiene un coche esperando?

—No.

Ella volvió a fruncir el entrecejo, como si le resultara incomprensible que un ladrón pudiera intentar un robo tan mal preparado.

—Entonces tendremos que coger el mío —decidió, avanzando hacia la puerta.

—¿Está lesionada?

Ella lo miró confundida.

—No. ¿Por qué?

—Su pierna, me pareció que tenía dificultades para caminar.

—No es nada —le aseguró ella secamente—. Estoy muy bien.

Metiéndose el cepillo de lady Chadwick en el bolsillo de la chaqueta, él la rodeó con un brazo.

—No necesito su ayuda para caminar —protestó ella, tratando de apartarlo—. Soy muy capaz de...

—Sólo hago lo que usted me sugirió, simular que la estoy usando de escudo.

—Ah.

Ella dejó de debatirse, pero cuando la agarró sintió que tenía el cuerpo rígido. Era evidente que había puesto el dedo en una llaga al mencionar su pierna.

—Una vez que estemos fuera, si alguien decide atacarme, quiero que usted se aparte y corra a ponerse fuera de peligro. —La miró muy serio—. ¿Está claro?

Ella negó con la cabeza.

—Nadie lo atacará mientras yo esté delante...

—¿Está claro?

—Si me aparto de usted, alguien podría dispararle.

—No vamos a salir, señorita Kent, mientras no diga que sí.

—Sí —suspiró ella, de mala gana.

—Muy bien, entonces. Vamos.

Bajaron juntos la escalera, con pasos torpes. Cuando llegaron a la planta baja él notó que su cómplice tenía la respiración agitada y a pesar de haberle asegurado que estaba bien, su andar era envarado y doloroso. Pero tuvo poco tiempo para reflexionar sobre eso, pues llegaron a la puerta y se encontraron a la vista de la multitud que los esperaba fuera.

—Todo el mundo atrás —ordenó, sujetando firmemente a su acompañante—, y que traigan el coche de la señorita Kent.

La aterrada multitud retrocedió unos pasos, obedientemente. Pero el coche no llegaba.

—Que traigan el coche de la señorita Kent —repitió, acalorado—. ¡Ahora!

—Ya te oí la primera vez, puñetero pedazo de escoria —ladró una voz furiosa—. Y si le tocas un solo pelo de la cabeza a la muchacha mientras te lo traigo, te arrancaré la carne de tus ladrones huesos y los trituraré hasta convertirlos en harina.

Atónito, Harrison se quedó mirando a un ancianito correr a toda la velocidad que le permitían sus flacas piernas en dirección a la hilera de coches. Haciendo gala de una extraordinaria agilidad para su avanzada edad, el viejo subió de un salto en el pescante, golpeó con las riendas las ancas del caballo y puso el coche en marcha.

—Ese es Oliver —le susurró Charlotte, mientras el vehículo se acercaba lanzado—. Es muy protector conmigo.

—Maravilloso —comentó Harrison arrastrando la voz.

El coche se detuvo con una sacudida delante de la puerta. Oliver echó una mirada asesina a Harrison y luego miró a Charlotte preocupado.

—¿Estás magullada, muchacha?

—No, Oliver. Estoy muy bien —le aseguró ella amablemente.

—Será mejor que procures que siga así, canalla holgazán —le advirtió a Harrison—, si tienes ganas de continuar de una sola pieza.

La idea del delgaducho y pequeño escocés luchando con él era ridícula, pero Harrison reconoció el angustioso miedo del viejo por la chica que tenía pegada a él y comprendió que no debía jugar con sus emociones. Sabía que la fuerza nacida del miedo y la frustración puede ser mucho más peligrosa que la de la simple juventud y músculos.

—Le doy mi palabra de que la señorita Kent no sufrirá ningún daño mientras usted haga exactamente lo que yo diga —le dijo.

Oliver soltó un bufido disgustado.

—Quién se puede fiar de la palabra de un bribón que rapta a una muchacha indefensa y le mete una pistola en las costillas. Los ladrones de ahora no tenéis ningún honor, y esa es la triste verdad. En mis tiempos, bueno, nadie me habría visto moviendo una pistola...

—Por favor, Oliver —lo interrumpió Charlotte—. Tenemos que irnos, ya.

Oliver miró a Harrison, furioso.

—De acuerdo entonces, bellaco. A ver si te quedan modales para ayudar a la señorita Kent a subir al coche, y nos vamos.

Aflojando un poco la presión sobre ella, Harrison alargó la mano para abrir la portezuela.

—¡No! —gritó Charlotte en ese instante.

Harrison se giró a mirar, justo a tiempo para ver a un caballero elegantemente vestido sosteniendo una pistola, de pie en la puerta por donde acababan de salir él y la señorita Kent. Uno de los invitados de lord Chadwick no había abandonado la casa, comprendió atontado. Se había escondido dentro, esperando el momento perfecto para salir corriendo y dispararle al infame La Sombra por la espalda. Las regordetas manos del hombre temblaban visiblemente, su frente estaba perlada de sudor, apuntándolo a él con la pistola.

Se apresuró a ponerse delante de Charlotte para protegerla con su cuerpo y en ese momento el hombre disparó el arma. Lo atravesó el dolor, abriendo un sendero ardiente por su carne y hueso. Sujetando firmemente a Charlotte, abrió la puerta del coche.

—¡Alto, ladrón! —rugió su asaltante—. O volveré a disparar.

Con el hombro ardiendo, Harrison se giró, dejando a Charlotte detrás de él. Movió amenazador el cepillo dentro del bolsillo, apuntando.

—Arroja esa pistola, o dispararé a tu maldito...

Resonó otro disparo en la oscuridad.

Harrison se quedó inmóvil, sabiendo que si se movía la bala golpearía a su joven protectora.

Por un momento nadie se movió, todos nerviosos, esperando ver si habían matado al infame La Sombra.

—¡Thomas! —gritó entonces una mujer—. Ay, Dios mío, ¡Thomas!

Confuso, Harrison levantó la vista para mirar hacia la puerta.

El invitado elegante estaba tendido sobre la escalinata, los brazos y las piernas extendidos sobre los peldaños de piedra. A primera vista parecía como si se hubiera resbalado y caído. Pero algo salía por debajo de él y corría por la clara superficie del peldaño, cayendo al de más abajo y al de más abajo en un grotesco río rojo.

—San Colombo, lo has matado, cerdo asqueroso —exclamó Oliver, consternado.

Harrison continuó mirando pasmado la figura fláccida y sangrante del hombre, con la mano todavía alrededor del cepillo de lady Chadwick.

—¡Suba al coche! —lo instó Charlotte—. ¡Ya!

—No voy a llevar a ninguna parte —dijo Oliver enfurecido—, a ese infame cabrón. Pueden colgarlo por lo que a mí...

—No ha sido él —dijo Charlotte tratando de hacer moverse a Harrison—. No ha podido ser él, Oliver. No lleva pistola.

Oliver frunció el ceño, confundido.

—¿No?

—Por favor, no puede quedarse aquí —exclamó Charlotte, tirando del brazo de Harrison y tratando de meterlo en el coche.

La noche ya estaba preñada de gritos y chillidos. Hombres y mujeres por igual corrían en desbandada, desapareciendo por las calles laterales y las mansiones vecinas, desesperados por escapar de La Sombra asesina. Él no podía hacer nada por el pobre cabrón que se estaba desangrando en la escalinata de la mansión de lord Chadwick, comprendió Harrison tristemente. Rindiéndose a las súplicas de las señorita Kent, la ayudó a subir al coche, subió detrás de ella y cerró la puerta. El coche salió disparado.

Un dolor tenaz se había apoderado de todas las partes de su cabeza, cegándolo con su ferocidad. Sus garras se le hundían en el cerebro, los ojos, los oídos, mientras el dolor abrasador del hombro se le iba extendiendo hasta las yemas de los dedos. Tenía la manga de la chaqueta empapada de sangre, y sentía la boca reseca. Estaba vivo, como también lo estaba la extraña joven que interrumpió su desastrosa escapada.

Todo lo demás estaba perdido.

Capítulo 2

—Sé que estás ahí, Annie, así que no tienes por qué esconderte en la escalera de atrás para fisgonear como un fantasma, esperando que yo no me dé cuenta —dijo Eunice, poniendo con fuerza el rodillo sobre la bola de masa y ayudándose con su considerable peso para someter al recalcitrante montículo y aplanarlo.

—No quería molestar —dijo Annie. Se acomodó en la cabeza el mojado capuchón de la capa y se miró las botas con expresión culpable—. No creí que hubiera alguien en la cocina todavía.

—La señorita Charlotte aún no ha vuelto de su cena en la casa de lord y lady Chadwick, así que estamos haciendo galletas de avena mientras esperamos que llegue con Oliver y Flynn —explicó Doreen, dejando caer varios círculos de masa sobre una plancha caliente—. ¿No quieres entrar a tomar una buena taza de té?

Annie negó con la cabeza.

—Estoy muerta de cansancio. —Se arrebujó más en la capa—. Me iré a la cama.

Doreen entrecerró los ojos. La vista se le había debilitado esos últimos años, pero no la astucia para darse cuenta cuando alguien quería ocultarle algo.

—Deja que te quite la capa y te la cuelgue junto al hornillo —le ofreció afablemente—. Está mojada por la lluvia que ha comenzado a caer. No tiene ningún sentido arrastrarla todo el camino hasta tu habitación.

—No —repuso Annie, cerrando más la capa con su blanca mano—. Prefiero llevarla puesta. Tengo frío.

Doreen dejó caer el último círculo de masa de avena sobre la plancha y suspiró.

—De acuerdo, muchacha, quédatela. Pero si tienes algún problema, no tienes por qué temer explicárnoslo, o a mí o a Eunice, o a la señorita Charlotte si prefieres. Para eso estamos, para ayudarte.

Eunice levantó la vista de su masa, perpleja.

—¿Qué problema?

—No hay ningún problema —se apresuró a asegurarle Annie—. Estoy muy bien.

Doreen se plantó las manos llenas de venas azules sobre sus delgadas caderas.

—Entonces, ¿por qué haces todo lo posible por esconder la cara?

—No la escondo —dijo la chica con una vocecita débil, tensa.

—¿Alguien te lastimó? —le preguntó Eunice.

Annie negó vehementemente con la cabeza.

—Sólo es un pequeño moretón... —Casi se le cortó la voz—. Mañana ya habrá desaparecido.

—Muy bien, entonces, cariño, déjame echarle una mirada —dijo dulcemente Doreen, quitándose masa de sus fuertes y regordetes dedos y avanzando hacia la acobardada chica—. No tienes nada que temer, muchacha, sólo voy a echarle una mirada para ver qué remedio se le puede poner. —Le echó suavemente el capuchón hacia atrás—. Dulce san Colombo, ¿quién te ha hecho esto?

—No quería golpearme —explicó Annie, tocándose la fea mancha morada que le rodeaba el ojo izquierdo—. Hice rabiar a Jimmy, eso es todo, y él me enterró el puño antes que yo pudiera esquivarlo. Se va a arrepentir mucho la próxima vez que me vea, seguro.

—Si yo cojo a ese cerdo asqueroso lo haré más que arrepentirse —exclamó Doreen, con sus pequeños ojos castaños ardiendo de furia—. Lo coronaré con una olla y le enterraré la bota en el culo para arrojarlo a la calle.

Annie la miró con ojos implorantes:

—Ay, Doreen, por favor, no debes hacerle daño a Jimmy. Lo está pasando muy mal sin mí, eso es todo —explicó con la voz derretida de pesar—. Me echa de menos.

—Echa de menos la pasta que hacías para él vendiéndote en las calles a cualquier pedazo de basura que te deseaba, diría yo —dijo Doreen indignada—. Echa de menos sentirse tu dueño.

—Ven aquí, muchacha y deja que te ponga un paño frío en el ojo a ver si podemos bajar esa hinchazón. —Eunice mojó un trapo vertiendo en él agua de una jarra descascarillada y se lo aplicó suavemente sobre el ojo amoratado—. ¿Te duele mucho?

—Lo he tenido peor —repuso Annie, haciendo una mueca.

—Ojalá tuviera una sanguijuela para ponerte —le dijo Eunice apenada, moviendo la cabeza—. Eso baja la hinchazón muy bien y rápido. Después de esto te pondré un poco de mi mermelada de rosas y manzana podrida, y mañana estarás mejor que nueva.

—Gracias. —Annie estuvo un momento en silencio y luego dijo, titubeante—: No se lo diréis a la señorita Kent, ¿verdad? Se sentirá tremenda desilusionada si sabe que fui a ver a mi Jimmy. Cuando me invitó a venir a vivir aquí, dijo que creía que yo podría hacer algo bueno de mí, mientras estuviera dispuesta a dejar la calle. Yo no sabía que eso significaba dejar a mi Jimmy también. —Se mordió el labio—. Él cree que para lo único que sirvo es para ser puta.

—Te dejaremos a ti lo de decirle lo del ojo a la señorita Charlotte. Pero si nos pregunta si sabemos cómo ocurrió, no le vamos a mentir —le advirtió Doreen severamente—. Y tampoco tú debes mentirle.

—Siempre es mejor decir la verdad para avergonzar al demonio —dijo Eunice. Dobló el paño para ponerle la parte más fría sobre el ojo—. Aunque la verdad pueda doler un poco.

—No quiero que la señorita Kent piense que le he desobedecido —dijo Annie, con sus finos rasgos tensos por el pánico—. Me obligará a marcharme.

—La señorita Charlotte no te echará mientras crea que estás dispuesta a probar sinceramente otro tipo de vida —la tranquilizó Doreen—. Ella vivió en las calles en otro tiempo, cuando sólo era una muchachita. Incluso ha pasado un tiempo en prisión.

—¿Sí? —preguntó Annie con los ojos como platos—. ¿Por qué?

—Por robar, cuando no era mucho más joven que tú.

—Ella no juzga a las personas por haber tenido un mal comienzo —continuó Eunice—, porque sabe que muchos críos que lo tuvieron difícil no tienen ninguna esperanza de llevar una vida decente. Por eso abrió este albergue, porque desea ayudarlos.

—Parece que ya han llegado —comentó Doreen, cuando el ruido de unos cascos de caballos se detuvo delante de la puerta.

—Me voy entonces —dijo Annie, levantándose de la silla de un salto, con expresión alarmada—. Mañana le diré lo de Jimmy, cuando el ojo no se me vea tan horroroso.

—No puede ser la señorita Charlotte, es demasiado temprano —le dijo Doreen, dándole unas palmaditas en el hombro—. Deja que Eunice cuide de tu ojo y yo iré a ver...

—¡Eunice! ¡Doreen! —sonó la voz de Charlotte, nerviosa, desde la planta principal, encima de la cocina—. ¡Venid rápido!

—Algo va mal —siseó Doreen, cogiendo una pesada sartén de hierro.

—Sí —dijo Eunice, agarrando su rodillo—. Tú quédate aquí, Annie, y no te muevas hasta que te digamos que esto está seguro.

—Y saca las galletas de la plancha antes que se quemen —añadió Doreen, empezando a subir la escalera—. Ya están casi hechas.

Charlotte estaba en el vestíbulo de entrada, esforzándose angustiosamente en sostener la mitad de La Sombra. Su pequeño amigo Flynn, que aseguraba tener doce años cuando ella le echaba diez, por el tamaño, estaba intentando valientemente sostener la otra mitad del enorme ladrón.

—Tirémoslo sobre la mesa del comedor —sugirió Flynn, haciendo denodados esfuerzos para sujetar su pesada carga empapada por la lluvia.

—Yo creo que deberíamos ponerlo en la cama —replicó Charlotte—. Está muy débil.

—¡Atrás, si no quieres que te rompa tu vil cráneo! —gritó Doreen irrumpiendo por la puerta que llevaba a la cocina, blandiendo una pesada sartén de hierro delante de ella.

Detrás entró corriendo Eunice, enarbolando un rodillo por encima de la cabeza como una porra.

—Dulce san Colombo —exclamó, parando en seco al ver a Charlotte y Flynn sosteniendo al sangrante La Sombra herido entre ellos.

Charlotte se sintió un poco mejor al ver a las dos canosas mujeres enarbolando sus improvisadas armas. Por desesperadas que fueran las circunstancias, siempre podía contar con que Eunice y Doreen estuvieran listas para la pelea.

—Necesitamos vuestra ayuda —les dijo—. Este hombre está herido y no puede caminar.

—Yo puedo —gruñó Flynn, con su pequeña cara pecosa contorsionada por el esfuerzo—. No pesa tanto.

—Puede que tú lo encuentres liviano, muchacho —dijo Doreen, cogiéndole un brazo a Harrison—, pero la señorita Charlotte no es tan joven ni tan fuerte como tú.

—¿Lo llevamos a la cocina? —preguntó Eunice, cogiéndole el otro brazo a Harrison.

—No, llevémoslo a uno de los dormitorios de arriba. Le han disparado y hay que curarle la herida.

Charlotte apretó las mandíbulas, decidida a no hacer caso del dolor de la pierna. No estaba acostumbrada a soportar otro peso fuera del suyo sobre su pierna coja, y eso ya le resultaba difícil la mayoría de los días.

Eunice la miró preocupada.

—Espero que sea sangre de él la que tienes en el vestido muchacha, no la tuya.

—Yo estoy muy bien, Eunice.

—¡Ay, Señor del cielo, señorita Kent! —exclamó Annie apareciendo en la puerta que llevaba a la cocina—. Lo siento tanto, le dije que se mantuviera lejos.

Charlotte la miró confundida, observando el ojo morado.

—¿Le conoces?

—Pues claro que conozco a este apestoso pedazo de mierda, ¿cómo se ha atrevido a asustar a una dama fina como usté? —Temblando de furia, Annie se acercó a Harrison—. Pegarme a mí es una cosa, Jimmy, pero asustar a la señorita Kent te hace más vil que la basura, ¿me oyes? ¡Y no trates de esconderte detrás de una jodida máscara!

Alargó la mano para quitarle la máscara.

La mano de Harrison se dobló alrededor de su muñeca con magulladora fuerza.

—No me toques —dijo suavemente, alejándole la mano de la cara—. Ni mi máscara.

—¡No eres Jimmy! —exclamó Annie, atónita.

—No —dijo él, y le soltó la mano.

—Es La Sombra —explicó Flynn, mirándola con aire de superioridad, feliz por saber algo que ella no sabía—. La señorita Kent lo pilló tratando de afanarse unas joyas en la casa de lady Chadwick, pero en lugar de entregarlo decidió ayudarlo. Entonces un noble atrevido trató de dispararle y cayó de un disparo él. Pero ese disparo no lo hizo La Sombra porque sólo tenía un cepillo para el pelo en el bolsillo. Yo estaba en el coche y lo vi todo.

—¿Un cepillo para el pelo? —preguntó Doreen pestañeando sorprendida.

—Sí, es de la vieja escuela —dijo Oliver asintiendo aprobador al entrar por la puerta—. Aunque he de decirte, muchacho, hablando estrictamente de profesional a profesional, que la próxima vez consideres la posibilidad de llevar un puñal.

—Gracias —logró decir Harrison, con los dientes apretados para resistir el dolor—. Lo tendré presente.

—Tenemos que llevarlo arriba, curarle rápidamente la herida y tratar de sacarlo de aquí para ponerlo a salvo —dijo Charlotte, que a pesar de su preocupación por La Sombra, sabía que no podía tenerlo mucho rato en su casa albergue—. Todos creen que me ha tomado de rehén, y aunque Oliver condujo rápido, las autoridades nos andarán buscando.

—No tardarán mucho en venir aquí para ver si encuentran a La Sombra o para saber si liberó a la señorita Charlotte y comprobar que ya está a salvo en casa —acabó Oliver.

—Bien, entonces —dijo Eunice, sujetando con más fuerza el brazo de Harrison—, pongamos el corazón firme para subir la pendiente. Tú lo empujas desde atrás, Ollie.

Con la respiración resollante por el esfuerzo de sostener una parte del considerable peso de La Sombra, Charlotte subió con el pequeño grupo hasta la planta superior de la modesta casa.

—¿Ha llegado uno nuevo?

Harrison giró la cabeza hacia la voz y vio a una bonita chica de unos veintitrés años asomada a una puerta, con los ojos adormilados, y sus cabellos rojizos brillantes como llamas sobre su sencillo camisón blanco.

—¿Quién es, pues? —preguntó la chica, mirándolo con interés.

—¡Tenemos a La Sombra, Ruby! —exclamó Flynn, entusiasmado—. ¡Ven a ver!

Ruby agrandó los ojos.

—¿Sí?

—¿Ha decidido dejar de robar? —preguntó una chica más joven apareciendo detrás de Ruby.

Con su pequeña nariz algo aplastada y su barbilla puntiaguda, la niña no era muy bonita, pero una expresión de dulzura juvenil la hacía algo atractiva de todos modos. Harrison calculó que no podía tener más de quince años.

—Yo creo que lo decidirá, Violet —dijo Oliver, antes que Harrison pudiera contestar—. Si esta noche cuenta algo, el muchacho está perdiendo su maña.

—No estoy perdiendo ni una maldita cosa —rezongó Harrison.

El dolor de cabeza ya era cegador, y el hombro le dolía como si se le estuviera convirtiendo en pulpa. Si no se tumbaba pronto caería desmoronado allí mismo.

—Si no vas a dejar de robar, ¿qué haces aquí? —preguntó Violet irritada—. En la casa de la señorita Kent sólo pueden alojarse los que están dispuestos a hacer algo por mejorar. Esa es la regla.

—En estos momentos no me preocupan mucho sus planes futuros, Violet —explicó Charlotte—. Me preocupa más que no muera desangrado antes que podamos hacer algo para ayudarlo. Tal vez tú y Ruby podríais bajar a buscar agua caliente y trapos limpios para vendarlo.

—Y del botiquín que está en el armario de la cocina tráeme extracto de plomo, una lanceta, una aguja, una sonda y un poco de hilo —añadió Eunice, resollando por el esfuerzo de poner al herido sobre una estrecha cama de armazón de hierro.

—Y whisky —añadió Harrison, cerrando los ojos—. Mucho whisky.

—No tenemos ningún tipo de licor en la casa —le dijo Charlotte en tono de disculpa—. Si quiere, Ruby le preparará una rica taza de té.

Él abrió los parpados y la miró furioso. Tenía una bala en el hombro y un dolor de cabeza atroz, que le hacían sentir frío y náuseas. ¿Y esa joven mojigata creía que lo único que necesitaba era una maldita taza de té?

—Vino, entonces.

—Tampoco tenemos vino —dijo ella, sin dar el menor indicio de que le impresionara su mirada de furia.

Estaba claro que su máscara le impedía a ella ver esa furia con todo su impacto.

—Tenemos un buen jerez dulce para cocinar en la despensa —dijo Eunice, compadeciéndose de él—. Puede tomar eso.

La idea de ingerir una bazofia barata para cocinar le revolvió el estómago.

—No —dijo. Entonces, al comprender que tal vez la anciana le ofrecía algo que ella consideraba muy preciado, añadió—. Gracias.

—Té, entonces, Ruby —declaró Doreen, que ya estaba ayudando a Oliver para quitarle los guantes, la chaqueta y la camisa empapadas de sangre—. Hay agua caliente en la tetera que está en el fogoncillo.

—No quiero nada —dijo él.

Lo estaba invadiendo un cansancio terrible, que combinado con el aplastante dolor de cabeza lo hacía desear retirarse del mundo. Dormir era lo que necesitaba. Si pudiera dormir, el dolor ya se habría marchado cuando despertara. Por la mañana se preocuparía de la bala, la policía y su desastrosa visita a la casa de lord Chadwick.

—Lo beberá de todos modos —le dijo ella enérgicamente—. Por el aspecto de su ropa, ha perdido sangre como para hacer flotar un barquito, y necesita beber algo para fabricar más. No voy a permitir que estire la pata en mis sábanas, eso trae mala suerte.

—Ya fue difícil subirte por la escalera estando vivo, muchacho —dijo Oliver riendo—. No me hace ninguna gracia bajarte cuando estés muerto.

—Siempre se le puede atar una cuerda alrededor para tirarlo por la ventana —sugirió Annie amablemente—. Eso sería más rápido que arrastrarlo peldaño a peldaño por la escalera.

—No la va a espichar, ¿verdad? —preguntó Flynn, con aspecto desilusionado—. Quiero saber de sus robos.

—Noo, nadie se muere de una heridita como esta —contestó Doreen. Habiéndolo despojado de las capas de tela del torso y limpiado la mayor parte de la sangre, ya podía hacer una evaluación del daño en el hombro—. La bala entró y salió por el otro lado, limpiamente. Entre Eunice y yo le vamos a poner unos puntos y dentro de una semana estará en forma y bien.

Le aplicó firmemente un paño bien doblado sobre la herida.

—¿Por qué tiembla así? —preguntó Charlotte, preocupada—. Aquí no hace frío.

—Tal vez ha cogido frío al perder tanta sangre —elucubró Eunice—. Annie corre a traer todas las mantas que encuentres, se las pondremos encima y a ver si logramos que se caliente otra vez.

—No es por la sangre —logró decir Harrison, con los dientes castañeteando, cuando Annie salió a cumplir las órdenes de Doreen—. Es el dolor... de cabeza.

—Si le duele la cabeza, será mejor que me deje quitarle la máscara, para poder hacerle mi lavado calmante con sal y vinagre —le dijo Eunice—. Es bueno para la inflamación del cerebro, para el dolor de muelas, y si bebe un poquito limpia las entrañas, las deja más limpias que...

—Láudano. —La palabra le salió apenas en un susurro.

Charlotte miró a Eunice, insegura.

—Lo ha tomado antes, si no no lo pediría —reflexionó Eunice—. Sus dolores de cabeza deben de ser una batalla que ya ha luchado y perdido antes.

—Mejor que se lo des, Eunice —aconsejó Oliver, ceñudo—. Tiene que ser un dolor muy terrible para hacer temblar y tiritar así a un muchacho grande como este.

Eunice se recogió las faldas y corrió a la puerta.

—Iré a buscarlo.

—Yo bajaré a limpiar el desastre que dejamos abajo al entrar embarrados por la lluvia —decidió Oliver—. No tiene ningún sentido dejar huellas para que la policía pregunte de qué son cuando venga.

—Tenemos todo lo que quería —anunció Ruby, entrando corriendo por la puerta.

—¿Son bastantes trapos estos? —preguntó Violet, entrando detrás con los brazos llenos de tiras de lino y una jofaina con agua.

—Servirán.

Doreen mojó un paño limpio en el agua y comenzó a lavarle suavemente el hombro a La Sombra.

—¡Aquí hay mantas! —anunció Annie entrando a toda prisa, su menuda figura casi oculta por la montaña de mantas de tartán y edredones baratos que había quitado de otras camas.

—Muy bien, entonces, Annie, entre tú y la señorita Charlotte se las ponéis encima para abrigarlo mientras yo le coso el hombro —ordenó Doreen.

Charlotte cogió un lado de la primera manta que le ofreció Annie y entre las dos la pusieron con todo cuidado sobre La Sombra, cubriéndolo de la cintura para abajo. Y así fueron poniendo otras, pero al tener el pecho y el hombro herido al descubierto era imposible calentarlo.

Al cabo de unos minutos volvió Eunice con un frasco marrón, del que puso con sumo cuidado una serie de gotas en un vaso de agua.

—Tranquilo muchacho, ahora, vamos a levantarte un poco la cabeza para hacerte pasar esto por la garganta —cloqueó, pasándole el blando y carnoso brazo bajo el cuello.

Harrison abrió la boca sin mirar, tan agobiado por el dolor que no le importaba qué iba a beber. Si esas ancianas escocesas querían envenenarlo, tanto mejor. Por lo menos en la muerte podría escapar un poco de ese atroz tormento. En el instante en que sintió en la lengua el conocido sabor del láudano, casi gimió de alivio. La droga tardaría un rato en hacer su efecto, pero por lo menos podía esperar un cierto respiro, si aguantaba un rato más. Se bebió todo el vaso y se dejó caer en la estrecha cama, absolutamente indiferente al asunto de su hombro.

—Se ve fea por el momento —le dijo Doreen, mientras lo vendaba—, pero si la mantiene limpia y cambia las vendas de lino varias veces al día, tendría que cicatrizar muy bien. Puede quitarse los puntos dentro de unos días, no los deje demasiado tiempo porque se le incrustarán en la carne. —Hizo un último nudo en la venda del brazo y asintió satisfecha—. Ahora iremos con Ruby a traerle una taza de té.

—Voy a llevarme la camisa y la chaqueta para ver si es posible quitarles la sangre y remendar los rotos —añadió Eunice—. Si no, no se preocupe, le encontraremos algo que ponerse para cuando se marche.

—Gracias —dijo Harrison torpemente, sintiendo la lengua estropajosa.

—Educado, ¿no? —observó Violet después que salieron Eunice y Doreen—. Habla como un verdadero caballero.

—La Sombra no es ningún caballero —protestó Flynn, que interpretó eso como un insulto—. Es uno de nosotros.

—Puede que haya empezado como uno de nosotros, pero habla demasiado fino para que siga siéndolo —alegó Annie.

—Es un ladrón, ¿no? —dijo Violet, mirando a Charlotte para que decidiera el asunto—. ¿No dijo Flynn que usted lo pilló afanándose las joyas de lady Chadwick?

Charlotte puso suavemente una manta sobre el cuerpo de La Sombra. El láudano ya empezaba a hacer su efecto y habían remitido un poco los tiritones, pero a ella le preocupaba que sintiera frío. Metió bien las mantas por debajo del colchón de plumas, cubriéndole los musculosos contornos de su pecho y vientre. Su máscara y su gorro negros seguían en su lugar, ocultando su identidad por el momento. Ya respiraba más lento y profundo, y tenía los ojos cerrados, lo que sugería que se había quedado dormido.

—Las estaba robando cuando lo sorprendí —dijo.

—Pues eso lo hace uno de nosotros —decidió Violet.

—Sea lo que sea, apuesto a que debajo de esa máscara hay un hombre guapísimo —dijo Ruby, entrando con una bandeja con té y galletas de avena.

—¿Cómo lo sabes? —preguntó Violet.

—Mírale las manos. Las tiene bien limpias, no son ásperas ni están sucias, y no son asquerosamente blancas ni blandas como las de algunos nobles. Eso significa que trabaja con las manos, pero que se toma tiempo para lavárselas y limarse las uñas. Es un hombre de primera el que hace eso.

—Me gusta un hombre que se baña —convino Annie—. Y que se cepilla los dientes de tanto en tanto también.

—Conozco a algunas chicas que no se dejan besar por tipos que tienen la boca podrida y apestosa —dijo Ruby—. Dicen que seguro que se enferman si dejan que esos les metan la picha en...

—¡Basta de cháchara! —interrumpió Oliver, apareciendo repentinamente en la puerta—. Esa no es manera de hablar cuando están presentes Flynn y la señorita Charlotte.

Flynn se encogió de hombros.

—He oído cosas peores.

—No pasa nada, Oliver —dijo Charlotte. Siempre la conmovía la hosca protección del anciano—. Annie, Ruby y Violet sólo estaban hablando de la vida que conocían antes de venir aquí. Tienen que sentirse cómodas hablando de eso. Eso forma parte de la curación del pasado y de dejarlo atrás.

—Perdone, señorita Kent —dijo Ruby, arrepentida—. A veces me olvido de hablar decente cuando está usted.

—Una dama fina como usted no tiene por qué saber esas cosas —convino Violet—. No es correcto.

Charlotte arregló las mantas que cubrían a La Sombra, que parecía estar durmiendo, y no dijo nada. Ya habían transcurrido muchos años desde esa primera parte fea y violenta de su vida. Años en los que Haydon y Genevieve la habían criado y educado con el mayor cariño y hecho todo lo posible por protegerla. Pero el gusto por los cotilleos malignos que imperaba en los círculos aristocráticos de Escocia y de Londres le había dejado claro desde el comienzo que jamás se le permitiría olvidar la sordidez de sus comienzos. De todos modos, no dijo nada para contradecir la suposición de Violet de que era una dama fina.

No hacía ningún secreto de su pasado, se dijo, tragando saliva. Simplemente prefería no hablar de él.

Un repentino golpe en la puerta interrumpió sus pensamientos.

—Esos son los trasquilones, casi seguro —dijo Oliver, refiriéndose a la policía. La miró muy serio—. Será mejor que bajes, muchacha, y les digas que estás sana y salva en casa. Les diremos que La Sombra saltó del coche en el puente Waterloo y que entonces nos vinimos a casa lo más rápido que pudimos.

—¿Qué haremos si deciden registrar la casa? —preguntó Ruby, indicando con la cabeza la figura durmiente de La Sombra.

—No se lo permitiré.

—Puede que no tengas más remedio —le dijo Oliver—. Tú ve a escuchar desde la escalera, muchacho —dijo a Flynn—, y avisa a las muchachas si los polis deciden registrar.

—Pero ¿cómo lo vamos a mover? —preguntó Violet, mirando preocupada hacia La Sombra—. Pesa mucho.

—Lo bajaremos al suelo y lo empujaremos debajo de la cama —decidió Annie—. Si Ruby se mete en la cama y la cubrimos bien con mantas, no sabrán que está ahí.

—No te apures, muchacha —le dijo Oliver a Charlotte, notando el miedo que había empezado a apoderarse de ella—. Te cogió de rehén, ¿recuerdas? No has hecho nada malo, y los polis se alegrarán al ver que estás bien. Después se marcharán. —Le cogió la mano y le dio un apretón tranquilizador.

Charlotte logró hacer una leve sonrisa. «Domínate —se ordenó en silencio—. Estás segura».

—Volveré dentro de unos minutos —le dijo a Flynn y a las chicas.

Procurando aparentar una calma que no sentía, enderezó los hombros y bajó dificultosamente la escalera para ir a enfrentar a la policía.

Capítulo 3

—*B*uenas noches, señores. Soy Charlotte Kent, y lamento haberles hecho esperar —dijo, sonriendo a los dos hombres que estaban de pie en el salón.

El más joven era un agente de policía que no podía llevar mucho tiempo en el cuerpo pues no parecía tener más de diecinueve o veinte años. Su uniforme, mojado por la lluvia y no de su talla, le hizo pasar una oleada de alarma por dentro, como le ocurría siempre cuando veía a un policía. Tratando de dominar la sensación, pasó cojeando junto a él con la mayor dignidad que logró reunir. Percibió su sorpresa al observar la torpeza con que caminaba y captó el momento exacto en que esa sorpresa dio paso a una repugnante lástima.

Hizo una inspiración profunda para serenarse, diciéndose que debía comprender su reacción ante ella. Cuando aún era niña, Genevieve le había recomendado que se desentendiera de las miradas de los demás, pero eso le resultaba imposible. A lo largo de los años se había ido acostumbrando a las miradas azoradas del mundo, a esas expresiones de sorprendido horror, de curiosidad, en su más brutalmente sincera revulsión.

—Tomen asiento, por favor —dijo, sentándose e indicando los sillones y el sofá de tapiz descolorido.

El otro hombre hizo un gesto de asentimiento al agente, dándole permiso para sentarse. Entonces Charlotte pasó su atención a este caballero, porque quedaba claro que tenía más autoridad que el policía y, dado que no llevaba uniforme, la intimidaba menos. Le calculó unos treinta y siete años o algo así, y supuso que era guapo, aunque en ese momento estaba demasiado serio para considerarla agradable. Vestía una sencilla chaqueta marrón de bastante buena calidad, pantalones oscuros y zapatos mojados y desgastados, de lo cual dedujo que gozaba de los ingresos adecuados, pero que no era un hombre acaudalado; o quizá tuviera la costumbre de caminar muchísimo o no considerara necesario gastar dinero en un par de zapatos nuevos cuando todavía podía sacarles unos cuantos kilómetros más a los que llevaba.

—Señorita Kent, permítame que me presente —dijo él—. Soy el inspector Turner, de Scotland Yard, y él es el agente Wilkins, de la policía. En primer lugar, permítame decirle que me siento profundamente aliviado por haberla encontrado aquí. En estos momentos hay veintenas de policías y ciudadanos responsables registrando las calles de Londres en busca de usted y de La Sombra. Sé que ha sufrido una terrible experiencia esta noche, pero espero que no le moleste contestar unas pocas preguntas.

Charlotte negó con la cabeza.

—Con mucho gusto, inspector Turner.

—¿Cómo consiguió escapar de La Sombra y volver a su casa?

—Todo ocurrió muy rápido, en realidad. Veníamos a la mayor velocidad posible, porque eso fue lo que le ordenó La Sombra a Oliver, que es mi cochero y mayordomo, y, temiendo por mi vida y la suya, él obedeció. Pasado un rato, él de pronto gritó «¡Gira aquí!» Oliver viró y entonces él, es decir, La Sombra, abrió: la puerta y saltó fuera, y yo le dije a Oliver que continuara hacia casa lo más rápido posible, y así fue como llegamos aquí.

—Comprendo —dijo Lewis Turner, asintiendo, como si creyera que la historia era totalmente verosímil. Siempre que hacía interrogatorios consideraba mejor dejar que las personas contaran primero su versión tal como querían que él la oyera. Después llegaba el momento de señalar las incongruencias—. ¿Y en qué lugar saltó del coche?

—Eh..., no lo sé. Creo que fue por ahí cerca de Charing Cross o..., ah, no, espere, en realidad fue junto al puente Waterloo —Se apresuró a enmendar, recordando las instrucciones de Oliver—. Sí, eso fue. Saltó junto al puente, y nosotros continuamos.

—¿Y por casualidad vio qué dirección tomaba, después de que saltó?

—No, Inspector, me temo que no.

Él frunció el ceño.

—¿No se fijó si iba hacia el norte o el sur? ¿Le pareció que iba a cruzar el río o a tomar por algún callejón?

—Lo siento..., yo... estaba bastante asustada en ese momento y no se me ocurrió mirar por la ventanilla para ver hacia dónde iba. Sólo me sentía muy aliviada de que se hubiera marchado y no nos hubiera hecho daño.

—Sí, claro. ¿Hay alguna otra cosa que pueda decirnos sobre lo que observó? ¿Le sería posible hacernos una descripción de él?

—Desgraciadamente, no. Llevaba la cara cubierta por una máscara.

—¿Cómo de alto diría usted que es?

—No se lo sabría decir, íbamos sentados en el coche.

—¿Y antes de subir al coche, cuando la llevaba como escudo en la casa de lord Chadwick? Seguro que entonces tuvo que hacerse una impresión de su altura.

—Bueno, sin duda es muchísimo más alto que yo, inspector. Aparte de eso, no sabría cómo describir...

—¿Era más alto que yo? —preguntó él, levantándose para que pudiera comparar. Hizo un gesto al policía para que se levantara—. ¿O era más de la altura de Wilkins?

Charlotte los miró detenidamente, sintiéndose un poco nerviosa. No quería darles más información de la que fuera absolutamente necesaria.

—Por desgracia, estaba bastante oscuro, y durante la mayor parte del tiempo él se mantuvo detrás...

—Sólo le pido que nos dé su impresión, señorita Kent —le aseguró Lewis—. Dígame sólo lo que recuerde.

—Creo que se acercaba más a la altura del agente Wilkins.

—¿De su altura o más alto? —insistió él.

Charlotte fingió pensar un momento. Sabía muy bien que La Sombra era bastante más alto que el policía.

—Cercano a su altura, o tal vez un poco más alto. Siento mucho, Inspector, no poder ser más precisa.

—Toda información, por pequeña que sea, es de inmensa ayuda en esta investigación, señorita Kent —le aseguró—. ¿Qué más podría decirme de él? ¿Podría darme una descripción de su cara?

—No, llevaba máscara.

—¿Se fijó de qué color eran sus ojos?

—Como le he dicho, estaba muy oscuro.

—Estaba oscuro dentro del coche, pero ¿y cuando iba bajando la escalera en la casa de lord Chadwick, y luego en dirección a la puerta? Lord Chadwick mantiene su casa relativamente bien iluminada, ¿verdad?

—Él siempre se mantuvo detrás de mí, inspector. Como recordará, me utilizó como escudo.

—¿Y no hubo ningún momento, durante todo el tiempo que estuvo en su compañía, en el que tuviera la oportunidad de verle los ojos?

—No he querido decir que no se los viera, inspector. Lo que quiero decir es que estaba demasiado oscuro para apreciar de qué color eran.

—¿Observó alguna otra cosa en él? Por ejemplo, ¿tenía alguna cicatriz o algo distintivo en las manos o en las muñecas? ¿O llevaba algún tipo de anillo?

—No lo sé, llevaba guantes.

—¿Qué tipo de guantes?

—Oscuros.

—¿De piel? ¿De lana? ¿De algodón?

—De piel, creo.

—¿Caros o sencillos?

—La verdad es que no lo sé.

—¿Y respecto al arma? ¿Podría describírmela?

—Pues, me temo que no. La tuvo escondida en el bolsillo de la chaqueta todo el tiempo.

Él la miró escéptico.

—¿Está segura?

—Sí, ¿por qué le sorprende?

—Por lo general, los ladrones no se toman el trabajo de ocultar sus armas una vez que los sorprenden, a no ser que traten de mantenerse anónimos en medio de una multitud, lo cual no era el caso de él. Además, un buen número de testigos han dicho que también vieron el arma de fuego, y la describen como una pistola muy grande con empuñadura de color claro. Lo único que difiere en sus declaraciones es el tamaño real del arma, que varía aproximadamente entre veinte y treinta centímetros, o algo más.

—Creo que se equivocan, inspector. Yo estuve con él todo el rato y puedo asegurarle que mantuvo su arma oculta en el bolsillo.

—¿Incluso cuando le disparó a lord Haywood y lo mató?

Ella lo miró consternada. Aunque había visto al pobre hombre tendido sobre la escalinata sangrando, había rogado que sólo estuviera herido.

—¿Lord Haywood murió?

—Usted vio a La Sombra dispararle antes de obligarla a subir al coche, ¿verdad?

—La Sombra no le disparó. A lord Haywood le disparó otra persona.

Lewis mantuvo la expresión impasible.

—¿Por qué dice eso?

—Porque yo estaba allí, justo al lado de él. No le disparó a lord Haywood. En ningún momento le disparó a nadie.

—Pues sí que disparó —terció el agente Wilkins—. Todos lo vieron disparar.

—No lo vieron disparar, porque no disparó —replicó ella.

—Unas cincuenta personas han dicho que vieron a La Sombra apuntar su pistola directamente a lord Haywood y dispararle —rebatió Lewis—. ¿Quiere decir que esos cincuenta testigos mienten?

—Digo que están equivocados.

—¿Los cincuenta?

—Estaba oscuro, inspector, y se encontraban a una buena distancia de él. Yo estaba al lado, y sé sin la menor duda que en ningún momento sacó su pistola del bolsillo.

—Según mis informes, en el instante en que dispararon a lord Haywood usted estaba detrás de La Sombra, ¿es correcto eso?

—Sí.

—Entonces no veo cómo podía saber si sacó o no su arma del bolsillo de la chaqueta en ese momento.

—Porque seguía en su chaqueta cuando subió al coche.

—Tal vez la volvió a meter en el bolsillo después de disparar.

—No.

—Los testigos también han dicho que a La Sombra le tocó una de las balas de lord Haywood, ¿es incorrecto eso?

—No, le tocó una bala.

—¿Dónde?

—No lo sé muy bien, estaba muy oscuro.

—Sí, eso lo ha dicho numerosas veces —dijo él, en tono igual de agradable, pero dándole a entender que encontraba algo dudosos algunos elementos de su historia—. Si pudo saltar del coche y adentrarse en la oscuridad de la noche, sería justo decir que no fue una herida muy grave, ¿está de acuerdo?

—Sí, supongo que no fue grave.

—¿Podría darme una idea de dónde podría haberlo herido la bala?

—Creo que debió haber sido en el brazo o en el hombro.

—¿El brazo u hombro derecho o izquierdo?

—Creo que fue en el izquierdo.

—¿Sangraba mucho?

—No sabría decirlo.

—¿Y usted también fue herida?

—No.

—Entonces, ¿he de entender, señorita Kent, que la sangre que tiene en el vestido es de él?

Charlotte se miró el vestido, intranquila; se había olvidado totalmente de las manchas de sangre que se había hecho cuando estaba ayudando a entrar a La Sombra a la casa. Repentinamente sintió la boca reseca.

—Sí. Esto es sangre de él.

—Si me permite la pregunta, señorita Kent, ¿cómo es que tiene tanta sangre de él encima?

—Supongo que me cayó cuando me tenía sujeta, o tal vez en el coche, debió de caerse sobre mí en algún momento, con el movimiento del coche.

Él la miró pensativo un momento, evaluando todo lo que le había dicho.

—Con su permiso, señorita Kent, el agente Wilkins y yo querríamos hacer una inspección de su coche, para ver si hay más sangre en él o cualquier otra cosa que pueda ayudarnos a resolver el misterio de la identidad de La Sombra.

—Por supuesto. Oliver estará encantado de enseñárselo.

—Así que después que La Sombra saltó del coche, su cochero la trajo a casa —continuó él, retomando el hilo de la historia—. ¿Qué hora era aproximadamente cuando llegaron aquí?

—No lo sé.

—Bueno, entonces, ¿cuánto tiempo calcula que ha estado en casa?

—Mmm, no sé, una hora tal vez.

—¿Y a qué distancia diría que está su casa del puente Waterloo?

—No lo sé, supongo que a unos quince o veinte minutos de trayecto.

—Es un trayecto de quince o veinte minutos si se viaja con poca prisa, pero usted ha indicado que le dijo a su cochero que condujera lo más rápido posible. ¿Recuerda cuánto tiempo le llevó llegar a casa?

—La verdad es que no lo recuerdo, inspector Turner —repuso ella, sintiéndose ligeramente agitada—. Como puede imaginarse, yo estaba bastante angustiada y nerviosa por lo que acababa de vivir. ¿Le falta mucho para terminar con las preguntas?

—Le pido disculpas por haberla hecho revivir lo que tiene que haber sido una experiencia terrible para usted, señorita Kent. Ahora que La Sombra ha matado a lord Haywood, será enorme la presión sobre la policía para que encuentre a este criminal y lo juzguen por asesinato. Cualquier información, por pequeña o insignificante que pueda parecerle, nos ayudará a resolver este caso.

—Me temo que no se me ocurre nada más.

—Si me lo permite, señorita Kent, me gustaría hablar con el cochero un momento, para preguntarle lo que recuerda del incidente.

—Ciertamente.

—Pero primero, el agente Wilkins y yo queremos hacer una inspección en su casa y en los alrededores.

Charlotte sintió subir el pánico por el espinazo.

—¿Inspeccionar mi casa? ¿Para qué?

—Es una simple formalidad. Ocurre que una de sus vecinas asegura que estaba mirando cuando llegó usted a casa. Dice que vio bajar a tres personas del coche, lo cual es desconcertante, puesto que nos ha dicho que La Sombra bajó de su coche junto al puente Waterloo. Sólo quiero estar seguro de que de verdad dejó su coche y que no se bajara y luego continuara el viaje colgado en la parte de atrás, sin su conocimiento, por supuesto.

—Lo siento, inspector —se disculpó Charlotte, pensando rápido—. Con toda la conmoción, olvidé decirle que Flynn iba con nosotros.

—¿Quién es Flynn?

—Un niño que vive aquí conmigo. Como tal vez sabe, esta casa es un refugio para mujeres y niños desafortunados que desean escapar de los infortunios de su pasado y forjarse una vida mejor. Flynn acompañaba a Oliver durante el trayecto; le encanta salir en coche por la noche, y es una buena compañía para él cuando yo salgo de visita. Quienquiera que vio a tres personas debió vernos bajar del coche a mí, a Oliver y a Flynn, y entrar en la casa.

—Eso es lo más probable —concedió él—. De todos modos, estoy seguro de que no pondrá objeciones a que el agente Wilkins y yo hagamos una rápida inspección, sólo para asegurarnos de que está segura. Le prometo que no molestaré a su personal mucho rato.

Acto seguido, sin esperar el permiso, se levantó y se dirigió a la escalera para bajar al comedor, seguido por el agente Wilkins.

—Le aseguro que eso es absolutamente innecesario —dijo Charlotte, cojeando detrás de ellos lo más rápido posible—. ¿Por qué habría de querer venir aquí La Sombra? —añadió en voz ligeramente más alta—: No hay joyas ni nada de valor en esta casa.

Oliver no se veía por ninguna parte; era de esperar, pensó desesperada, que eso significara que había subido a ayudar a Flynn y a las chicas a esconder al huésped.

—Si estuviera aquí no sería con la intención de robar —dijo Lewis, entrando en el estudio de la planta principal. Después de mirar un momento, salió y se dirigió a la escalera que llevaba a la cocina—. Debido a la cantidad de tiempo que usted ha pasado con él esta noche, es posible que haya percibido su naturaleza generosa. Si resulta que la herida es grave, podría intentar solicitar su ayuda. No sería la primera vez que un delincuente ha solicitado ayuda a una de sus víctimas. A veces confunden la sumisión por miedo de sus víctimas por una especie de simpatía.

—Después de que se marche, inspector, me encargaré de asegurarme de que todas las ventanas estén bien cerradas, y ordenaré que nadie abra la puerta si llaman.

—Eso sería prudente. Sin embargo, como sabemos, La Sombra es experto en entrar en casas. Entre el agente Wilkins y yo nos aseguraremos de que no está aquí antes que cierre todo. —Entró en la cocina, donde estaban ocupadísimas trabajando Eunice y Doreen—. Buenas noches, señoras.

—Eunice, Doreen, ellos son el inspector Turner y el agente de policía Wilkins —dijo Charlotte—. Están haciendo una inspección de la casa para asegurarse de que La Sombra no decidió seguirme y tal vez entrar aquí.

—Excelente idea —dijo Eunice, secando tranquilamente un plato—. Fue terrible lo que sufriste esta noche, muchacha. Si estos policías pueden hacerte sentir un poco más segura, todos dormiremos mejor.

—Sí —exclamó Doreen, enterrando enérgicamente el atizador en las brillantes llamas de la cocina—. Ya es terrible que las calles estén plagadas de gusanos, pero qué triste es que una no se pueda sentir segura ni siquiera dentro de su propia casa. Así están las cosas hoy en día, ¿no, inspector?

—Desgraciadamente, sí —contestó Lewis, asomando la cabeza por la despensa y el lavadero. Después se volvió hacia Doreen y frunció el ceño—. ¿Puedo preguntarle por qué mantiene la cocina con fuego tan fuerte a estas horas de la noche?

—A Eunice y a mí nos gusta cocinar cosas por la noche cuando la señorita Kent está fuera.

—Pero ahora ya habrán terminado, ¿verdad? —preguntó él, acercándose a la cocina.

—Sí, pero con lo que ha ocurrido esta noche ninguna de las dos hemos podido irnos a la cama, y cuando vi lo hermosos y calientes que estaban los carbones, pensé que era perfecto para quemar algunos trapos viejos. —Empujó el último trozo de la camisa ensangrentada de La Sombra entre las brasas anaranjadas y puso de un golpe el quemador de hierro en su lugar—. Ojo, no se acerque demasiado, no sea que se le chamusque esa guapa chaqueta.

—¿Le apetecería tomar un té mientras está aquí, inspector? —le ofreció Eunice dulcemente—. Tengo una tetera recién hecha y hay galletas de jengibre calientes para acompañarlo.

—No, gracias.

—¿Y usted, agente? —le ofreció Eunice, poniendo una bandeja

de fragantes galletas delante del agente Wilkins—. Están exquisitas y cruj...

—No tenemos tiempo para refrigerios —dijo Lewis firmemente.

El agente Wilkins contempló la bandeja tristemente.

—¿Alguna de ustedes señoras vio u oyó algo fuera de lo normal después de que la señorita Kent llegó a casa? —preguntó Lewis—. ¿Algún ruido extraño en la casa, por ejemplo?

—Nada más extraño de lo normal —contestó Doreen—. Con las muchachas y el niño Flynn yendo y viniendo de allá para acá, siempre hay bulla en alguna parte.

—Comprendo. ¿Y dónde podrían estar ahora?

—A estas horas lo más probable es que estén en la cama —contestó Eunice.

—Gracias. Por favor, no se sienta obligada a acompañarnos, señorita Kent —le dijo a Charlotte—. El agente Wilkins y yo podemos arreglarnos solos.

—Se lo agradezco, inspector —dijo Charlotte, esforzándose por mantenerse tranquila, mientras empezaba a subir laboriosamente la escalera delante de él—. Lo que pasa es que las chicas que viven aquí podrían sentirse un poco amilanadas por la presencia de ustedes, en especial la del uniformado agente Wilkins. Quiero estar ahí para tranquilizarlas.

—Como quiera.

El inspector hizo una rápida inspección de los dormitorios de Charlotte, Eunice, Doreen y Oliver. Al no encontrar nada raro, continuó hacia la planta superior.

—No te asustes, Violet —dijo Charlotte a la chica al verla asomada a la puerta de su dormitorio—. Son el inspector Turner y el agente Wilkins. Sólo quieren echar una mirada a la casa para asegurarse de que estamos seguras.

Violet los miró a los dos en receloso silencio. Lewis pensó que la pobre chica había aprendido hacía mucho tiempo que, tratándose de policías, cuanto menos hablara mejor.

—¿Quién duerme ahí? —preguntó, apuntando la puerta cerrada de la habitación en la que estaba La Sombra cuando Charlotte bajó.

—Esa es la habitación de Ruby.

—Está durmiendo —dijo Flynn, saliendo de su diminuta habitación frotándose los ojos.

—Desgraciadamente, señorita Kent, tendremos que despertarla.

—Lo comprendo, inspector. —Se acercó a la puerta y la golpeó firmemente—. ¿Ruby? Soy la señorita Kent. Siento molestarte, pero hay aquí un detective y un policía que necesitan echar una rápida mirada a tu habitación. ¿Vale?

—No estoy decente —masculló Ruby con voz adormilada—. Déme un minuto.

Lewis esperó impaciente, atento a los sonidos; se oyó el crujir de una cama, el ruido de la puerta de un armario al abrirse y cerrarse y luego una palabrota muy impropia de una señorita cuando una parte del cuerpo de Ruby chocó con algo duro. Finalmente se abrió la puerta y apareció la chica, malhumorada y despeinada; sus brillantes cabellos cobrizos cayendo de cualquier manera sobre la manta que había sacado para envolverse.

—No he hecho nada —le dijo al agente Wilkins en tono defensivo.

—La policía no está aquí por ti, Ruby —le explicó Charlotte—. Andan buscando cualquier señal que indique que La Sombra podría haber intentado entrar en la casa.

Ruby bostezó y se rascó.

—No está aquí.

—Si no le importa, me gustaría comprobarlo yo mismo. Wilkins, tú ve a mirar la habitación del chico.

El inspector entró en la oscura habitación y abrió de par en par la puerta, de modo que quedó tenuemente iluminada por la luz que entraba de las lámparas de aceite del corredor. Después fue a detenerse en el centro de la habitación.

Charlotte lo observaba, nerviosa.

Él se quedó quieto ahí lo que a ella le pareció una eternidad, escudriñándolo todo con los ojos. Miró atentamente las mantas desordenadas sobre la estrecha cama, el vaso vacío sobre la cómoda, la puerta ligeramente entreabierta del ropero. Aunque Charlotte no lograba ver nada raro, percibió que había algo en la habitación que a él le inquietaba. Estaba casi inmóvil, como esperando. Y entonces ella comprendió que no estaba simplemente mirando.

Estaba escuchando.

«Dios mío, te lo ruego —rezó fervientemente, pensando qué haría cuando él mirara debajo de la tienda que formaron las chicas con las mantas hábilmente dispuestas para que colgaran hasta el suelo—. Que salga de aquí y se marche.»

Pero en lugar de salir, Lewis se acercó a la cama, avanzando lenta y sigilosamente, como un gato hacia un pájaro herido. Estuvo un momento mirando la almohada, evaluando el tamaño del hundimiento en las plumas, y observando por si veía algún pelo sobre el lino color claro que no fuera uno de los rojizos de Ruby.

Lo habían subestimado, comprendió Charlotte, sintiéndose como si fuera a vomitar. Tal vez al agente Wilkins habría sido fácil engañarlo o distraerlo, pero los instintos del inspector estaban muy afinados. Algo le resultaba sospechoso, ya fuera un olor en el aire, algún pelo apenas visible sobre la alfombra o las sábanas, o el casi imperceptible sonido de la respiración de La Sombra.

De repente Lewis cogió el borde de las mantas y las levantó.

Y comprobó con pasmada sorpresa que no había nada debajo de la cama. ✗

—Le dije que no estaba aquí —dijo Ruby.

Él paseó la mirada por la habitación, enfadado, convencido de que lo habían engañado. Fue hasta el ropero y abrió las puertas. No había nada dentro, fuera de un par de vestidos raídos y un par de botas viejas.

—No encontré nada en la habitación del chico —informó el agente Wilkins, entrando—. ¿Quiere que mire en...?

—¡Silencio! —ordenó Lewis.

El ruido de la portezuela de un coche al cerrarse captó su atención. Cuando llegó a la ventana y se asomó, el coche ya se iba alejando a toda velocidad.

—¡Alto! —gritó—. ¡Vuelva!

El coche dio la vuelta a la esquina y desapareció.

Soltando maldiciones salió corriendo de la habitación y siguió escalera abajo, con un soprendido agente Wilkins pegado a sus talones. Cuando iban llegando al rellano de la primera planta casi chocaron con Oliver, que iba subiendo lentamente con una enorme bandeja con té.

—Vaya, muchachos, ¿pasa algo?

—¡Apártate de mi camino, idiota! —ladró Lewis—. ¡Voy tras La Sombra!

—¿Eh? —exclamó Oliver, convenientemente impresionado—.

Raro que yo no lo haya visto. Pero no importa, deje que le ayude con la puerta.

Se giró con la bandeja y empezó a bajar laboriosamente la escalera, obstaculizándoles el paso.

—¡No necesito tu ayuda con la maldita puerta!

—De acuerdo entonces, muchacho, pero no hay por qué enfadarse. Ya no estoy tan ágil como antes, y cuando llegues a mi edad descubrirás que para ti tampoco es fácil.

Lewis casi no lo oyó, pues en ese momento abrió la puerta y salió corriendo.

—¿Adónde iba? —preguntó, al ver a una mujer ahí mirando tristemente hacia donde se perdió el coche—. ¿Oyó la dirección que le dio al cochero?

—Ha ido al Rose'n Crown, seguro, o tal vez al Rats' Castle de Saint Giles, y cuando lo encuentre quiero que le diga que ¡espero que se pudra en el infierno! —A Annie le temblaba la cara magullada—. Fíjese en lo que me hizo. No es otra cosa que un bruto asqueroso, y me alegraré cuando lo arreste por golpear a las mujeres.

Lewis la miró confundido.

—¿La golpeó?

—Él le dirá que yo me lo busqué. Bueno, pues yo le digo que no me lo busqué, y aunque viva con él de tanto en tanto, no soy su mujer, y ahora que estoy viviendo con la señorita Kent no tiene ningún derecho a zurrarme. ¡Y quiero que lo arresten por intento de asesinato!

—¿Usted vive con La Sombra? —preguntó el agente Wilkins, que por fin había logrado pasar junto a Oliver y parecía absolutamente pasmado.

Annie lo miró fijamente, con los ojos agrandados por la incredulidad.

—¿Cree que mi Jimmy es La Sombra? —preguntó, y soltó una carcajada.

—¿Quién iba en ese coche? —le preguntó Lewis.

—Ese era mi Jimmy —logró decir ella, casi sin poder respirar por la risa—. El Negro Jimmy lo llaman, por su genio negro, y tengo las marcas para demostrarlo. ¡Pero Jimmy no es La Sombra! Si lo fuera, estaría bebiendo en algún palacete del gin en Oxford Street, no atragantándose con el meado que sirven en el Rats' Castle.

—¿Todo va bien, Annie? —le preguntó Charlotte, que se había puesto la capa para protegerse de la lluvia y en ese momento iba bajando la escalinata—. Ay, Dios, ¿qué le ha pasado a tu cara?

—Mi Jimmy me pegó —le dijo ella sinceramente—, y sé que usté me dijo que no era bueno y que no debía volverlo a ver, pero vino aquí esta noche y me dijo que tenía que volver con él, y cuando le dije que no, me arreó un puñetazo. Pero estos polis lo van a arrestar y lo harán enterarse de que la ley dice que no puede ponerme como un trapo cada vez que se le antoja. —Miró a Lewis, esperanzada.

—En realidad, en este momento estamos trabajando en otro caso —dijo él, fastidiado porque ya había perdido mucho tiempo allí.

—Los hombres sois todos iguales —observó Annie, mordaz—. Habláis de cosas elevadas y grandiosas cuando os viene bien, pero en el fondo todos creéis que las mujeres sólo servimos para llevarnos a la cama y pegarnos, sobre todo a una pobre chica como yo.

Lewis apretó las mandíbulas, frustrado. ¿Qué demonios esperaba que hiciera él?, pensó, fastidiado. ¿Entrar de cabeza en un antro plagado de delincuentes de St. Giles y arrestar a todos los hombres que alguna vez le hubieran puesto encima la mano a su mujer o a su novia? Las prisiones de Londres estarían a rebosar antes de una hora. De todos modos, se sentía curiosamente violento al mirar la bonita cara de Annie, toda amoratada. La idea de que un asqueroso cabrón usara a la chica para su placer y luego la golpeara lo llenaba de una furia impotente.

—Puedo asegurarle que eso no es cierto —le dijo.

—Pues, es muy cierto —bufó Annie, despectiva.

—Vamos, Annie, entra, que está lloviendo —le dijo Charlotte, rodeándola con un brazo protector—. A ver si te abrigas y te secas, para que podamos verte ese ojo. Creo que el inspector Turner y el agente Wilkins ya han acabado con sus preguntas. —Lo miró fríamente, dándole a entender que no aprobaba su aparente falta de interés en lo que le había ocurrido a la pobre Annie—. ¿Necesita alguna otra cosa, inspector?

—Sólo querría hablar un momento con su cochero y echarle una mirada a su coche.

—Le diré a Oliver que vaya a encontrarse con usted en la parte de atrás para que le enseñe el coche y conteste cualquier otra pregunta que pueda tener.

—Gracias, señorita Kent. Mis disculpas por haberla molestado. Buenas noches.

A Charlotte le retumbaba el corazón de nervios mientras hacía entrar a Annie en la casa. Una vez que se cerró la puerta y estuvo segura de que el inspector y el policía iban caminando hacia el establo, miró confundida a su familia de ex ladrones y prostitutas.

—¿Dónde está? —preguntó, apenas en un susurro.

—Se ha marchado, muchacha —contestó Oliver, calándose un viejo y aporreado sombrero en la cabeza, para salir a encontrarse con el inspector y el agente.

—Cuando vimos que los polis tenían entre ceja y ceja registrar la casa, tuvimos que sacarlo de aquí rápido —explicó Ruby—. Así que mientras se entretenían en la cocina y eso, despertamos a La Sombra, le pusimos una camisa y una chaqueta y lo bajamos a rastras por la escalera de atrás.

—Luego lo metimos en un coche y le pagamos al cochero para que lo llevara donde quisiera ir —añadió Violet.

—Ya estaba despierto —dijo Flynn, asintiendo—, y sabía de qué iba todo.

—Le dije al muchacho que no me interesaba saber adónde iba, pero que tenía que quitarse la máscara antes de llegar allí, para que el cochero no se fijara en él —continuó Oliver.

—Esperábamos que la huida fuera tranquila y callada, pero cuando vi que los polis se fijaron en el coche que se marchaba, me quedé ahí y fingí que era mi Jimmy el que iba en él —explicó Annie. Agitó la cabeza, irritada—. Ese madero se puso algo quisquilloso cuando le dije que era igual que los demás, pero yo sabía que él no iba a intentar encontrar a Jimmy. A ninguno de ellos les importa que a una puta le den una paliza, y esa es la pura verdad.

—Ya no eres una puta, Annie —le dijo Charlotte—. Y si Jimmy o cualquier otro te pone la mano encima alguna vez, insistiré en que la policía lo encuentre y lo arreste.

—Usté es muy buena, señorita Kent —dijo Annie sonriéndole con cariño—. Pero a los polis no les importa lo que le pasa a una chica como yo.

—Bueno, a nosotros nos importas, muchacha —la informó Eunice, lisa y llanamente.

—Sí, y te he dicho que si Jimmy se atreve a asomar la cara por aquí, le voy a enterrar mi bota en el culo y asegurarme que no vuelva a venir —añadió Doreen—. Vamos, entonces, muchacha —continuó, pasando la atención a Charlotte—. Tienes cara de estar a punto de caerte. Tienes que irte a la cama.

—No te inquietes por los trasquilones —añadió Oliver, dirigiéndose a la puerta—. Les enseñaré el coche y los enviaré de vuelta a casa.

El dolor de la pierna le decía a Charlotte que llevaba demasiado tiempo caminando y estando de pie.

—Gracias, Oliver —dijo—. Supongo que ya no hay nada que podamos hacer.

—Deja que te ayude a subir la escalera, muchacha —se ofreció Doreen.

—No, Doreen, gracias. Puedo yo sola. Buenas noches a todos.

Subió lentamente la escalera, y una vez que estuvo dentro de su habitación con la puerta cerrada, fue a tirarse cansinamente en la cama, indiferente a la sangre que manchaba su traje de noche y a la incomodidad del apretado corsé. No había querido que ninguno de ellos se diera cuenta de lo agotada que estaba y del profundo efecto que tuvo en ella el interrogatorio del inspector Turner. Hizo una inspiración lo más honda que le permitió el corsé y se puso de costado, concentrando sus esfuerzos en soportar el dolor que se le iba extendiendo desde el muslo a la punta del pie.

Gracias al trabajo de su gente tan enormemente leal, La Sombra había salido a salvo de su casa. Con suerte, esa noche volvería a dondequiera que viviera. Si decidía reformarse y dejar de robar, incluso podría evitar que lo encontraran y arrestaran por el asesinato de lord Haywood. Su empeño en ayudarlo había tenido éxito.

Cerró los ojos, confundida por la intensa sensación de pérdida que experimentó al enterarse de que La Sombra se había marchado.

Capítulo 4

—Joder, Archie, me muero de hambre —se quejó la mujer, mirando mohína al enorme hombre que tenía al lado—. ¿No podemos irnos ya?

—Cierra el maldito pico, Sal, si no quieres que te entierre el puño —le advirtió Archie—. Yo diré cuando es el momento de irnos.

—Hemos estado aquí toda la noche —rebatió Sal, tan fastidiada y cansada que ya no la intimidaba la amenaza—. Tengo hambre y estoy que me meo.

—Pues mea —dijo él furioso—. ¿Qué coño te lo impide?

—¡Qué! ¿Aquí en la calle?

—¿Por qué no? Está más limpia que los retretes y orinales a que estás acostumbrada.

—No voy a mear en la calle —le informó ella, irritada—. No es decente.

A él se le escapó un ladrido de risa.

—Ah, así que estás muy fina y decente, ¿eh? Por un poco de pasta yo mearía en una iglesia delante del mismo Cristo, y lo sabes.

—¡Archie! —exclamó ella, golpeándolo en el hombro—. No digas blasfemias.

—Si de repente te ha atacado la timidez, ve a mear detrás de una de las casas —sugirió él, cansado de sus constantes quejas—. Nadie te verá si te das prisa.

—¿Y si alguien me pilla y grita llamando a la poli?

—Entonces supongo que esta noche dormirás en una bonita celda —repuso él, encogiéndose de hombros.

—¿Irías conmigo?

—¿Para qué?

—¡Para tratar de sacarme!

—¿Por qué? Sólo estarás una o dos noches. Alguna vez has estado más tiempo.

—No, y después de la última vez tomé la decisión de no volver nunca más.

—Muy bien, entonces, no mees. Pero deja de quejarte. Estoy harto de escucharte.

Con aire desafiante Sally cruzó los brazos sobre sus amplios pechos y apretó los muslos, para calmar la cada vez mayor urgencia de su vejiga.

—¿Y qué esperamos aquí, por cierto? —preguntó agriamente—. Hoy no va a ir a ninguna parte, después de lo que ocurrió anoche. ¿Por qué no volvemos mañana?

—¿Y por qué no te callas, Sal, antes de que te rompa la maldita jeta?

Ella se giró y echó a andar furiosa calle abajo.

—Vete a la mierda, Archie.

Él miró al cielo y puso los ojos en blanco. Se le había ido la mano.

—Sal —gritó, con voz grave e irritada—. ¡Sal!

Ella se detuvo a mirarlo desafiante.

—¿Qué?

—Vuelve.

—¿Por qué?

—Porque yo quiero.

—Bueno, tal vez yo no. ¿No se te ha ocurrido nunca eso?

—Muy bien —gruñó él, harto del malhumor de ella—. Lárgate, entonces.

Ella lo miró fijamente, fingiendo estar evaluando si él valía la pena. Finalmente soltó un fuerte bufido, fastidiada por los sentimientos que siempre la arrastraban hacia él. En lo más profundo, en un lugar que él temía que ella viera, Archie Buchan la quería, se dijo enérgicamente. No era rico ni guapo, pero sí fuerte, listo y bueno con los puños, lo cual lo hacía un buen protector, por lo menos cuando no dirigía a ella los puñetazos. Por encima de todo, era de ella.

No teniendo nada más a lo que llamar suyo, eso tenía que bastarle.

—No me voy a quedar mucho rato —lo informó mientras caminaba de vuelta—. Sólo unos minutos más y luego me iré a buscar un lavabo y una taza de té.

Archie no apartó la vista de la modesta casita de enfrente y guardó silencio. La verdad era que le importaba un bledo que Sal esperara con él o no. Lo único que había querido era ver cuánto tardaría ella en ceder. Si no hubiera sido lista y vuelto enseguida, la habría hecho lamentarlo después. Así debía tratarse a las mujeres: había aprendido.

Había que hacerlas lamentarlo, si no, jamás te mostraban ningún respeto.

—Puedes irte cuando quieras —le dijo—. Y cuando vuelvas me traes un pastel de carne y cerveza.

—¿Cuánto tiempo vas a estar aquí, entonces?

Él se encogió de hombros.

—Hasta que me vaya.

—Pero ¿qué estamos esperando? —insistió ella, tratando de comprender—. Ahora que sabes donde vive, ¿por qué no le sacas unas cuantas libras y ya está?

—Ahí es donde te equivocas, Sal. Siempre piensas en pequeño. ¿De verdad crees que sólo vale unas cuantas libras?

—No es rica, eso es seguro —replicó Sal, rascándose la axila—. Su casa no es gran cosa, y no se viste bien. Ni siquiera anoche, cuando fue a esa mansión, llevaba ninguna joya encima.

—Hay más que unas cuantas libras en ella, Sal —le aseguró Archie—. Puede que viva con putas y rateros, pero es la hija adoptiva de un maldito marqués. —Con expresión sombría, añadió en voz baja—: No me voy a conformar con que me suelte unas pocas asquerosas libras.

El dolor le perforó los sentidos mucho antes que la luz del sol. Le iba subiendo lentamente por la pierna, casi con delicadeza, como una araña trepando por el tallo de una flor. Se detuvo un momento en la rodilla, extendiendo su intrincada tela de punzadas por la rígida articulación, y luego continuó subiendo por el muslo, despertando silenciosamente a los nervios de su estado de reposo. Entonces el dolor se intensificó, muy rápidamente, discurriendo por carne y hueso, apretando y retorciendo los músculos hasta que estos protestaron contrayéndose. De repente tuvo que ahogar un gemido y se sentó, reprimiendo el impulso de gritar. Se cogió la pantorrilla y empezó a masajearla, desesperada por aflojar los músculos contraídos.

«Por favor, por favor», rogó a Dios en silencio, con los dientes apretados y la frente mojada de sudor, continuando el masaje para deshacer el doloroso calambre, subiendo y bajando las manos por la aporreada y deformada pierna, presionando, amasando, a ver si así conseguía volver a su estado anterior esos traicioneros músculos. Tendría que levantarse, apoyar la pierna en el suelo y caminar, o cogerse los dedos de los pies y tirarlos hacia atrás, para estirar esos músculos contraídos, pero el dolor era tan intenso que no lograba encontrar el valor para arriesgarse a sufrir aún más. Continuó rogando «por favor», centrando la atención en las palabras, tratando de encontrar fuerza en la posibilidad de que Dios la estuviera escuchando. Ya tenía los ojos llenos de lágrimas, de dolor y desesperación, y de esa terrible sensación de impotencia que se apoderaba de ella siempre que se encontraba en ese horrible estado. «Por favor», lloró; las palabras salieron de sus labios en un suave y roto susurro, como promesa y súplica, porque en ese momento habría jurado casi cualquier cosa a cambio de alivio.

El calambre se fue aflojando poco a poco.

Continuó masajeándose la dolorida pierna, porque ya sabía que si se apresuraba mucho en ponerle fin al masaje, el calambre encontraría la fuerza para volver a atacar. Poco a poco se fue aflojando la terrible contracción, hasta que por fin pudo gemir y volver a acostarse, con el pecho agitado y las mejillas mojadas de lágrimas.

—¿Señorita Kent? —pasó la voz de Annie, titubeante, por la puerta—. ¿Se siente mal?

Limpiándose las lágrimas con las dos manos, Charlotte se sentó.

—Estoy bien, Annie.

Annie continuó fuera de la puerta, poco convencida.

—¿Puedo entrar, entonces?

Charlotte vio, consternada, que todavía llevaba el vestido manchado de sangre de la noche anterior.

—Espera un momento. —Fue cojeando hasta el ropero, sacó una sencilla bata y rápidamente se la puso encima del vestido. Después fue a abrir la puerta—. Buenos días, Annie. ¿Todo va bien?

—Me pareció oírla llorar —dijo Annie, mirándola con curiosidad, observando la palidez de su cara y las delatadoras gotas en las pestañas—. ¿Se siente mal?

—No. —Charlotte consiguió poner una sonrisa forzada—. Estoy bien, Annie. ¿Y tú? ¿Cómo va ese ojo? ¿Te duele todavía?

—No mucho. Eunice hizo un buen trabajo en deshinchármelo, y esa compota de manzana que tiene impidió que se me pusiera demasiado morado. —Miró por un lado de Charlotte hacia el interior de la habitación—. ¿Durmió en la cama anoche?

Charlotte también miró hacia la cama revuelta.

—Estaba tan cansada con todo lo que pasó ayer, que me tiré en la cama para descansar un poco y me quedé profundam...

—¿Dónde está, Oliver? —preguntó una voz en la planta principal—. ¡Charlotte!

Charlotte detectó preocupación en la voz de su hermana.

—Estoy aquí, Annabelle. En mi habitación. Sube.

Se oyó el ruido de un pequeño ejército de pies subiendo la estrecha escalera, y de pronto irrumpieron en la habitación cuatro de sus cinco hermanos.

—¡Charlotte, gracias a Dios que estás aquí! —exclamó Annabelle.

Annie contempló fascinada a la hermosa joven que estrechó en sus brazos a Charlotte. Su semblante era extraordinariamente bello, y aunque le caían desordenados mechones rubios por debajo de un elegante sombrero verde y marfil, eso no restaba magnificencia ni brillo a su pelo.

—Supimos que anoche te tomó de rehén La Sombra —dijo otra joven, también abrazando protectoramente a Charlotte—. ¿Cómo estás?

También esta joven era extraordinariamente bonita, observó Annie. Tenía unos enormes ojos oscuros y el pelo castaño, color café, que se notaba se lo había recogido a toda prisa.

—Estoy muy bien, Grace —le aseguró Charlotte, sintiendo el consuelo de los abrazos de sus hermanas—. De verdad.

—¿Estás segura? —le preguntó un joven pelirrojo de ojos azules, mirándola dudoso.

—Sí, Simon.

—¿Es sangre eso que tienes en el vestido? —preguntó otro joven.

Este tenía el pelo rubio fresa y una expresión seria, y se veía bastante menor que los otros. Annie le calculó unos veintidós años, como mucho, y le encantó su aire dulce y sencillo.

Algo azorada, Charlotte se cerró el cuello de la bata, para ocultar el vestido manchado.

—Sí, Jamie, pero no es mía, es de La Sombra. A todos, os presento a la señorita Clarke —continuó, indicando a Annie—. Annie, permíteme que te presente a mis hermanos. Annabelle, lady Harding; Grace, lady Maitland; el señor Simon Kent, y el señor James Kent.

—No se parecen en nada —observó Annie, candorosamente.

Grace se echó a reír.

—Tienes razón.

—Pero nos parecemos en muchas otras cosas —le dijo Annabelle.

Annie la miró dudosa, observando su elegante sombrero, su vestido de cara confección y sus brillantes perlas. En Charlotte no se veía ni una fracción de la seguridad y garbo que exhibían sus dos hermanas.

—Estás horrorosa, Charlotte —declaró Jamie, poniéndole una mano en la frente—. Estás pálida, ojerosa, y tienes la piel fría. ¿Has comido algo hoy?

—Estoy muy bien, Jamie, sólo un poco cansada. Jamie está estudiando medicina en la Universidad de Edimburgo —le explicó a Annie, sonriendo—. Por eso le gusta practicar medicina con todas las personas que se encuentra.

—Es bueno tener un médico en la familia —comentó Annie, aprobadora—. Nunca se sabe cuando alguien la va a espichar.

—Es de esperar que una vez que me titule sea capaz de impedir que algunos la espichen —bromeó Jamie.

—¿Cómo lograste escapar de La Sombra? —le preguntó Annabelle, que seguía abrazándola.

—En realidad no me escapé. Traté de ayudarlo a huir, y entonces le disparó lord Haywood y tuvimos que traerlo aquí. Eunice y

Doreen le curaron la herida y luego todos colaboraron en sacarlo de la casa cuando llegó la policía en busca de él.

—¿Le ayudaste a escapar después de que le disparó al pobre lord Haywood? —le preguntó Grace, mirándola atónita—. ¿Por qué?

—Porque él no le disparó a lord Haywood. Sólo tenía el cepillo para el pelo de lady Chadwick en el bolsillo. No le hizo daño a nadie, en ningún momento.

—Los diarios dicen que intentó estrangularte —dijo Simon—, que luego te hizo bajar a rastras la escalera, en contra de tu voluntad, y que te utilizó como escudo.

Charlotte lo miró consternada.

—¿Eso dicen los diarios?

—Está en la primera página del *Daily Telegraph* de esta mañana.

—Anoche cuando lo estaban imprimiendo nadie sabía que tú habías vuelto sana y salva a casa, así que el titular dice: «La Sombra asesina a lord Haywood y rapta a la hija adoptiva de lord Redmond». Todos nos horrorizamos cuando nos lo trajo Beaton esta mañana.

—¿Vivís todos juntos, entonces? —preguntó Annie, curiosa.

—Grace y yo estamos casadas y vivimos en Escocia, pero cada verano venimos a Londres —explicó Annabelle—. Cuando estamos aquí, normalmente nos alojamos todos en la casa de nuestros padres.

—Y puesto que yo estoy de vacaciones por el momento, convencí a Simon de que viniéramos nosotros también con ellas, para ver cómo le va a Charlotte con esta casa albergue —añadió Jamie.

—Toda esa horrorosa atención nos va a hacer daño —se lamentó Charlotte—. Ya ha sido difícil lograr que la gente done dinero para mantener la casa.

—Pero usted es rica, ¿no? —dijo Annie, ceñuda—. Es decir, siendo su padre marqués y todo eso.

—Mis padres tienen cierta riqueza —concedió Charlotte—, y me han ayudado con muchísima generosidad a establecer esta casa. Pagaron el contrato de alquiler y me dieron dinero para comprar los muebles, pero yo les aseguré que podría conseguir los fondos para mantenerla yo sola, para no tener que depender siempre de su caridad. Pensé que si hacía tomar conciencia a los ricos del terrible sufrimiento de las mujeres y niños pobres de Londres, desearían ayudarlos con mucho gusto.

—Y entonces descubriste que la mayoría de los ricos se desentienden y te ahuyentan como a una pulga en la piel —observó Eunice, despectiva, entrando con una enorme bandeja con té, queso y galletas de avena.

—No les importa gastar en ellos —bufó Doreen, entrando detrás cargada con una bandeja con tazas y platos—. Sólo cuando se trata de otros de repente no recuerdan dónde han puesto sus billeteros.

—No te preocupes, muchacha, el mar está tan lleno de buenos peces como siempre —acabó Oliver filosóficamente—. Sólo tenemos que lograr que muevas más tu red.

—Anoche esperaba obtener algunos fondos en la cena de lord Chadwick —dijo Charlotte, pensativa—. Pensé que sería una buena oportunidad para hablar del trabajo que hacemos aquí y tentar a la gente a donar dinero. Por desgracia, no tuve la oportunidad.

—Tal vez conseguiste algo mejor que un par de donativos —observó Annabelle—. Después de todo, hasta anoche casi nadie en Londres tenía idea de quién eras.

—Tienes razón, Annabelle —convino Grace—. Después de leer los diarios esta mañana, casi todo el mundo en Londres sabe que la señorita Charlotte Kent fue raptada anoche por el infame Sombra.

—Y mientras no salgan los diarios de la tarde, todos estarán elucubrando si te encontrarán viva o muerta —añadió Simon, cogiendo una de las galletas de Eunice—. Eres una celebridad.

—Y no sólo para los nobles —señaló Annie—. Mis amigos no saben leer pero sí que saben hablar, y nada les gusta más que un buen robo o asesinato.

—No veo en que nos va a ayudar mi celebridad —dijo Charlotte. Le desagradaba tremendamente la idea de esa repentina atención sobre ella—. A la sociedad no le gusta oír hablar de los problemas de los pobres, a no ser que les pidas que den para algo prudente, respetable y establecido, como una iglesia o un hospital. Cuando les pido que hagan una donación para poder ayudar a mujeres y niños desafortunados a dejar las calles y a forjarse una nueva vida, me sermonean acerca de cómo esas mujeres y esos niños nacen sin moralidad, y me dicen que yo no debería asociarme con esa clase de gente.

—Es con ellos con los que no deberías asociarte —bufó Eunice, indignada.

—Conozco bien a esa gente —dijo Annie, con las mejillas encendidas de indignación—. Todos altos y poderosos con sus finos trajes, te miran desde arriba como si fueras un gusano salido de debajo de una piedra, pero dales media oportunidad y están más que dispuestos a darte un agarrón, manosearte o...

—¡Epa! —exclamó Oliver, pero en tono amable—. Esa no es manera de hablar, muchacha.

—Perdón —suspiró Annie—. Me olvidé.

—Simplemente tienes que continuar pidiendo, Charlotte —dijo Annabelle—. Sigue pidiendo, hasta que se sientan tan avergonzados que no puedan rechazarte.

—Pero la mayoría no me dan nunca la oportunidad de pedirles. El mes pasado envié más de veinte cartas a personas ricas, pidiéndoles una entrevista para hablarles de mi casa, y hasta el momento todos han eludido mi petición. Aseguran que están demasiado ocupados para verme.

—Por eso tienes que salir más y asistir a unos cuantos bailes y fiestas —terció Grace—. Invítalos a donar fondos cuando están rodeados por otros y no quieren parecer tacaños o indiferentes a los problemas de los pobres.

—Péscalos cuando estén un poco borrachos —aconsejó Oliver—. Ahí es cuando se meten la mano más al fondo del bolsillo.

—La verdad es que no me gusta ir a fiestas —suspiró Charlotte—. Sólo fui a la cena de lord y lady Chadwick porque lady Chadwick les prometió a Haydon y Genevieve que me invitarían de tanto en tanto cuando yo estuviera en Londres. Pensé que podrían sentirse insultados si declinaba su invitación.

—Sé que no te gustan mucho esas cosas, Charlotte —le dijo Grace, mirándola compasiva—, pero si te importa esta casa para ayudar a aquellos que lo necesitan y no quieres vivir recurriendo a Genevieve y Haydon para que te den dinero, creo que tendrás que superar esa aversión.

—Y mañana por la noche es el momento perfecto para comenzar —decidió Annabelle—. Lord y lady Marston ofrecen su espectacular baile de verano, que seguro que será uno de los acontecimientos más importantes de la temporada. ¿No has recibido invitación? Nunca dejan de enviarnos una a todos.

—Les envié una nota diciendo que no asistiría —le dijo Charlotte—. Sé que sólo me invitan por respeto a Haydon. En realidad no desean que yo vaya.

—Bueno, pues, irás —decidió Annabelle—. Y no tienes por qué tener miedo, porque Jamie, Simon, Grace y yo iremos contigo. Será divertido —insistió, al ver nublarse la cara de su hermana—. Todos estarán encantados de ver que estás sana y salva.

—Y todos querrán hablar contigo para saber cómo lograste escapar de La Sombra —añadió Grace.

—Y mientras estén agrupados a tu alrededor, puedes hablarles de tu casa y pedirles que aporten dinero —acabó Jamie—. Lo único que tienes que hacer es que una persona se comprometa, y los demás la imitarán para no parecer tacaños. Ya lo verás.

Charlotte negó con la cabeza.

—No puedo ir, Annabelle.

—¿Por qué no?

«Porque detesto que todo el mundo me mire —pensó desesperada—.Porque no soy ni encantadora, ni bella ni alegre, como las demás mujeres que habrá ahí. Porque todos simularán que no me miran cuando cojee por la sala, pero yo sabré que sí me están mirando. Porque si estoy demasiado rato de pie me dolerá la pierna y me vendrá un calambre, y si me paso todo el tiempo sentada todos murmurarán que soy una lisiada. Porque no soporto la lástima, y no soporto su desprecio. Eso me debilita mucho, y no puedo permitirme ser débil.»

—No tengo nada que ponerme —dijo.

—Eso no importa —rió Annabelle—. Seguro que entre los vestidos de Grace y los míos encontrarás algo maravilloso que ponerte.

—No me quedarán bien —protestó Charlotte—. Yo soy más baja que vosotras.

—Pero no mucho —replicó Doreen—. Entrando un poquitín por ahí y otro por allá, entre Eunice y yo podemos dejarte cualquier vestido como si hubiera sido hecho para ti.

¿Por qué no querían entender que no podía ir?

—No tengo zapatos apropiados —añadió—. Los que me puse anoche quedaron estropeados por la lluvia y no tengo ningún otro par.

—Pero tiene tiempo para comprarse unos nuevos —observó Annie, entusiasmada por la idea de que Charlotte asistiera a un baile de verdad—. Los escaparates están llenos de zapatos preciosos. Podría comprarse algo de primera calidad, con lazos y esas cosas.

—Annie tiene razón —convino Simon—. Y no te preocupes por el gasto, sabes que a Haydon y a Genevieve les encanta pagarte los efectos personales.

—Venga, vístete y le pediremos a Oliver que nos lleve a Bond Street. Ahí te compraremos unos zapatos, y luego iremos a casa para que te pruebes unos cuantos vestidos y veas cuál te gusta más.

—No puedo ir, Annabelle. No quiero que toda esa gente me mire —confesó con una vocecita débil.

—¿Qué es eso? —preguntó Oliver, ceñudo—. ¿Esta es la muchachita que anoche se enfrentó a La Sombra y lo obligó a bajar delante de una multitud?

—¿La muchacha que lo ayudó a caminar cuando él estaba débil y sangrando y casi lo subió a rastras por la escalera? —añadió Doreen.

—¿La muchacha que enfrentó a un detective y a un policía tan tranquila como si tal cosa, sin darles el menor indicio de quién estaba en la cama justo encima de sus cabezas? —completó Eunice.

Oliver le cogió la mano y se la apretó.

—A mí me parece que si tuviste la fuerza para eso, tienes la fuerza para parlotear con unos cuantos nobles ricos en una fiesta.

—No tienes por qué estar mucho rato, Charlotte —le dijo Jamie—. Tú nos avisas cuando desees marcharte y te traeremos a casa. Te lo prometo.

—Así nos podrá contar a Ruby, Violet y a mí cómo fue la fiesta —dijo Annie entusiasmada—. Estoy segura de que será estupenda.

Charlotte estaba segura de que no sería nada estupenda, al menos no para ella. Pero no podía negar que sería una buena oportunidad para intentar conseguir donaciones.

—Muy bien —dijo, combatiendo el miedo que le oprimía el pecho—. Iré.

Harrison hundió la cara en la alfombra y soltó un gemido.

Un rayito de luz que entraba por la pequeña abertura entre las cortinas de terciopelo le daba en la cara. Cerró fuertemente los ojos y se dispuso a rodar para cambiar de posición y evitar esa luz, con la mente tan nublada que no le permitió juzgar si podría soportar eso. Poco a poco, se dijo, haciendo una inspiración superficial para serenarse. Se estuvo quieto un momento, tratando de evaluar el grado del dolor de cabeza. Se sentía cansado y con el cerebro enmarañado, pero la experiencia le había enseñado que eso era muy probablemente el efecto del láudano. Ya no tenía dolor de cabeza, decidió. Aliviado, rodó por el suelo y se puso de costado.

Soltó una furibunda maldición al sentir la explosión de dolor en el hombro.

Se incorporó y se puso de pie, mareado y confuso. En el instante en que vio la tela raída de la chaqueta de confección barata que tenía puesta, empezó a armarse en un todo su fragmentada memoria. Se quitó la prenda, se abrió la camisa y contempló desconcertado las vendas ensangrentadas que le envolvían el hombro. Pasó por su mente la imagen lechosa de dos ancianas escocesas, que dijeron que sólo era una heridita en la carne. Había otras personas ahí también, pensó, tratando de recordar. Unas cuantas chicas bonitas de hablar barriobajero. Un viejo. Un niño.

Y una joven curiosamente atractiva que hizo todo lo posible por protegerlo cuando lo sorprendió en la habitación de lady Chadwick.

—¿Harry, estás levantado ya?

Harrison se apresuró a abotonarse la camisa y a ponerse la chaqueta, para ocultar la herida.

—Entra, Tony.

Se abrió la puerta y un joven delgado, de pelo dorado, entró muy entusiasmado en la habitación en penumbra, con un diario en la mano.

—¿Te has enterado? La Sombra ha golpeado otra vez, sólo que esta vez fue y mató a lord Haywood.

—Disculpe, señoría —dijo resollante el mayordomo de Harrison, entrando a toda prisa en la habitación—. Le dije al señor Poole que usted aún no estaba disponible para recibir visitas, pero él insistió en que quería verle inmediatamente y subió corriendo la escalera antes que yo...

—No pasa nada, Telford —logró decir Harrison; sentía torpe la lengua—. Gracias.

—¿Lo ves, Telford? Te dije que a Harry no le importaría.

Miró al desventurado mayordomo con expresión divertida. Telford le dirigió una mirada desaprobadora y salió retrocediendo al corredor.

—Le dio limpiamente en el pecho —continuó Tony excitadísimo, volviendo la atención a Harrison—, y dejó al pobre cabronazo ahí desangrándose mientras él se iba con una jovencita aterradísima de rehén, y nadie sabe qué ha sido de ella. Vaya por Dios, Harry —comentó, frunciendo el ceño—, tienes un aspecto horroroso. ¿Qué demonios estuviste haciendo anoche?

—No mucho. —Tambaleante se llegó al lavamanos y se mojó la cara con agua fría.

—¿Saliste?

—Estuve un rato en el club. Bebí una copa.

—Por el aspecto que tienes esta mañana, yo diría que fue más de una —comentó Tony, irónico.

Harrison se encogió de hombros y tuvo que apretar las mandíbulas para acallar la protesta de su hombro herido.

—¿Qué te trae por aquí esta mañana, Tony? —preguntó, para cambiar de tema.

—¿No lo recuerdas? Quedamos para almorzar juntos. Me dijiste que pasara a recogerte a las once. —Lo miró extrañado—. Lo recuerdas, ¿verdad?

Harrison tuvo buen cuidado de matener la expresión impasible. La verdad era que no tenía el menor recuerdo de haber quedado con Tony para almorzar. «Otro olvido más», pensó, tratando de dominar la sensación de abatimiento que se le iba desenroscando dentro. Así empezaba: una incapacidad para recordar cosas normales, pequeñas, como el haber quedado para almorzar con un amigo, o dónde dejó el libro que estaba leyendo, o el nombre de una persona que acababa de conocer la semana anterior. Era fácil quitar importancia a cada incidente aislado, atribuyéndolo al hecho de tener demasiadas cosas en la cabeza, o a haber sufrido muchos dolores de cabeza últimamente. Pero al juntarlos en una cadena apuntaban a algo muy diferente.

Empezó a subirle un sordo martilleo por la nuca, avisándole que podría ser inminente otro dolor de cabeza.

—Claro que lo recuerdo —mintió.

—Estupendo —sonrió Tony—. Entonces te dejaré para que te vistas. ¿Te espero abajo en tu estudio?

—Espérame en el salón. Mi estudio está hecho un desastre.

—No me importa —dijo Tony alegremente—. Me siento más cómodo en medio del desorden.

—El salón es mejor, Tony —afirmó Harrison, con bastante más energía—. Prefiero que me esperes en el salón.

—Muy bien Harry —replicó Tony, mirándolo exasperado—, te esperaré en tu maldito y recargado salón. Pero no tardes mucho. Estoy impaciente por ir a tu club para ver si alguien ha sabido algo más sobre La Sombra o si ya han encontrado a la hija adoptiva de lord Redmond.

—¿A quién?

—La chica que raptó La Sombra. Es una de los pilluelos que adoptó el marqués de Redmond cuando se casó con su mujer hace años. Claro que ya es adulta, pero está lisiada, así que Redmond no ha podido casarla. Y no es que sea muy atractiva como esposa, dado su pasado. Al parecer el año pasado vino a Londres para establecer una especie de refugio para putas y niños de la calle.

Otra imagen perforó el velo que oscurecía la memoria de Harrison: la cara de una chica guapa mirándolo con preocupación, sus enormes ojos ensombrecidos por el miedo y otra cosa, una emoción que él no logró identificar.

—¿Y todavía no la han encontrado? —preguntó, confundido.

—Bueno, no la habían encontrado cuando imprimieron este diario, pero eso fue anoche —dijo Tony—. Cuando lleguemos al club tendremos que descubrir si la han encontrado, viva o muerta.

—Es muy improbable que la hayan encontrado muerta. La Sombra es un ladrón de joyas, no un asesino.

—Eso cambió anoche, me temo. Al dispararle a lord Haywood se convirtió en asesino, lo cual significa que las autoridades tendrán que intensificar sus esfuerzos para encontrarlo. Si ha matado a la hija adoptiva de lord Redmond, será aún mayor la urgencia de llevarlo ante la justicia. Los días de La Sombra están contados, créeme. Te espero abajo, entonces, Harry —acabó, metiéndose el diario bajo el brazo—. No tardes mucho.

Harrison esperó a que se cerrara la puerta para cogerse la cabeza con las dos manos y apretársela.

No tomaría más láudano. Necesitaba estar despabilado. Tampoco bebería vino con el almuerzo, para poder estar alerta a todo lo que se dijera sobre La Sombra. Si quería evitar que lo capturaran, tenía que recordar lo que sabía. Y sería capaz de recordarlo, se dijo resueltamente.

Hizo a un lado el recuerdo de su padre y se concentró en vencer el dolor que empezaba a apoderarse de su cabeza.

«No sucumbiré a ti», le dijo al dolor severamente.

—Aquí tienes —dijo Annabelle, sin resuello, apilando otras tres cajas en los ya temblorosos brazos de Oliver—. Son siete pares de zapatos de noche, cuatro chales y seis pares de guantes. Lo único que nos falta ahora son unos cuantos pares de medias y ropa interior, y entonces podremos irnos a casa para que Charlotte se pruebe algunos vestidos.

—Podrías llevar todas estas cosas al coche, Oliver —sugirió Grace—, y luego esperarnos al final de la calle. Así podremos entrar en unas cuantas tiendas más de camino, sin que tengas que estar continuamente buscando un buen sitio para estacionar el coche.

Oliver miró a Charlotte por encima de la montaña de cajas apiladas en sus brazos.

—¿Estás en forma para caminar otro poco más, muchacha? —le preguntó, preocupado—. ¿O preferirías volver al coche y dejar que tus hermanas terminen las compras?

—Estoy bien, Oliver.

En realidad, sentía la pierna entumecida y dolorida, pero de ninguna manera iba a reconocer eso ante él ni ante sus hermanas. Desde el momento en que se bajaron del coche para comenzar las compras con sus hermanas, todos sus sentidos le decían que alguien la seguía. Al principio se dijo que era ridículo pensar eso. ¿Quién podía estar interesado en seguirla? Pero la sensación continuó, y continuaba, persistente. Era una sensación que conocía, un instinto que se le había aguzado en la infancia, cuando vivía en las calles. Cierto que esa mañana en las tiendas la gente la miraba más de lo habitual, porque en el instante en que los tenderos se enteraban de quién era, comenzaban a lanzar exclamaciones manifestando su alivio porque estuviera viva. Pero no era esa gente que la miraba fascinada la que le hacía que se le erizara el vello de la nuca. Alguien la estaba observando.

Y estaba convencida de que ese alguien tenía que ser La Sombra.

—Vuelve al coche, Oliver —le dijo al anciano, sonriendo—. No tardaremos mucho.

Oliver la miró dudoso. Llevaba muchos años combatiendo sus achaques y dolores para no reconocer las señales en otros.

—¿Estás segura, muchacha?

—Te prometo que volveré al coche tan pronto como me sienta cansada —le dijo ella solemnemente.

—No tardaremos mucho, Oliver —añadió Annabelle—. Sólo nos faltan unas pocas tiendas más.

—Eso fue lo que dijisteis hace una hora —refunfuñó él, impaciente.

—Pero ahora lo decimos en serio —le aseguró Grace—. Y no permitiremos que Charlotte se fatigue. Te lo prometo.

—A ver si es cierto. La muchacha no está acostumbrada a caminar por todo Londres en busca de un par de zapatos.

Y dicho eso, se dio media vuelta y echó a andar de regreso al coche.

Entonces a Annabelle se le ocurrió que tal vez no era sensible a la dolencia de su hermana.

—Te sientes bien para continuar, ¿verdad, Charlotte? Si quieres, entre Grace y yo podemos terminar de comprar lo que necesitas, sin ti.

—En realidad, estaba pensando que me convendría parar un rato —reconoció Charlotte—. ¿Por qué no entráis las dos en esta tienda y yo os espero fuera mirando escaparates? Encuentro mucho más difícil estar de pie en las tiendas que fuera, porque fuera puedo moverme un poco.

—Yo esperaré contigo —se ofreció Grace, porque no le gustaba nada la idea de dejarla sola.

—No, no es necesario —se apresuró a asegurarle Charlotte—. Sólo serán unos minutos, y Annabelle podría necesitar tu opinión en algo. Seguro que acabaremos más rápido si tú estás con ella para ayudarla a decidir. Si no, Annabelle es capaz de comprar toda la tienda.

—No soy tan horrorosa —protestó Annabelle riendo.

—Lo eres si te dejan a tu aire —bromeó Grace—. Muy bien entonces, Charlotte. No tardaremos mucho, te lo prometo.

—Tomaos todo el tiempo que necesitéis —sonrió Charlotte—. Yo estaré bien.

Esperó un momento hasta que ellas estuvieron dentro de la tienda, y entonces miró despreocupadamente la calle, en busca de la figura alta y ancha de La Sombra. Muchas personas pululaban por la estrecha acera, pero ninguno de los hombres tenía la imponente apariencia del infame ladrón que la sujetara con tanta fuerza la noche pasada. Echó a caminar, con su cojera, soportando las fugaces miradas de sorpresa o lástima que siempre inspiraba. «Desentiéndete.» Continuó caminando, tratando de no sentirse humillada cuando pasaba alguien por su lado. No había avanzado mucho cuando le quedó claro que su pierna no la llevaría mucho más lejos. Frustrada y desanimada, se detuvo y se dio media vuelta.

Y entonces vio a un hombre alto y corpulento entrar de un salto en uno de los callejones que salían de esa calle de tiendas de moda.

Con el corazón martilleándole las costillas, se dirigió hacia el callejón, tratando de no llamar la atención. La marea de gente que caminaba por la acera había aumentado, y le costó su trabajo abrirse camino. «Espérame», rogó en silencio, sintiendo pasar por ella una llamarada de expectación. Se había equivocado al creer que La Sombra había desaparecido de su vida para siempre. A él le habría resultado fácil volver a su casa esa mañana y esperar a que ella saliera. Comprensiblemente, no querría acercarse a ella cuando estaba en compañía de sus hermanas. Eso explicaba por qué la había seguido clandestinamente; estaba esperando el momento de poder encontrarla sola, sin duda para agradecerle su ayuda.

Aunque se sentiría enormemente contenta de volver a verlo, tenía que dejarle claro que no era necesario ningún agradecimiento. Le aseguraría que estaba feliz por haberlo podido ayudar cuando su necesidad de ayuda era tan angustiosa. Y en los pocos minutos que le quedaran, le suplicaría que abandonara su vida de delincuencia. Lo animaría a intentar hacer algo honrado y puro con sus capacidades, las que, no le cabía duda, eran considerables, para poder forjarse una vida decente sin el temor constante de que lo encarcelaran.

El callejón estaba mojado y apestaba, con la fetidez de las cloacas y la basura putrefacta esparcida por todas partes. Se obligó a hacer respiraciones superficiales mientras avanzaba sorteando los montones de basuras. La Sombra se había metido en el callejón y desaparecido detrás de un montón de cajones viejos.

—No tiene por qué alarmarse —dijo en voz baja—. Sólo soy yo.

Él no contestó.

—Nadie sabe que me ha seguido —añadió, tratando de tranquilizarlo—. Me alejé sola. Si mis hermanas me buscan, sin duda comenzarán por entrar en unas cuantas tiendas. No se les ocurrirá buscarme aquí.

No hubo respuesta.

Se mordió el labio, extrañada de que él no respondiera.

—¿Se siente bien?

Entonces apareció él, apartándose ligeramente de la oscuridad. El tosco gorro que le cubría toda la frente ensombrecía su cara, y su actitud era recelosa. Estaba claro que no sabía si podía fiarse de ella.

—Me alegra ver que se siente mejor —le dijo—. Anoche estaba muy preocupada por usted. Cuando me dijeron que se había marchado, temí que no tuviera la fuerza para volver a su casa.

Avanzó unos pasos, lentamente. No sabía si él se fiaba de ella lo suficiente para dejar que le vea la cara, por muy en la sombra que la tuviera.

—Es peligroso que me siga —continuó—. Anoche vino a mi casa un detective de la policía, buscándole. Es posible que no haya quedado satisfecho con mi historia sobre cómo usted me liberó. Una vez que se marche de aquí, debe tener buen cuidado de no volverme a buscar. ¿Comprende?

Ya casi había llegado hasta él. Se detuvo, esperando que le ordenara que no se acercara más.

Silencio.

—¿Quería decirme algo? —le preguntó, con voz amable, casi mimosa.

Él no dijo nada.

—¿Quiere que me vaya, entonces?

Él negó con la cabeza.

—¿Me acerco más?

Él vaciló un momento. Después asintió.

Ella ya estaba invadida por una excitación nerviosa que la hacía sentir euforia y un poco de miedo al mismo tiempo. Avanzó un paso, luego otro y otro, hasta quedar tan cerca que podía tocarlo si alargaba la mano.

Él tenía la cabeza inclinada y la luz en el callejón era poca, pero pese a eso, vio el pelo canoso que le caía sobre las curtidas mejillas. Eso la sorprendió. No había esperado que La Sombra fuera tan viejo. Pasó la mirada al rugoso contorno de su mandíbula y luego a la boca. Ya no le parecía llena y sensual como le pareciera la noche anterior. Los labios que estaba mirando eran delgados, enjutos, y las comisuras estaban ligeramente levantadas en una sonrisa dura. Entonces sus ojos recayeron en la gruesa cicatriz blanca que le salía del labio inferior.

Se apoderó de ella un miedo horrible, paralizante, que la dejó incapaz de hablar.

—Hola Lottie —dijo una voz ronca, desgarrada, en tono divertido—. Me está pareciendo que no esperabas encontrarme aquí ¿eh? —Entonces Archie levantó la cabeza y salió de la sombra, dejándole ver plenamente su cara—. ¿Qué pasa? —preguntó sarcástico, al parecer encantado al verla aterrada—. Cualquiera diría que tu viejo ha vuelto de entre los muertos.

No, no podía ser que él estuviera ahí, no podía ser, pensó Charlotte, sintiéndose como si fuera a vomitar.

—Tengo que decir que no pareces muy feliz de verme —comentó él, enfurruñado—. ¿No vas a acercarte para darnos un beso? ¿O te crees tan finolis que no puedes tocar a un borrachín sucio como yo? —añadió, bufando de risa.

—¿Qué quieres? —preguntó ella, casi sin poder sacar la voz.

Ya no era una niña, se dijo desesperada. Él ya no tenía poder sobre ella. Miró angustiada a ambos lados del callejón, sintiéndose peligrosamente sola y vulnerable.

—Vamos, sólo quería verte —dijo él en tono inocente—. Supongo que un padre tiene derecho a ver a la sangre de su sangre ¿no? Sobre todo después de pasar cuatro largos años de trabajos forzados en prisión. Eso le da a un hombre mucho tiempo para pensar; es un trabajo pesado. ¿Conoces la máquina de la manivela, Lottie? —Entrecerró los ojos—. ¿Sabes cuantas veces al día tiene que hacerla girar un hombre, o sufrir los cortes del látigo?

Charlotte negó con la cabeza, muda.

—Diez mil. Parece imposible, ¿verdad? Y algunos días, más, sobre todo cuando el carcelero aprieta tan fuerte el tornillo que hay que hacer peso con todo el cuerpo para poderla girar de una maldita vez. Lo primero que se te estropea son las manos, se ampolla la piel y se pudre, pero casi no lo notas, porque tienes los huesos tan molidos que crees que no vas a poder abrir los dedos nunca más. Y luego se te va estropeando el resto, desde las muñecas hasta los pies. Pero no puedes pensar en eso. Cuando has terminado estás casi muerto, pero al día siguiente vuelven a arrastrarte allí, y no puedes hacer nada fuera de volver a empezar y esperar que eso no te mate antes que se acabe tu tiempo. Pero está claro que a mí no me mató, como puedes ver muy bien. —Le sonrió, dejando a la vista unos dientes amarillentos y podridos—. Soy un superviviente, Lottie, como tú. Aunque, debo decir que no me esperaba que sobrevivieras tan bien. Oye, que no tienes más que mirarte, con tus ropas elegantes, viajando en un coche. Has hecho un largo camino desde la muchachita sucia que robaba carteras y se levantaba las faldas para sacar un poco de pasta en Devil's Den —escupió en el suelo—, eso seguro.

—¿Cómo me encontraste? —preguntó ella en un susurro, todavía tratando de asimilar que el hombre que tenía delante era real y no una horrible pesadilla.

—Bueno, no fue fácil. Después de salir de la cárcel anduve vagando por ahí para mantenerme alejado de Inveraray. Me figuré que tú ya habrías muerto. Siempre fuiste débil y enfermiza, y pensé que si no te mataba la prisión te mataría el reformatorio. Pero pasados unos años me encontré cerca de Inveraray y se me ocurrió averiguar qué te había ocurrido. Imagínate mi sorpresa cuando me entero de que una solterona que se casó con un cabrón que estuvo en prisión ahí te había sacado de la cárcel. El alcaide no quiso decirme nada más, pero pensé que si esa gente te deseaba, bien podía tenerte. Después de todo tú ya habías crecido y yo no podía cuidar de ti. Así que ahí lo dejé. Entonces resulta que hace unos meses me vine a Londres y andaba por ahí por Saint Giles y Seven Dials cuando oigo hablar de una muchacha lisiada que ha puesto un hogar para putas y esa gente, una muchacha que viene de gente rica, por ser la hija adoptiva del marqués de Redmond, que vive en el norte de Escocia. Averiguo un poco y descubro que la llaman señorita Charlotte Kent. Y entonces me digo, ¿una muchacha escocesa lisiada llamada Charlotte viviendo con putas y ladrones? Así que averiguo donde está la casa y en el instante en que te veo salir cojeando sé que esa es mi Lottie, toda grande. —Se escarbó un diente con una uña negra—. Así que pienso que puesto que te ha ido tan bien todos estos años mientras yo me pudría en la cárcel, ya es hora de que compartas un poco de tu buena fortuna con tu pa. Después de todo yo te traje al mundo. Si no fuera por mí no tendrías nada.

Charlotte se mordió el labio por dentro hasta que sintió sangre en la lengua. Todo el miedo que había sentido de niña pasaba en oleadas por toda ella, imposibilitándole hablar. En todo caso no serviría de nada discutir, comprendió tristemente. Su padre no le había tolerado jamás una falta de respeto. Cualquier mínimo indicio de espíritu de desobediencia se lo había aplastado al instante con el cinturón o con los puños.

El dolor de la pierna ya era intenso. Tenía que volver al coche pronto, no fuera que quedara impedida de andar por un calambre.

—¿Qué quieres de mí?

—Bueno, no más de lo que me corresponde. Después de todo, yo soy el que tuvo que cuidar de ti todos esos años, después de que murió tu madre. Tenía que ponerte pan en la boca, ropa en el cuerpo, y un techo sobre tu cabeza también, cuando podía. Algunos pájaros habrían dicho jódete y arréglatelas sola, pero no Huesos Buchan. Tu madre me juró en su lecho de muerte que eras sangre de mi sangre, y aunque era una puta ladrona y mentirosa, decidí tratarte como si lo fueras.

Esa fea descripción de su madre no tuvo ningún efecto en Charlotte. No la recordaba como para sentir algo por ella, aparte de una desapasionada compasión por el tormento que debió soportar viviendo con su padre. Eso y una absoluta perplejidad respecto a qué vio en él a su madre. La sorprendía que ese hombre que tenía delante pensara que había cuidado de ella. En algún retorcido recoveco de su mente creía que todos esos horribles y aterradores años de borracheras, gritos y violencia podían equivaler a cuidar de ella. Pero no lo discutió. Hacía mucho tiempo que sabía que la única reacción de él a un desafío era brutalidad.

—¿Cuánto? —preguntó.

—Cinco mil libras.

Ella lo miró espantada.

—Me has oído bien —le aseguró él, divertido por su expresión de sorpresa—. Cinco mil libras, y es muy barato, si tomas en cuenta todo lo que tuve que sufrir por culpa tuya. Si no hubiera sido por ti no me habrían cogido ese día, Lottie. No habría pasado ocho años en una mierda de prisión, pensando si llegaría a vivir para volver a ser un hombre libre. Y mientras yo me rompía los lomos y recibía latigazos de los guardianes, tú vivías en la maldita falda del lujo, con un puñetero marqués pagando para que te sentaras en terciopelo y chuparas dulces todo el día. —Arqueó una ceja con expresión burlona—. ¿O era otra cosa la que le chupabas, y por eso estaba tan dispuesto a mantenerte?

Esa grosería le repugnó. Le repugnaba todo de él. Tragó saliva, tratando de aliviar las náuseas.

—No tengo cinco mil libras —le dijo—. No tengo tanto dinero.

A él se le contorsionó la cara de furia.

—¿Me tomas por un imbécil? Sé de tu precioso marqués, Lottie. He estado en Mayfair y he visto su elegante mansión. Así que no te creas que puedes arrojarme unas cuantas libras y ya está. Quiero mi dinero y lo quiero pronto.

—No te miento —le dijo ella, desesperada—. No vivo en Mayfair, y la casa en que estoy es alquilada. Lord Redmond paga el alquiler directamente, pero nuestro acuerdo es que yo consiga fondos en forma de donaciones para mantenerla. Cuando necesito alguna otra cosa, firmo y las facturas se las envían a él. No tengo cinco mil libras.

Él escupió en el suelo, fastidiado.

—Entonces tendrás que conseguirlas, ¿verdad?

—No puedo. Lord Redmond no me daría jamás ese dinero, y no he recibido ningún donativo por esa cuantía...

Él levantó las enormes manos y la cogió por los brazos.

—No me digas que no puedes, Lottie —le advirtió con voz dura, echándole el aliento caliente y apestoso en la mejilla—. Sé dónde vives, y sé también donde viven esos otros mierdas del marqués. Si no quieres que le ocurra algo a tu preciosa familia nueva, consigue mi dinero. ¿Entiendes?

Le apretó los brazos con fuerza demoledora, recordándole de qué era capaz. Y de pronto ella se vio de nuevo con siete años. Le brotaron las lágrimas y empezó a estremecérsele el cuerpo en una abrumadora mezcla de miedo, desesperación y odio.

—Sí —consiguió decir, con la voz quebrada, tratando de contener las lágrimas. Si la veía llorar, la trataría peor. Siempre la golpeaba más fuerte cuando lloraba—. Lo conseguiré.

Él la miró fijamente, sus ojos brillantes de amenaza.

—Tienes cuatro días. Pasados esos días, vendré a buscar mi dinero. Y no se te ocurra decirle a nadie esto, Lottie. Si veo a la poli o a cualquier otra persona oliscando en mi busca, lamentaréis haber nacido, tú y tu preciosa familia de elegantes. ¿Entendido?

—Sí.

—Estupendo. Nos veremos dentro de cuatro días.

Soltándola bruscamente, se alejó corriendo.

Charlotte se presionó los ojos con la parte tenar de las palmas. Annabelle y Grace ya andarían buscándola. Haciendo respiraciones profundas para serenarse aunque fuera un poco, echó a caminar lentamente, con su cojera, en dirección al mundo elegante que resplandecía al final del callejón.

—¡Ahí está! —exclamó Annabelle, al verla cuando ya iba caminando por la calle—. ¿Dónde diablos estabas?

—Entré en esa tienda —mintió ella, apuntando hacia la tienda más cercana.

—Estábamos preocupadas —dijo Grace, mirándola atentamente—. ¿Te sienes mal? Estás muy pálida.

—Estoy un poco cansada. ¿Nos podemos ir ya?

Grace la cogió de la mano.

—Sí, ahora sí. Apóyate en mí para caminar y vamos a encontrarnos con Oliver.

—Perdona que hayamos tardado tanto —se disculpó Annabelle—. Deberíamos haber pensado que sería demasiado para ti.

—¿Encontrasteis algo bonito? —les preguntó Charlotte, para desviar su atención.

—Te hemos comprado unas medias de seda muy bonitas —explicó Annabelle entusiasmada—. Son tan livianas y transparentes que casi creerás que no llevas nada. Y luego hemos visto un corsé de lo más precioso, uno que seguro que tú no te comprarías jamás, así que decidimos que tenías que tenerlo...

Charlotte sonrió y simuló que escuchaba el animado parloteo de sus hermanas, describiendo felices todas las cosas hermosas que le habían comprado.

Estaba atrapada, pensaba angustiada cojeando hacia el coche donde las esperaba Oliver.

Huesos Buchan la había encontrado. Mientras no le pagara lo que deseaba, estaría totalmente a su merced.

Capítulo 5

*E*ra una noche perfecta para un ladrón de joyas.

Los diamantes, rubíes y esmeraldas brillaban en los blancos pechos y caídos lóbulos de casi todas las mujeres presentes en el salón de baile, y piedras igual de relucientes brillaban en los puños y botones de los hombres que las acompañaban. El aire estaba pesado, impregnado de los olores de fuertes perfumes y comidas suculentas. Y el entusiasta cotilleo acerca del fallido intento de robo de La Sombra hacía dos noches casi ahogaba el sonido de la alegre música que estaba tocando la orquesta. Todos tenían su opinión sobre la misteriosa identidad del ladrón de joyas, sobre la gravedad de la herida de bala que recibió y sobre el insólito paso que había dado al asesinar a lord Haywood y raptar a la hija adoptiva y solterona de lord Redmond.

Harrison sostenía entre los dedos el pie de la copa de vino no tocado, contemplando el salón, escuchando sólo a medias los vigorosos debates que rugían a su alrededor. Le dolía el hombro, y los empalagosos olores que iban y venían por el aire amenazaban con desencadenarle un dolor de cabeza.

Si no fuera por la brillante joyería que lo rodeaba, se habría quedado en casa cuidándose el hombro con una botella de buen coñac francés.

—... entonces salta del coche y desaparece —concluyó lord Chadwick, su enorme y abotagado pecho henchido de importancia al contemplar a su fascinado público.

—Tuvo suerte de que no la matara —observó lord Shelton, moviendo su calva cabeza, incrédulo.

—¿Por qué iba a querer hacer una cosa así? —señaló lord Reynolds, ceñudo—. La señorita Kent es una inválida. No era ninguna amenaza para él.

—Nadie ha estado tan cerca de La Sombra como ella —explicó lord Shelton, dando a entender que eso era evidente—. Dada la oportunidad, podría ser capaz de identificarlo. Matarla habría asegurado que eso nunca ocurriera.

—Los diarios dicen que en ningún momento le vio la cara, ya que él mantuvo su máscara puesta todo el tiempo —señaló Tony.

—Eso no importa —insistió lord Shelton—. Podría ser capaz de identificar algún gesto propio de él, o tal vez reconocer el sonido de su voz.

—No me imagino que se pueda acusar a alguien de asesinato basándose en su voz —se mofó lord Beckett, despectivo, acariciándose la fibrosa punta de su barba gris—. Podría haber modificado su voz mientras estaba con ella.

—De todos modos, el condenado logró escapar —dijo lord Chadwick. Bebió su buen trago de vino, amilanado por haber estado tan cerca de la muerte—. Ahora, lo único que puede hacer la policía es esperar hasta que dé otro golpe.

—Dudo que la señorita Kent les sirva de mucha ayuda —comentó lord Reynold, su voz teñida de desaprobación—. Después de todo, es famosa por su compasión hacia los delincuentes.

—Eso es lo que viene de tener sangre mala —se lamentó lord Shelton—. Puedes tratar de taparla, pero no la puedes cambiar, por mucho dinero que le eches encima.

—¿Crees que la señorita Kent tiene sangre mala porque desea ayudar a los menos afortunados? —preguntó Harrison, apaciblemente.

—Claro que no. Muchas damas trabajan en ayudar a los menos afortunados, mi esposa entre ellas. Pero hay instituciones de caridad respetables, bien establecidas, para estas causas, que sólo piden a las mujeres respetables que les reúnan fondos, haciendo labores y artesanías para venderlas en sus bazares, por ejemplo, o pidiendo a sus maridos que hagan donativos.

—La señorita Kent vive con ladrones y rameras —añadió lord Reynold—. Ninguna mujer decente se permitiría dormir bajo el mismo techo con los parias de la sociedad. Es escandaloso. Me sorprende que lord Redmond se lo permita.

—Vive con ellos porque es una de ellos —dijo lord Beckett con el labio torcido de desdén—. Todos los hijos adoptivos de Redmond son hijos de ladrones y prostitutas, y cada uno de ellos ha estado en la cárcel en un momento u otro por sucios actos delictivos. Redmond ha hecho todo lo posible por limpiarlos, pero no se puede convertir a cerdos en caballos, y ha sido un condenado estúpido al intentarlo.

Harrison contemplaba el vino de su copa simulando un aire de absoluta indiferencia. No se le había pasado por la cabeza pensar que la señorita Kent pudiera proceder de un ambiente de delincuencia cuando lo sermoneaba gazmoñamente acerca de lo desagradable de la vida en prisión y los méritos de llevar una vida respetable. La idea de que hubiera estado en la cárcel cuando era niña lo desconcertaba. Aunque sabía muy bien que en Gran Bretaña se encarcelaba a niños de la calle, siempre se había imaginado que estos serían de los duros. La señorita Kent no encajaba en su perfil de un vulgar pilluelo de la calle.

—Yo creo que estaba en connivencia con La Sombra para robar a Chadwick esa noche —teorizó lord Shelton—. Si esa criada no los hubiera sorprendido a los dos en la habitación de lady Chadwick, se habrían llevado todas sus joyas.

—Eso es ridículo —objetó lord Chadwick—. No olvidemos que la señorita Kent estaba en mi casa como invitada, y que es la hija adoptiva de lord Redmond.

—¿No encuentras raro que la señorita Kent sorprendiera a La Sombra en la habitación de tu esposa cuando todos los demás estaban abajo cenando?

—Pero es que La Sombra tiene fama de entrar en las casas cuando están los dueños —señaló Tony—. Le gusta entrar y salir furtivamente sin que nadie se entere.

—Pero ¿por qué ella estaba arriba cuando todos los demás estaban cenando? —Lord Beckett entrecerró los ojos enigmáticamente—. Yo lo encuentro sospechoso, si queréis mi opinión.

—La señorita Kent le dijo a mi mujer que no se sentía bien y pidió disculpas para ausentarse unos minutos —explicó lord Chadwick—. Puesto que todas las habitaciones para huéspedes estaban asignadas a invitados que pasarían la noche allí, mi mujer le dijo muy sensatamente que ocupara la suya.

—¿Y entonces dio la casualidad de que se encontró ahí a La Sombra? —dijo lord Shelton, moviendo la cabeza, nada convencido—. Subió a encontrarse con él, diría yo, para ayudarlo a robarte sin que te enteraras.

—Pero ¿para qué necesitaba robarle joyas a lord Chadwick? —musitó lord Beckett—. Al fin y al cabo, lord Redmond tiene dinero. Él cuida de ella, como de todos sus demás hijos.

—El impulso a robar se lleva en la sangre —explicó lord Shelton con gran autoridad—, igual que el impulso a la violencia y a la depravación. No se puede evitar. Por eso la única solución es encerrar a los delincuentes. La casa albergue de la señorita Kent sólo es un lugar para que la escoria de la sociedad engorde comiendo carne y pasteles mientras se enseñan trucos mutuamente para luego salir a aprovecharse del resto de nosotros, los ciudadanos observadores de las leyes. Si alguna vez me encuentro con la señorita Kent se lo diré.

—Me parece que vas a tener tu oportunidad —musitó lord Reynolds—. Creo que es ella la que está ahí, al otro lado del salón.

Harrison levantó la vista, asombrado. En el otro extremo del salón había una muchedumbre de gente alrededor de alguien, formando un brillante remolino de joyas y trajes de noche que le impedían ver a la persona objeto de su atención.

Y entonces alguien se movió y se encontró mirando a la hermosa joven que le salvó la vida.

Se veía frágil y tímida en medio de la curiosa multitud que la estaba bombardeando con preguntas. Su cara de delicada estructura estaba pálida y grave, aun cuando de tanto en tanto sonreía forzadamente ante los comentarios que le hacía uno de los jóvenes altos que estaban a cada lado de ella. Él no sabía quienes eran esos dos jóvenes acompañantes, pero pronto se le hizo evidente que se mostraban muy protectores con ella. Uno la apoyaba sosteniéndole la mano en su brazo mientras el otro prácticamente le hacía de escudo para protegerla de la bulliciosa gente que la rodeaba. Había dos mujeres también muy cerca de ella: una joven rubia bellísima que contestaba las preguntas del grupo con tranquilo encanto y una hermosa joven de pelo moreno que sonreía y asentía. Expuesta ahí a la vista de todos los presentes en el enorme salón, parecía más pequeña, más tímida y temerosa. Él casi sentía el malestar de ella, el desagrado y azoramiento que la agobiaba por soportar la implacable curiosidad de la multitud que la rodeaba.

¿Qué diantres hacía allí, cuando era tan evidente que le resultaba atroz ser el foco de esa atención?

—Venga, Harry, vamos a hablar con ella —le propuso Tony, entusiasmado.

—No.

—¿No te interesa saber más cosas sobre su encuentro con La Sombra?

—La verdad es que no.

Hizo girar el vino en la copa, contemplando, fingiendo un aire de indiferencia, casi de aburrimiento. Ella no debería estar allí, pensó, mientras Charlotte trataba valientemente de contestar una pregunta. Y no porque temiera que pudiera revelar algo sobre él, y que eso llevará a su captura; ella ya había demostrado su decisión de protegerlo, aunque él no lograba entender por qué. Tal vez suponía que él era otro delincuente necesitado de salvación, una desorientada víctima de una sociedad injusta que sólo necesitaba una comida caliente y unas cuantas palabras de sabiduría y oraciones para comprender el error de sus actos. ¿Y por qué no iba a pensar eso? Él no le había dado ningún motivo para pensar otra cosa.

—Voy a salir a tomar aire fresco —dijo.

Dejó en una mesa su copa sin tocar y se dirigió a las puertas que salían al jardín, dejando libre a Tony para que fuera a sumarse a la aduladora multitud que rodeaba a la recién famosa señorita Kent.

—... y por eso hay que ayudar a estos pobres niños y mujeres, no enviándolos a hacer penosos trabajos en asilos, que sólo les debilitan el cuerpo y el espíritu, sino ofreciéndoles hogares seguros donde reciban comida, cobijo y ropa decente, donde se les enseñe a leer y escribir y un oficio. Solamente equipándolos para que ganen un salario decente podemos ayudarlos a cambiar y forjarse una vida mejor.

Charlotte apretó los puños y tragó saliva, procurando no dejar ver a su público lo nerviosa que estaba. Sabía muy bien que no les interesaba en lo más mínimo lo que estaba diciendo; lo que querían oír eran detalles de su experiencia como rehén de La Sombra, no un sermón sobre su obligación moral de ayudar a los pobres. Pero Annabelle y Grace le habían aconsejado que tomara el mando de la conversación desde el principio con el fin de conseguir donativos, y eso era lo que estaba tratando de hacer.

—Es una noble causa la que se ha echado encima, señorita Kent —comentó lord Reynolds.

Sí, pensó ella, sintiendo una oleada de alivio. Si consigo que uno de vosotros comprenda y apoye mi trabajo, seguro que otros vendrán detrás.

—Gracias, lord Reynolds. ¿Podría contar con que hiciera un donativo?

—Lamentablemente, me es imposible colaborar con toda nueva institución de caridad que aparece, y como seguramente ya sabe, hay cientos. Mi esposa trabaja activamente para la Sociedad de Ayuda Pastoral de la Iglesia y la Liga Antijuego, por nombrar sólo dos. También existen muchos asilos en Londres que dan techo y asistencia a los pobres, ¿verdad?

—Siempre están llenos y tienen que rechazar a incontables pobres, por lo que las calles continúan llenas de niños y mujeres que necesitan angustiosamente ayuda —le dijo Charlotte—. Necesitamos más instituciones que ayuden a esas personas, sobre todo cuando son miles las que llegan a Londres con la esperanza de encontrar una vida mejor y en lugar de eso se ven obligadas a robar para sobrevivir.

—Nadie necesita robar —objetó lord Beckett, haciendo una gazmoña sorbida de nariz—. Siempre pueden encontrar trabajo en alguna parte, si son capaces y están dispuestos. El problema es que no están dispuestos.

—Llevan el robo en la sangre —añadió lord Shelton—. No lo pueden evitar. Usted puede acogerlos, señorita Kent, pero le garantizo que saldrán a asaltar a personas inocentes en el instante en que les venga el impulso. Están mejor en la cárcel. Por lo menos ahí se enteran de que sus actos tienen consecuencias.

—A algunos de estos niños los ponen en la calle sus padres a los seis o siete años —replicó Charlotte, tratando de hacerlos entender—. Venden fruta estropeada o trozos de cinta o tela si logran encontrar, pero si no, sus padres los obligan a robar. Si llegan a casa sin nada los golpean cruelmente y vuelven a enviarlos a la calle.

Apretó la mano en la fresca seda de su vestido, tratando de no pensar en Huesos Buchan. Eso no era robar, se dijo, desesperada. Sólo cogería prestado el dinero que consiguiera para su albergue y se lo daría; después encontraría la manera de reponerlo. No tenía idea de cómo podría hacerlo, pero no podía centrar la atención en eso; tenía que darle el dinero a su padre primero. Tenía que proteger a su familia como fuera.

—Mi casa albergue es pequeña —continuó—, pero creo que si podemos salvar de la calle a unos cuantos niños y mujeres más, eso será importantísimo. Nuestra sociedad mejorará con eso.

—Sí, seguro —masculló lord Shelton en tono de absoluta incredulidad.

—Háblenos de La Sombra, señorita Kent —dijo lord Reynolds, aburrido de oír hablar de su institución de caridad—. ¿La amenazó con matarla?

Charlotte titubeó, renuente a cambiar el tema de conversación. Estaban perdiendo interés, comprendió. Tal vez le convenía contestar una o dos preguntas sobre La Sombra, para retener la atención de la gente.

—No le oí decir esas palabras exactas...

—¿Pensó que iba a morir cuando él la tomó de rehén?

—Tenía miedo, pero no se me ocurrió pensar que me mataría...

—¿Y después de que matara de un disparo al pobre lord Haywood? —preguntó lord Beckett—. ¿No sintió terror?

—La Sombra no mató a lord Haywood —contestó firmemente—. Le disparó otra persona.

—Eso es ridículo —objetó lord Shelton—. Lo mató La Sombra. Todos lo vieron.

—Se equivocan —replicó Charlotte—. Yo estaba al lado de él. No disparó su arma ni una sola vez.

—¿Quiere decir que La Sombra tenía un cómplice?

—Tiene que haberlo tenido, por supuesto —terció lord Reynolds antes que ella pudiera contestar—. A lord Haywood lo mataron cuando estaba apuntando a La Sombra para dispararle, así que si La Sombra no le disparó tiene que haber tenido un cómplice que lo protegía.

—No sé quién le disparó a lord Haywood —dijo Charlotte—, pero no creo que...

—Tiene que haber sido la misma persona que lo recogió después que saltó del coche de la señorita Kent —terció otro hombre.

Se elevó un entusiasta murmullo entre la multitud, barajando preguntas y respuestas entre ellos ante esa nueva posibilidad.

—¿Cómo sabe que alguien lo recogió?

—Estaba herido, así que tiene que haber recibido ayuda para escapar.

—Señorita Kent, ¿le dijo en algún momento que tenía a alguien esperándolo?

—¿Tuvo la impresión de que seguían su coche?

—Usted es la única persona que ha hablado con él —gritó Tony, para hacerse oír por encima de las voces—. ¿Cómo hablaba?

Charlotte miró a la multitud, indecisa. No quería revelar más detalles acerca de La Sombra, pero entendía que la gente lo encontraría raro si se negaba a contestar. No podía permitirse darles la impresión de que quería protegerlo, puesto que eso obstaculizaría sus esfuerzos por conseguir dinero.

—No sé qué quiere decir...

—¿Diría que era un hombre educado, o uno de situación menos afortunada? —explicó Tony.

Ella pensó un momento.

—Yo diría que probablemente es educado.

—¿Quiere decir que hablaba como un caballero? —preguntó lord Shelton, con aire de sentirse insultado por esa posibilidad.

—Supongo —concedió Charlotte—, pero aparte de eso no recuerdo...

—¿Reconocería su voz si volviera a oírla?

Charlotte miró al hombre alto de pelo oscuro que le hizo la pregunta. Su cara estaba algo en la sombra porque tenía la cabeza inclinada, ocupado en quitarse una obstinada motita de su frac por lo demás impecable.

—No —contestó—. Sólo dijo unas pocas palabras.

Eliminada la obstinada motita, él levantó la cabeza para mirarla. Sus ojos eran penetrantes, pero su voz alegre. Entonces continuó:

—Por lo que dice da la impresión de que La Sombra podría estar en cualquier parte, incluso aquí en este baile, y usted no podría identificarlo.

—Así es.

—Una lástima. —Con la boca curvada en una sonrisa, él paseó la mirada por las mujeres que lo rodeaban—. Dada la magnífica exposición de chucherías que tenemos aquí esta noche, esta sería una excelente ocasión para que él le echara una mirada a las joyas más finas de Londres. Sé que si yo fuera él estaría muy impresionado por ese pasmoso collar que reposa tan cómodamente sobre el hermoso cuello de lady Pembroke.

—¡Uy, lord Bryden, qué bromas hace! —exclamó lady Pembroke, agitando el abanico con fingido recato sobre la montañosa extensión de su pecho cubierto por rubíes y diamantes.

—Creo que mi hermana ya ha contestado suficientes preguntas —dijo Simon, consciente de que Charlotte ya había recibido toda la atención que podía soportar.

—Además, no me cabe duda de que muchos preferiríais bailar a estar hablando de La Sombra —bromeó Jamie.

Se oyeron expresiones de asentimiento y el grupo comenzó a dispersarse, todos impacientes por hablar de la deliciosamente aterradora posibilidad de que La Sombra estuviera allí entre ellos, y por evaluar qué joyas podían ser lo bastante importantes para atraer su atención.

—Podrías sentarte aquí, Charlotte, mientras voy con Simon a buscarte algo de comer.

—No tengo hambre —repuso ella, agradeciendo la silla que le ofrecía Jamie.

—Tendrías que comer algo, Charlotte —le dijo Grace—. Has comido muy poco hoy.

—¿Te sientes bien? —le preguntó Annabelle, mirándola preocupada—. Te encuentro muy pálida.

—Estoy muy bien. Simplemente detesto que todo el mundo me mire.

En realidad, tenía el estómago revuelto desde su encuentro con su padre. Estar ahí ante esas personas, soportar sus preguntas sobre de La Sombra y oír sus despectivos comentarios acerca de su trabajo sólo le había aumentado el malestar. Había encontrado tremendamente desconcertante y humillante esa experiencia. Todos le tenían lástima debido a su pierna, y la despreciaban por su pasado, dos cosas que no podría cambiar jamás. Peor aún, no había logrado obtener ni siquiera un donativo.

¿Cómo diablos iba a reunir el dinero que le exigía su padre?

—No deberíamos haberte obligado a venir aquí —masculló Simon, enfadado por la forma como la gente se desentendió de su petición de ayuda—. Si quieres marcharte, te llevaré a casa.

—No puede irse todavía —protestó Annabelle—. La criticarán diciendo que se molestó por todas las preguntas y que se marchó.

—¿A quién le importa eso? —dijo Jamie, mirando duramente hacia el gentío que llenaba el salón—. Que digan lo que quieran.

—Importa, porque a Charlotte le interesa establecer su credibilidad entre estas personas, para poder recurrir a ellas en busca de donativos y hacer un éxito de su albergue —explicó Annabelle—. Sé que te cuesta, Charlotte, pero de verdad creo que debes hacer un esfuerzo y quedarte, y al menos simular que lo estás pasando bien, aunque sólo sea media hora. Podría haber personas que no quisieron comprometer un donativo delante de los demás pero podrían acercársete después. No te conviene que crean que es fácil aturullarte con unos cuantos comentarios mordaces.

Charlotte comprendió que su hermana tenía razón.

—Muy bien.

—¿Quieres que vaya con Simon a buscarte un pequeño refrigerio? —ofreció Jamie.

Ella consiguió hacer una leve sonrisa.

—Sería estupendo.

—Si crees que estarás bien descansando aquí un momento, iré con Grace a saludar a lord y lady Chadwick. No tardaremos mucho.

—Estaré muy bien, Annabelle. Me quedaré sentada aquí para descansar un poco.

Se acomodó con la espalda bien recta, las manos juntas sobre la falda y observó alejarse a sus hermanos y hermanas. Sentía vibrar de dolor la pierna bajo las pesadas capas de falda y enaguas. Deseaba estirarla para aliviar la contracción de los músculos, pero ese movimiento se consideraría muy impropio de una dama. Por lo tanto la mantuvo doblada en su posición socialmente aceptable y para distraerse centró la atención en las elegantes parejas que se deslizaban girando sin esfuerzo por la pista de baile.

Siempre le había gustado el baile. Lo encontraba una actividad maravillosa y alegre: los hombres con sus impecables trajes oscuros y crujientes camisas blancas llevando a mujeres bellamente vestidas en amplios círculos al compás de la música. La hechizaba la gracia precisa y medida de sus movimientos, desde el momento en que el hombre tendía su mano enguantada y acompañaba a su sonriente pareja hasta la pista. No recordaba cómo era moverse con facilidad y gracia. Sólo tenía nueve años cuando le aplastaron brutalmente la pierna. Cualquier recuerdo que pudiera haber tenido de correr, saltar o al menos caminar normal había desaparecido bajo los años de aniquilador dolor que siguieron. Pero ni una brizna de envidia invadía su pecho mientras observaba moverse a los bailarines. Cerró los ojos y se retiró a su interior, sintiendo fluir la música por ella, imaginándose deslizándose y girando sobre esa pista sobre piernas hermosas, fuertes y flexibles, y sin dolor.

—¿Señorita Kent?

Abrió los ojos. Le ardieron las mejillas de vergüenza al mirar al guapo joven rubio que estaba de pie ante ella. ¿Cuánto rato llevaba mirándola?

—Perdone, no era mi intención sobresaltarla —se disculpó él—. Soy Tony Poole. Sólo quería decirle lo horrorizado que me sentí al saber lo que le ocurrió a manos de La Sombra. Como todo el mundo aquí en Londres, me sentiré tremendamente aliviado cuando por fin lo capturen y lo cuelguen. Espero que lord Bryden no la haya inquietado mucho al sugerir que ese canalla podría estar aquí esta noche. Sólo fue una tonta broma de Bryden, que no se paró a considerar el efecto que podría tener en usted, dada la terrible experiencia que ha sufrido. Le aseguro que no era esa su intención.

El joven tenía los ojos color caramelo y parecían sinceros. Charlotte lo miró indecisa, pensando qué lo habría movido a ir a decirle eso. Toda una vida de soportar que la miraran y hablaran de ella la había vuelto reservada con los desconocidos.

—Gracias por su preocupación, señor Poole, pero no tiene por qué preocuparse. Estoy muy bien.

—Si me lo permite, traeré aquí a Bryden y se lo presentaré, y entonces verá que no es un mal tipo. Podría incluso ayudar a esa casa albergue suya con un donativo.

La perspectiva de un donativo desvaneció su recelo inicial.

—¿De veras lo cree?

—Yo me encargaré de que lo haga —repuso él sonriéndole con aire de complicidad—. Lo haré sentirse culpable por su comentario y no tendrá más remedio que hacer un enorme donativo para que me calle. Si me da un minuto, iré a buscarlo.

—¿Por qué no me lleva a mí hasta él, mejor?

—¿Está segura de que no prefiere que se lo traiga?

Su tono era caballeroso, pero para ella era evidente que lo inquietaba su capacidad para caminar.

—Estoy muy bien, señor Poole —le aseguró.

Detestaba la idea de quedarse sentada ahí como una señorona vieja esperando pacientemente a que le trajeran a las personas para presentárselas. Eso sólo perpetuaría la imagen de inválida impotente que todos tenían de ella.

—Sólo me senté aquí un momento porque estaba un poco cansada. Ahora me siento muy descansada.

—Fabuloso. —Tony le tendió la mano para ayudarla a levantarse y le hizo un guiño—. Vamos a buscar a Bryden y veremos si no logramos que le dé una bien abultada suma.

—Vamos, lord Bryden, de ninguna manera puede decirme que no.

Lady Elizabeth Collins agitó sus largas pestañas, su boquita fruncida en un malhumorado morro. Era una boca hecha para el placer, pensó Harrison, observándola acariciar provocativamente el borde de su copa con la rosada lengua para luego beber un sorbo. Unos años atrás él habría disfrutado contemplando la aterciopelada tersura de esos labios llenos. Podría haber pasado una o dos horas intercambiando con ella apasionadas miradas y palabras en un torneo de seducción, observándola mientras el champán le coloreaba las mejillas y la mayor relajación de la velada le erosionaba las defensas. Podría incluso haber tejido expertamente una red de deseo alrededor de ella, esperando el momento exacto para llevarla a la cálida y verde oscuridad del jardín. Allí la habría besado, acariciado y dado placer, enseñándole todas las cosas que podía hacer con esa codiciosa boquita. Habría sido una diversión agradable para los dos, nada más. Pero mientras la observaba lamer las doradas burbujas de su copa, la idea de poner tanto esfuerzo en un fugaz encuentro sexual no lo excitó. Estaba cansado, le dolía horrorosamente el hombro y sentía una urgente necesidad de beber algo. Pero no podía beber, tenía que conservar despejada la cabeza. Así pues, ladeó la cabeza y le dijo con un ligero matiz de burla hacia sí mismo:

—Esta noche usted es toda la bebida que necesito, lady Elizabeth.

—Vaya, esa sí es una frase galante —bromeó Tony, metiéndose entre ellos—. La verdad, Harry, no tenía idea de que fueras tan romántico. Veo que he llegado justo a tiempo para salvar a la pobre lady Elizabeth de caer víctima de tus encantos. Señorita Kent, permítame que le presente al fatalmente encantador Harrison Payne, conde de Bryden, y a lady Elizabeth Collins. Harry, no creo que te hayan presentado formalmente a la señorita Kent, que es la hija adoptiva del marqués de Redmond y, más recientemente, conocida de La Sombra, a su pesar.

Harrison miró a Charlotte, sorprendido. Aunque ella no había dado ninguna señal de que lo reconociera cuando estaba detrás de la muchedumbre que la rodeaba, sabía que no le convenía ponerla a prueba tan de cerca. Tal vez una pizca de vanidad masculina le hacía creer que había causado impresión en ella por algo más de lo que podían ocultar su máscara y su chaqueta oscura. También cabía la posibilidad de que en algún momento cuando estaba casi inconsciente en su casa, ella o alguna de las otras que lo atendieron se hubiera tomado la libertad de mirar por debajo de su máscara.

¿Qué demonios haría si ella lo reconocía?

Charlotte, por su parte, estaba deseando no haber sido presentada a lord Bryden en ese momento tan penosamente inoportuno. Por la forma como la miraba él, no le cabía duda de que estaba molesto por su intrusión.

—Buenas noches, lord Bryden —dijo.

—Vamos, Harry, creo que tu bromita respecto a la posibilidad de que La Sombra esté aquí esta noche ha inquietado bastante a la señorita Kent —lo reprendió Tony—. Sabiendo que te preocuparía muchísimo saber que habías perturbado su paz mental, pensé que desearías pedirle disculpas.

Harrison arqueó una ceja, fingiendo preocupación.

—Perdóneme, señorita Kent, si dije algo que pudiera haberle causado inquietud. Le aseguro que no fue esa mi intención. ¿Acepta mis disculpas?

Lord Bryden era un hombre excepcionalmente guapo, decidió Charlotte, desde el bien cincelado contorno de su mandíbula a la sensual curva de su boca ligeramente sonriente. Su pelo era negro lustroso como el ala de un cuervo, y lo llevaba un poco más largo de lo que estaba de moda, lo cual indicaba que o bien no le importaban las tendencias de la moda o estaba tan absorto en otras cosas que no le importaban los detalles de su apariencia. Pero su traje de noche era de buen corte, muy a su medida, y resaltaba su considerable altura y la sólida anchura de su pecho y hombros. Pero eran sus ojos los que captaban su atención. Su color era una combinación de humo y mar, como un cielo nublado justo antes de una tormenta de verano. La miraban con un interés sólo de cortesía, sin preguntar nada ni revelar nada.

Empezó a invadirla una extraña intranquilidad.

—Por supuesto que acepto sus disculpas, lord Bryden —dijo—. Comprendo que el tema de La Sombra es de enorme interés para todo el mundo en Londres y debo aprender a aceptar que la gente desee interrogarme acerca de él.

—Le aseguré a la señorita Kent —dijo Tony—, que te gustaría hacer un donativo para su asilo, a modo de enmienda.

—Claro que sí —convino Harrison—. Me encantaría aportar algo a su muy buena institución de caridad, señorita Kent. Mañana le enviaré un talón bancario por valor de cien libras.

Era un donativo muy generoso. Un día antes ella se habría sentido eufórica por una aportación así, sobre todo de una persona a la que acababa de conocer. Pero necesitaba cinco mil libras. Cien libras ya no eran nada para ella.

—Gracias —dijo.

A Harrison lo sorprendió su evidente falta de entusiasmo. No estaba muy versado en los costes de alimentar y vestir a unas seis personas, entre prostitutas y niños de la calle, pero se imaginaba que cien libras, bien administradas, podrían hacerse durar una buena cantidad de tiempo. ¿Por qué no estaba más contenta?

—¿Digamos mejor doscientas libras? —corrigió; tal vez ella había contraído algunas deudas que necesitaba pagar—. Me imagino que llevar un asilo en medio de Londres puede resultar bastante caro.

—Gracias, lord Bryden. —Doscientas libras seguían estando muy lejos de la cantidad exigida por su padre, pero era un comienzo—. Es usted muy amable.

—¡Uy, esa música, sencillamente adoro esa música! —exclamó lady Elizabeth, decidiendo que ya había tolerado bastante rato la intrusión de Charlotte y Tony—. Lord Bryden, insisto en que baile este vals conmigo. —Envalentonada por el champán que había consumido y la certeza de que Harrison no era indiferente a sus encantos, le cogió la mano—. ¿Nos hará el favor de disculparnos señorita Kent?

Charlotte asintió, pensando qué sería lo que la intranquilizaba de lord Bryden.

—Por supuesto —musitó—. Que lo pasen muy bien.

Aunque a Harrison no le apetecía nada bailar, agradeció tener un motivo para alejarse de la presencia de la señorita Kent. Estaba contento de que no lo hubiera reconocido, pero continuar en su compañía más tiempo sería arriesgado.

—Ha sido un placer conocerla, señorita Kent —dijo—. Les deseo lo mejor a usted y a los miembros de su casa.

—Gracias.

Charlotte se quedó observando a lord Bryden llevar obedientemente a lady Elizabeth a la abarrotada pista de baile. Caminaba con la gracia de una pantera, sus pasos ágiles y seguros. Ella estaba segura de que tenía que ser un bailarín consumado.

—Si quiere la acompañaré de vuelta adonde la encontré, señorita Kent —se ofreció Tony—. Es posible que su familia se esté preguntando qué le ha ocurrido.

—Gracias, señor Poole —repuso ella, sin apartar la vista de lord Bryden.

Él se inclinó ante lady Elizabeth en una reverencia cortesana, en un movimiento grácil y elegante y luego levantó los brazos para coger a su hermosa pareja.

E hizo un gesto de dolor.

El gesto de dolor fue fugaz; al instante siguiente ya había desaparecido, hasta el punto de que si Charlotte hubiera pestañeado no lo habría visto. Ya tenía en su cara una expresión de comedido placer que mantuvo a la perfección mientras guiaba a lady Elizabeth en expertos círculos por la pista.

No puede ser, pensó Charlotte, horrorizada por la certeza de que era el hombre el que había causado ese gesto de dolor en él. Lord Bryden era un respetado miembro de la alta sociedad de Londres. Era absurdo pensar que pudiera ser un vulgar ladrón de joyas. Continuó mirándolo mientras llevaba a lady Elizabeth en rápidos giros por la pista, comparando su altura y figura con las de La Sombra. Los dos eran altos y de constitución sólida; los dos se movían con gracia felina. Eso no significaba nada, se dijo, impaciente. Lo mismo podía decirse de casi un tercio de los hombres presentes en el salón de baile. Rápidamente pasó a cotejar los detalles de la cara, pelo y voz de lord Bryden con lo que lograba recordar de La Sombra. La máscara del ladrón de joyas le había impedido verle los rasgos, y el gorro le cubría todo el pelo. En cuanto a su voz...

—¿Señorita Kent? ¿Se encuentra bien?

Ella volvió la atención a su acompañante, que la estaba mirando confuso.

—Sí, estoy muy bien.

Puso la mano en el brazo que él le ofrecía y echó a andar cojeando hacia el lugar donde la esperaban Simon y Jamie, evaluando mentalmente a lord Bryden. La voz de La Sombra era grave y sonora, recordaba, pero lo mismo se podía decir de muchos hombres. En ese momento no la recordaba lo bastante bien para hacer una comparación exacta. ¿Qué le hacía entonces subir la alarma por la columna?

Sus ojos.

—¡Ahí estás! —exclamó Jamie, avanzando hacia ella—. No sabíamos dónde te habías metido. —Miró a Tony con amistoso interés—. Me parece que no nos conocemos.

—Señor Poole, permítame que le presente a mis hermanos, el señor James Kent y el señor Simon Kent —dijo Charlotte—. Jamie, Simon, el señor Poole.

—Encantado de conocerles a los dos —dijo Tony, haciendo una ligera inclinación—. Espero que no les importe que les haya robado a su hermana un momento. Quería presentarla a un amigo mío, que espero que haya encontrado digno de conocer, señorita Kent —añadió, sonriéndole a ella con picardía—. Sabía que si poníamos a Bryden en apuros no tendría más remedio que pagar.

—¿Pagar? —preguntó Simon, ceñudo.

—Animé a lord Bryden a hacer un importante donativo al asilo de su hermana, como forma de enmendar esa desconsiderada broma que hizo diciendo que La Sombra podría estar aquí entre nosotros esta noche —explicó Tony—. La señorita Kent, muy juiciosamente, no manifestó ninguna emoción cuando él hizo su primera oferta, con lo que el pobre Bryden tuvo que doblarla. —Se echó a reír—. No importa, puede permitírselo. Si ella hubiera continuado con su actitud imperturbable, creo que habría logrado que subiera aún más la oferta.

—Eso es fabuloso, Charlotte —dijo Jamie.

Charlotte asintió, casi sin oír. ¿Lord Bryden era La Sombra? Pero eso no tenía ningún sentido. Después de todo era un conde. Su pasado tenía que estar a rebosar con los arreos de la riqueza y los privilegios. ¿Qué demonios lo impulsaba a correr esos enormes riesgos para robarles a las mismas personas con que se relacionaba?

—¿Qué me puede decir de lord Bryden? —le preguntó a Tony, sonriéndole, simulando un despreocupado interés—. ¿Le conoce desde hace mucho tiempo?

—Somos amigos desde hace un buen tiempo —contestó Tony—. Puede que haga una broma aquí y allá, pero en general es un tipo serio. Heredó el título cuando sólo tenía veinticuatro años. Su padre murió repentinamente, y él tuvo que asumir las responsabilidades del título y las propiedades, que me parece se encontraban en un estado bastante desastroso. Aunque él ha hecho un trabajo de recuperación asombroso. A todos les sorprendió lo que consiguió hacer en un corto espacio de tiempo. Parece que tiene un don natural para los negocios. Yo vivo con la esperanza de que si estoy con él el tiempo suficiente, se me contagie su talento. —Se rió, y luego se inclinó ante ella—. Ha sido un placer conocerla, señorita Kent. Y a ustedes dos —añadió, haciendo una inclinación hacia Simon y Jamie—. Disfrutad de la velada.

—¿Cuánto accedió a donar lord Bryden? —le preguntó Simon, tan pronto como Tony se alejó.

—Doscientas libras.

Jamie sonrió de oreja a oreja.

—Doscientas libras te mantendrán varios meses, y una vez que se corra la voz de que lord Bryden ha hecho una aportación a tu asilo, seguro que otros estarán dispuestos a seguir su ejemplo.

—Estás muy pálida, Charlotte —dijo Simon, mirándola preocupado—. ¿Quieres marcharte?

Ella negó con la cabeza.

—Creo que no le agradecí adecuadamente a lord Bryden su generosa aportación. Si no os importa quedaros un rato más, iré a hablar un momento con él.

—¿Te acompaño? —se ofreció Jamie.

—No, gracias. Creo que será mejor que hable yo sola con él.

—¿Estás segura?

—Muy segura.

Harrison cogió una copa de coñac de la bandeja que le ofrecía el lacayo y bebió un buen trago. Después de haberse escapado por un pelo de la señorita Kent, había abandonado la resolución de no beber esa noche. Por lo que a él se refería, la velada había acabado. Una sola bebida y haría traer su coche para volver a casa. Estaba invitado a varios otros bailes los días siguientes. Tal vez uno de ellos resultaría más provechoso.

Al girarse vio a la señorita Kent cojeando en dirección a él, sola. Maldición.

Había desaparecido de ella ese aire de renuencia y leve perplejidad que tenía cuando Tony la llevó para presentárselo. Él tuvo la impresión de que algo de él la había inquietado. Había tenido buen cuidado de no decir ni hacer nada que pudiera recordarle a La Sombra. Estaba claro que había fracasado. Tal vez un delatador gesto o tic del que no tenía conciencia; o tal vez el timbre de su voz era más peculiar de lo que creía. Fuera lo que fuera, Charlotte Kent había hecho la conexión entre él y el ladrón de joyas con que se tropezó hacía dos noches.

Y ahora que él no estaba en peligro inminente de morir desangrado ni de ser arrestado, sin duda quería reformar su negra alma y ponerlo firmemente en el camino de la honradez.

—Perdone, lord Bryden, pero me gustaría hablar un poco más con usted acerca de su donativo —le dijo ella, en voz lo bastante alta para que la oyeran las personas del entorno—. Tal vez podríamos encontrar un sitio tranquilo para hablar.

Él la miró tranquilamente.

—Faltaría más, señorita Kent. Podríamos salir a la terraza, ¿le parece? Me han dicho que no hay que dejar de ver las rosas de lady Marston.

Dejó la copa en una mesita y le ofreció cortésmente el brazo.

Una oleada de calor pasó por Charlotte cuando apoyó la mano enguantada en la dura calidez de su manga. Conocía ese brazo; lo había visto desnudo, había tocado los flexibles contornos de sus músculos, magros, firmes y potentes. Había sentido ese brazo rodeándola con firmeza, sujetándola como prisionera, apoyada en el cuerpo de La Sombra y, después, aferrado a ella para apoyarse, cuando entre ella y Flynn trataban de hacerlo entrar en la casa.

Se le antojó raro tener la mano apoyada en ese brazo con tanto comedimiento.

—¿Vamos? —le dijo lord Bryden.

Echó a cojear hacia las puertas que llevaban a la terraza, desagradablemente consciente de que todo el mundo la miraba.

—¿Le apetecería bajar al jardín, o prefiere la terraza? —le preguntó lord Bryden amablemente.

Charlotte miró la multitud de peldaños que bajaban en cascada hacia el jardín y se mordió el labio.

—Creo que prefiero quedarme en la terraza, si a usted le va bien.

—Claro que sí —dijo él.

Se sintió estúpido por haber sugerido el jardín. Lógicamente ella no quería bajar y subir todos esos peldaños con su pierna mala. Paseó la vista por la parte del jardín que quedaba debajo de un rincón de la terraza, para asegurarse de que no hubiera nadie que pudiera oír la conversación. Después miró hacia los balcones de arriba. No había nadie.

—¿Le iría bien ese lugar? Hay un banco donde se puede sentar, si quiere.

—Gracias.

La condujo hasta el banco de piedra y la ayudó a sentarse.

—La noche es muy agradable, ¿no le parece, señorita Kent?

—Sé quién es usted —le dijo ella, en un tenso susurro.

Él se apoyó en la baranda y se cruzó de brazos, fingiendo perplejidad.

—¿Sí?

—No voy a intentar cambiarlo, si es eso lo que está pensando —se apresuró a añadir ella.

No tenía mucho tiempo. Muy pronto vendrían sus hermanos a buscarla.

—Eso es un alivio —observó él, irónico—. Y bastante refrescante, debo añadir. Según mi experiencia, la mayoría de las mujeres no ven las horas que pierden en hacerme cambiar.

—Conozco su pasado, lord Bryden —continuó ella, nerviosa por su calma. El hecho de que él no la considerara una amenaza sólo la hacía sentirse más culpable por lo que iba a hacer—. Sé que su padre murió repentinamente y dejó la propiedad en un estado terrible. Supongo que entonces empezó a robar, tal vez pensando que cogería sólo lo suficiente para tener el dinero que necesitaba para invertir y arreglar las cosas. Pero robar no siempre es asunto de necesidad. Eso lo entiendo. Pasado un tiempo, si no te han cogido, significa que o bien tienes mucha suerte o lo haces muy bien. Sea como sea, se mete en la sangre. Descubres que no puedes evitarlo. Además, siempre hay algo más que se desea.

—Esto es francamente fascinante, señorita Kent. ¿No se le ha ocurrido escribir un artículo sobre este tema? Estoy seguro de que sería bien recibido...

—Necesito más dinero de usted.

Harrison la miró fijamente. Eso no era lo que había esperado.

—¿Quiere chantajearme? —le preguntó, incrédulo.

—No es para mí —se apresuró a asegurarle ella.

—Entonces, ¿para quién, si puedo preguntarlo?

—Para mi casa albergue —mintió ella—. Para pagar unos gastos.

—¿Doscientas libras no es una cantidad lo bastante generosa?

—Lo es, y muy generosa. Pero me temo que necesito bastante más que eso.

—Comprendo. ¿De cuánto estaríamos hablando?

—Necesito cinco mil libras.

Harrison tuvo la elegancia de no echarse a reír, pero ese era el límite de su comedimiento.

—Perdóneme, señorita Kent, pero ¿es que se ha vuelto totalmente loca?

—Sé que es mucho dinero.

—Es más dinero de lo que vale su casa entera con todos sus muebles —señaló él—. ¿Estaba pensando en establecer un albergue en medio de Mayfair? ¿O tal vez alquilar una propiedad en el campo para todos sus encantadores amigos?

—No.

—Entonces, ¿qué, si puedo preguntar, es lo que la obliga a pedirme esa exorbitante suma de dinero?

—Eso no es de su incumbencia, lord Bryden. Necesito cinco mil libras, y las necesito pronto.

—Entonces le sugiero que se las pida a su padre. No me cabe duda de que lord Redmond nunca ha permitido que le falte nada. Es una enorme cantidad, pero si él no tiene ese dinero, seguro que el banco le concederá un préstamo.

—No puedo pedírselo a mi padre.

—¿Por qué no?

—Porque querría saber para qué es, y no se lo puedo decir.

—¿Por qué no?

—Eso no es asunto suyo, lord Bryden.

—Tiene razón, no lo es. Por desgracia, señorita Kent, me es imposible ayudarla, porque no tengo cinco mil libras a mi disposición.

Ella lo miró consternada.

—Estos últimos meses ha robado joyas que se han valorado en miles de libras —observó—. Se detallaba en los diarios. ¿Quiere decir que ya se ha gastado el dinero?

—Lamentablemente, las cifras que aparecen en los diarios son muy exageradas —objetó Harrison—. En segundo lugar, en el mercado negro nunca se obtiene el valor de tasación de las joyas robadas. Eso es parte de su atractivo. A los comerciantes que las compran les gusta pensar que han hecho un negocio sensacional, dados los riesgos que corren al comprarlas.

—Si no tiene ese dinero, entonces supongo que tendrá que robarlo —dijo ella, moviéndose incómoda en el asiento.

No le agradaba la idea de obligarlo a robar, pero no veía otra opción.

—He de confesar que encuentro desconcertante su actitud, dado que ha consagrado su vida a reformar a delincuentes de alma negra como yo. ¿Cree que estoy absolutamente fuera de la posibilidad de salvación?

—No me interesa reformarle, lord Bryden —le dijo ella, entre dientes; él estaba jugando con ella y no le gustaba que se burlara así—. Usted no es un niño desesperado ni una mujer muerta de hambre. No se ha visto obligado a robar por hambre, para llevarse un trozo de pan a la boca, o tener unas botas decentes para sus pies sucios y llenos de ampollas, o para dar alimento y techo a sus seres queridos. Es usted un hombre inteligente y educado de una familia privilegiada que ha tomado la decisión de robar. Sin duda cuando empezó tenía algún motivo que lo hacía pensar que estaba obligado a hacerlo, pero no creo que después de todos estos años siga existiendo ese motivo. Ahora roba o bien porque es adicto a la emoción del robo o porque vive por encima de sus medios y tiene que complementar sus ingresos. No sé cuál de esas dos cosas es el motivo y, desgraciadamente, no tengo tiempo para preocuparme por eso. Necesito cinco mil libras dentro de tres días y mi pregunta es si me las obtendrá.

—¿Y por qué, exactamente, cree que yo debería hacer eso?

Ella se mordió el labio. Sólo podía darle un motivo que fuera lo bastante persuasivo para obligarlo a darle ese dinero. De todos modos, detestaba tener que recurrir a él.

—La otra noche le ayudé cuando estaba atrapado en la casa de lord Chadwick. Sin mi ayuda lo habrían arrestado. ¿No cree que me debe algo por eso?

—Absolutamente —concedió él—. Yo diría que le debo algo así como unos cientos de libras, que ya le he ofrecido. Pero cinco mil libras apuntan en realidad a chantaje. Lo comprende, ¿verdad?

Ella lo miró tristemente.

—Supongo que sí.

—Entonces, señorita Kent, si me va a chantajear, tendrá que decirme qué hará si me niego a darle ese dinero. No tengo mucha experiencia en este tipo de cosas, ¿comprende?, pero creo que es así como funciona esto.

Ella bajó la vista a su falda, incapaz de mirarlo.

—Por desgracia, me veré obligada a ir a la policía a decirles que usted es La Sombra.

Detestó decir eso. Él lo notó. Había esperado que él simplemente le diera un talón bancario por cinco mil libras y ya está. La miró atentamente un momento, observando su nerviosismo al apretar fuertemente las manos sobre la seda esmeralda de su vestido. ¿Qué demonios podía hacerla necesitar esa enorme suma de dinero en un plazo tan corto? No creía que ningún banco le estuviera exigiendo ese pago. En primer lugar, los gastos para llevar esa modesta casita sólo ascenderían a unas quinientas libras al año, a mil como mucho. Y puesto que la había abierto hacía muy poco tiempo, no veía cómo podía haber incurrido en una deuda tan grande. En segundo lugar, no le cabía duda de que todos los aspectos financieros estarían a nombre de lord Redmond, lo cual significaba que cualquier amortización impagada de hipotecas o préstamo la dirigirían a él, no a ella.

—¿Alguien la ha amenazado? —le preguntó.

Charlotte evitó su mirada. Su padre había dejado muy claro lo que ocurriría si ella le hablaba de él a alguien. Haría daño a su familia. Comenzó a dolerle la pierna, recordándole que Huesos Buchan era un hombre capaz de infligir muchísimo dolor.

—No.

Eso era mentira; él lo vio en la forzada calma de su cara. Dentro de él comenzó a desatarse la rabia.

—Miente, señorita Kent. Tiene miedo de algo. Si no teme por usted, teme por el bienestar de una persona querida. ¿Alguien ha amenazado a una de las chicas que viven en su casa? ¿A aquella con el ojo morado, Annie, o a la pelirroja, cómo diablos se llama?

—No necesita saber por qué necesito ese dinero, lord Bryden —le dijo ella—. Lo único que importa es que tengo que tenerlo.

—Si alguien está intimidando a un miembro de su casa, señorita Kent, debería contactar con la policía. Ellos pueden ayudarla.

—La policía no puede ayudarme en este asunto.

—Pero usted cree que yo sí.

—Creo que cinco mil libras pueden.

—No sé qué encuentro más halagador, que crea que yo tengo esa cantidad de dinero o que crea que puedo robarla fácilmente. Dada mi patética actuación la otra noche, en la que no sólo no robé nada de valor, sino que también conseguí atraerme a una multitud, ser acusado de asesinato, ser herido de bala y luego llevado impotente en el suelo de su coche, la verdad es que me sorprende que crea que soy capaz de hacer esto. ¿A qué debo esta conmovedora expresión de fe?

—Hasta la otra noche, usted era famoso por sus robos. Todo Londres ha estado asombrado por su capacidad para entrar y salir de casas sin que lo detecten. Si yo no lo hubiera interrumpido, la noche habría acabado de modo muy diferente.

—Tiene razón. Y si no se hubieran cruzado nuestros caminos, ¿cómo obtendría las cinco mil libras que según asegura necesita tan angustiosamente?

—No lo sé. Supongo que me habría visto obligada a robar yo.

Hablaba en serio, comprendió él, mirándola atónito.

—Ha de saber que he robado antes —continuó ella—, que he estado en la cárcel por robo. —Se miró el desastre de arrugas que se había hecho en la falda y soltó una risita inhibida—. Supongo que no ha dejado de oír los susurros furtivos acerca de mí y de mi vergonzoso pasado esta noche, lord Bryden. Nuestro encuentro en la casa de lord Chadwick ha tenido el lamentable efecto de arrojarme a la primera línea de los cotilleos de Londres.

—No presto la más mínima atención a los cotilleos, señorita Kent —dijo él—. Es un deporte vil que no me interesa.

Sus ojos estaban oscurecidos, preñados de emoción. Había rabia girando en sus profundidades y algo más, una emoción más profunda, más cruda, que ella no logró identificar.

—Además —continuó él, encogiéndose de hombros—, lo que sea que digan de usted no puede ser ni de cerca tan malo como lo que dicen de mí. Es decir, a no ser que me haya perdido la parte en que usted ha robado, raptado y asesinado, todo en la misma noche.

—Usted no asesinó a nadie.

—Usted es la única que sabe eso.

—Oliver también lo sabe. Y Flynn.

—No sé decirle lo consolador que encuentro eso. Seguro que si alguna vez me capturan, el tribunal encontrará muy convincente los testimonios de un viejo decrépito que tal vez no ve más allá de su nariz y de un ladronzuelo.

—Oliver no es un viejo decrépito y Flynn ya no es un ladrón. Y yo también testificaría en su favor.

—Perdone si encuentro eso menos que tranquilizador, puesto que es usted la que me amenaza con delatarme.

—No deseo delatarlo, lord Bryden. Sólo necesito el dinero.

—El chantaje es una fea práctica, señorita Kent, sea cual sea el motivo. Y me temo que no respondo bien a las amenazas.

—¡Ahí estás!

La exclamación de Annabelle sonó en medio de la tensión entre ellos como una campana de plata, sobresaltando a Charlotte.

—Te hemos buscado por todas partes, Charlotte.

Adoptando un aire de amable diversión, Harrison observó a las hermanas atravesar la terraza en dirección a ellos en un crujiente frufrú de seda y raso.

—Annabelle, Grace, permitidme que os presente a lord Bryden —dijo Charlotte, levantándose torpemente del banco con una abrumadora sensación de culpabilidad—. Lord Bryden, le presento a mis hermanas, lady Harding y lady Maitland —le dijo a Harrison, sintiéndose fatal.

—Encantada de conocerle, lord Bryden —dijo Annabelle sonriendo.

—Y yo —añadió Grace.

—Perdonadme que haya sacado a vuestra encantadora hermana del salón, pero se me ocurrió que podría preferir la fresca quietud del jardín mientras me hablaba de su importante labor en su casa albergue —explicó Harrison tranquilamente—. No tenía idea de lo caro que puede ser llevar un asilo para los menos afortunados.

—Puede estar seguro de que sea cual sea la suma que haya donado, Charlotte le dará buen uso —dijo Annabelle, sonriendo a su hermana.

Grace corroboró eso asintiendo.

—Siempre ha sido muy cuidadosa tratándose de dinero, mucho más que todos los demás de nuestra familia.

—Me lo imagino —dijo Harrison, mirando a Charlotte con una expresión levemente escéptica.

—¿Estás lista para marcharte, Charlotte? —le preguntó Annabelle—. No querría interrumpir tu conversación con lord Bryden, pero Jamie ya pidió que trajeran el coche...

—En realidad, ya hemos acabado nuestra conversación, y estaba a punto de acompañarla de vuelta al salón —interrumpió Harrison. Ofreció galantemente el brazo a Charlotte—. ¿Vamos, señorita Kent?

De mala gana, Charlotte le cogió el brazo y caminó junto a él, acompañada por sus hermanas, hasta el salón, opresivo por el calor y los olores a perfumes.

—Ha sido un placer conocerla y enterarme del noble trabajo que realiza, señorita Kent —dijo Harrison, sujetándole fuertemente la mano con el brazo—. No puedo por menos que sentirme estimulado por su compromiso a ayudar a los menos afortunados y a los extraordinarios extremos que está dispuesta a llegar para que aquellos que necesitan tan angustiosamente su ayuda la reciban. Es muy conmovedor, en realidad.

Se estaba burlando de ella otra vez, comprendió Charlotte, sintiendo furia y desesperación. Trató de sacar la mano de su brazo.

—De hecho —continuó Harrison, sujetándole firmemente la mano—, estoy tan conmovido por su preocupación por los pobres que me gustaría hacer todo lo que pueda por ayudarla. Si me da unos días, dispondré las cosas para hacerle ese donativo de que hablamos. Es de esperar que sea suficiente para cubrir todos sus gastos inmediatos.

Charlotte lo miró sin saber qué pensar. ¿Quería decir con eso que accedía a darle las cinco mil libras? Su expresión era enloquecedoramente reservada, lo que le hacía imposible discernir si hablaba en serio o si estaba jugando con ella.

—Gracias, lord Bryden —dijo fríamente, tratando de liberar la mano—. Le estoy muy agradecida.

—Soy yo el que le estoy agradecido a usted —le aseguró él, sin aflojarle la mano—. Al fin y al cabo, si usted logra reformar incluso a las almas más endurecidas y perdidas en su casa albergue, parecería que hay esperanzas para todos nosotros.

Su mirada era impenetrable. Pero Charlotte sabía que se estaba burlando de ella. Después de todo acababa de revelarle que ella no era mejor que él, ni que ninguno de los demás que amenazaban y robaban para obtener lo que querían.

—Es usted muy amable —logró decir con voz tensa, liberando por fin la mano de su brazo.

—También ha sido un placer conocerlas, lady Harding y lady Maitland —continuó Harrison, haciendo una ligera inclinación a Annabelle y Grace—. Espero tener el honor de volver a verlas.

Dicho eso les sonrió y se dio media vuelta para dirigirse a las puertas que salían a la terraza.

—Lord Bryden me pareció muy simpático —comentó Annabelle después, cuando iban en el coche de regreso a casa.

—Y parece que va a hacer un donativo importante —añadió Grace, entusiasmada por Charlotte.

—Eso es espléndido —comentó Jamie—. Como ves, Charlotte, valió la pena que te trajéramos a esta fiesta.

—Tal vez ahora te animes a asistir a más fiestas —dijo Simon.

Charlotte asintió y se reclinó en el respaldo del asiento, agotada.

Sólo había hecho lo que era necesario para proteger a su familia, se dijo, mientras el coche traqueteaba por la oscuridad. Estaba mal, eso lo entendía.

Por desgracia, a veces es difícil distinguir el límite entre lo correcto y lo incorrecto.

Capítulo 6

*H*izo una larga espiración, soltando el aliento caliente, y se abstuvo de hacer una inspiración, pues el aire estaba pesado y cargado de alcanfor.

Cómo deseaba que la doncella de lady Pembroke no hubiera sido tan diligente en su aplicación de ese hediondo compuesto para evitar que las polillas atacaran la ropa de lana y de piel que habían relegado a ese armario para pasar el verano. Comenzó a contar, llevando el tiempo que podría estar sin respirar. El aburrimiento lo había llevado a practicar ese truco cuando esperaba, y se estaba convirtiendo en todo un experto. Flexionó los dedos varias veces, abriéndolos y cerrándolos como un pianista. Después hizo rotar lentamente las muñecas, los hombros, el cuello, para hacer circular la sangre por esos músculos rígidos y doloridos. Una vez que tuvo bien ejercitada la parte superior del cuerpo, pasó la atención a la parte inferior, flexionando la compleja estructura de los huesos de los pies y los tobillos, contrayendo y aflojando los músculos de las pantorrillas y los muslos, cambiando el peso de una cadera a la otra con el fin de aflojar la tensión acumulada en la espalda a lo largo de las horas. Deseaba entreabrir un pelín la puerta del armario para dejar entrar un poco de aire fresco, pero su implacable disciplina no se lo permitió.

La victoria está en los detalles.

Esa era una lección que le había enseñado su padre, y la había aprendido muy bien. Como muy bien demostrara la señorita Kent unas noches atrás, la puerta de la habitación de los invitados la podría abrir en cualquier momento una criada o un lacayo enviado allí a buscar algo o a preparar la habitación para un huésped inesperado, o para abrir la ventana para dar más ventilación a la casa esa calurosa noche de verano. Si un criado veía entreabierta la puerta del armario, eso podría inducirlo a ir a inspeccionarlo.

Era mejor aguantar el calor.

Ya le ardían los pulmones, protestando por la falta de oxígeno. Mientras reprimía el impulso de respirar sentía constreñido el cuerpo como por una dolorosa faja, que le hacía vibrar la sangre caliente en la cara y el cráneo. Sentía hinchadas las venas del cuello y el pulso, el golpeteo del corazón contra la musculosa pared de su pecho, las angustiosas súplicas de su caja torácica deseosa de llenarse. Respira, lo instaba el cuerpo, rogándole que sucumbiera a su debilidad. Le vibraba la cabeza y le zumbaban los oídos con la mareante presión de los pulmones, venas y arterias. La oscuridad se iba haciendo más densa y ya no lograba oír nada aparte de un rugido distante.

Unos pocos segundos más. Sólo unos pocos...

El cuerpo se le contorsionó como si le golpearan con un látigo y se le abrió la boca, inspirando ansiosa una larga bocanada del sofocante aire del armario. Lo inspiró rápida, eficiente y silenciosamente. Pasado un momento, con los pulmones bien saciados, volvió a apoyar la espalda, ya no centrada la atención en el maloliente calor ni en la incómoda falta de espacio. Había logrado superar su límite anterior sin respirar.

Era una buena señal.

Movió la cabeza de un lado al otro, aliviando la tensión del cuello y la parte superior de la columna, y luego se quedó absolutamente inmóvil, con el oído atento. Hacía por lo menos una hora que se habían marchado lord y lady Pembroke en su coche. En ese rato los criados se habían dedicado a las tareas que debían tener terminadas antes que volvieran sus empleadores. Probablemente la doncella de lady Pembroke ya había limpiado el dormitorio de su señora, ordenando y guardando los cepillos, horquillas y potes de cosméticos que había sacado para poner presentable a su señoría. Seguramente ya había ordenado su tocador, vaciado el agua sucia de la jofaina y el orinal, preparado la cama, sacado su camisón de dormir y apagado las lámparas. La noche estaba tan calurosa que no haría falta encender el fuego en el hogar, por lo tanto con eso habían acabado sus tareas por esa noche, al menos hasta que volviera su señoría. A las tres o cuatro de la mañana, esta la volvería a llamar para que encendiera las lámparas, la ayudara a quitarse el vestido, miriñaque y corsé, le deshiciera el peinado, le quitara y guardara las joyas y le trajera agua para lavarse, y nuevamente vaciara las aguas sucias. Mientras tanto, la doncella estaría reunida con los demás miembros del personal abajo en la cocina, donde cenarían, beberían un poco de cerveza o gin y cotillearían vorazmente acerca de sus empleadores.

Era el momento para hacer su trabajo.

Abrió silenciosamente la puerta del armario, con el oído muy atento. No oyó nada, aparte del ruido distante de estridentes risas. Era evidente que los criados habían abierto la botella de gin. Estupendo. Salió del armario, se quedó quieto un momento para adaptar el cuerpo a la repentina profusión de espacio. Cuando estuvo seguro de que podría caminar sin tambalearse, avanzó por la alfombra de exquisitos dibujos en dirección a la puerta. Movió lentamente el pomo, preparado para un chirrido de protesta, ya fuera del pomo o de los goznes de la puerta. Pero un criado diligente se había encargado de engrasar ambas cosas, por lo que la puerta se abrió en colaborador silencio.

Avanzó sigilosamente por el corredor hasta el dormitorio de lady Pembroke. Apoyó la oreja en la puerta. Silencio. Miró la estrecha rendija de abajo. Oscuridad. Puso la mano en el pomo y abrió con sumo cuidado, con la esperanza de que el mismo criado diligente hubiera engrasado bien los goznes de esa también. Sí, lo estaban.

Entró en la habitación y cerró la puerta. Cuando se le adaptaron los ojos a la penumbra, fue hasta la ventana, apartó las cortinas, quitó silenciosamente el cerrojo y la abrió. Debido a las actividades de La Sombra, muchas de las familias más ricas de Londres habían tomado la costumbre de cerrar bien las ventanas por la noche, a pesar del opresivo calor veraniego, para protegerse. Pero durante el día las mantenían abiertas, puesto que al ser los días largos y calurosos, era insoportable tenerlas cerradas. Eso le daba la amplia oportunidad de entrar antes que cayera la oscuridad y encontrar algún lugar apartado para esconderse. A nadie se le ocurría que La Sombra pudiera estar acechando dentro de la casa durante horas antes de robar algo.

Miró el estrecho balcón bajo la ventana, con su preciosa baranda de piedra y luego el de más allá, calculando rápidamente cómo pasaría del uno al otro para llegar a la columna corintia que se elevaba por el lado de la puerta principal. Cuando llegara a ella, se deslizaría por ahí y saltaría al espacio que daba a la puerta de la cocina, por debajo del nivel de la calle. Allí, fuera de la vista de transeúntes, se quitaría la máscara y el gorro y se pondría el elegante sombrero y la chaqueta que había dejado en un paquete en el rincón. Entonces encendería un cigarro y se iría tranquilamente a casa caminando, con el aspecto de no ser otra cosa que un caballero respetable que ha salido a dar un paseo esa calurosa noche de verano.

Fue hasta el tocador de lady Pembroke, que ahora estaba bañado por la tenue luz de la luna que entraba por la ventana. Diversos potes y frascos de cristal estaban elegantemente ordenados junto a un juego de cepillo, espejo y peine de plata de ley. No había ningún joyero. Impertérrito, comenzó a registrar metódicamente cada uno de los cajones.

Nada.

Con creciente irritación, paseó la vista por la habitación. El joyero no estaba en la mesilla de noche, ni en el elegante escritorio labrado situado en el rincón. Estaba claro que sus robos habían tenido su efecto en la forma de guardar sus preciosas chucherías las damas ricas de Londres. Fue a la cama, levantó el borde de la colcha de seda bordada y metió la mano bajo el colchón. Nada.

Se arrodilló y pasó el brazo por debajo de la cama. No estaba ahí.

Se levantó y paseó nuevamente la vista por la habitación, pensando dónde podría haber escondido su joyero lady Pembroke antes de salir. Las puertas del ropero recargadamente labradas le captaron la atención. ¡Pues claro! Probablemente ella pensó que a nadie se le ocurriría buscar joyas en esa florida monstruosidad. Al instante se dirigió al ropero, impaciente por encontrar el magnífico collar de rubíes y diamantes que llevaba puesto la noche anterior en el baile de los Marston. Sabía que la salida de esa noche con su marido era sólo para asistir a una cena de pocas personas, y contaba con que la vanidad le hubiera impedido ponerse la misma joya. Ninguna mujer rica que se respeta desea que la gente piense que su marido sólo puede permitirse regalarle un collar decente. Cogió la manilla de la puerta del ropero y la abrió silenciosamente.

Un par de botas se le enterraron en el vientre, lanzándolo hacia atrás volando como una flecha.

—Buenas noches —dijo su atacante con voz burlona—. Estaba empezando a temer que no vinieras.

Hizo una inspiración profunda, tratando de dominar el dolor del vientre y miró; ante él estaba de pie una verdadera réplica de sí mismo. La cara y el pelo del hombre estaban totalmente ocultos por una máscara y un gorro negros. El resto de la ropa era oscura, lo que lo hacía parecer casi una sombra en la habitación tenuemente iluminada.

—Creo que esto es lo que buscas —dijo su atacante, metiéndose la mano en el bolsillo y sacando el brillante collar de rubíes—. Y no me extraña, es una joya francamente espectacular. Como persona que también valora el esplendor de las joyas finas, he de encomiar tu excepcional buen gusto. Me imagino que fue en el baile de los Marston donde lo viste, ¿verdad?

Miró receloso a su atacante, sin decir nada. No estaba dispuesto a delatarse simplemente porque su réplica estaba en ánimos de charlar.

—Has estado bastante ocupado estos últimos meses, ¿no es así? —continuó el hombre—. Allanando moradas en todo Londres, entrando y saliendo como un fantasma. Ha sido muy impresionante, de verdad. Pero, por desgracia, tu carrera como ladrón de joyas ha llegado a su fin. —Se metió el collar en el bolsillo y sacó una cuerda del otro—. Ahora, sé buen ladrón y estira las manos.

Se sentó lentamente, levantando los puños juntos por las muñecas.

Su captor se agachó para atarle las manos con la cuerda.

Y eso le dio la oportunidad de enterrarle los dos puños en su arrogante cara al gilipollas.

El golpe fue fuerte, pero también lo era su asaltante. A este se le fue la cabeza hacia atrás, pero al instante alargó las manos y lo cogió por los hombros. Le enterró un puño en la mandíbula con tanta fuerza que se le golpearon los dientes, se tambaleó y chocó con el escritorio. El delicado mueble tallado se cayó, aplastando todo lo que tenía encima. La habitación se llenó de olor a queroseno de una lámpara de aceite rota. Comprendió que no tardarían en llegar los criados. El hombre estaba encima de él atacándolo otra vez, gruñendo de furia. Luchó con fuerza, pero su atacante era fuerte e igualmente resuelto. Cayeron al suelo y se levantaron, cada uno tratando de aventajar al otro. Ya se oían voces agitadas en el corredor. Cogió ferozmente a su aspirante a captor, y le arrancó el gorro y la máscara.

—¡Bryden! —se le escapó, sin poder evitarlo.

Harrison cerró la mano sobre la muñeca de La Sombra como un grillete, impidiéndole escapar.

—No puedes marcharte —le dijo furioso—. Esto acaba aquí.

La Sombra se relajó ligeramente, hundiendo los hombros en aparente rendición. Por fin lo tenía, pensó Harrison, triunfante. Había acabado. La descarga de adrenalina que lo llenó hacía un momento comenzó a evaporarse, haciéndolo tomar conciencia de todos sus músculos y huesos doloridos. Ya estaba demasiado viejo para esos trotes, de verdad. Ahora tenía que explicar de alguna manera su presencia a los criados...

Un puñal le golpeó la mano, rompiéndole el guante y la piel de abajo. Se le contrajo la mano de dolor, soltando la muñeca.

—Se acaba para ti, Bryden, no para mí —gruñó La Sombra, enterrándole la rodilla en los testículos con una fuerza salvaje.

Harrison vio brillar estrellas a todo su alrededor. Por un momento pensó que iba a vomitar. Cayó al suelo junto a la cama, acurrucado como un bebé e igualmente impotente.

La Sombra se inclinó a sacarle el collar del bolsillo y voló hasta la ventana.

—¡Alto, ladrón! —rugió un criado desde la puerta, sin ver a Harrison, apuntando con una temblorosa pistola a la figura que estaba en la ventana.

El ladrón no vaciló. Arrojó el puñal, que fue a enterrarse en el pecho del pobre criado.

En el momento en que el criado herido caía al suelo, se le disparó la pistola y del techo cayó una lluvia de yeso.

La Sombra no miró atrás. Con la agilidad de un gato, saltó por el alféizar y desapareció de la vista de Harrison.

Harrison miró hacia el hombre que gemía en el suelo y vio la mancha roja que se le iba extendiendo por la camisa blanca. No podía hacer nada por él, pensó tristemente, aparte de rogar que los otros criados lograran traer a un médico pronto. Él tenía que salir de ahí rápidamente, antes que lo arrestaran por asesinato.

Arrastrándose por el suelo llegó a la ventana, se levantó y pasó una pierna por el alféizar.

—¡Ay, Dios mío, socorro! —chilló una voz detrás de él. Era otro criado que acababa de entrar temeroso en la habitación—. ¡Asesino! ¡Asesino!

No miró atrás. Avanzó torpemente por el estrecho balcón de piedra, gruñendo a cada paso que daba. Logró deslizarse por una parte de la columna del lado de la puerta y al final renunció al esfuerzo y saltó. Cayó al suelo con un fuerte golpe que le hizo subir una oleada de dolor por una rodilla. Se obligó a levantarse, echó a andar cojeando por la acera y dio la vuelta a la esquina.

No sabía qué dirección había tomado La Sombra, y en ese momento le importaba un bledo. Continuó su camino por las calles mal iluminadas, mientras los gritos y chillidos le iban llegando cada vez más débiles a sus oídos.

Iría hacia Drury Lane, decidió, con la respiración jadeante. Allí siempre había bullicio y multitud a esa hora, en que la gente entraba y salía de las tabernas. Nadie se fijaría en él allí, ni siquiera en el estado de desarreglo y cojera en que se encontraba. Si acaso, encajaría bien. Entraría a beber algo y esperaría un rato para coger un coche de alquiler que lo llevara a casa. El cochero le daría al menos una apariencia de coartada para esa parte de la noche, si surgiera la necesidad.

Creía improbable que alguno de los dos criados que entraron en la habitación le hubiera visto la cara con claridad, pero la prudencia le exigía tomar precauciones. Tendría que tener cuidado. La Sombra lo había reconocido, lo cual significaba que ese cabrón tenía la ventaja.

Ahora sería él el perseguido.

Capítulo 7

—... *Y* entonces salta por la ventana, dejando al pobre señor Beale ahogándose en su sangre.

El inspector Lewis Turner miró lúgubremente la enorme mancha marrón rojiza que saturaba la alfombra persa de complicados dibujos del dormitorio de lady Pembroke.

—Continúa.

—Bueno, estaba muy oscuro en la habitación, pero vi que el señor Beale estaba acabado —continuó el joven lacayo excitadísimo—. «Aguante, señor Beale», le dije, sólo para darle un poco de ánimo, porque claro, no tiene ningún sentido pensar que la vas a espichar sólo porque estás..., «sólo es un rasguño», y entonces él me miró y dijo «No lo creo, Tom, hijo, creo que estoy acabado». Así que me arrodillé junto a él pensando qué debía hacer, o sea, si sacar el cuchillo para que se sintiera mejor o para que la espichara más rápido. Y mientras estaba pensando eso, él gimió un poco, no mucho, eso sí, no más que si tuviera ruido de tripas, y entonces me cogió la mano y dijo «Es así, Tom, lo sé, y hay una cosa que debes hacer por mí». «Lo que sea», le dije, y entonces me sentí muy triste, porque el señor Beale fue siempre bueno conmigo desde que entré aquí, y me caía muy bien, aun cuando algunos de los otros criados se reían de él a sus espaldas y lo llamaban viejo lerdo. «Haré cualquier cosa por usted», le dije y lo dije en serio. Y entonces él me mira bien fijo, los ojos grandes, y sin pestañear, como esas muñecas que venden en

Cheapside. Las niñas se vuelven locas por ellas porque tienen los ojos tan grandes y todo eso, pero yo las encuentro horribles, como una especie de locas, ¿y quién quiere unos ojos que siempre te están mirando, incluso cuando estás desnudo hasta las bolas?

Lewis trató de tener paciencia, diciéndose que el lacayo había sostenido en sus brazos a un hombre moribundo, brutalmente herido. Era de esperar que una experiencia tan horrorosa lo hiciera divagar un poco.

—¿Qué dijo el señor Beale? —le preguntó, tratando de volverlo a la parte de la historia que le interesaba.

—Dijo: «Asegúrate que cojan a La Sombra y lo cuelguen por mí»; ya tenía la mano rígida y pegajosa y los ojos grandes como una remolacha y supe que la iba a diñar pronto, así que le dije: «Sí, señor Beale, usted sólo ocúpese de aguantar vivo hasta que llegue el doctor». «Ningún doctor puede arreglarme», me dijo, y yo le contesto: «No es tan grave la herida», y él me dice: «Eres un buen chico, Tom pero mal mentiroso», y yo sonrío ante eso porque aún cuando está muriéndose desangrado hace una broma, y pienso que a lo mejor estoy equivocado, tal vez se va a poner bien después de todo. He sabido de personas que estaban en su ataúd, muertas como arenques y justo cuando estaban a punto de bajar el ataúd al hoyo, de repente se sientan y dicen «Epa, ¿de qué va esto?».

—¿Qué otra cosa dijo el señor Beale acerca de La Sombra? —le preguntó Lewis, decidiendo que si dejaba divagar más al joven no podría continuar jamás con su investigación.

Lo habían sacado de la cama a las dos de la mañana para que comenzara a investigar el último golpe de La Sombra, visitando el escenario del crimen. Ya era casi la aurora. Estaba cansado, tenía hambre y se sentía furioso porque ese delincuente había logrado cometer otro robo y otro asesinato mientras él estaba en la cama soñando, por el amor de Dios. Eso los hacía parecer idiotas a él y a todo el cuerpo de Policía Metropolitana.

Esa era una percepción que no toleraba bien.

Tom frunció el ceño, algo ofendido por tener que interrumpir su animado relato.

—Bueno, nada. Sólo dijo que me ocupara de que lo cogieran y colgaran.

—¿Te dio alguna descripción de él?

Tom se rascó vigorosamente la cabeza, mientras pensaba.

—No.

—¿Te dijo algo de él que pudiera darme una pista sobre su identidad?

—No que yo recuerde —contestó el joven, encogiendo sus huesudos hombros.

De pronto Lewis se sintió impaciente por librarse del criado maloliente, con su camisa ensangrentada y su conversación sobre ojos del tamaño de una remolacha y muñecas de ojos raros.

—Gracias, Tom —le dijo—. Si necesito volver a hablar contigo, te lo diré.

—¿No quiere oír el resto de mi historia?

—Supongo que entonces el señor Beale exhaló su último suspiro y murió. ¿No fue así?

—Continuó mirándome fijo y yo seguí diciéndole que todo iría bien, y entonces se quedó inmóvil. Pero no cerró los ojos. Los ojos siguieron mirándome. —Y concluyó en voz muy baja y temerosa—: Como si quisiera decirme algo desde el más allá.

—Muchas veces cuando muere la persona no se le cierran los ojos —lo tranquilizó Lewis—. Eso es muy normal.

El lacayo miró nervioso la enorme mancha de sangre de la alfombra.

—¿Cree que sigue aquí, mirándonos? Sobre todo porque murió de una muerte tan violenta. ¿Cree que su espíritu está esperando para ver si hago lo que le dije?

—No existen esas cosas que llamamos aparecidos o fantasmas, Tom —le dijo Lewis, sintiéndose como si le estuviera hablando a un niño—. Lo mejor que podemos hacer por el señor Beale es encontrar a La Sombra y llevarlo ante la justicia para vengar su prematura muerte. —Tal vez todavía podría sacarle al criado algún tipo de información útil—. ¿Viste alguna otra cosa que te parezca que podría servir en este caso?

Tom se encogió de hombros.

—No lo vi muy bien.

—¿Era alto o bajo? ¿Delgado o gordo? ¿Se movía con agilidad y rapidez como un hombre joven, o lento y más rígido?

—Era bastante alto, supongo, es difícil decirlo, porque se había agachado para salir por la ventana. Yo no diría que era delgado, pero tampoco diría que era gordo. Más o menos mediano. No me fijé cómo se movía, porque estaba más preocupado por el pobre señor Beale.

—Sí, claro. Gracias, Tom. Si recuerdas alguna otra cosa, te agradecería que contactaras conmigo. —Le pasó su tarjeta.

Tom asintió con expresión sombría, cogiendo el pequeño rectángulo blanco, visiblemente decepcionado porque había terminado el interrogatorio.

—Sí, señor inspector Turner.

Lewis pasó nuevamente la atención al escritorio volcado y los trozos de cristal roto, papeles, plumas y tinta que lo rodeaban. No era típico de La Sombra entrar a saco en una habitación. Normalmente ese ladrón trabajaba en silencio y lo dejaba todo en perfecto orden, de modo que los dueños de casa no se enteraran de que les habían entrado a robar hasta que la esposa buscara una determinada joya en su joyero. Eso significaba que podían pasar días sin que nadie se diera cuenta de que había habido un robo. ¿Qué demonios lo había hecho comenzar a volcar muebles?

—Tenía el pelo negro.

Lewis se giró, sorprendido de que el joven Tom aún no hubiera salido de la habitación.

—¿Qué?

—Tenía el pelo negro, o muy oscuro. Podría haber sido castaño oscuro, como el lodo.

—La Sombra siempre lleva un gorro para cubrirse el pelo —observó Lewis. Era evidente que el joven quería embellecer su historia para conseguir otros minutos de su atención.

—No llevaba gorro.

—¿Estás seguro? —le preguntó Lewis, mirándolo escéptico.

—Tan seguro como que estoy aquí.

—¿Llevaba máscara?

—Eso no lo sé. Estaba oscuro y ya iba saliendo por la ventana cuando yo entré corriendo. No le vi la cara, pero sí le vi la cabeza, y el pelo me pareció negro.

Lewis reflexionó un momento. La Sombra siempre llevaba gorro y máscara, dos elementos esenciales para ocultar su identidad. Si había sido La Sombra el que visitó la casa de lord Pembroke y asesinó al pobre señor Beale esa noche, ¿por qué diantre no llevaba gorro?

Cuando él llegó a la casa, los criados ya habían trasladado el cadáver del señor Beale a su cama, porque no consideraron decente dejarlo tendido en el suelo del dormitorio de lady Pembroke. Ese bienintencionado gesto significó, por desgracia, que él no pudiera ver personalmente dónde y cómo cayó el señor Beale. Pero por la mancha de sangre estaba claro que fue herido y murió cerca de la puerta; no había ningún rastro de sangre que sugiriera que lo habían apuñalado en otro lugar de la habitación y que él retrocediera hasta la puerta con la intención de escapar. ¿Habría habido un altercado entre el mayordomo y La Sombra, antes de que aquél fuera apuñalado? Eso explicaría el mueble volcado. Pero los otros criados explicaron que habían oído un ruido fuerte en el dormitorio de lady Pembroke, y que eso fue lo que movió al señor Beale a coger su pistola y subir a ver. Tom había dicho que oyó al señor Beale gritarle al ladrón antes de disparar. El estropicio en el cielo raso y el yeso caído en el suelo indicaban que el señor Beale erró totalmente el tiro, lo que sugería que la pistola se le disparó después que lo apuñalaron. Y al parecer, después de eso La Sombra salió por la ventana y desapareció.

Lo que dejaba la pregunta: ¿Qué fue lo que hizo volcar el escritorio y metió tanto ruido?

De pronto sus ojos recayeron en algo oscuro que asomaba por debajo de la cama de lady Pembroke. Se acercó, lo miró atentamente, memorizando su ubicación y posición antes de cogerlo. Era un gorro de lana negro. Sencillo, de hechura vulgar, sin ninguna etiqueta dentro que indicara dónde lo fabricaron o vendieron.

—Dios todopoderoso, eso es de él, ¿verdad? —dijo Tom, mirando el gorro horrorizado, como si creyera que La Sombra podría estar escondido dentro.

Lewis se arrodilló y levantó el faldón de la pesada colcha. Ahí, justo al borde de la cama, había algo de tela negra. Lo cogió y vio los dos pequeños agujeros para los ojos cortados en el centro de un fular de seda.

—¡Y su máscara también! —exclamó Tom, con la cara blanca como tiza—. ¿Cree que el espíritu del señor Beale la puso ahí como un mensaje?

—Puedo asegurarte que quienquiera que dejó estas cosas ahí era de carne y hueso.

Lewis examinó atentamente las dos prendas, pensando qué diablos acababa de encontrar. No le hallaba ningún sentido. ¿Con qué fin La Sombra se iba a quitar la máscara y el gorro y dejarlos ahí para que los encontraran?

—¡Lo tenemos! —exclamó el agente Wilkins irrumpiendo en la habitación con expresión jubilosa.

Lewis lo miró atónito.

—¿Has cogido a La Sombra?

—No, pero encontramos algo que nos va a llevar a él —enmendó el agente Wilkins, temblando de entusiasmo—. Encontramos esto en el suelo allá fuera. Debió caérsele cuando se escapaba.

Lewis dejó la máscara y el gorro sobre la cama y cogió el cuadrado de lino blanco que le tendía Wilkins. Era de confección cara, con un elegante bordado en vainica en el dobladillo. Un pañuelo de caballero, sin duda alguna.

Bordada en una esquina en hilo blanco llevaba una sola inicial: B.

—Lo único que hemos de hacer es encontrar al hombre cuya inicial es esta, y lo tenemos —declaró el agente Wilkins extasiado.

—La última vez que repasé la ley agente Wilkins, vi que no nos permite acusar a un hombre de asesinato basándonos en un pañuelo encontrado en las cercanías del escenario del crimen. Esto es simplemente otra pista en nuestra investigación, que puede tener o no importancia.

—Es su pañuelo —insistió Wilkins—. No llevaba mucho tiempo ahí. Está muy limpio.

—Podría ser de él —concedió Lewis—, o podría pertenecer a alguien cuyo apellido simplemente tiene esa inicial. Podría habérsele caído inadvertidamente a La Sombra, o podría haberlo dejado ahí con el fin de despistarnos. —Miró un momento el níveo pañuelo, pensativo—. A lo largo de los años he observado que los delincuentes adoptan un método que sigue ciertas pautas. A veces les lleva un tiempo perfeccionar su técnica, pero una vez que la han perfeccionado, tienden a adherirse a ella. Esto es especialmente así en el caso de delincuentes que logran un grado de notoriedad. Les gusta el interés que despiertan en el público, y por lo tanto procuran que éste sepa que son ellos los que han cometido el delito y no otra persona. Hasta hace muy poco, La Sombra siempre ha tenido sumo cuidado en sus robos, entrando y saliendo de las casas sin ser detectado, no dejando jamás ni un alfiler fuera de lugar. Y ahora de pronto, toma a jovencitas de rehén, vuelca muebles, deja tirados artículos personales y asesina. ¿No lo encuentras raro?

—Se ha vuelto más osado y eso lo hace descuidado —razonó el agente Wilkins—. Probablemente se quitó la máscara y el gorro porque la habitación estaba calurosa y oscura, y quería ver mejor. Lady Pembroke ha dicho que su joyero estaba escondido en la parte de atrás del ropero, debajo de un montón de ropa, y que la llave estaba oculta debajo de la almohada. Tal vez tuvo dificultades para encontrar la llave y cabreado volcó el escritorio al ver que no estaba ahí.

—Tal vez —concedió Lewis, no convencido—. Y también se llevó una sola joya del joyero, un collar de diamantes y rubíes. Pero lord Pembroke ha declarado que había muchas otras joyas importantes en el joyero. ¿Por qué no se llevó ninguna de las otras también?

—Nunca se lo lleva todo —le recordó Wilkins—. Ese es uno de los motivos de que sus robos pasen tanto tiempo sin detectar. A primera vista no parece que falte nada.

—Pero si ya había volcado un mueble y hecho tanto ruido buscando ya fuera el joyero o la llave, sabía que cuando encontrara el joyero no había ninguna posibilidad de que su visita pasara inadvertida. Podría haber vaciado el joyero y luego dejarlo tirado en el suelo. Pero no, lo cerró bien y lo volvió a colocar en el ropero con toda la ropa de lady Pembroke bien dobladita encima. ¿Para qué tomarse tanto trabajo, cuando sabe que los criados ya vienen corriendo y tiene que salir a toda prisa?

—Tal vez ya había cogido el collar y puesto el joyero en su lugar —sugirió Tom—, y entonces chocó con el escritorio cuando entró el señor Beale con su pistola. Igual lucharon un poco antes que él lo apuñalara.

—Todos los criados han dicho que se dieron cuenta de que habían entrado a robar porque oyeron un fuerte ruido proveniente de aquí. Eso fue mucho antes de que llegara el señor Beale con su pistola. Además, al señor señor Beale lo apuñalaron en el pecho y, como has dicho, cuando entraste tú, un momento después de que disparara la pistola, lo encontraste tendido de espaldas junto a la puerta. Si el señor Beale entró en la habitación y luchó con La Sombra aquí, donde está el escritorio, y luego este lo apuñaló, ¿cómo fue a quedar tendido ahí junto a la puerta?

—Tal vez lo apuñaló cuando intentaba escapar —sugirió el agente Wilkins.

—Entonces la lógica sugiere que habría caído de bruces —refutó Lewis—, no de espaldas.

—Tal vez iba retrocediendo con el cuchillo enterrado y entonces se tambaleó y se cayó —razonó Tom.

—No hay sangre en ninguna otra parte de la habitación, aparte de la que se ve junto a la puerta.

—Es posible que no le saliera tanta sangre como para caerse al suelo hasta que llegó ahí —propuso Wilkins.

Lewis apretó las mandíbulas, resistiendo el impulso de levantar las manos para masajearse las doloridas sienes. Podía ser ridículamente tarde o inverosímilmente temprano, según como se quisiera mirarlo. Pero estaba agotado y no deseaba otra cosa que irse a casa, desmoronarse en su cama y dormir un par de horas. Pero La Sombra había vuelto a matar, lo cual significaba que dormir no era una posibilidad. Cuando terminara la inspección ahí, se iría directamente a Scotland Yard a informar al inspector jefe Holloway, su superior.

El inspector jefe Holloway no estaría complacido.

Hasta el asesinato de lord Haywood unas noches atrás, los periódicos habían encontrado enorme placer en escribir acerca de La Sombra como si fuera una especie de figura romántica, casi heroica. Se habían deleitado con cada uno de sus golpes, informando sobre sus osados allanamientos de morada como si fuera un personaje que había que celebrar en lugar de vilipendiar. Insistían en que solamente robaba a los extravagantemente ricos. Algunos sugerían incluso que podría usar lo que obtenía de sus robos para ayudar a los pobres, aunque no había ninguna prueba que respaldara esa teoría. Esa idea había conquistado inmediatamente a las clases bajas de Londres, que siempre disfrutaban con las diabluras de un buen ladrón. De todos modos, detestaban a los ricos, por lo que si alguien robaba una chillona joya aquí y otra allá para ellos, eso era una estupenda diversión. También disfrutaban del hecho de que la policía parecía ser descaradamente inepta para coger a ese delincuente excepcionalmente listo.

Todo eso cambió la noche en que lord Haywood murió de un disparo.

—Gracias por tu tiempo, Tom —dijo Lewis, despidiéndolo otra vez—. Sabes cómo contactar conmigo si se te ocurre alguna otra cosa que pueda ayudarnos a resolver este caso.

—Sí, señor.

Echando una última mirada a la habitación, Tom se estremeció y salió a toda prisa.

—Agente Wilkins, quiero que usted con los otros agentes que han venido terminen de registrar todas las habitaciones de la casa. Una vez terminado eso, quiero que comiencen a golpear puertas. Pregúntenles a todos los vecinos si anoche vieron u oyeron algo sospechoso. Revisen todas las puertas y ventanas por si hubiera señales de entrada forzada. Es posible que entrara en otra casa del vecindario para esconderse después de huir de aquí. Tengo un equipo de agentes registrando los jardines de atrás, las cocheras y callejones de las inmediaciones, por si encuentran cualquier señal de pisadas o lo que sea. Quiero conocer cualquier cosa no habitual, aunque sólo se trate de una flor aplastada en un jardín. ¿Entiende?

—Sí, señor inspector. ¿Qué le digo a lady Pembroke sobre su dormitorio? Está muy alterada por el estado en que ha quedado, y ha preguntado a qué hora puede enviar a las criadas a limpiarla.

—Dígale que espero estar sólo unos minutos más. Cuando haya acabado aquí bajaré a hablar con ella y con su señoría.

—Muy bien, señor.

Cuando hubo salido Wilkins, Lewis cerró la puerta y fue a situarse en el centro de la habitación. Recorrió con la vista todo el dormitorio y los destrozos, tomando nota metódicamente de todo lo que veía. Observó la lámpara rota, tirada en medio de papeles empapados de queroseno, un surtido de plumas, frascos rotos, una figurilla de cerámica quebrada y un tintero de tinta negra derramada. De allí su mirada pasó a la ventana, por donde La Sombra escapó internándose en la noche sin su máscara ni su gorro. Observó el ropero magníficamente labrado, sus dos puertas macizas todavía abiertas. Después miró la máscara, el gorro y el pañuelo delicadamente bordado que había dejado sobre la cama de lady Pembroke. Finalmente, miró la fea mancha color orín de la alfombra.

Apretó las mandíbulas, frustrado por la incoherencia que lo rodeaba. Este caso pondría fin a su carrera, comprendió tristemente. Puesto que ahora se había complicado con un rapto y asesinatos, los diarios incitaban al público a un aterrado frenesí mientras a la policía la castigaban como a un puñado de bufones. Si no lograba capturar a La Sombra pronto, lo relegarían a pasar el resto de su carrera investigando robos de ropa de cama tendida en Camden Town. Tenía que encontrar a ese cabrón antes que volviera a matar.

Frunció el ceño, mirando la cama inmaculadamente arreglada de lady Pembroke.

Según le dijera lord Pembroke, su esposa había dejado escondida la llave del joyero debajo de la almohada. El joyero había sido abierto sin forzar la cerradura, por lo tanto era evidente que La Sombra logró encontrar la llave. Sin embargo, en la cama no había ninguna señal que indicara que había sido tocada. Si La Sombra volcó un mueble por frustración, ¿por qué tuvo tanto cuidado al registrar la cama? Tal vez encontró la llave, abrió el joyero, devolvió la llave a su escondite y volvió a ordenar las mantas y la colcha. Pero eso no tenía ningún sentido si ya había volcado el escritorio. Desconcertado por esto, Lewis echó atrás la pesada colcha carmesí y levantó los almohadones y almohada en busca de la llave.

No estaba ahí.

Perplejo, quitó las mantas del resto de la cama. Después miró debajo de la cama, debajo del colchón y por entre las cosas desparramadas en el suelo. Buscó en todas las superficies y en todos los cajones. Revisó el ropero. Finalmente volvió la atención al joyero, que estaba sobre la cómoda.

Lord Pembroke le había dicho que encontró el joyero en la parte de atrás del ropero, exactamente en el lugar donde lo escondiera lady Pembroke. La única diferencia era que estaba sin llave.

Él sabía que La Sombra siempre lo dejaba todo tal como lo encontraba. Pero esa noche había volcado un escritorio, ya fuera antes o después de encontrar la llave. Sabiendo que venían los criados, no se molestó en cerrar con llave el joyero y lo devolvió a su lugar en el armario. Sin embargo se tomó el tiempo para poner encima muy ordenaditas las prendas bajo las que lo había encontrado.

Eso lo encontraba raro.

Más extraño aún era que después de revisar la cama hasta encontrar la llave la hubiera vuelto a dejar como estaba.

Si aún no había volcado el escritorio, ¿para qué molestarse en arreglar la cama cuando sabía que dentro de un momento devolvería la llave a su escondite? Y si había volcado el escritorio antes de encontrar la llave, ¿para qué tomarse el tiempo para arreglar la colcha cuando sabía que los criados venían en camino?

Sin lograr encontrarle ningún sentido al enredo, cogió el pañuelo encontrado por Wilkins. ¿Podía haber sido tan descuidado La Sombra para dejar su pañuelo con su inicial tirado en el suelo? Él lo dudaba, pero en esos momentos tenía poca cosa más para continuar la investigación.

Comenzaría por preguntarle a lady Pembroke en qué ocasiones recientes se había puesto su collar de rubíes. Después contactaría con los anfitriones de esas fiestas y les pediría las listas de invitados. Eso le permitiría determinar si alguien cuyo apellido comenzaba por B había tenido la oportunidad de admirar el collar de lady Pembroke.

Podía ser que no pudiera arrestar a un hombre con la fuerza de un pañuelo, pero sin duda sí podía hacerlo vigilar.

Harrison miró hacia la lluviosa noche por la ventana de su estudio, combatiendo las sedosas hebras de dolor que se le empezaban a enroscar en la cabeza. Esta noche no, ordenó en silencio. Necesitaba pensar, y no podría pensar echado en la cama en la oscuridad, inmovilizado por el dolor. Se puso las palmas en la frente y presionó con fuerza, tratando de expulsar el progresivo dolor o por lo menos mantenerlo a raya un rato. El dolor titubeó, no se retiró, pero tampoco empeoró. Cerró los ojos e hizo una respiración profunda. No sentía mareo; tampoco náuseas. Eso estaba bien. Tal vez no avanzaría más allá de un dolorcillo sordo.

Eso podía tolerarlo.

Fue al escritorio y se sirvió un coñac. Este le obnubilaría un poco la mente, pero también apagaría el dolor de cabeza, y en ese momento eso era lo más importante. Además, no iba a ir a ninguna parte. Su encontrón con La Sombra la noche anterior y el posterior golpe en el suelo cuando escapaba, lo habían dejado envarado y dolorido. Eso, combinado con la heridita de puñal en la mano izquierda y el dolor del hombro dolorido, le hacía sentir cada miserable minuto de sus cuarenta años. Había pensado que se estaba poniendo viejo para ese tipo de cosas. Hasta su lucha con La Sombra no había comprendido lo verdaderamente viejo que estaba.

Bebió un trago de coñac, disgustado consigo mismo.

Se oyó un tímido golpe en la puerta.

—Adelante.

—Perdone que le moleste, señoría —se disculpó Telford, su mayordomo, con expresión muy seria—, pero hay una joven que desea verle. Una tal señorita Kent. Dice que es por un asunto de cierta urgencia.

Harrison se había preguntado si vendría o no. Esa tarde todo Londres había tenido la oportunidad de leer acerca del último robo y asesinato de La Sombra con todos sus espeluznantes detalles. La señorita Kent debió horrorizarse al enterarse de cómo el mayordomo de lady Pembroke fue asesinado cuando intentaba valientemente proteger del infame La Sombra las preciosas joyas de su señora. Lo sorprendía que la señorita Kent fuera a verlo de todos modos, creyéndolo un asesino a sangre fría.

O era extraordinariamente estúpida, o su necesidad de las cinco mil libras era aún más angustiosa de lo que imaginaba él.

—Haz pasar al salón a la señorita Kent, Telford —ordenó—. La atenderé allí.

—Desgraciadamente, lady Bryden tiene ocupado el salón en estos momentos. —Telford se meció intranquilo cambiando el peso al otro pie antes de añadir delicadamente—: No creo que se sienta del todo bien para recibir a la señorita Kent.

—¿Qué está haciendo?

—Cree que está teniendo una discusión con lord Bryden, su padre, milord. Hay momentos en que habla bastante alto.

—Comprendo. ¿Ha comido algo esta noche, Telford?

—No, milord. Le puse un servicio de mesa en el comedor, como siempre, tal como ha ordenado usted. También puse uno para su padre. Lady Bryden parecía estar de muy buen humor hasta que le serví el primer plato.

—¿Qué ocurrió?

—Empezó a imaginarse que tenía una discusión con su padre. Al parecer, creía que él se negaba a comer porque no le gustaba ese plato. Lo acusó de estar muy apegado a sus costumbres y la preocupaba que eso fuera un insulto a la señora Griffin. Yo procuré calmarla diciéndole que le traería otra cosa a lord Bryden, pero ella no quiso saber nada de nada y salió del comedor. Desde ese momento ha estado en el salón discutiendo con él.

—¿Qué le serviste, Telford?

—Falda de cordero hervida con salsa de alcaparras. La señora Griffin me aseguró que era una de sus especialidades.

—A mi padre no le gustaba el cordero.

A Telford se le demudó la expresión.

—Perdóneme, señor. Si lo hubiera sabido, le habría aconsejado que preparara otra cosa. La señora Griffin está muy deseosa de complacerle, señor, y pensó que hacía algo que a lady Bryden le gustaría.

—No pasa nada, Telford. Ni tú ni la señora Griffin podríais haberlo sabido. Haz el favor de hacer pasar aquí a la señorita Kent y luego ve a pedirle a la señora Griffin que le prepare a mi madre una bandeja con té, tostadas, queso, fruta y unas rodajas de carne o fiambre de pollo. Después le dices a mi madre que yo subiré a verla dentro de un momento, y que me disgustaré muchísimo si cuando llegue continúa discutiendo con mi padre.

—Sí, milord.

Haciendo una ligera venia, Telford salió a toda prisa.

Harrison volvió a la ventana y bebió otro poco de coñac, sintiéndose insoportablemente cansado. Cuando murió su padre y él heredó el título y la aplastante responsabilidad aneja, creía que si aguantaba uno o dos años finalmente se le haría más fácil. Pero eso no le había ocurrido jamás. Había algunos fugaces momentos en que encontraba más soportables las cosas, al menos desde el punto de vista económico. Pero el agotador peso de la responsabilidad no había disminuido jamás.

Había llegado a aceptar que no tenía más remedio que llevarlo.

—La señorita Kent, milord —anunció Telford, interrumpiendo sus pensamientos, haciendo pasar a Charlotte al estudio.

—Gracias, Telford. Eso será todo.

El mayordomo hizo su venia y cerró la puerta.

Cuando se giró a mirarla, tuvo la impresión de que Charlotte estaba más menuda y más frágil. Tenía una expresión seria, la cara pálida y los ojos agrandados, como atormentados. Había en ella algo etéreo, como un tenue copito de nieve que se desintegraría en el instante en que tocara algo sólido. El miedo que le tenía la había reducido a ese estado, comprendió. La noche que lo sorprendió en el dormitorio de lady Chadwick, emanaba de ella una fuerza y una voluntad extraordinarias mientras lo ayudaba a escapar. En ese momento estaba casi temblando en su presencia. Había esperado que, con lo poco que ella sabía de él, pudiera tener aunque fuera una hilacha de fe en que él no era un asesino. Pero el miedo que veía en sus ojos decía otra cosa.

Sintió un sabor amargo en la boca. Lo pasó con un poco de coñac.

—Buenas noches, señorita Kent. ¿Supongo que ha venido por su dinero?

—Lo lamento muchísimo —dijo ella, con una vocecita débil, rota—. ¿Podrá perdonarme alguna vez?

—Eso depende.

Joder, ¿lo habría delatado a la policía la muy estúpida? La mente le comenzó a trabajar veloz. No podía quedarse ahí si las autoridades venían en camino para arrestarlo. Pero si desaparecía repentinamente dejando a su madre al cuidado de los criados, eso tendría un efecto terrible en ella.

—¿Qué ha hecho, señorita Kent, que justifique mi perdón?

Charlotte lo miró indecisa. Veía en él una expresión serena, pero a ella no la engañaba. Había conocido mucha angustia en su vida para no saber reconocerla en otros. Él estaba atormentado por la atrocidad de su crimen, tal como ella sabía que lo estaría. Pero en su interior, ella se consideraba tan culpable como él de la muerte del mayordomo de lady Pembroke.

Fue ella la que obligó a lord Bryden a robar esa noche.

—No debería haberle pedido dinero, nunca —dijo, vacilante—. Pero estaba desesperada y pensé que usted podría ayudarme. No se me ocurrió que a usted no le sería fácil hacerlo.

Él arqueó una ceja y guardó silencio.

—Cuando me dijo que no tenía ese dinero —continuó ella—, yo no debería haberle sugerido que lo robara. Creo que lo dije sin pensar, o tal vez simplemente pensé que usted era tan experto en robar que le resultaría fácil. Fui una estúpida, claro, y una egoísta. Ahora, por mi causa, usted se ha visto obligado a matar a un hombre. —Lo miró angustiada—. ¿Puede perdonarme?

Él la miró fijamente, mudo de asombro. Eso no era lo que había esperado. Pero claro, la señorita Kent nunca hacía ni decía lo que él esperaba. Hizo una nerviosa espiración, dándose tiempo para relajarse.

Al parecer, todavía no tenía necesidad de huir de su casa.

—Sé que no era su intención matar a ese hombre, lord Bryden —continuó Charlotte, deseando que él dijera algo—. Si hay que responsabilizar a alguien, es a mí. No debería haberlo obligado a ponerse en una situación en que no tenía otro remedio que defenderse —concluyó, desviando la vista.

Harrison apretó la mandíbula, frustrado. ¿Cuánto podía explicarle? Ella creía que él era La Sombra. No podía decirle la verdad sin revelar todos los sórdidos detalles de su pasado. Se había esforzado denodadamente y durante mucho tiempo en elevarse por encima de sus errores como para comenzar a desvelárselos a una mujer que apenas conocía. Además, ella no tenía ningún motivo para creerse nada de lo que él le dijera.

—¿Tengo razón, entonces, al suponer que no me va a entregar a las autoridades? —le preguntó, irónico.

Charlotte lo miró sorprendida.

—¿De veras cree que yo haría eso?

—Perdone si la he ofendido. Lo que pasa es que la otra noche me dio a entender que a menos que le pagara cinco mil libras, me delataría a la policía.

—No tengo el menor deseo de enviarlo a la cárcel ni, lo que es peor aún, hacer que lo acusen de asesinato. Pero después de anoche, supongo que tiene que entender que no debe continuar robando. O resultará dañada otra persona o lo cogerán. Ninguna joya vale ese precio tan terrible.

—Gracias por su consejo, señorita Kent.

El tono era burlón, y dura la expresión de sus bien cincelados rasgos. Él creía que ella no le entendía, comprendió Charlotte. Aunque lord Bryden conocía algunos detalles de su pasado, no tenía idea de lo que ese pasado significaba. Él siempre había vivido cómodamente protegido dentro de las paredes recubiertas en seda de su elegante casa, y sin duda también en los grandiosos salones e interminables corredores de alguna magnífica propiedad ancestral. Según su amigo el señor Poole, había tenido ciertos problemas económicos después de la muerte de su padre, pero sin duda no tan graves como para acabar con la riqueza de la familia. Probablemente había comenzado a robar por lo que él consideraba necesidad.

Mientras lo miraba, en toda su arrogancia aristocrática, con su elegante ropa hecha a medida, los exquisitos muebles y los deferentes criados haciéndole reverencias, empezó a vibrarle la rabia dentro. Él no tenía idea de lo que era la necesidad. Necesidad es tener tanta hambre que te sientes débil y mareada, que te ves obligada a comer trozos de pan duro, mohoso o podrido, manzanas a medio comer encontradas en la cuneta, y agradecer de tener algo en el estómago. Necesidad es sentir terror de volver al piso oscuro y sucio porque no has conseguido mendigar o robar algo de peso ese día y sabes que tu padre te va a golpear hasta que apenas puedas moverte. Necesidad es ser obligada a estar ante una multitud de gente mirando boquiabierta y burlona y levantarte lentamente la falda...

—Señorita Kent, ¿se siente mal?

Ella pestañeó y lo miró. De pronto lo vio todo blanco.

—Dios santo, siéntese. —La rodeó con un fuerte brazo y la ayudó a caminar hasta un sofá—. Aquí, baje la cabeza, está como si se fuera a desmayar.

Charlotte se dejó sentar, lo dejó ponerle las suaves manos en los hombros e inclinarla, hasta que se estuvo mirando las sencillas tablas de su falda sastre. Con la cabeza dándole vueltas, trató de separar el pasado del presente. Centró la atención en la agradable sensación de las manos de él en sus hombros, el sonido uniforme de su respiración al estar inclinado hacia ella, el reluciente brillo de sus botas. Sentía su aroma alrededor de ella, un aroma maravillosamente limpio, masculino, a jabón, piel y un asomo de coñac. De pronto él la soltó y se alejó, y ella se sintió sola y con frío. Pero él volvió al momento y se arrodilló junto a ella, acercándole una copa de algo fragante a los labios.

—Tome un trago de esto —la instó, ayudándola a enderezarse lentamente—. Pero no muy rápido. Es fuerte.

No se encogió cuando el coñac le dejó un sendero ardiente por la garganta. Bebió otro trago y levantó la vista para mirarlo.

—¿Se siente mejor? —le preguntó él, dejando la copa en una mesilla.

Ella asintió, azorada.

—Sí, gracias.

Harrison continuó arrodillado al lado de ella. Su fragancia a campo soleado le embriagaba los sentidos, un aroma fresco a flores silvestres y naranja. Se le antojó excepcionalmente hermosa a la dorada luz de su estudio, con su sedosa piel blanquísima, esos grandes ojos color jade con pintitas ámbar. Unas guedejas de pelo cobrizo se le habían escapado del sombrero y jugueteaban sobre la blancura de su cuello, dándole un aspecto dulcemente despeinado. Se sorprendió recordando la sensación de su esbelta figura apretada contra él aquella noche en que se conocieron, la elevación y descenso de su caja torácica encerrada en su brazo, la suave elevación de sus pechos rozándole el brazo, sus firmes nalgas apretadas contra sus muslos.

El deseo lo recorrió como un rayo, caliente y duro.

Se levantó y se dirigió a su escritorio, para distanciarse de ella. ¿Qué demonios le pasaba, por el amor de Dios? Se sirvió un coñac, tratando de concentrarse. Recordó que esa noche en que se conocieron él esperaba que se desmayara, lo deseaba en realidad. Pero ella no se desmayó, sino que trató de ayudarlo, demostrando que poseía un extraordinario valor y fuerza. Nada en ella le había parecido frágil ni débil esa noche, ni siquiera después de que él se fijó en su discapacidad.

Sin embargo, muy pronto después, estaba tan asustada que recurrió al chantaje, acto que sin duda consideraba absolutamente aborrecible.

—Dime para qué necesitas ese dinero, Charlotte.

Ella lo miró recelosa.

—Ya se lo dije, es para mi albergue.

—No juegues conmigo. Estás desesperada por el dinero, pero no quieres recurrir a tu familia. Alguien te ha amenazado, y necesito saber quién.

Ella desvió la vista.

—No puedo decírselo.

—Entonces no te ayudaré.

Su renuencia a ayudarla era comprensible, pensó ella. Después de todo, apenas la conocía y lo que ella le pedía era una enorme suma de dinero. Pero no había ido ahí esperando que de repente él le pasara cinco mil libras. Sólo había ido a pedirle perdón y a comprobar que no estuviera herido.

—Lo comprendo —dijo tranquilamente—. Entonces no tenemos nada más que hablar.

Empezó a levantarse, muy consciente de que se le estaba acabando el tiempo.

Harrison llegó hasta ella en dos zancadas y volvió a sentarla, obligándola a mirarlo.

—Escucha. Sé que esas chicas que han recurrido a tu ayuda tienen todo tipo de canallas en sus vidas, brutos depravados que creen que las mujeres no son otra cosa que objetos que les pertenecen, para usar y tirar una vez que ya no les sirven. Lo que haces al ayudar a esas mujeres es admirable, Charlotte, pero también es peligroso. A esos hombres no les gusta que les quiten a sus mujeres, aun cuando sea decisión de la chica. Si a ti o a alguna de esas chicas os han amenazado, tienes que ir a la policía, ahora mismo, ¿me oyes?

—No lo entiende...

—Entonces dímelo, caramba.

Él tenía los ojos ensombrecidos de preocupación. Ella bajó la vista a sus enormes manos. Eran manos fuertes, limpias, suaves y bien cuidadas, no ásperas ni negras de mugre, como las de su padre. Confundida miró la venda blanca que le envolvía la mano izquierda. Había empezado a traspasar la sangre de la herida, y su vivo color rojo sugería que esta era reciente. Él sólo era un hombre, pensó, y un mimado aristócrata además. Podía haber tenido mucho éxito haciendo el papel de ladrón de joyas de elite, pero estaba a un mundo de distancia de las fuerzas brutales que la criaron y la formaron a ella. Podrían herirlo. Podrían matarlo.

No era un contrincante para un cruel luchador callejero como Huesos Buchan.

Tampoco lo era ella.

—No puedo decírselo —dijo en un lastimero susurro—. No puedo.

Harrison la contempló, incrédulo. Era increíble. Andaba cojeando por ahí con sus modestas ropas, toda tímida y renuente, con el aspecto de que una fuerte ráfaga de viento podría llevársela. Pero cuando decidía ser tozuda, llamaba en su auxilio alguna fuerza interior oculta y se mantenía firme. Era incomprensible que se negara a dejarse ayudar por él, o a recurrir a la maldita policía. Pero se negaba.

Quien fuera el que le exigía las cinco mil libras tenía que haberla aterrado para que guardara silencio.

Soltó una maldición para sus adentros. No le hacía ninguna falta eso. Él ya tenía bastantes problemas. En cualquier momento lo podían arrestar, o incluso asesinar si el que andaba por ahí haciendo de La Sombra decidía que él se había convertido en un estorbo demasiado grande. Su madre ya había perdido casi totalmente su conexión con la realidad y necesitaba constantes cuidados, vigilancia y protección. Su hermano y su hermana necesitaban su apoyo económico. Y sus discapacitadores dolores de cabeza le quitaban el precioso tiempo que necesitaba para solidificar sus inversiones antes de que se le desintegrara la mente. Miró a Charlotte furioso, deseando que jamás hubiera entrado en su vida.

¿Es que no tenía ya bastantes responsabilidades? ¡Por el amor de Dios!

—¡Estás aquí! —exclamó en ese instante su madre irrumpiendo en la sala—. Te he buscado por todas partes, Harry. ¿Dónde te habías escondido?

Harrison se apresuró a apartarse de Charlotte y se irguió.

—He estado aquí, madre. ¿No te dijo Telford que subiría a verte dentro de un momento?

—Telford me dijo que te molestó saber que tu padre y yo estábamos discutiendo, y entonces comprendí que tenía que encontrarte para tranquilizarte.

Charlotte contempló maravillada a esa frágil mujer de cabellos plateados levantando su blanca mano para apartarle un mechón de pelo de la frente a Harrison. Parecía estar rondando los sesenta años y caminaba con la elegante seguridad de un mujer que sabe que es hermosa y amada. Vestía un magnífico traje de noche de seda color zafiro, tal vez un poco holgado y de falda muy ancha, pasada de moda, lo que sugería que llevaba muchos años en el guardarropa de lady Bryden. Al cuello llevaba un espectacular collar de zafiros y diamantes y en los lóbulos de sus orejas brillaban unos inmensos pendientes a juego. Sus manos resplandecían de anillos, y en un hombro destellaba un enorme broche de alfiler con diamantes. Daba la impresión de que se había vestido para asistir al más lujoso de los bailes, y hubiera decidido ponerse el mayor número de joyas posible.

¿Sería ella el motivo de que lord Bryden anduviera sigiloso por la noche robando joyas?, pensó, atónita.

—Mi pobrecito Harry —arrulló lady Bryden—, no tienes por qué preocuparte cuando discutimos tu padre y yo. Eso es lo que hacen los adultos de tanto en tanto cuando están en desacuerdo. Tu padre y yo nos queremos demasiado para que una pequeña discusión se interponga entre nosotros. Además —añadió, con un pícaro guiño en sus ojos grises—, finalmente el pobre siempre llega a entender que yo tengo la razón.

En eso se giró, vio a Charlotte y abrió la boca de par en par.

—Uy, Harry, no me has presentado a tu amiguita. Qué cosita más linda es también, mira ese precioso pelo castaño. Me recuerda a un hermoso caballo que tenía cuando era niña. Timmy lo llamaba yo, aunque mi padre decía que ese era un nombre horrible para un caballo, e insistía en llamarlo Apolo. Los animales son muy sensibles. Siempre le digo a tu padre que tenemos mucho que aprender de ellos, pero él sigue prohibiéndome que suba a los perros a la cama. La verdad es que ese hombre sabe ser testarudo a veces. Si no fuera por mí, seguiría comiendo huevos pasados por agua y lengua en gelatina todas las noches para cenar. ¿Cómo te llamas, querida?

—Perdóname, madre —se apresuró a decir Harrison—, es lady Charlotte Kent, la hija del marqués de Redmond.

Rogó que ella no lo corrigiera diciendo que sólo era hija adoptiva de lord Redmond, porque eso daría pie a un montón de preguntas de su madre.

—Estoy encantada de conocerte, hija —dijo lady Bryden, sonriéndole afectuosamente—. Hace mucho tiempo que mi Harry no ha traído a casa a una amiguita. Siempre le digo que deberíamos dar una fiesta para invitar a todos sus amigos, pero el pobre Harry es un poco tímido y nunca me deja. Pero un día te voy a dar una sorpresa, jovencito —bromeó, mirándolo con adoración—, y al llegar a casa te la encontrarás llena con todos tus compañeros de juego, y podremos jugar en el césped, tomar té, limonada, pastelitos glaseados y frutas confitadas, ¿no sería simpático? —Volvió su atención a Charlotte—. Tú también tienes que venir, querida. Estoy segura de que a Harry le gustaría.

—Muchísimas gracias, lady Bryden —repuso Charlotte sonriéndole, queriéndola inmensamente por su evidente afecto por su hijo—. Me encantaría asistir.

—Excelente. Ahora iré a hablar con lord Bryden, a ver si podemos ponernos de acuerdo en una fecha. Él simula que ya está muy viejo para disfrutar de esas actividades infantiles, pero la verdad es, Harry, que nada complace más a un hombre que su familia. Eso lo sabes, ¿verdad?

—Sí, madre, lo sé.

—Claro que sí. —Volvió a apartarle el mechón de la frente—. Recuérdame de cortarte el pelo esta noche, Harry, lo tienes demasiado largo. Ven a verme después que la señorita Williams te haya bañado, ¿de acuerdo? No me fío de ella con las tijeras. La última vez que le cortó el pelo a Frank le dejó la cabeza como una fuente para pudin y por delante se lo cortó tanto que se veía de lo más ridículo. Llevó meses que le creciera. Por suerte tu hermano ni se fijó, es demasiado pequeño todavía para preocuparse de su apariencia. ¿Conoces al hermanito y la hermanita de Harry? —le preguntó a Charlotte.

—No, lady Bryden. Aún no he tenido ese placer.

—Bueno, tal vez la próxima vez que vengas a jugar con Harry, puedas verlos. Harry no juega con ellos, claro, al ser mucho mayor, pero cuida de ellos extraordinariamente bien. Me fío más de él que de la señorita Williams. ¿Sabes que una vez dejó solos a Margaret y a Frank en el cuarto de los niños jugando con pinturas? Cuando fui a verlos, Frank había pintado a su hermanita con un horroroso color verde; dijo que quería que se pareciera a una tortuga. Yo quise despedir en el acto a la señorita Williams, pero Harry me suplicó que no. Dijo que Frank y Margaret la adoraban y que eso valía mucho más que unas cuantas ropas estropeadas y el jabón que fue necesario para limpiarle la piel a la pobre Margaret. Tenía razón, por supuesto. Harry siempre ha sido extraordinariamente maduro para su edad...

—Perdón, señoría —se disculpó Telford, entrando sin aliento en el estudio—. Fui a buscar la bandeja de lady Bryden y cuando volví al salón ya no estaba. —La miró dolido y terminó—: Milady, me prometió que se quedaría ahí hasta que yo volviera.

Ella pestañeó, desconcertada.

—¿Sí? Pues, perdona, Telford, pero tenía que encontrar a mi Harry y conocer a su encantadora amiguita. Además, sólo tenías que preguntarle a lord Bryden, y él te habría dicho adonde había ido yo. ¿Ya no está en el salón?

Telford miró nervioso hacia Charlotte, sin saber cuánto había colegido ella acerca del precario estado mental de lady Bryden.

—Su señoría no estaba ahí cuando volví —dijo sinceramente.

—Bueno, entonces tal vez se ha ido a la biblioteca a fumar un cigarro. ¿Conoces a la pequeña Charlotte, Telford?

—Sí, milady.

—Lady Bryden me ha estado contando historias maravillosas sobre sus hijos —dijo Charlotte, con el fin de tranquilizar al mayordomo; era evidente que era muy protector con ella.

—¿Te ha contado Harry aquella vez que se metió en la despensa y se comió un tarro entero de las cerezas en conserva de la señora Shepherd? —le preguntó lady Bryden alegremente.

Harrison hizo un mal gesto.

—No creo que Charlotte necesite oír eso, madre...

—Estaban remojadas en ron jamaicano puro —continuó ella sin hacerle caso—. Después se fue a su habitación y no tardó nada en vomitar todo el zumo rojo de cerezas a todo alrededor. Cuando entró la doncella lo encontró tumbado en el suelo y creyó que lo habían asesinado. —Su risa llenó el estudio cuando terminó—: ¡Desde entonces el pobre Harry no puede ni mirar una cereza!

—Telford, ¿fuiste a buscar la bandeja de lady Bryden?

—Sí, milord. La dejé en el salón.

—¿No quieres ir a acabar tu té, madre?

—No, mientras no hable con tu padre para decirle que estás bien, Harry. Sabes cómo se preocupa.

Harrison elevó una oración pidiendo paciencia.

—Telford, ve por favor a pedirle a mi padre que vaya a reunirse con mi madre en el salón para el té.

—Sí, milord.

—No seas ridículo, Harry —lo reprendió su madre. Y añadió con la voz ligeramente agitada—: Sabes muy bien que tu padre no puede reunirse conmigo para tomar el té.

Harrison la miró cauteloso, pensando si no habría pasado repentinamente a uno de sus raros momentos de lucidez.

—¿Por qué no?

—A tu padre no le gusta el té. Desde hace años.

—Entonces Telford le llevará un vaso de whisky. Todavía bebe whisky, ¿verdad?

—¡Harry! —exclamó lady Bryden horrorizada—. No me parece bien que hables de licores delante de tu amiguita. ¿Qué van a pensar sus padres?

—No se preocupe, lady Bryden —se apresuró a decirle Charlotte—. Se sabe que mi padre disfruta de un vaso de buen whisky.

—Bueno, niños, de verdad, este no es un tema apropiado para ninguno de los dos —sermoneó lady Bryden—. Telford, quiero que les traigas de esos ricos pastelitos de jengibre que horneó esta mañana la señora Griffin, ¿de acuerdo?

—Sí, milady.

—Ha sido un placer conocerte, querida mía —dijo ella, sonriéndole a Charlotte—. Ven siempre que quieras. —Se le ensombreció la expresión—. No tenemos muchas visitas últimamente.

—Me encantaría venir a hacerle otra visita, lady Bryden.

—Estupendo. No te olvides de la fiesta de Harry —canturreó saliendo por la puerta—. Va a ser maravillosa. Vámonos, Telford —dijo, haciendo un gesto al mayordomo para que la siguiera—, tenemos que empezar a organizarla.

Harrison cerró la puerta, apoyó la frente en ella, contó hasta tres y se giró a mirar a Charlotte.

—Gracias.

—¿Por qué?

—Por no hacerla sentirse incómoda.

Charlotte asintió.

—¿Cuánto tiempo lleva así?

—Mucho —repuso él yendo al escritorio a servirse otro coñac.

—¿Estaba así cuando usted era niño? —le preguntó Charlotte, imaginándose lo desconcertante que tenía que haber sido para un niño la peculiar relación con la realidad de lady Bryden.

—No.

Harrison bebió un trago y contempló el cuadro que colgaba en la pared de enfrente, en que estaba su madre con sus tres hijos. Su padre lo había hecho pintar cuando Margaret sólo tenía alrededor de un año, Frank cinco y él once. Estaban sentados en el jardín de la casa de campo, bajo el verde follaje de un espléndido árbol plantado ahí hacía unos doscientos cincuenta años, cuando el primer conde de Bryden comenzara la construcción de la casa. Su padre se había criado jugando debajo de ese árbol, y quería tener un retrato de sus amados mujer e hijos ahí. Cada vez que miraba el cuadro decía que veía todo lo que era más importante para él.

—¿Dónde están ahora su hermano y su hermana?

—Margaret está casada y vive en Francia con su marido y sus dos hijos. Frank vive en Chicago, donde está trabajando para establecerse como una especie de empresario.

—¿Su madre los ve con frecuencia?

—Rara vez. Margaret venía a visitarnos antes de tener a sus hijos, pero ahora le resulta difícil viajar con ellos. Además, mi madre es bastante imprevisible. A veces está feliz y encantadora, pero también tiene momentos en que puede ser algo explosiva. Comprensiblemente, Margaret no desea exponer a sus hijos a los malos humores de su abuela. Son muy pequeños aún, y están mal equipados para contender con eso.

—¿Y su hermano?

—Cruzar el Atlántico lleva más de una semana. No dispone de ese tiempo.

—¿Le escribe a su madre?

—Al principio le escribía. Desgraciadamente ella nunca entendió de quién procedían las cartas. En su mente, Frank sigue siendo el niño de cinco años del retrato. Al parecer, no logra comprender que su hijo es adulto y vive al otro lado del océano ni que su hija está casada y tiene sus propios hijos.

—¿Y a usted? ¿Alguna vez le reconoce como hombre adulto?

—Hubo un tiempo que sí, pero sus episodios de normalidad se han hecho cada vez menos frecuentes. Será difícil convencerla de que no necesito que me corte el pelo —añadió pesaroso, pasándose las manos por el cabello.

—Yo podría cortárselo, si quiere. Así a ella no seguiría molestándole que lo llevara largo.

Él la miró extrañado. Hacía mucho tiempo desde que alguien que no fuera un criado se ofrecía a hacer algo por él.

—Gracias, pero eso no será necesario. Pero gracias.

La estaba mirando fijamente, lo que la hacía sentirse inhibida.

—Entonces me voy —dijo—. El pobre Oliver debe de estar pensando qué ha sido de mí, pues le dije que sólo tardaría unos minutos...

—Charlotte...

—¿Sí?

—Busca la ayuda de la policía —la instó—. Dios sabe que nunca me imaginé hablando de los méritos de la policía, pero ellos están acostumbrados a hacer frente a situaciones como esta. Encontrarán a ese canalla, lo meterán en la cárcel y ahí acabará todo.

—La policía no puede ayudarme —dijo ella, negando con la cabeza.

—¿Por qué no?

¿Qué podía contestar a eso?, pensó ella, abatida. ¿Porque el hombre que la amenazaba era su padre? ¿Porque él había jurado golpearla sin piedad si se lo decía a alguien, y ella sabía muy bien que jamás hacía una amenaza en vano? ¿Porque si no le daba el dinero él haría algo tan horrible a su familia que ni siquiera podía imaginárselo? ¿Porque la policía se limitaría a escucharla educadamente, llenar un formulario y luego no haría absolutamente nada? En las calles de Londres había cientos de hombres que calzaban con la descripción de Huesos Buchan. Estos conocían las oscuras madrigueras de las casas de inquilinos y los hediondos laberintos de callejones mucho mejor que cualquier agente de policía. La policía jamás encontraría a Huesos Buchan. Pero él sí la encontraría a ella.

Y cuando la encontrara, la castigaría por desobedecerle.

—No pueden —contestó, con la voz hueca.

Harrison apretó los dientes, frustrado. Se le estaba intensificando el dolor de cabeza, advirtiéndole que pronto tendría que recurrir al láudano después de todo. Fue a su escritorio y abrió la caja fuerte oculta en el compartimiento con puerta de abajo. De allí sacó un sobre y volvió a cerrar la caja fuerte y la puerta.

—Aquí hay ochocientas libras —le dijo, pasándole el sobre—. Esto es todo lo que tengo por el momento. Puedo disponer de más, pero eso, desgraciadamente, me llevará unos días. Mientras tanto, prueba a ver si eso es suficiente para arreglar tu situación.

Charlotte miró el sobre, sorprendida. Luego alargó la mano y lo cogió.

—Gracias.

Harrison asintió. En ese momento la encontraba dolorosamente hermosa, una seductora combinación de fuerza y vulnerabilidad. Se sorprendió deseando alargar la mano para acariciarla, acercarla y estrecharla en sus brazos, sentir su cuerpo apretado contra el de él, toda esa blandura, fuerza y calor. No quería que ella enfrentara sola esas misteriosas fuerzas que la amenazaban, pero presentía que ella no recibiría bien su ayuda. Dada su desastrosa actuación en los dos últimos intentos de robo, suponía que no inspiraba mucha confianza, ni siquiera a sí mismo. Se presionó una sien con los dedos, para mantener a raya el creciente dolor. Se le estaba haciendo borrosa la visión, lo que indicaba que pronto tendría que ir a buscar el refugio de su dormitorio.

—Perdona que no te vaya a acompañar a la puerta —musitó, tirando del cordón de terciopelo para llamar a Telford—. Telford te acompañará hasta tu coche.

Charlotte lo miró preocupada.

—¿Se siente mal?

—Estoy bien.

Apoyó las manos en el escritorio y simuló mirar atentamente un documento que estaba abierto encima. Las letras bailaban y se iban haciendo borrosas, produciéndole náuseas.

—¿Señor? —dijo Telford, apareciendo en la puerta.

—Acompaña, por favor, a la señorita Kent hasta su coche —dijo, haciendo ímprobos esfuerzos para que la voz le saliera firme.

—Sí, señor. —El mayordomo se volvió hacia Charlotte—. ¿Señorita Bryden?

—Buenas noches, lord Bryden —se despidió ella.

Harrison no levantó la vista cuando Telford salió detrás de Charlotte.

En cuanto la puerta estuvo cerrada, sacó el frasco de láudano del cajón y vertió una dosis en lo que quedaba de coñac. Se lo bebió de un solo trago, cerró los ojos y se desplomó sobre el escritorio, derrotado.

Hasta ahí llegaba esa noche. Ya no podía hacer nada más.

Capítulo 8

*A*rchie Buchan se movió intranquilo, cambiando el peso de su cuerpo de un pie a otro y maldijo vehemente a Dios, a Jesucristo y a todos los discípulos de Cristo cuyos nombres logró recordar.

Detestaba esperar.

La vida en prisión había sido toda esperar y esperar, reflexionó amargamente. Esperar la llegada del amanecer para no tener que yacer en esa cama llena de piojos escuchando los ronquidos y pedos de los otros reclusos metidos en ese hoyo con él. Esperar el jarro de agua helada y el duro jabón, porque así podía limpiarse la asquerosa capa de mugre que se le formaba constantemente en su boca podrida. Esperar la mazamorra de avena, la sopa grasienta y la leche cortada, porque sabía que si no comía se moriría. Esperar la llegada de su turno de diez horas de recoger estopa o hacer redes, porque si no trabajaba lo azotaban y sentenciaban a girar la manivela. Y luego esperar nuevamente la llegada de la noche, con el cuerpo dolorido, las manos llenas de ampollas, sangrantes, agrietadas, tan agotado que apenas notaba los malos olores y ruidos que envenenaban el aire.

Paciencia significa supervivencia.

No todos los presos que lo rodeaban entendían eso. Muchos se dejaban debilitar sus cuerpos y mentes. Dejaban apagar la rabia que les hervía dentro. Pero él no. Él nunca estuvo dispuesto a dejarse morir o volverse loco, que eran las otras dos únicas opciones de escape.

Él había centrado la atención en la certeza de que algún día estaría libre para comer lo que quisiera, emborracharse cuando le viniera en gana y enterrar la polla en todas las mujeres que pudiera.

Era esa misma paciente resolución la que lo había capacitado para vigilar la casa de Charlotte toda la noche, esperando. La vio salir en el coche la noche pasada y continuaba allí en su puesto cuando ella regresó. También vio llegar a las tres putas jóvenes que vivían con ella, a diferentes horas. Cuando se le instaló el aburrimiento, entretuvo la mente en pensar en las cosas que podría hacerle a cada una de ellas si tuviera el tiempo o el dinero. Cuando se cansó de eso, pensó en lo que le haría a Sal cuando volvieran a su modesta habitación. Sal no era joven ni bonita, pero conocía una o dos cosas para complacer a un hombre, y él no tenía que pagarle por el privilegio. Aunque una vez que tuviera su dinero se buscaría una mujer más de su gusto. Una más joven y lozana, que no se hubiera abierto de piernas ante todos los gilipollas que le compraban una cerveza o le decían que estaba de buen ver. Sal era así de tonta; quería un hombre que cuidara de ella. Aunque él no había hecho mucho en ese sentido, cuando la follaba se preocupaba de frotarle bien el coño, lo que la hacía gemir de placer.

Nunca le habían gustado las mujeres gazmoñas que parecían que sólo soportaban sus atenciones.

—¿Ya se ha levantado? —preguntó Sal, bostezando al salir de detrás de la última casa de la hilera.

—No.

—Todavía es temprano, Archie —observó ella, rascándose—. Podrías ir a echar una cabezada un rato ahí atrás mientras yo me quedo aquí vigilando. Hay un montón de cajones ahí, así que no es necesario que te sientes en el suelo.

—No estoy cansado.

—Pareces medio muerto.

—Siempre soy así.

—No sé cómo lo sabes, si no tienes espejo.

—Por el amor de Dios, Sal, cierra el pico o vuélvete allí a dormir. No me voy a mover de aquí.

—Muy bien, entonces —ladró ella—. No duermas. A mí qué más me da.

—Estupendo.

Ella lo miró indignada. El hombre era desesperante. Lo único que pretendía ella era ofrecerle un poco de comodidad, después de que se pasara toda la noche de pie ahí. Cualquier otro hombre se lo habría agradecido, le habría hecho una mamola, diciéndole que era una buena chica, y se habría dejado llevar a ese cómodo sillón seco que había hecho. También se habría fiado de ella para dejarla vigilando ahí, sabiendo que era lista y que lo despertaría en el instante en que viera salir a alguien de la casa. Pero Archie no. Él tenía que hacerlo todo personalmente. No se fiaba de nadie, ni siquiera de ella. Eso de que no creyera en sus ardientes promesas de que jamás lo traicionaría, dolía un poco. Además, también lo notaban en que él nunca le hacía esas promesas. Pero en definitiva no importaba que él no le hiciera juramentos. Muchos hombres le habían prometido fidelidad para luego dejarla tirada o levantarle las faldas a otra mujer. Conocía a unas cuantas chicas que engañaban a sus hombres, pero eso era raro.

Las chicas sabían que se encontrarían con un puño en el ojo si miraban a otro.

—Ahí está —dijo Archie, con la boca curvada de satisfacción, al ver salir a Flynn.

—¿Y a qué sale tan temprano? —comentó Sal, extrañada—. Con esa casa cómoda y una cama limpia, seguro que yo dormiría hasta más tarde.

—Los viejos hábitos tardan en morir —musitó Archie, observando al delgado niño bajar rápidamente la escalinata de entrada—. Está acostumbrado a levantarse antes que salga el sol, para estar en la calle y lejos de la puerta antes que alguien le plante una escoba en el culo.

—¿Adónde va, pues, a esta hora?

—Eso lo descubriremos.

Archie se bajó el gorro sobre la frente, echó los hombros hacia delante y le ofreció un brazo a Sal.

—Vaya, gracias, Archie —dijo ella, sorprendida por ese gesto de cortesía.

—Llamaremos menos la atención si parecemos marido y mujer. Arréglate el pelo, lo llevas como si te hubiera volado una galerna.

Azorada, ella se pasó las manos por los enredados mechones de pelo.

—¿Estoy mejor?

—Tendrá que servir. Vamos, no quiero perderlo de vista.

Siguieron a Flynn a una distancia prudente. El niño avanzaba rápido, como si llevara una finalidad en la cabeza. Caminaba airosamente, con la cabeza erguida, los pies ágiles, casi saltando por los bordillos de las aceras y adoquines de las calzadas. Su pelo rubio oscuro le caía por debajo de un gorro marrón, y aunque lo llevaba un poco largo, estaba claro que se lo había lavado y peinado no hacía mucho. Su chaqueta y pantalón sencillos le quedaban algo holgados, pero estaban limpios, y sus botas de piel parecían relativamente nuevas. Emanaba de él una especie de seguridad, una actitud casi jactanciosa que no era normal ver en muchos niños de once años de hogares respetables, pero Archie la conocía muy bien. Eso era el resultado de coger a un sucio y astuto pilluelo de la calle, lavarlo un poco y ponerle ropa limpia. No era suficiente para engañarlo a él, pero a primera vista el niño se veía bastante decente. Eso le daba una ventaja. La gente bien se ponía toda nerviosa al ver a un niño sucio y harapiento, temiendo que el mendigo quisiera robarles algo. Vestido con trapos elegantes, la cara y las manos limpias, el niño Flynn tenía un aire de casi respetabilidad. Unos años más al tierno cuidado de Lottie, pensó, e igual podría ser todo un experto en representar el papel de elegante, como ella.

Pero en el fondo seguiría siendo escoria, como el resto de ellos.

—Rápido el puñetero, ¿no? —comentó Sal, con sus amplios pechos agitados bajo los límites del corsé.

—Camina, Sal, sigue el paso, me siento como si te llevara medio a rastras.

—Lo intento —dijo ella, fastidiada—. A ti también te costaría si llevaras estos malditos tacones. No están hechos para caminar por todo Londres.

—No sé por qué te gastas el dinero en botas con las que no puedes caminar —ladró Archie—. No es que te pases la vida viajando en coches.

—Cuando tengamos dinero en los bolsillos me compraré un par de botas nuevas —le aseguró ella—. Y ya sé cuáles quiero; todas color melcocha y de piel tan suave como nata, y unos botoncitos que parecen gemas.

—Sólo asegúrate de que puedes caminar con ellas —masculló él, tironeándola—. Si puedes hacer eso, valdrán lo que sea que pagues por ellas.

Continuaron siguiendo a Flynn por otras tantas calles hasta que por fin llegaron a las calles de comercio cercanas a Drury Lane. Los tenderos estaban abriendo sus tiendas y colocando mesas y expositores delante, para llenarlos con todo tipo de mercancías, desde hermosos libros encuadernados en piel hasta delicados peines y abanicos para señoras y pañuelos de caballero bien planchaditos. Si los artículos se veían atractivos al aire libre, los hombres y mujeres que pasaran se sentirían más tentados de comprar. Esto hacía vulnerables las mercancías para los aspirantes a rateros, en especial si el tendero tenía que entrar en la tienda un momento dejando su exposición sin atender.

Flynn iba caminando por la calle con aire despreocupado, las manos metidas en los bolsillos, y silbando. El muchacho conocía su oficio, pensó Archie, sintiendo un ramalazo de respeto. Si el niño caminara muy rápido o se mostrara nervioso, al instante despertaría sospechas en los tenderos. Pero si se tomaba su tiempo y parecía relajado, tenderían a pensar que era un muchacho con algo de pasta en el bolsillo, al que muy bien podrían tentar de soltarla para comprar algo.

Flynn continuó deambulando por la acera, deteniéndose a examinar un libro aquí, un montón de frutas allá. De repente lo sacudió un fuerte estornudo, que lo hizo doblarse y sacar un voluminoso pañuelo rojo. Archie observó admirado cómo cogía una manzana de un carretón en el preciso instante en que se llevaba la bandera roja a la cara. Expertamente se metió la manzana en el bolsillo mientras hacía todo un espectáculo de sonarse la nariz, causando repugnancia a cualquiera que pudiera estar mirándolo. Después arrugó el pañuelo y se lo metió en el bolsillo, disimulando inteligentemente con su volumen el bulto que le hacía la manzana robada. Luego continuó su camino, nuevamente deteniéndose aquí y allá a mirar lo que fuera que le captaba la atención. Pasados unos minutos, sacó la manzana del bolsillo, la limpió vigorosamente en la manga y empezó a mordisquearla ruidosamente.

Archie estaba admirado.

—Listo el ladronzuelo, ¿no? —comentó Sal. Ella también había pasado años de carterista y sabía reconocer el talento cuando lo veía.

—No creo que Lottie haga pasar hambre al muchacho —musitó Archie—. Ha robado esa manzana porque sabía que podía. Y si en algo se parece a mí, querrá más, sólo para ver si puede.

Sal hizo un mal gesto por el dolor que le causaban los zapatos.

—Vamos, entonces, Archie, acabemos con esto de una vez.

—Primero quiero ver qué tiene en mente. La mejor manera de saber lo que puede hacer es observarlo.

Ella gimió, pero no discutió. Sabía que si daba muchos problemas, Archie la dejaría atrás, y no quería que lo hiciera.

Continuaron caminando cogidos del brazo, mezclándose con los otros compradores matutinos que ya tenían atiborrada la estrecha calle. Se detenían a mirar algo cuando Flynn se detenía, luego simulaban perder interés y continuaban detrás de él. Al ver que el muchacho dejaba pasar varias oportunidades de robar algo sin que lo notara el tendero, Archie comenzó a sospechar que Flynn tenía un destino concreto en mente.

Finalmente el niño llegó a una pequeña tienda que vendía tabaco y dulces. En el escaparate del lado izquierdo había una tentadora exhibición de suculentos caramelos dispuestos en bellos montoncitos. El otro lado de la tienda se especializaba en productos para fumadores. Ante la sorpresa de Archie, hacia ese escaparate se dirigió Flynn. Se quedó mirando a través del cristal los altos frascos llenos de fragante tabaco oscuro, las cajitas de cigarrillos y cigarros decoradas con letras doradas y exóticas imágenes. Una hermosa colección de artículos para fumador completaban la exposición, entre ellos elegantes cigarreras de plata de ley, pesados ceniceros de cristal, mármol y ónice, y un surtido de pipas espectacularmente talladas.

Flynn continuó junto al escaparate con las manos en los bolsillos. Parecía fascinado por esas delicadezas para adultos, pero nadie se fijaba mucho en él. El tendero calvo y redondo le echó una mirada bastante amistosa, pensando quizá que podía tener uno o dos peniques para gastarlos en un dulce, pero en el instante siguiente entró en la tienda un señor de pelo cano en busca de tabaco y Flynn quedó olvidado. Entonces el niño se acercó un poco más a la puerta, como para observar al tendero sacar uno de los frascos altos del escaparate. Después el hombre se giró para volver al mesón, presumiblemente para servir la cantidad que deseaba el cliente mayor que acababa de entrar.

Entonces Flynn sacó presuroso un pequeño puñal del bolsillo de la chaqueta, lo insertó en la esquina de uno de los paneles de cristal, y estornudó, presionando firmemente. El ruido del estornudo disimuló el del cristal al romperse, que se quebró en un trozo parecido a una estrella. El niño aplicó un trozo de una tela adhesiva al cristal roto, lo desprendió, metió la pequeña mano en la abertura y comenzó a sacar pipas y cigarreras, metiéndoselas en los bolsillos de la chaqueta. En veinte segundos había sacado todo lo que podía llevar. Después de poner el trozo de cristal roto en su lugar, se dio media vuelta y se alejó silbando.

No había dado muchos pasos cuando el tendero levantó la vista y vio el trozo de cristal roto en el escaparate.

—¡Alto, ladrón! —rugió.

Flynn echó a correr como una bala de cañón, metiéndose por entre los carretones y tenderetes, para perderse de vista. Decidido a no perderlo, Archie se soltó del brazo de Sal y echó a correr también. Estaba en bastante buena forma para ser un hombre de cincuenta y tantos, pero los tenderos y mirones enfurecidos que corrían en bandada para coger al pequeño ladrón lo dejaron atrás rápidamente.

—¡Ven aquí, granuja! —gritó el tendero indignado, olvidando en su furia que acababa de dejar abandonada su tienda.

—¡Que alguien lo coja! —gritó otro.

—¡Ojo, que se escapa!

Ya era una verdadera multitud la que corría detrás del niño, pero justamente su grueso la hacía torpe. Muy pronto los enfurecidos miembros más rezagados empezaron a resoplar, con las manos apoyadas en el pecho y abandonando la persecución, decidiendo que un pilluelo fastidioso no valía una apoplejía. Archie se obligó a continuar, aunque una punzada de dolor le atenazaba el pecho y sentía los pulmones como si estuvieran a punto de reventar. Apenas veía a Flynn corriendo delante. Maldiciendo y rogando no caer muerto al mismo tiempo, se dio un impulso para correr más rápido.

—¡Te tengo, asqueroso cabronazo! —rugió un caballero eufórico, cogiendo a Flynn por la chaqueta.

—¡Vete a la mierda! —exclamó Flynn, girándose y dándole una fuerte patada en la rodilla.

—¡Mierda! —maldijo el hombre, soltándolo al doblársele dolorosamente la rodilla.

Flynn echó a correr nuevamente, pasando veloz por entre un laberinto de sorprendidos compradores. Unas cuantas almas bravas alargaron las manos y los pies para cogerlo o hacerle zancadillas, pero Flynn era ágil y rápido y no tuvo dificultad para sortear las manos y saltar por encima de las piernas; cuando saltar no lo lograba una sólida patada en la espinilla sí lo conseguía. Pero el alboroto de su escapada atrajo la atención más allá. Varios jóvenes se ordenaron rápidamente formando una barricada. Flynn giró y escapó por el callejón más cercano que salía de la calle. Unas cuantas almas resueltas de la multitud inicial que lo seguía, gritaron al jefe de la bandada que no lo dejara escapar.

Archie llegó justo a tiempo para oír una sarta de furiosas maldiciones gritadas con voz aflautada.

—¡Suéltame, cerdo puñetero! —estaba gritando Flynn, tratando furioso de zafarse de las manos de su captor.

—Quieto, pequeño tunante, si no quieres que te vuele tu maldita cabeza —le dijo el hombre bravamente.

—¡Vete a la mierda! —gritó Flynn dándole una patada en la espinilla.

El hombre reaccionó asestándole una potente palmada en el lado de la cabeza, dejándolo medio aturdido.

—¿Quieres otra? —le preguntó, sacudiéndolo, cogido por el pezcuezo.

Flynn negó con la cabeza y hundió los hombros, derrotado.

—No eres más que una fastidiosa mala hierba —masculló el hombre, aflojando un poco la presión.

Flynn le enterró el huesudo puño en la nariz.

—¡Joder! —exclamó el hombre llevándose las manos a la cara ensangrentada—. Te mataré, pequeña mierda.

Flynn ya iba corriendo veloz en dirección al otro extremo del callejón, iluminado por el sol.

Archie corrió unos cuantos pasos y se arrojó hacia delante con los brazos, la espalda y las piernas lo más extendidos posible.

—¡Te tengo! —ladró triunfante, arrojando al niño al suelo.

Al instante le puso una rodilla en la espalda y le sujetó los brazos.

—¿Qué has hecho esta vez, tunante podrido? —le dijo furioso. Rápidamente le hurgó los bolsillos antes que se acercara otro. En un instante le sacó dos cigarreras de plata, tres pipas bellamente labradas y un paquete de cigarros, y se los metió en el bolsillo—. Vas a ser mi muerte y la de tu madre, esa es la pura verdad de Dios. ¿No te da vergüenza? —gritó, mientras se congregaba una pequeña muchedumbre alrededor—. ¿Qué le voy a decir a tu madre, que todavía llora la muerte de tu hermanito el mes pasado? Ahora sólo le falta que se lleven preso a su único hijo vivo, ¿y tendrá que pasar sin él también?

Flynn miró a Archie receloso. Este le sonrió con aire de complicidad, palmoteándole el bolsillo, indicándole que lo ayudaría a cambio de una parte del botín. Flynn asintió secamente, aceptando el trato.

—Tendrás suerte si los polis no te arrancan tu flaco culo para siempre —continuó Archie, poniéndolo bruscamente de pie—. Y si no fuera por tu pobre madre, te metería en la cárcel yo mismo, jodido puñetero.

Le dio una palmada en el lado de la cabeza, arrancándole el gorro.

—¿Ese es su hijo? —preguntó el tendero, resoplando y abriéndose paso hasta ponerse delante de los mirones. Tenía la cara de un alarmante color morado.

—Sí, me temo que sí —contestó Archie, quitándose respetuosamente el gorro—. Siento mucho todos los problemas que le ha causado, señor, y estoy dispuesto a dejar que reciba el castigo que usted considere justo. Puede llamar a un poli si quiere, aunque si lo meten en chirona se le romperá el corazón a su pobre madre. Tal vez podría darle unos dos palos en las nalgas, si le parece que eso compensa el acto tan terrible que ha hecho.

Flynn miró a Archie incrédulo.

—Vete a la...

—Yo le daré una buena paliza, y lo que sea que usted decida —continuó Archie cogiendo a Flynn de la oreja—. Le doy palizas constantes, pero no sirve de nada. Es más vago que un perro muerto, y un mentiroso también, pero es mi hijo y es mi trabajo ocuparme de que resulte bien, así que yo se lo sujetaré mientras usted le da su merecido.

Puso a Flynn delante del tendero y le sujetó las manos a la espalda.

—¡Venga, déjelo en paz, grandísimo matón! —gritó Sal, furiosa, abriéndose paso por entre el gentío, hasta ponerse delante—. Debería darle vergüenza golpear a mi nene, y justo cuando acaba de morir su hermanito. —Le relampaguearon los ojos de rabia—. ¿Sabe su mujer que le gusta pegarle a niños que no son ni la mitad de su tamaño?

Se oyeron disgustados murmullos entre la multitud expresando su acuerdo, aun cuando hacía un momento a todos les habría encantado ver la paliza.

—No lo iba a golpear —protestó el tendero, confundido—. Pero él me ha roto el escaparate y me ha robado.

Sal se dirigió resueltamente hasta Flynn y se plantó las manos en las caderas.

—Bueno, ¿qué tienes que decir tú? ¿Le robaste al caballero?

—Sí, pero sólo para poder comprarte algo bonito —contestó Flynn, mirándola con una angelical expresión de pena—. Has estado tan triste desde que murió el bebé. Lo hice por ti, ma.

—¡Ay, mi niño precioso! —exclamó Sal, cogiéndolo en sus brazos y estrechándolo contra su pecho—. Eres lo único que me queda ahora, así que prométeme que serás bueno y que no volverás a robar. No podría soportar perderte a ti también. —Hundiendo la cara en el pelo de Flynn, empezó a sollozar sonoramente.

—No, ma —dijo Flynn, con la voz ahogada en los mullidos cojines formados por los voluminosos pechos—. Te lo prometo.

—Ahí tiene, desde ahora va a andar derecho, señor, se lo prometo. —Archie sacó un arrugado pañuelo del bolsillo de la chaqueta y se sonó ruidosamente.

—Pero ¿y lo que me robó? —preguntó el tendero.

Sal apartó a Flynn y lo miró severamente.

—Suéltalo —dijo, extendiendo la mano—. Ahora mismo.

Flynn titubeó pero sacó las pipas y las cigarreras que le quedaban en el bolsillo y se las entregó.

—Todo —dijo ella en tono de advertencia—. Ya.

Mirándola fastidiado, Flynn sacó varios paquetes de cigarros y cigarrillos del otro bolsillo y lo puso encima de las otras cosas en las manos de ella.

—Aquí tiene, señor —dijo ella, pasándole lo robado al tendero—. Nuevitos.

Él miró los artículos que tenía en las manos, desconfiado.

—Esto no es todo —protestó.

Sal se volvió hacia Flynn.

—¿Te guardas algo?

—No —repuso Flynn, negando enérgicamente con la cabeza.

—Dale la vuelta a los bolsillos —le ordenó Archie—, para que podamos ver.

Obedientemente, Flynn le dio la vuelta a los bolsillos. Lo único que salió fue el pañuelo rojo.

—Habría jurado que se llevó más —masculló el tendero.

—Ahora dile al señor que lo sientes —le ordenó Sal.

Flynn lo miró arrepentido.

—Lo siento, señor.

—Este es mi buen muchacho —dijo Archie—. Bueno, señor, supongo que ahora nos pondremos en camino...

—Un momento —dijo el tendero—, ¿y el estropicio que hizo en mi escaparate? Arreglarlo me va a costar por lo menos media corona.

—Sí, claro, deje que me ocupe de eso. —Archie fingió hurgar en los bolsillos en busca del dinero—. Vamos a ver, sé que tengo algo aquí... —Negó con la cabeza, desconcertado—. Bueno, esto sí que es bueno... Mary, ¿llevas media corona?

—Por supuesto —dijo ella, hurgando en su ridículo. Pasado un momento, negó con la cabeza—. Me debí dejar el monedero en casa.

—Bueno, señor, ya sé lo que haré —dijo Archie bravamente—. Volveré a su tienda dentro de una hora con la pasta, y además le arreglaré el escaparate, para que pueda quedarse el dinero sólo por la molestia que le causó el muchacho. ¿Le parece bien?

Estaba claro que el tendero habría preferido tener su dinero inmediatamente. Pero lo que le proponía Archie era tan eminentemente sensato que de ninguna manera podía negarse.

—Muy bien —concedió.

—Bien, entonces, muchacho —continuó Archie mirando a Flynn ceñudo—, vámonos a casa para que pienses cómo vas a cambiar tus malas costumbres y ser más útil para tu madre.

—Yo no necesito nada bonito de una tienda —le dijo Sal—. Lo único que necesito es tener a mi hijo conmigo y saber que está seguro. —Sorbió sonoramente por la nariz, se la limpió con un pañuelo no muy limpio y lo rodeó con el brazo.

—Vendré pronto, señor —gritó Archie por encima del hombro al tendero, empujando a Flynn por entre la muchedumbre que se iba dispersando—, a ocuparme de ese cristal roto.

Salieron del callejón y continuaron caminando por la calle los tres cogidos del brazo. Cuando ya llevaban caminadas varias manzanas, Flynn se soltó de los brazos de Archie y Sal.

—Ahora hagamos el reparto —dijo en voz baja, refiriéndose al botín que llevaba Archie en los bolsillos.

Archie lo miró ceñudo.

—Aquí no —dijo, haciendo un gesto a la gente que pululaba por la calle—. Te llevaremos a un lugar seguro donde podamos mirarlo. —Simuló pensar un momento—. Tenemos una habitación no muy lejos de aquí. Iremos allí.

—No tengo tiempo para eso —protestó Flynn, testarudo—. Déme una de las cigarreras de plata y me voy.

—No te voy a dar nada aquí —replicó Archie ásperamente—. No me arriesgué el cuello allí sólo para que me coja un madero cuando vamos caminando. Vienes con nosotros o te marchas. A mí me importa un pimiento.

—Tenemos gin —añadió Sal, tratando de tentarlo—. Y es bueno, no la meada que estás acostumbrado a tragar.

Flynn reflexionó un momento.

—Muy bien.

Los siguió en hosco silencio, mientras ellos hacían su camino por una serie de calles estrechas, atravesaban patios cubiertos de basura y callejones hediondos, internándose más y más en el suburbio de los delincuentes llamado Devil's Acre*. Los edificios carcomidos habían sido casas bastante respetables en los siglos XVII y XVIII, pero los años de pobreza y mal mantenimiento habían convertido el lugar en una barriada fétida plagada de gusanos. Abundaban los prostíbulos, acompañados por las inevitables pensiones que ofrecían «camas». En esas pensiones atiborradas, aquellos que poseían unas cuantas mone-

---

* Zona del Diablo. *(N. de la T.)*

das, podían compartir una sucia cama con otras personas, en una habitación habitada por treinta o más hombres, mujeres y niños pobres. Todo el barrio era un nido de desesperación, poblado únicamente por delincuentes y prostitutas, pero Flynn no reparaba en nada de eso. Seguía a Sal y Archie por el laberinto de retorcidos callejones, seguro de que encontraría el camino de salida sin su ayuda.

Finalmente entraron en un ruinoso edificio. Archie guió la marcha por una desvencijada escalera hasta arriba del todo; ante la puerta se detuvo a apartar una rata de un puntapié, y entonces la abrió. Flynn entró detrás de él y de Sal en la calurosa habitación del ático, que apestaba a gin, orina y col hervida.

—No habrá reparto de botín —declaró Archie ásperamente, cerrando la puerta.

—¿Qué? —protestó Flynn, furioso—. Yo lo robé.

—Sí, y por poco te zurran y te envían al gallinero por tu trabajo. Fui yo el que te salvó tu flaco culo, y seré yo el que me quede el botín.

—¡Vete a la mierda! —maldijo Flynn, dirigiéndose a la puerta. Tiró del pomo y descubrió que estaba cerrada con llave.

—Hay una cosa más que olvidé mencionar —añadió Archie, sentándose en una de las dos sillas destartaladas que contenía la habitación—. Te quedarás conmigo y Sal por un tiempo.

—Sí, y un cuerno —dijo Flynn, afirmándose en la puerta—. Dame la maldita llave.

—No será por mucho tiempo —lo tranquilizó Archie—. Sólo hasta que mi Lottie me dé mi dinero.

—¿Quién?

—La señorita Charlotte Kent, supongo que así la llamas. Pero ese no es su verdadero nombre. Es Lottie Buchan, de la ciudad de Inveraray. Hubo un tiempo en que era casi tan buena ladrona como tú.

—Eso es mentira —escupió Flynn—. La señorita Charlotte es una dama, su papá es un noble de Escocia.

—Ese noble no es su papá —lo informó Archie—. Yo soy su papá —concluyó con una cierta nota de orgullo en la voz.

Flynn bufó de risa.

—¿Usté? No es digno ni de quitarle el barro de las botas.

Archie se levantó de un salto y lo arrojó sobre una mesilla.

—¡Para, Archie! —gritó Sal.

—No tolero faltas de respeto —gruñó Archie, levantando a Flynn. Levantó el puño—. A nadie.

—Piensa un momento —le rogó Sal, cogiéndole el brazo extendido—. Si armas mucho ruido sólo conseguirás que suban los vecinos a quejarse, ¿y cómo vamos a explicar la presencia del chico?

Archie vaciló, con el puño suspendido en el aire.

—No te conviene estropearlo todo —continuó Sal, insistente, tironeándole el brazo—. Deja en paz al chico. —Miró a Flynn con una expresión de advertencia—. No va a decir nada más.

Archie miró a Flynn furioso.

—¿No?

Con los ojos ardiendo de odio, Flynn negó con la cabeza.

Archie reaccionó dándole un empujón que lo arrojó al otro lado de la habitación. Flynn se estrelló contra la pared. Sofocando un gemido, cayó al suelo y quedó allí hecho un ovillo.

—¡Suéltame! —le gruñó Archie a Sal, liberando el brazo—. Y tráeme un maldito trago.

Obedientemente, Sal fue hasta un pequeño armario del rincón y sacó una botella y dos vasos sucios. Puso todo en la mesa, sirvió una generosa medida en cada vaso y le pasó uno a Archie.

—Este por los buenos tiempos que nos esperan —brindó Archie.

Levantó el vaso y se lo bebió de un trago. Lo dejó sobre la mesa con un golpe, indicándole a Sal que se lo volviera a llenar. Acabado el segundo vaso, se limpió la boca con la manga y miró hacia Flynn:

—Mantén la boca cerrada y haz lo que yo te diga, y no tendrás ningún problema. Pero trata de escapar o dame cualquier problema —añadió, amenazador—, y te juro que te romperé todos los malditos huesos de tu flaco cuerpo.

—¿Dónde está Flynn? —preguntó Oliver, ceñudo.

—Pensé que estaba contigo —dijo Annie, sentándose a la mesa del comedor.

Doreen le pasó una bandeja con panecillos calientes.

—No le he visto en todo el día.

—Esta mañana se levantó temprano y salió —informó Ruby—. Lo oí bajar la escalera.

—Este no es de los que les gusta llegar tarde a la cena —comentó Eunice inquieta, sirviendo cucharadas llenas de un fragante guiso en todos los platos—. Le dije que iba a preparar un estofado de carne con cebada. Es uno de sus favoritos.

—Seguro que no tardará en llegar —la tranquilizó Annie.

—No debería salir sin decírselo a la señorita Kent, o a Oliver, Eunice o Doreen —observó Violet—. Esa es la regla. —Extendió una gruesa capa de mantequilla en su panecillo y se lo metió entero en la boca.

—Oye, que te vas a atragantar si te metes eso entero —la reprendió Doreen.

—Una dama saca un trocito, le pone un poquito de mantequilla y se lo come delicadamente —añadió Oliver, para enseñarle los buenos modales de la mesa. Sacó un trocito de su panecillo para hacerle una demostración.

—Estoy muerta de hambre —protestó Violet, con la boca llena.

—No veo cómo puedes estar muerta de hambre, si en el desayuno te comiste una empanadilla de carne entera, cuatro tostadas, tres huevos fritos y cuatro tostadas —replicó Doreen.

—La muchacha está creciendo —cloqueó Eunice, compasiva, sirviéndole otra cucharada llena de estofado en el plato—. Mirad a la pobrecilla, es pura piel y huesos.

—De todos modos, no deberías atragantarte con la comida como un perro muerto de hambre —alegó Doreen—. No es decente.

Violet puso los ojos en blanco. Sólo tenía quince años y ya llevaba tres ejerciendo de prostituta cuando la señorita Kent la acogió en su casa hacía dos meses. Fue su madre la que la empujó al oficio, para que complementara los magros ingresos de la familia. Tenía doce años por entonces; la edad legal para consentir. Su primera vez con un hombre fue aterradora y dolorosa, y lloró amargamente cuando acabó. Pero su madre le dijo que era una niña buena cuando vio el puñado de monedas que le dio él. Se las cogió todas, las examinó y le dio una a ella, diciéndole generosamente que podía ahorrarla o gastarla, como quisiera.

Después de eso nunca más volvió a entregarle a su madre todo lo que ganaba.

Nadie de su familia dudó respecto a si debía continuar trabajando de puta, si quería continuar viviendo con ellos. Y si no,

¿adónde podía ir? Sus «amigos caballeros» como le gustaba llamarlos a su madre, ponían comida en sus platos y techo sobre sus cabezas, lo cual hacía que el trabajo pareciera correcto y noble. Pasado un tiempo comprobó que se le iba adaptando el cuerpo y la mente. Era una chica trabajadora, como los cientos de otras chicas que frecuentaban la estación Charing Cross y el Strand en busca de clientes. Algunas recibían regalos de sus hombres, como bonitos sombreros con plumas e incluso medias de seda y suaves guantes de piel. Pero cuando ella veía a las prostitutas más viejas vagando por las mismas zonas, con el pecho agitado por una tos con flemas, sus caras pálidas arrugadas y magulladas, reflexionaba si esa sería la vida que la aguardaba. Había oído hablar de prostitutas que llevaban buena vida, vivían en elegantes apartamentos donde vestían joyas y pieles y bebían champán todo el día, pero no conocía a ninguna de esas. Ese tipo de prostitutas no tenían que recorrer las calles. Eran tan bellas y refinadas que eran los hombres las que las buscaban. Ese era el tipo de puta que deseaba ser, decidió. Una mujer elegante que pudiera elegir a qué hombre dejaba meterse entre sus piernas. Esa le parecía una vida mucho mejor que hacer la calle o trabajar como una esclava en una fábrica.

Cogió otro panecillo. Imitando a Oliver, partió con sumo cuidado un trocito, lo untó con una pizca de mantequilla y se lo llevó delicadamente a la boca.

—Buena chicha —sonrió Oliver, aprobador—. Ahora sólo tienes que acordarte de masticar con la boca cerrada, con elegancia y sin hacer ruido.

Violet se apresuró a cerrar la boca.

—Buenas noches a todos —saludó Charlotte, entrando en el comedor y ocupando su lugar con una expresión de simulada calma. No quería que nadie notara la ansiedad que le había ido en aumento durante todo el día—. ¿Dónde está Flynn?

—No tardará en llegar —le aseguró Doreen, tomando nota de su cara ojerosa—. ¿No te sientes bien?

—Estoy muy bien, Doreen —dijo, logrando dibujar una sonrisa—. Sólo estoy un poco cansada.

—Has trabajado demasiado estos últimos días —la reprendió Eunice, moviendo la cabeza—. Yendo a todas esas cenas y bailes elegantes a toda hora, sin decir nada de la noche en que trajiste a La Sombra contigo. No eres tan fuerte como para hacer todas esas cosas.

—Necesita quedarse en casa a descansar —convino Annie—. Deje que el mundo se las arregle solo un tiempo.

—Me temo que quedarme en casa a descansar no me servirá para mantener funcionando la casa —contestó Charlotte.

—Si te caes muerta de agotamiento, eso no hará funcionar las cosas tampoco —alegó Doreen—. Espero que no tengas planes de salir esta noche, pareces estar a punto de caerte sobre tu estofado.

Charlotte negó con la cabeza.

—No voy a ir a ninguna parte esta noche.

En realidad no tenía idea de si saldría o no. Su padre le había dicho que vendría por su dinero pasados los cuatro días. Eso significaba que podía aparecer en cualquier momento. Había esperado todo el día a ver si enviaba a alguien con las órdenes sobre dónde debía ir a encontrarse con él. Hasta el momento no había venido nadie. La ansiedad de la espera le estaba erosionando la frágil calma que procuraba mantener.

En el instante en que comprobara que ella sólo había conseguido una pequeña parte del dinero que le exigía, la golpearía.

Podría soportarlo, se dijo. Al fin y al cabo había soportado incontables palizas cuando era niña, y sobrevivido. Lo que verdaderamente la aterraba era que le hiciera daño también a alguien de su familia. Había sufrido todo el día pensando si debería advertirlos. Pero si se lo decía, insistirían en que acudiera a la policía. Y cuando su padre lo descubriera, como ciertamente lo descubriría, eso lo enfurecería aún más, lo que lo induciría a hacer algo brutal. Tal vez no a ella sino a uno de sus hermanos o hermanas, o tal vez incluso a Genevieve y Haydon.

El miedo que le hervía en la boca del estómago se le alojó en la garganta, casi ahogándola.

Lamentaba tremendamente que Jack estuviera lejos en uno de sus largos viajes. Jack era el mayor de sus hermanos y siempre había habido entre ellos un lazo especial. Cuando eran más jóvenes, Jack había sido su protector, siempre tratando de protegerla del mundo. Y seguiría siendo su protector si ella no hubiera insistido en que se hiciera a la mar para visitar todas esas tierras exóticas de que hablaban sin parar cuando eran niños. Pero por consolador que hubiera sido confiarle a él lo de su padre, habría sido imposible, comprendió tristemente. Su violenta infancia había producido en Jack una rabia peligrosa, a veces incontrolable. Estaba más preparado para enfrentarse a Huesos Buchan que cualquier otro de su familia, pero eso no significaba que pudiera ganarle. Genevieve y Haydon habían trabajado años en civilizar a Jack, lo que significaba que por lo menos ya entendía que había reglas que respetar y consecuencias que sufrir.

Nadie había intentado jamás civilizar a su padre.

La única otra persona a la que había considerado la posibilidad de recurrir ese día era a Harrison. Se sorprendía pensando en él continuamente, recordando su poderosa presencia, la intensidad de su mirada sombría cuando le pidió que le dijera quién la amenazaba. Como si de verdad creyera que podía ayudarla. Y por un breve momento, al sentir el abrasador calor de sus fuertes manos sobre ella, casi creyó que sí podía. Pero un aristócrata criado tiernamente como Harrison no sabía nada del mundo sórdido de que procedía ella. Había nacido en una vida de elegancia y finura, con verdes y aterciopeladas extensiones de césped, hermosos ponies y pastelillos glaseados, con una madre y un padre que lo adoraban y criados para satisfacer todos sus caprichos. Él pertenecía a un mundo limpio, amable y puro. Y aunque había logrado cierto éxito siendo un ladrón de joyas, sus dos últimos allanamientos habían sido desastrosos; era evidente que estaba perdiendo capacidad. Había tenido la amabilidad de darle lo que, considerado con cualquier criterio, era una enorme suma de dinero.

Para el resto, tendría que contar consigo misma.

—¿Puedo?

Miró a Violet sin entender.

—¿Cómo?

—Su cena. No se la está comiendo. ¿Puedo comérmela yo?

—Dulce san Columbo, yo te traeré más de la cocina, no hay ninguna necesidad de cogerlo del plato de la pobre señorita Charlotte, cuando apenas ha tenido oportunidad de comer.

—Pero es que no está comiendo —replicó Violet a la defensiva—. Sólo mira el plato.

—No pasa nada, Eunice —dijo Charlotte, pasándole el plato a Violet—. No tengo hambre.

—¿El panecillo también?

—Bueno, eso sí que es gula —observó Annie—. Sobre todo después de que ya se ha comido tres.

—Uno era muy pequeño. Y cuando los partes en pedacitos no te llenan igual que cuando te los tragas en trozos grandes.

—Aquí tienes, Violet —dijo Charlotte, pasándole el panecillo a la esbelta chica.

En todo caso, el nudo en el estómago y los nervios destrozados le hacían imposible comer.

—Si no te vas a comer tu plato, ¿qué vas a comer entonces? —le preguntó Eunice, mirándola preocupada.

Charlotte se levantó de la mesa.

—No tengo hambre, Eunice, de verdad. Creo que me iré a mi habitación a leer un poco.

—¿Quieres que te lleve té con tostadas?

—Tal vez más tarde.

—Te llevaré una bandeja dentro de una hora. Tengo preparado un rico pastel de bacalao, te llevaré un plato de eso también.

—Creo que no me apetece el pastel de bacalao —repuso Charlotte.

—A mí sí —dijo Violet entusiasmada, puliéndose el estofado de Charlotte, y eructó.

—Vamos a ver —dijo Doreen, severa—, te he dicho que no se permite nada de eso en la mesa.

—Si sigue comiendo así se le reventará la barriga —avisó Ruby.

—Dejad en paz a la pobre corderita —dijo Eunice, a la que le encantaba que alguien disfrutara de su comida—. No está acostumbrada a ver tanta comida. Puedes comer pastel de bacalao hoy, Violet, pero tal vez te convenga esperar un poco; y cómetelo más tarde. Te apartaré una ración si quieres.

—La quiero ahora. Estoy muerta de hambre.

—No veo dónde pone la comida —dijo Oliver, maravillado. Miró debajo de la mesa, por si se la había guardado en la servilleta para comérsela después—. Parece que todo le ha entrado por la boca —informó, encogiéndose de hombros.

—Eunice me dijo que no tenía que esconder comida porque dice que puedo comer siempre que quiera —le dijo Violet, echándose en la boca la última cucharada del estofado de Charlotte.

—Sí, y puedes —convino Doreen—. Simplemente procura no llenarte tanto el vientre que tengamos que sacarte rodando de la mesa —añadió riendo.

—Y no olvides por favor guardar algo para Flynn, Eunice —dijo Charlotte echando a caminar lentamente hacia la escalera—. Seguro que llegará en cualquier momento.

Se acurrucó más en el rincón, con la cabeza cubierta por una áspera y sucia manta, sin apenas respirar. Igual él no se fijaba en ella, pensó angustiada, tratando de mantenerse lo más inmóvil posible en el suelo. Eso ocurría a veces, cuando llegaba tan borracho que lo único que podía hacer era atravesar a trompicones la habitación, vomitar y tirarse en su cama. Entonces dormía como un muerto, aparte de los molestos sonidos que le salían de la nariz y la boca. Pero a ella no le importaban esos sonidos. Le decían que él estaba verdaderamente dormido, lo cual significaba que no se enfadaría con ella durante horas. A veces dormía hasta bien entrado el día siguiente. Eso a ella le gustaba.

Una frágil sensación de tranquiliad descendía sobre ella cuando su padre estaba profundamente dormido. Entonces podía moverse libremente y hacer lo que quisiera, siempre que lo hiciera en silencio. Si era de día, se escapaba de la miserable habitación de la casa de inquilinos y vagaba por las calles en busca de algo que robar. Las cosas solían irle mejor si lograba llegar a casa con algo que darle. Nunca era bastante, claro. Si robaba un pañuelo, él se quejaba que sólo era de algodón, no de seda. Si lograba robar una manzana o un bollo, él le ladraba que debería haber cogido una tarta al ron o una empanada de carne. Y si de verdad conseguía reunir el valor y robaba una cartera o un reloj, él gruñía que la cartera estaba casi vacía o el reloj era de metal barato y no de oro. Entonces la llamaba guarra, inútil, y le gritaba que estaría mucho mejor si ella no hubiera nacido.

Ella escuchaba en angustiado silencio, con la cabeza gacha, diciéndose que la próxima vez lo haría mejor. Entonces él le golpeaba la cara, los brazos y la espalda, una y otra vez hasta que ella caía al suelo.

Jamás estaba satisfecho.

Lo oyó tambalearse hacia ella y se le cayó el corazón al suelo. No estaba tan borracho entonces. Cerró fuertemente los ojos, simulando que estaba dormida, con la débil esperanza de que la dejara en paz. Pero él se acercó más. Se le aceleró el corazón cuando su fetidez le asaltó los sentidos, un olor asqueroso a sudor, licor y mugre. Sabía que ella no olía mucho mejor, pero por lo menos se esforzaba en lavarse cada día, con agua fría y los preciosos trocitos de jabón que robaba. Apretó fuertemente la manta, su raído escudo de delgada lana, que no la protegía ni de él ni del frío. Por favor, pensó, sin saber a quién dirigía el ruego, por favor, no dejes que me pegue.

La bota se detuvo en su espalda.

—Suelta —ordenó con la voz estropajosa—. Ahora.

Ella se levantó de un salto y corrió a ponerse fuera del alcance de sus puños.

—Toma —dijo, sacando una cadenilla de la manga—. Y también esto —añadió, sacando una pequeña cajita para rapé del bolsillo del vestido.

Él cogió las dos cosas y les dio vueltas en sus sucias manos, su cara contorsionada por el estupor de la borrachera, tratando de calcular su valor a la tenue luz. Finalmente mordió la cadena. Gruñó disgustado y se la metió en el bolsillo de la chaqueta; entonces pasó la atención a la cajita de rapé. Charlotte sabía que no era mucho su valor, porque sólo era metal con un baño de plata y no llevaba gemas ni ningún otro adorno que pudiera aumentar su precio. Pero era bastante bonita y estaba en buen estado, lo que significaba que su padre podría venderla y sacar algo. Esperaba que fuera suficiente para satisfacerlo.

—¿Esto es todo? —le preguntó, con los ojos muy empañados.

Ella asintió.

—Joder, qué inútil eres. En todo el día no tienes nada que hacer fuera de robar unas cuantas cosas para que podamos comer, ¿y esto es lo mejor que consigues?

Ella se miró los pies, avergonzada.

Él le dio una bofetada tan fuerte que la arrojó tambaleante hacia atrás.

—Eres igual que tu maldita madre —gruñó furioso—, buena para nada. Lo único que podía hacer para ganar su parte era follar, y así será para ti también. Pero eres tan flaca y fea que ningún hom-

bre deseará darse un revolcón contigo. Debería arrojarte a la calle, ¿me oyes?

Ella se mordió el interior de la boca, tratando de contener las lágrimas que empujaban por brotar. Si él la veía llorar sería peor. Él detestaba que llorara.

—Vas a engordar un poco y entonces te pondré a trabajar —decidió—. Dios sabe que no tienes mucho digno de verse, pero hay elegantes por ahí a los que les gustan jóvenes y estrechas. No les importará tu apariencia siempre que te abras fácil y les des un buen polvo.

Sintió sangre en la lengua. Se la tragó, y trató de dominar la oleada de náuseas. No digas nada, se dijo, resistiendo el impulso de protestar. Decir algo sólo le ganaría una paliza. Mejor no decir nada y rogar que cuando él despertara al día siguiente se hubiera olvidado de esa horrorosa idea.

—Mañana te robaremos ropa nueva —anunció él, caminando tambaleante hacia su cama—. Y límpiate un poco. A los ricos les gustan limpias. Así podré cobrarles más por ti. No demasiado al principio. Eso los ahuyentaría. Te dejaré aprender el oficio primero. —Se tiró en la cama—. Serás una pieza de primera clase cuando haya acabado contigo —masculló en la almohada—. Eso lo prometo.

Ella se quedó clavada en el suelo, temerosa de moverse, no fuera que el más mínimo movimiento lo despertara. Pasados unos minutos, sus ronquidos llenaron la miserable habitación. Cuando los ronquidos ya retumbaban, se dio permiso para moverse.

Fue hasta la vieja y estropeada mesa del rincón y de un jarro descascarado puso un poco de agua en un trapo sucio. Se aplicó el trapo a la dolorida mejilla, para aliviar el dolor de la mandíbula. Había salido bastante bien parada esa noche. Normalmente él no quedaba satisfecho mientras ella no estuviera aterrada en un rincón o sangrando. El hecho de que no la hubiera golpeado más le produjo un nudo de miedo en las entrañas.

Las piezas de primera clase no atraen a los hombres cuando están cubiertas de heriditas y magullones, comprendió tristemente.

Ni siquiera cuando sólo tienen nueve años.

Tenía la piel perlada de sudor y los músculos agarrotados, como si estuvieran preparados para la lucha. Gimió y se puso de costado. No, pensó, tratando de rechazar los horribles recuerdos que invadían su sueño. No, no, no. El dolor le iba subiendo por la pierna lesionada, avisándole de que estaba a punto de sufrir un calambre. Gimió y hundió más la cara en la almohada, tratando de reunir la fuerza para soportarlo.

Una mano dura y áspera le presionó fuertemente la boca.

—Hola, Lottie —dijo su padre arrastrando la voz, su aliento agrio y apestoso a gin.

Se quedó inmóvil, avasallada por el terror.

—Si chillas, te mataré —la informó él, con toda naturalidad—. Si entra alguien a salvarte, lo mataré también. ¿Entiendes?

Ella asintió, muda.

Él la miró fijamente un momento, aplastándole la boca con su mano callosa. Podía matarla ahí mismo, comprendió ella. Podía cogerle el cuello entre las manos y apretar hasta arrancarle la vida; podía ahogarla presionándole la almohada en la cara, o cortarle el cuello con ese afilado puñal que siempre llevaba en la bota. Pero si la mataba no tendría su dinero. Se aferró a eso para sacar un poco de fuerza de la idea. Ella tenía algo que él quería. Eso le daba un cierto grado de poder, por frágil y fugaz que fuera. Lo miró, tratando de ocultar el miedo detrás de una fachada de casi tranquilidad.

Él quitó la mano bruscamente.

Ella tragó saliva. Piensa, se ordenó, con el fin de controlar, aunque fuera en apariencia, la oleada de miedo que discurría por ella. Hizo una lenta inspiración para serenarse.

—Buena casa la que tienes —dijo él, burlón, paseando la vista por el sencillo dormitorio en penumbra—. Yo suponía que vivías con más elegancia. He visto la casa de su señoría en Londres. Comparada con esa esta parece una choza. —La miró despectivo—. ¿No te tiene mucha estima, no es así?

—Yo elegí esta casa —contestó Charlotte con voz débil.

—Entonces eres más tonta de lo que pensaba —ladró él—. La hija adoptiva de un maldito marqués no vive en una sentina con ladrones y putas. No te quiere mucho ese Redmond, si te quisiera no te permitiría hacer esto. Los otros ladronzuelos que recogió viven en casas mucho mejores que esta.

A Charlotte se le cayó el corazón al suelo. O sea, que había visto las casas de sus hermanos. Pues claro. Huesos Buchan podía ser un ladrón, un borracho y un bruto, pero eso no quería decir que no se tomara en serio su trabajo. Y mucho menos cuando estaban en juego cinco mil libras.

—De todos modos te ha mantenido todos estos años, aún cuando ya estabas bien pasada la edad. Supongo que ni con toda su pasta consiguió que alguno de sus amigos nobles se casara contigo. A los nobles les gustan sus mujeres enteras y limpias, con un poco de agallas, no un inútil pedazo de basura lisiada como tú.

Charlotte se mordió la parte interior de la boca. No digas nada, se dijo, desesperada. No discutas, y no llores. Deja que crea que tiene todo el poder. Eso es lo que desea.

—Tendrá que seguir pagando por ti hasta que estire la pata —dijo Archie, pensativo, tocando las cajas y frascos del tocador. Revisó el contenido del joyero y se metió la mayor parte de las joyas en el bolsillo. Luego bufó disgustado—: ¿No tienes nada que valga más de unos pocos chelines?

—No.

—¿Por qué? ¿No te compra nada fino?

Ella negó con la cabeza.

—Supongo que yo tampoco gastaría el dinero en ti —masculló él, suspirando—. De acuerdo entonces, suelta.

Alargó la mano, expectante.

Charlotte metió la mano debajo de la almohada y sacó el sobre que le diera Harrison.

—Toma —dijo, cojeando hacia él, rogando que no se molestara en contarlo.

Él le arrebató el sobre y se dirigió a la ventana. Por un momento ella creyó que iba a saltar y desaparecer en la noche. Pero no, sacó el fajo de billetes del sobre y empezó a contarlos lentamente a la luz de la luna, moviendo los labios y mirando ceñudo y con los ojos entrecerrados la cifra impresa en cada billete nuevo.

—¿Dónde está el resto?

—No lo pude conseguir. No hay más.

Él arqueó una ceja, nada convencido.

—Te dije que quería cinco mil libras —dijo lentamente, como

quien le habla a un niño obstinado—. Y cinco mil libras es lo que me vas a dar, Lottie.

—No puedo —dijo con voz débil. Comenzó a retroceder para alejarse de él—. Probé en todas partes, pero eso es todo lo que logré conseguir. Te dije que no podía recurrir a lord Redmond. Él querría saber para qué es el dinero, y si pensara por un momento que yo estaba en algún tipo de dificultad, pondría a la policía a vigilarme. Y no nos conviene eso —añadió, en un tono que daba a entender que eran cómplices; como si ella estuviera de su parte.

Él se rascó la barba gris del mentón, pensativo.

—Tienes razón —concedió finalmente—. No nos conviene eso, ¿verdad, Lottie? —Con la voz cargada de amenaza, continuó—: Porque en el instante en que vea a un poli buscándome, me cabrearé mucho, y tú sabes cómo me pongo cuando estoy cabreado. —Se acercó a ella—. ¿Te acuerdas cómo me llaman, Lottie?

Ella asintió.

—Dilo —le ordenó, duramente.

—Huesos —logró decir ella, con los labios temblorosos—. Huesos Buchan.

Él sonrió complacido, bien porque ella lo recordaba o porque le gustó cómo sonaba en su boca.

—¿Y sabes por qué llaman así a tu viejo?

Ella asintió.

—¿Por qué, Lottie?

—Porque rompes los huesos.

—Pues sí, los rompo. He roto muchos huesos, Lottie, más de los que puedo recordar. Pero tú lo recuerdas, ¿no?

Ella asintió, sintiendo deseos de vomitar.

—Así que me vas a conseguir el resto de mi dinero, y me lo vas a conseguir rápido. Y si me dices que no puedes o no quieres, me voy a cabrear de verdad, lo cual podría significar que voy a romper algunos huesos. ¿Y sabes a quién le voy a romper los huesos primero?

Ella asintió enérgicamente. Ya no le veía por culpa de las lágrimas. No debo llorar, se dijo, mordiéndose fuertemente el interior de la mejilla. No debo.

—Yo creo que no lo sabes —dijo él curvando la boca en una sonrisa dura—. Porque tal vez piensas que serán tus huesos los que van a crujir, cuando en realidad tengo algo mejor en reserva. ¿Adivinas qué?

Ella agrandó los ojos. Ay, Dios, iba a buscar a alguien de su familia. Él sabía que eso era peor que cualquier cosa que pudiera hacerle a ella. Y era capaz de hacerlo. Tendría que avisarles, comprendió. Tendría que decirles que no debían salir de casa o que si salían debían ir protegidos. Y entonces ellos querrían acudir a la policía...

—Voy a romperle los huesos a Flynn —la informó él sucintamente—. Un maldito hueso cada vez.

Ella lo miró atónita. No, pensó, sintiéndose al borde de un ataque de histeria. No, no, no.

—¿Te has fijado que no está en la casa, Lottie? —le preguntó, mirándola con expresión casi divertida—. Es un ladronzuelo listo, eso seguro. Lo pillé esta mañana robando en una tienda. Casi logró escapar sin que lo pillaran. Pero entonces un montón de gente salió corriendo tras él y tuve que echarle una mano. Se puso hecho una furia cuando comprendió que yo lo iba a retener hasta que acabáramos nuestro asuntito. Se negó a creer que yo era tu papá. Tuve que arrearle una torta. —Se le ensombreció la expresión al terminar—: Después de eso ha cerrado el pico.

Charlotte se mantuvo inmóvil tratando de asimilar lo que acababa de oír.

Y entonces, estremecida por una rabia impotente, se abalanzó sobre él y le dio una palmada en la cara con todas sus fuerzas.

Fue tal la sorpresa de Archie que no alcanzó a parar el golpe, lo que le hizo subir una oleada de zumbante dolor por la mejilla y el oído. Pero se recuperó enseguida y, cogiéndola del brazo, le golpeó la mejilla con el dorso de la mano y luego la arrojó al suelo.

—Atrévete otra vez, maldita zorra y te mataré —gruñó furioso.

—No me matarás —replicó ella, estremecida por una potente mezcla de odio y miedo—. No, si quieres tu dinero.

—Vaya, vaya —dijo él, agrandando los ojos, sorprendido—, me parece que mi Lottie ha echado un poquito de agallas.

—¿Charlotte? —se oyó la voz adormilada de Oliver al otro lado de la puerta—. ¿Te sientes mal, muchacha?

—Si entra por esa puerta lo mato —prometió Archie en voz baja.

—Estoy bien, Oliver —logró decir ella, tratando de hablar en un tono normal—. Simplemente me he tropezado en la oscuridad.

—¿Puedo entrar? —insistió Oliver, nada convencido.

Archie sacó su puñal de la bota.

—¡No! —exclamó ella, pensando rápido—. No estoy vestida. Tardaré un momento. —Se levantó del suelo y se encaró a su padre—. Tienes que marcharte.

—Te doy una semana para conseguirme el resto de mi dinero —masculló furioso—. Después de eso comenzaré a mandarte a tu precioso Flynn, trocito a trocito, comenzando por las orejas. ¿Entendido?

Ella asintió enérgicamente, temiendo que en cualquier momento Oliver abriera la puerta. Si la abría, no le cabía la menor duda de que su padre lo mataría.

—Estupendo —dijo él. Se metió el sobre en el bolsillo y el puñal en la bota y se dirigió a la ventana—. Una semana, Lottie —le repitió, para asegurarse de que le entendía—. No más.

Acto seguido pasó por el alféizar y desapareció tragado por la noche.

Capítulo 9

Alguien quería matarlo.

Esa comprensión tardó un momento en perforar el pesado manto de sueño que lo había dejado tendido impotente en la cama. Pero cuando recuperó el conocimiento, no vaciló.

Se incoporó de un salto y comenzó a retorcerle el flaco cuello al cabrón asesino.

—Señoría, por favor, milord —graznó Telford, con los ojos como platos—, ¡que me está estrangulando!

Harrison miró fijamente a su mayordomo, sin entender. ¿Telford tratando de matarlo? Eso era ridículo. Lo miró atentamente por si su paciente mayordomo llevaba un arma, algo que significara que realmente quería hacerle daño.

No vio nada.

—Santo cielo, Telford —exclamó, soltándolo al instante—, ¿qué diantres ocurre?

—Perdone, milord —graznó Telford, bajando de la cama y estirándose un poco la bata como para recuperar su dignidad—. No era mi intención asustarlo, sólo quería despertarlo. Golpeé varias veces la puerta, y al no oír respuesta, me preocupé y entré. He tratado de despertarlo.

Harrison se pasó la mano por el pelo, tratando de controlar la adrenalina que discurría por sus venas. Podría haber matado a Telford. Un momento más y lo habría estrangulado o le habría quebrado el cuello.

Medio tambaleante fue hasta la mesa del rincón y vertió un poco de coñac en una copa. Era arriesgado mezclar alcohol con el láudano que había tomado antes, pero en ese momento no le importaba. Bebió un buen trago y luego otro. Sólo fue un accidente, nada más. Cualquiera habría reaccionado igual al despertar y encontrarse con un hombre inclinado sobre él a medianoche. Después de todo, en el instante en que comprendió que era Telford, dejó de apretar. Eso demostraba que entendía perfectamente lo que ocurría verdaderamente a su alrededor. Por lo tanto no era paranoia. Apuró el resto del coñac, aferrándose a esa lógica. No se estaba volviendo como su padre.

Aún no.

Todavía tenía un poco borrosa la visión, por el dolor de cabeza, y no pudo ver con claridad los números del reloj de la repisa del hogar.

—¿Qué hora es, Telford?

—Las tres y veinte, señor. De la mañana.

Bueno, eso explicaba que Telford llevara ropa de dormir. Se miró y vio que estaba desnudo.

—¿Y por qué me has despertado? —preguntó, cogiendo la bata del sillón donde la había dejado. De repente se le ocurrió algo terrible—. ¿Le ha ocurrido algo a mi madre?

—Su señoría está bien, señor —se apresuró a asegurarle el mayordomo—. Está durmiendo. He venido porque en el salón está la señorita Kent y quiere verle.

—¿A estas horas? —preguntó Harrison, ceñudo.

—Sí, milord. Le expliqué que usted estaba durmiendo y no tenía la costumbre de recibir visitas a estas horas, pero ella me aseguró que usted la recibiría. —Titubeó un momento y añadió delicadamente—: Parece estar algo angustiada, milord.

Harrison no necesitó oír más. Se ató el cinturón de la bata y pasó corriendo junto a Telford, con el corazón oprimido de miedo.

Encontró a Charlotte de pie en el centro del salón, su cara blanca como un papel y sus cabellos castaño rojizos en una enredada mata cayéndole sobre los hombros. Su sencillo vestido gris estaba tan arrugado que daba la impresión de que había dormido con él puesto. Pero lo que más llamó su atención fueron sus ojos. Los tenía agrandados y sus profundidades verde y oro estaban preñadas de terror. Por un momento, lo único que pudo hacer fue mirarla fijamente, sintiéndose enfermo e impotente. Conocía esa mirada asustada.

La había visto en los ojos de su madre muchos años antes, la noche en que, obnubilado por un ataque de locura, su padre trató de matarla.

Dominó las sensaciones que pasaban arremolinadas por él, tratando de distinguir entre el pasado y el presente. Entonces Charlotte giró levemente la cara y él vio la fea mancha morada en su mejilla.

Lo estremeció la furia con tanta intensidad que no pudo hablar.

—Perdone —dijo ella, pensando que la furia que veía en su cara iba dirigida a ella—. Sé que no debería haber venido a estas horas, no tengo ningún derecho. Pero no sabía a quién acudir. No se me ocurrió ningún otro sitio. Pensé...

Se interrumpió, sin saber cómo explicárselo. Él seguía mirándola, con las manos cerradas en sendos puños a los costados. Había cometido un error, comprendió, desesperada. Había creído que podía recurrir a él. Por un motivo que no sabía explicar, había creído que él desearía ayudarla. Pero se había equivocado. Y ahora se daba cuenta.

—Perdóneme —dijo, echando a andar hacia la puerta.

Harrison le interceptó el paso. Levantó la mano y le cogió la barbilla, ladeándole la cara para poderle ver mejor el morado que se iba extendiendo por la mejilla.

—Dime quién te hizo esto —le dijo, en voz baja y suave.

Tenía la expresión dura, pero su contacto era maravillosamente suave. Ella lo miró indecisa, confundida, pero un algo de la potente rabia que emanaba de él la hacía sentirse más fuerte también. Era como si él la estuviera envolviendo en el escudo protector de su furia, aun cuando sólo le estaba tocando la punta del mentón. Y en ese momento ella necesitaba esa fuerza de él. Necesitaba sentirla discurrir por ella, dándole el valor para enfrentar la horrible situación en que habían sido repentinamente arrojados ella, Flynn y todas las demás personas a las que amaba.

—Necesito su ayuda. —La voz le salió apenas en un susurro.

Sin decir nada, él la llevó hasta un sofá y la sentó. Cuando le volvió la espalda para servirle una copa, ella se agarró fuertemente del brazo del sofá, necesitada de aferrarse a algo. Se quedó mirando tontamente la descolorida tela a rayas azules y doradas que lo tapizaba, y que estaba algo desgastada, dando la impresión de que se iba a romper cerca de la costura.

—Ten —dijo Harrison, pasándole una copa de vino.

Después se arregló la bata, una ligera prenda de seda color zafiro que apenas le cubría las piernas y el pecho desnudos, y se sentó lo más alejado de ella que permitía el largo del sofá. Sabía que era absolutamente indecoroso que estuviera sentado en ese salón solo y en ese estado de semidesnudez con una joven soltera, pero, por desgracia, no veía otra solución. Ella estaba demasiado angustiada para dejarla esperando mientras él subía a vestirse, y lo que fuera que Charlotte le iba a decir, no lo revelaría delante de otra persona. Además, reflexionó, hasta el momento nada de la relación entre ellos entraba ni de lejos en la categoría de lo que podría considerarse socialmente aceptable.

—Quiero que me lo digas todo, Charlotte, comenzando por quién te golpeó.

Ella dejó la copa en la mesilla y desvió la mirada.

No dispuesto a dejarla replegarse ante él después de haber demostrado esa increíble confianza yendo a verlo, se le acercó un poco y le cogió una mano. Al diablo el decoro, se dijo.

—Dímelo —la instó amablemente—. Déjame ayudarte.

Ella bajó los ojos a la enorme mano que sostenía la de ella. Qué agradable sentir esa mano cálida y fuerte cogida de la suya. Ningún hombre le había cogido la mano así jamás. A veces Oliver le daba una palmadita en la mano con sus nudosos y viejos dedos, cuando le decía que no se inquietara por esto o lo otro. Y Jack, Jamie y Simon siempre le apretaban fraternalmente una mano cuando le ofrecían los brazos para ayudarla a subir o bajar del coche o para caminar una corta distancia con ella. Su contacto siempre era dulcemente cariñoso y protector, un contacto que le decía que no le diera importancia a ir cojeando delante del resto del mundo. Pero esos contactos no se parecían en nada a la sensación de la mano de Harrison alrededor de la suya. Sentía su palma como fuego en su piel, un calor penetrante que se iba extendiendo al interior, haciéndola sentir reanimada, líquida y rara. Encontraba bastante patético que una solterona lisiada y sin experiencia como ella pudiera sentirse tan conmovida por el simple contacto de la mano de un hombre. Por eso no la retiró, y en lugar de eso apretó más los dedos alrededor de los de él, deseando sentir un poco más de su poder masculino.

—Tiene a Flynn —dijo, vacilante.

—¿Quién?

Ella se mordió el labio. ¿Qué pensaría de ella Harrison cuando se lo dijera?. Se sintió abatida. ¿Cuando le dijera que había vuelto a ella el hombre que la engendró y que luego pasó diez interminables años aterrorizándola y torturándola, obligándola a hacer todo tipo de cosas atrozmente vergonzosas? Sin duda Harrison conocía su pasado, pese a haber afirmado que no prestaba atención a los cotilleos. Pero nadie aparte de Genevieve sabía algo más que los aspectos generales de su pasado. Ni siquiera Genevieve sabía todos los detalles más sórdidos. Cuando se fue a vivir con Genevieve no quiso contárselo todo, por temor a que su nueva madre sintiera tal repugnancia que la obligara a marcharse. Poco a poco, a lo largo de los años, le había ido revelando su pasado, trocito a trocito, pero ella nunca la obligó a contarle más de lo que le resultara cómodo decir. Instintivamente comprendía que cada persona se las arregla de manera distinta con las experiencias dolorosas y que para algunos niños el mismo acto de evocar los recuerdos más oscuros puede ser más destructivo que sanador. En general ella había decidido no hablar nunca de su padre; en lo que había puesto más empeño era en desterrar su recuerdo.

Ya era suficiente tener la pierna lisiada como un recordatorio constante, para toda la vida.

—¿Quién tiene a Flynn, Charlotte? —repitió Harrison en tono amable.

—Si te lo digo, debes prometerme que no se lo dirás a nadie —le dijo, mirándolo suplicante.

—Si quieres recuperar a Flynn, tal vez no sea juicioso que yo haga esa promesa. Podríamos necesitar ayuda.

Ella negó vehementemente con la cabeza.

—Nadie debe saber esto, Harrison. Ya corro un enorme riesgo confiándotelo a ti. Si él descubre que se lo he dicho a alguien...

—¿Sí quién lo descubre?

Ella no contestó.

—Muy bien —concedió él, comprendiendo que no se enteraría de nada si no aceptaba las condiciones de ella—. Juro no decírselo a nadie. Ahora dime, ¿qué le ha ocurrido a Flynn?

Ella tragó saliva.

—Lo ha cogido mi padre.

Harrison frunció el ceño, perplejo.

—¿Lord Redmond?

—No, lord Redmond no. —Miró el complicado dibujo de la alfombra persa, sin poder mirarlo a los ojos—. Mi verdadero padre.

—Creí que había muerto —dijo él, sin poder disimular su sorpresa.

Ella asintió.

—Yo también. O tal vez fuera sólo mi deseo de alejar de mí esa parte de mi infancia lo que me hizo pensar que había dejado de existir, al menos para mí. Nunca le deseé la muerte —afirmó, aunque en ese momento no sabía muy bien si era cierta esa afirmación—, ni deseé que le ocurriera nada malo. Simplemente no quería que siguiera formando parte de mi vida. —Se miró la orilla arrugada del vestido, avergonzada—: Sé que eso me convierte en una hija horrenda.

—No te convierte en nada de eso —rebatió Harrison firmemente—. Por lo poco que sé de tu pasado, Charlotte, tu padre era un vulgar ladrón que abusó en exceso de ti. No creo que nadie desee tener en el primer plano de su vida ni de su mente a una persona así, y mucho menos una niñita que de ninguna manera podía defenderse de él.

Ella continuó con la mirada baja.

—Creo que la mayoría de las personas que ahora me conocen suponen que yo era huérfana cuando lady Redmond me rescató de la cárcel de Inveraray. Mi verdadera madre murió cuando yo era muy pequeña. No la recuerdo. Pero hasta que Genevieve me recogió, cuando yo tenía diez años, viví con mi padre. Lo arrestaron por robo al mismo tiempo que a mí, y lo condenaron a varios años de trabajos forzados. Pero no los cumplió en Inveraray. A Genevieve le dijeron que lo habían enviado a la cárcel de Perth, y eso fue lo último que supimos de él. Nunca intenté saber más. —Pasó la mano por la desgastada tela del brazo del sofá, sintiéndose culpable al reconocer vacilante—: De verdad no quería saber más.

—¿No se te ocurrió que él podría buscarte algún día, cuando saliera?

—Durante mucho tiempo me atormentó esa posibilidad. Tenía miedo de que él se escapara de la cárcel y me encontrara. Pero entonces Genevieve se casó con Haydon y a mis hermanos y a mí nos hicieron sus hijos adoptivos legales. Nos cambiaron el apellido y todos nos trasladamos al norte, a la propiedad de Haydon cerca de Inverness. Haydon y Genevieve han sido unos padres maravillosos, y muy protectores con todos nosotros. Pasados unos años comencé a sentirme segura. La vida que había llevado antes me parecía remota y horrible. Supongo que me esforzaba en no pensar en mi verdadero padre.

—Pero él no dejaba de pensar en ti.

—En la prisión uno tiene muchísimo tiempo para reflexionar acerca de las cosas —comentó ella, en voz baja, todavía con la mirada clavada en el suelo—. Sobre todo por la noche.

A Harrison le resultó espantoso imaginarse a Charlotte arrojada en una húmeda celda de la cárcel cuando sólo era una niña. Casi no lograba imaginarse lo aterrada que debió sentirse, y lo conmovida que se sentiría cuando lady Redmond la rescató y la llevó a vivir a su casa. Cualquiera podría suponer que estaría tan marcada por las experiencias de su infancia que evitaría todo lo que pudiera recordarle esa parte de su vida. Sin embargo, se había consagrado a ayudar a otras personas atrapadas en el mismo mundo de desesperación que había conocido.

Hasta ese momento él no había entendido verdaderamente la importancia de su trabajo. Lo había considerado noble, en el sentido de que cualquier obra benéfica para ayudar a los menos afortunados es buena y decente. Pero los barrios pobres de Londres estaban a rebosar de violencia y desesperación. Con su modesta casita y su extraño conjunto de criados, Charlotte no podía hacer la guerra a una negra realidad que tenía cientos de años de existencia. En ese momento comprendía que aunque sólo tuviera éxito en cambiarles la vida a una o dos de las mujeres o niños que llevara a su albergue a lo largo de los años, eso ya sería un magnífico logro.

Sólo tenía que mirarla a ella para entenderlo.

—La primera vez que habló conmigo hace unos días, mi padre me dijo que pensaba que yo era tan débil e inútil que quizá no habría sobrevivido a la prisión. No creo que le importara particularmente si había sobrevivido o no.

—Entonces, ¿cómo te encontró?

—Llegó a Londres hace unos meses, y dice que en las tabernas de Saint Giles comenzó a oír hablar de una joven que intentaba ayudar a los pobres de Londres. Parece que soy una especie de curiosidad para la gente que vive allí, sobre todo porque convivo con las personas que deseo ayudar. Cuando se enteró de que era escocesa, que el nombre era Charlotte y andaba cojeando, se le despertó tanto el interés que decidió buscarme. Supongo —añadió con expresión apenada y pensativa—, que mi apariencia no ha cambiado mucho de la que tenía entonces, sólo que estoy mucho más limpia y mejor vestida.

Harrison la miró sorprendido. De pronto cayó en la cuenta de que la joven que estaba sentada a su lado no tenía idea de lo encantadora y hermosa que era. Recordó la sencillez del vestido de noche que llevaba en el baile de los Marston, los cabellos apenas recogidos con unas pocas horquillas, y sin adornarse con ninguna joya. Él había supuesto que esa parquedad en su manera de vestir y arreglarse se debía a su deseo de no atraer demasiado la atención sobre ella. Pero el resultado era que eso le daba una extraordinaria dulzura y naturalidad a su belleza, que la hacía mucho más atractiva para él que todas las mujeres que se pavoneaban con sus recargados vestidos, empalagosos perfumes y extravagantes peinados en todas las reuniones sociales a que él asistía.

—Y cuando se enteró de que eras una mujer de buena posición social, decidió que era hora de reafirmarse como tu padre —dedujo—. Lo cual significaba exigirte que le dieras cinco mil libras.

Ella asintió.

—Le expliqué que yo no tenía tanto dinero, pero no me creyó. Me dijo que si no se lo daba le haría daño a un miembro de mi familia. Cuando le di tus ochocientas libras esta noche, esperaba que eso lo dejara satisfecho, pero no. Se enfureció. Entonces fue cuando me dijo que tenía a Flynn. Me dijo que si no le conseguía el resto del dinero dentro de una semana, le rompería todos los huesos al niño.

Harrison digirió eso en sombrío silencio.

—¿Y lo hará?

—Sí —repuso ella con la voz rota—. Sí.

Él se levantó del sofá y empezó a pasearse por el salón. El dolor de cabeza que no lo había dejado en paz durante más de veinticuatro horas había disminuido considerablemente, gracias al láudano y a haber reposado en su habitación a oscuras. Pero continuaba con la mente obnubilada y la visión algo borrosa, y eso le hacía difícil pensar.

No tenía cuatro mil doscientas libras a su disposición, al menos no inmediatamente. Si vendía algunas acciones y reorganizaba algunos aspectos financieros, podría reunir el dinero dentro de unos días. La pregunta era, ¿quedaría satifecho el padre de Charlotte con eso, o continuaría reteniendo a Flynn para exigir aún más?

—Puedo conseguirte el dinero, Charlotte, aunque me va a llevar unos días arreglar las cosas para disponer de él. De todos modos, no estoy convencido de que la solución sea darle más dinero a tu padre. Pagarle a un chantajista siempre es arriesgado. Raptando a Flynn ha demostrado que está dispuesto a usar la violencia para obtener de ti lo que desea. Si ve que puedes reunir cuatro mil doscientas libras en unos días, ¿qué le impedirá exigirte aún más? ¿Por qué no habría de seguir reteniendo a Flynn para usarlo como una fuerza constante para extorsionarte y sacarte dinero periódicamente?

Ella lo miró horrorizada.

—No quiero decir que lo haga —se apresuró a matizar, al ver que la había asustado aún más. Decidió no señalar la posibilidad de que su padre cogiera el dinero y matara a Flynn de todas maneras, para asegurarse el silencio del niño—. Simplemente digo que es una posibilidad que tenemos que considerar.

—Mi padre es un hombre simple, Harrison —observó ella—. Bebe, pelea y roba. Esas son las cosas que le gustan en la vida. Lo que no le gusta es tener responsabilidades. Eso me lo dejaba muy claro todos los días. Para él Flynn es un medio para lograr un fin, pero no creo que quiera retenerlo más tiempo del necesario. Una vez que le haya dado lo que quiere, liberará al chico y a mí me dejará en paz.

O eso o matará al niño, dijo él para sus adentros.

—Pero ahora ve a su hija viviendo con un estilo de vida que a él le parece lujoso, y quiere una parte de eso para él. Si lo he entendido bien, quizá hasta piense que se lo debes; lo considera una especie de pago por ser tu padre, al margen de cómo te tratara cuando eras niña. Creo que continuará chantajeándote mientras tú cedas a sus exigencias. Después de todo, obtener dinero de ti es mucho más fácil y lucrativo que cualquier otra treta que haya probado en el pasado.

—Aun en el caso de que tuvieras razón, en este momento no importa —adujo ella—. Tiene a Flynn. No tengo más remedio que darle lo que quiere.

—¿Y si no libera a Flynn después que le des el dinero?

—Lo liberará —insistió ella, tenaz—. Tiene que liberarlo.

—¿O qué?

—No le daré el dinero mientras no vea que Flynn está a salvo. Lo obligaré a liberar a Flynn primero.

—Suponiendo que acepte eso, ¿qué ocurrirá el próximo mes, o el siguiente, cuando se encuentre corto de fondos o desee algo que no puede comprar y decida hacerte otra visita? Tienes a muchas personas en tu vida a las que quieres profundamente, que te convierten en un blanco fácil para el chantaje. No puedes protegerlas a todas de tu padre, y lamentablemente mis medios no son ilimitados.

—No volveré a pedirte dinero —le aseguró ella fervientemente—. Te lo prometo.

—No es eso, el dinero me importa un bledo. Lo que me preocupa, Charlotte, es ese vil pretexto para que un ser humano se crea que puede amenazarte a ti y a tu familia y raptar a niños que están bajo tu cuidado. Eso tiene que parar, ¿no lo entiendes?

—No puedo ir a la policía, si eso es lo que sugieres.

—¿Por qué no?

—Porque mi padre me ha jurado que si se entera de que lo busca la policía le hará daño a alguien.

—No lo descubrirá hasta que sea demasiado tarde —alegó Harrison—. Por el amor de Dios, sé que la policía de Londres es inepta, pero no pondrán un artículo en los diarios anunciando que lo andan buscando.

—No, simplemente patrullarán los peores barrios de Londres, preguntándole a todo el mundo si lo han visto o sabido de él, lo cual es una manera mucho más rápida de avisarle.

—Lo único que tienes que hacer es pedirles que estén contigo cuando tu padre vaya a recoger el dinero, y así podrán arrestarlo. Así por lo menos ya no estará en la calle y dejará de ser un peligro para ti.

—No conoces a mi padre, Harrison. Puede que no tenga educación ni modales, pero eso no significa que no sea inteligente. Jamás se precipita en nada. Espera. Observa. Escucha. Y mucho antes de que la policía tenga alguna esperanza de arrestarlo, él ya habrá calculado que están ahí y se marchará. —Tenía la boca reseca al terminar—: Y entonces se encargará de castigarme por desobedecerle.

—Ya no eres una niñita impotente, Charlotte —le dijo él, frustrado por el efecto que tenía su padre en ella. Volvió a sentarse a su lado y le colocó las manos en los hombros, obligándola a mirarlo—. Eres una mujer fuerte, hermosa, con una familia y amigos que te quieren y, lo creas o no, eres un miembro respetado de la sociedad. Así que deja de hablar de castigos, como si ese pedazo de basura tuviera algún derecho a ponerte las manos encima. Ya no tienes que obedecerle, y él no tiene ningún derecho a tocarte. ¿Entiendes?

—Lo siento —dijo ella, sintiéndose abrumada—. Comprendo que te resulta difícil entenderlo. Sé que debo parecerte tremendamente débil y patética, cojeando para venir aquí a medianoche, hecha un desastre, suplicándote que me ayudes. No sé por qué he venido, después de que tú me has dado tanto dinero. Lo que pasa es que cuando desperté esta noche y me lo encontré ahí en la oscuridad, inclinado sobre mi cama, y sentí su mano fuertemente apretada sobre mi boca, por un momento volví a ser una niña de ocho años, y comprendí que tenía que hacer lo que dijera, si no... —se interrumpió, demasiado avergonzada para continuar.

Harrison la miró fijamente, sin soltarla, sin saber qué decir. Le dolía profundamente verla sufrir así. Le miró la mejilla amoratada y sintió una furia terrible, impotente. Veía pasar por ella los recuerdos de su niñez, embargándola de un sufrimiento que él apenas se podía imaginar. Lo sentía en sus estremecimientos, lo veía en la piel blanca de sus nudillos al apretar fuertemente las manos en los arrugados pliegues de su vestido, lo oía en su respiración entrecortada, esforzándose por no llorar. Se había activado en ella una terrible pesadilla, despojándola del valor y la fuerza que demostrara tener aquella noche en que entró en su vida. Y no podía soportarlo. No soportaba ver reducida a ese tembloroso estado de terror a esa magnífica mujer que en su vida relativamente corta había aprendido más acerca del valor, la fuerza y la resistencia que la mayoría de las personas que él conocía o conocería en su vida.

En ese momento haría cualquier cosa por aliviarle ese sufrimiento, por sacarla del negro precipicio de su atormentado pasado. Pero con todo lo que le había dicho hasta el momento sólo había conseguido perturbarla más, hundirla más en el mundo del que ella había tratado de escapar con tanto esfuerzo. Comprendiendo entonces que todas sus palabras eran torpes, equivocadas e inútiles, la rodeó con sus brazos y la atrajo hacia si, con el único deseo de protegerla, de su pasado, de su presente y de todas las fuerzas que le estaban golpeando su cuerpo y alma heridos.

Ella se apoyó en él y puso la mejilla en su pecho, cansada, confiada. Tenía la espalda rígida, por lo que él comenzó a masajeársela, bajando y subiendo las manos en una lenta caricia, instando a los músculos tensos a relajarse. Era delgada y menuda bajo los firmes contornos de su corpiño, pero él sabía que debajo de su delicada figura ardía una voluntad y una resolución de sobrevivir forjadas en acero puro. Eso la había hecho capaz de sobrevivir a las crueldades y privaciones de su niñez. La habían rescatado, sí, pero ese rescate llegó cuando tenía diez años y ya había conocido una vida de pobreza y malos tratos. Eso habría destruido a muchas personas, pensó, si no en el cuerpo sí en el alma, destinándolas a vivir sus vidas sumidas en el miedo y el resentimiento; pero ella no había sucumbido a esas emociones, ni a la trampa igualmente destructiva de la autocompasión. En lugar de eso, Charlotte había aprendido a aceptarse, a aceptar lo que era, y debía lo que era a la combinación de muchas cosas, entre ellas su vida con su abusivo padre. Aunque no se lo había preguntado, él estaba convencido de que su padre le había causado la lesión en la pierna. Pero en lugar de encerrarse y llevar una vida retirada de agradable tranquilidad como la hija adoptiva de un marqués, leyendo, pintando o tocando el piano en una mansión toda belleza y elegancia, ella había decidido hacerle la guerra al mundo cruel del que había salido, y hecho acopio de la fuerza necesaria para recorrer sus inhóspitas calles con su pierna mala para ofrecer ayuda, y contribuir en algo a cambiar las cosas.

Su valentía era extraordinaria, pasmosa.

Le puso los dedos en la elegante curva de la mandíbula y le levantó la cabeza hasta que ella quedó mirándolo. Deseó decirle que no tuviera miedo, asegurarle que él la ayudaría de todas las maneras que pudiera. Le debía eso al menos; después de todo ella había arriesgado todo lo que tenía por salvarlo esa noche en que se conocieron. Pero no le ofrecería ayuda porque se sintiera obligado, ni porque le tuviera lástima o la considerara débil y patética, como ella pensaba equivocadamente. Deseaba ayudarla porque la idea de que sufriera un momento más a manos del hombre que la atormentara los diez primeros años de su vida lo invadía de una rabia indecible; porque no soportaba la idea de que alguien la amenazara o, peor aún, se atreviera a ponerle una mano encima. Porque en toda su vida no había conocido jamás a una mujer tan valiente, generosa y desinteresada, ni a nadie que fuera al mismo tiempo tan tozuda, tan tremendamente enfurecedora. Porque desde el primer momento que puso los ojos en ella había sentido arder en él una apremiante necesidad, que no disminuía nunca, y que se hacía más intensa y avasalladora cada vez que estaba en su presencia. Deseaba decirle todas esas cosas, y mucho más, pero sentado ahí mirando las acuosas profundidades de sus ojos, que a la tenue luz de la lámpara le recordaban los juegos de luz y sombra del sol sobre las hojas verdes del árbol tan querido de su padre, descubrió que era absolutamente incapaz de hablar.

Por lo tanto, se inclinó y le capturó los labios con los de él, pensando que lo más seguro era que se hubiera vuelto loco y no le importara un comino.

Charlotte se quedó paralizada por la impresión. De repente se sintió como si se hubiera abierto el suelo bajo sus pies, como si en un instante hubieran cambiado todos los que antes entendía eran los parámetros de su existencia, parámetros que había aprendido a aceptar mansamente a lo largo de los años. Ningún hombre la había besado jamás. A sus veinticinco años, edad relativamente madura, hacía mucho tiempo que había renunciado a toda pueril fantasía de que algún hombre fuera a desear besarla alguna vez. Hacía tiempo que había perdido la juvenil lozanía de los dieciocho años, dejando atrás la esperanza secreta de que algún día podría conocer a un hombre que viera más allá de su pierna coja, su andar torpe, su semblante ordinario sin ningún atractivo. Había llegado a aceptar que jamás conocería la sensación de las manos de un hombre sobre su cuerpo, de la caricia de sus labios sobre su boca, la posiblemente exquisita sensación de ser deseada y la de sentir deseo. Así pues, el urgente y potente ardor de los labios de Harrison sobre los de ella la dejó casi paralizada, incapaz de pensar y de hablar.

La boca de Harrison se movía como un cálido terciopelo sobre la de ella, acariciándola, mimándola, encendiéndole una llama en lo más profundo de las entrañas. Le pasó lentamente la punta de la lengua por los labios. Se aferró a él, con el aliento atrapado en el pecho, los sentidos atolondrados. Por ahí en algún recoveco de la mente era consciente de que estaba mal permitirle que la acariciara así, pero no logró encontrar en ella ni la más ligera inclinación a impedir que continuara. Era glorioso ser acariciada con esa avidez masculina, sentir el deslizamiento de esas manos por sus contornos como una llama andariega, despertando su cuerpo a la sensación de sus caricias. Harrison bajó las palmas a todo lo largo de su espalda, por las curvas de sus caderas y las subió por los costados de su caja torácica. Sintiéndose derretida se le movió y relajó el cuerpo, respondiendo a sus caricias. Él volvió a mover la punta de la lengua sobre su labio inferior, invitándola, instándola; los labios se le abrieron como por voluntad propia, sorprendiéndose aún más al suspirar en la boca de él. Con la mente hecha un torbellino por la embriagadora sensación de ser deseada, tímidamente lo saboreó. Envalentonada y excitada, lo saboreó otro poco.

Harrison gimió explorando posesivamente con sus manos las suaves curvas de su cuerpo. Hacía bastante más de un año que no sentía algo más que un remoto aleteo de deseo, y en ese momento notó pasar por él una marejada de ansias. El contacto, el sabor y el aroma de Charlotte eran avasalladores, lo habían despojado de todo sentido del tiempo y espacio, de modo que toda su existencia estaba centrada exclusivamente en ese momento, y sólo era consciente de dos cosas.

La deseaba.

Y lo más increíble, ella lo deseaba a él.

Eso fue lo que lo impulsó a desabotonarle lentamente los pequeños botones negros de la pechera del vestido. Después desató el lazo de la delgada cinta que cerraba la camisola de algodón color marfil, metió las manos dentro y le bajó por los hombros la capa de ropa veraniega hasta dejar al descubierto el corsé con blonda que llevaba debajo. Al notar que ella se tensaba ligeramente, insegura, apartó los labios de su boca para bañarla de tranquilizadores besos, en los contornos de su sonrosada oreja, bajando luego por la marfileña columna de su cuello hasta el hueco palpitante de la garganta. Aspirando su aroma continuó el sendero de besos, adorándola con las manos y los labios, ahuecando las palmas en las suaves redondeces de sus pechos, y hundió la cara entre ellos. Ella le pasó los dedos por entre los cabellos, con la respiración más rápida, mientras él le soltaba varios broches en la pechera del corsé, le liberaba con la boca un pecho de la delicada enagua bordeada de encaje para luego cogerle el pezón con la boca. De pronto ella se arqueó y lo abrazó más fuerte, acercándolo más. Él saboreó la dulzura del pecho y luego pasó la boca al otro, succionándolo bien hasta sentirlo endurecerse como una baya oscura en la húmeda aspereza de su lengua.

Charlotte cerró los ojos mientras él la echaba hacia atrás hasta dejarla de espaldas en el sofá, tan embriagada por las sensaciones que discurrían en remolino por toda ella que no logró llamar en su auxilio a ningún sentido del decoro. El placer pasaba vibrando por ella, haciéndola sentirse exquisitamente viva, entera y libre. Bajó las manos por la dura pared de su espalda cuando él se inclinó sobre ella, maravillándose de lo potente que lo sentía con sólo la delgada seda de su bata estirada sobre su enorme y musculoso cuerpo. Nuevamente él tenía los labios sobre los de ella, explorándole con la lengua los secretos de su boca, sacándole un gemido al acariciarle un pecho con una mano mientras la otra bajaba y desaparecía bajo el enredo de faldas. Sólo llevaba dos enaguas sencillas debajo del vestido, que no fueron ningún obstáculo para el ascenso de la mano de Harrison por su pierna sana y cubierta por la media.

Lentamente él deslizó los dedos por su tobillo, subió rozándole la pantorrilla hasta llegar a los volantes en que acababan los calzones, a la altura de la rodilla. Continuó la caricia a lo largo del muslo, con mano suave y segura. Entonces introdujo la mano dentro de los calzones, haciéndola emitir una exclamación ahogada. Él la distrajo con un largo beso mientras sus dedos empezaban a acariciarle el sedoso triángulo de su feminidad. Ella se sentía acalorada y desasosegada y empezó a notar unas misteriosas ansias en la entrepierna.

Lo rodeó con los brazos y lo atrajo más hacia si. Él continuó acariciándola ahí, moviendo lánguidamente la mano por el blando montículo y luego bajándola para acariciarle la tersa piel de la pierna. Ella se movía entre sus brazos, deseando algo más pero sin entender el qué. En el instante siguiente él deslizó un dedo dentro de ella. Suspiró de placer mientras él le acariciaba sus pliegues secretos, modificando el ritmo y la presión, suave, más fuerte, rápido, luego lentas y largas caricias, hasta que ella empezó a moverse debajo de él sin poder frenar.

Él le depositaba ávidos besos en los labios, las mejillas, el cuello, en los montículos y valle de sus pechos, por los ceñidos contornos de su cuerpo. Y de pronto los besos fueron bajando, y antes de que ella comprendiera lo que iba a hacer, él movió la punta de la lengua dentro de su ardiente abertura. Se le cortó la respiración, de conmoción, placer y deseo, todo fundido en una pasmosa sensación. La sensación fue gloriosa y vergonzosa, el placer más exquisito que había conocido y también el más misterioso, y la combinación de todo esto la dejó incapaz de moverse. Debía detenerlo, le decía una vocecita remota, incomprensible, y ella lo entendía, pero habría sido como intentar detener los desbocados latidos de su corazón dentro del pecho o el enloquecido discurrir de la sangre por sus venas. Así que cerró los ojos y se abrazó a él, muy consciente del aire caliente del verano sobre sus pechos desnudos, de la cascada de faldas que caían como mantas sobre el sofá, de la aspereza de la mandíbula de Harrison sobre sus muslos y de la ardiente humedad de su boca sobre ella. Pasó los dedos por sus enredados cabellos oscuros, abriéndose más, asombrada de su descaro y sin embargo sintiéndose poderosa.

Se le estaba desencadenando una terrible necesidad dentro de ella, una necesidad profunda, honda, implacable. Se agitó debajo de él, deseando que la acariciara más, que la besara más, sentir sus manos y su boca por todo el cuerpo, hasta que no quedara ninguna parte de ella que él no conociera y aceptara. Él ya estaba moviendo la lengua más adentro, y entonces introdujo un dedo y empezó a meterlo y sacarlo al tiempo que giraba la lengua por encima, lenta y pausadamente. Ella estaba segura de que no podría soportarlo, pero él continuó y continuó, acariciándola, besándola y lamiéndola, explorándola y produciéndole un placer tan intenso que ya no existía nada fuera de ella y él y el éxtasis más maravilloso que había conocido en su vida. Abrió más las piernas, invitándolo a conocer el más íntimo de sus secretos, tan avasallada por esas sensaciones que no le extrañó la confianza que ponía en él, que encontraba muy natural y correcta. La lengua de Harrison giró más rápido, su dedo se introdujo más hondo, mientras con la otra mano le acariciaba los pechos, el vientre ceñido por el corsé, presionando sobre la oquedad ansiosa de dentro. Ahora, por favor, rogaba ella febrilmente, sin saber cuánto más podría soportar.

La respiración se le había acelerado, entrecortado, haciendo entrar meros sorbitos de aire que no le llenaban los pulmones, y de pronto su cuerpo se quedó inmóvil y tenso, todos los músculos y nervios en un nudo de desesperada necesidad. Por favor, por favor, rogó, sin saber si decía esas palabras en un susurro o en silencio, sin saber nada aparte de que tenía que continuar y soportar sus ardientes caricias y penetración íntima mientras ella se esforzaba en recibir lo que fuera que él quisiera darle. Se estiró y jadeó hasta que ya no hubo más aire, porque los pulmones se le iban a reventar, la sangre le zumbaba y tenía la mente llena de las abrasadoras caricias de Harrison, que la hacían sentirse más hermosa de lo que se habría atrevido a imaginar jamás. Y de pronto lanzó un grito, de éxtasis y maravilla. La recorrieron oleadas de placer y se desmoronó en el sofá, tratando de llenar los pulmones a medida que se desvanecía poco a poco la tensión de su cuerpo.

Harrison se quitó la bata y se tendió encima de ella, tratando de controlarse mientras frotaba su duro miembro por su mojada entrepierna. Deseaba enterrarse en ella para calmar la insoportable necesidad que hervía en él. Hacía toda una vida que no se sentía avasallado por un deseo tan puro, toda una vida que una mujer no despertaba en él el crudo hambre de la lujuria. Pero eso no era pura lujuria, aunque estaba demasiado excitado para entender qué era exactamente. Empujó y la penetró un poquito, sintiéndose como si acabara de despertar de un sueño solitario y encontrado a esa magnífica mujer esperándolo, con sus enormes ojos y su caricia suave y sanadora. Ella era una hechicera y un enigma, un instante tímida y reservada y al siguiente blandiendo el valor y la pasión más increíbles que había conocido. Lo conmovía, lo enfrentaba, lo estimulaba, lo inspiraba, haciéndolo sentirse más fuerte de lo que era en realidad. Su deseo de ella era pasmoso, lo volvía incapaz de pensar en nada que no fuera ese momento. Y así la penetró otro poquito, pensando si sería posible morir de ese extraordinario placer.

Charlotte lo miró con los ojos muy abiertos. Él le examinó la expresión, en busca de alguna señal de renuencia, jurándose que si la veía se detendría, aunque no sabía cómo lograría realizar tamaña proeza. Pero sólo vio confianza, pura y absoluta. Inclinó la cabeza y le rozó los labios con los suyos, tiernamente, tratando de hacerle entender con esa caricia lo que él apenas entendía. Y entonces, notando que empezaban a romperse las últimas y tensas hebras de su dominio, susurró su nombre y se enterró en ella.

Ella se puso rígida. Él reunió todos los trocitos de su autodominio para quedarse absolutamente inmóvil, odiándose por haberle causado dolor. Habría hecho cualquier cosa para aliviárselo, pero no tenía ninguna experiencia con vírgenes, y no sabía si el movimiento de retirarse sólo le causaría más dolor. Así que le besó los labios, los ojos, las mejillas, bañándola en ternura, susurrándole palabras tranquilizadoras, y esperó a que se le aflojara la tensión del cuerpo. Ella emitió un tembloroso suspiro y él notó que empezaba a relajársele el cuerpo.

Empezó a moverse dentro de ella, lentamente, soltando poco a poco el insoportable deseo que pasaba en oleadas por él, obligándose a hacerlo con cuidado. Empezó a saborearla a fondo y sintió nuevamente el deseo de ella cuando empezó suspirar y a moverse arqueándose contra él. Sintió bajar sus manos por la espalda desnuda, por sus hombros, sus nalgas, palpándole los contornos, al principio con timidez y luego con enérgica posesividad. Jamás antes se había sentido tan conmovido por la caricia de una mujer. Le estaba entregando algo, comprendió, lo sentía en cada embite, en cada latido de su corazón, en cada jadeante respiración. Ella era exactamente lo que había creído que no encontraría nunca, una mujer fuerte, independiente y cariñosa, una mujer que lo había visto en casi su peor aspecto y que no le había vuelto la espalda horrorizada. Pero había mucho de él que ella no sabía, y comprender eso le dolió. No tenía ningún derecho a ella, eso lo entendía, porque sólo podía ofrecerle una vida de incertidumbres y, en último término, una carga demasiado grande incluso para una persona tan fuerte como Charlotte.

Gimiendo se movió más rápido dentro de ella, abrazándola fuertemente, deseando hacerla parte de él, para que cuando ella lo dejara continuara llevando una parte suya en su cuerpo. Era una tontería entregarse a esa fantasía, pero de todos modos se aferró a ella, dejando fuera el mundo que existía más allá de ambos.

Quédate conmigo, suplicó en silencio, sabiendo que nunca podría pedirle que hiciera ese sacrificio, sabiendo de primera mano el tipo de sufrimiento que conllevaría esa vida. Continuó penetrándola una y otra vez, sintiéndose como si se fuera a morir, mientras ella se abría a él y lo abrazaba y besaba con ardor. Ella ya se retorcía contra él, soltando el aliento en pequeñas bocanadas calientes, enterrándole los dedos en los hombros y arqueando las caderas para introducirlo más en ella. Él trató de ir más lento, para recuperar aunque fuera una apariencia de control, pero ella se arqueaba, jadeante, y se apretaba alrededor de su miembro, hasta que él no pudo aguantarse más. En un embite la penetró hasta el fondo, sintiéndose avasallado y descontrolado y se derramó en ella.

Charlotte yacía inmóvil, abrazada estrechamente a Harrison, sintiendo los potentes latidos de su corazón contra el de ella. Nada la había preparado para lo que acababa de ocurrir entre ellos. Entendía los rudimentos del acto sexual desde que tenía siete años, porque las prostitutas que poblaban el paisaje de su niñez no tenían ningún reparo en hacerle comentarios salaces a una niña que sin duda iba en camino hacia el mismo oficio. También tenía que agradecerle a su padre que la hubiera informado tosca y groseramente de lo que esperaba un hombre de una mujer. Pero luego le quebró la pierna, poniendo así un pronto fin a sus esperanzas de convertirla en prostituta. La mayoría de los hombres toleraban casi cualquier cosa en una prostituta, entre otras la suciedad, la fealdad y la enfermedad. Pero, afortunadamente, entre las cosas que toleraban no estaba violar a una niña que también era una lisiada impotente.

De esa perversa manera, en realidad su pierna la había protegido.

Pero nada de eso tenía ni la más remota relación con lo que acababa de ocurrir entre ella y Harrison. Se abrazó fuertemente a él, guardando en la memoria el peso de su cuerpo, el tacto de su piel húmeda bajo las palmas, la sensación de su aliento sobre su cuello. Sentía el cuerpo líquido, como si hubiera estado sumergida en la más caliente de las fuentes termales, y el dolor con que vivía constantemente había desaparecido. En cierto modo debería sentirse avergonzada; después de todo las mujeres solteras no entregaban su cuerpo a un hombre, al menos no en el mundo del que la había hecho parte Genevieve. Pero ese principio de la sociedad educada perdía trascendencia ante lo que se había desencadenado entre ella y Harrison. Jamás se había imaginado que experimentaría una pasión así, ni siquiera sabía que algo como eso fuera posible. Hacía tiempo que había aceptado que ningún hombre la encontraría deseable. Sin embargo Harrison la había deseado. Y aún más, su febril deseo le había encendido a ella las llamas de su propia necesidad, hasta desearlo tanto como él la deseaba a ella.

Un melancólico anhelo comenzó a desenroscarse en su interior, intenso, implacable, temible. Cerró los ojos y giró la cabeza hacia un lado, rodeándolo con los brazos, conteniendo las lágrimas que le llenaban los ojos. No quería que él notara ese anhelo. Eso sólo la haría parecer indefensa y tonta, y no soportaba que él la viera así.

Después de la manera como la miraba mientras se entregaba a ella.

—Tengo que irme —musitó, con el fin de romper el hechizo que los tenía entrelazados. Quitó los brazos de su espalda, para poner cierta distancia entre ellos—. Oliver está fuera esperándome.

Harrison vaciló. No quería dejarla marchar. No quería que se moviera de debajo de él ni que se arreglara la ropa y saliera presurosa por la puerta al mundo exterior. Deseaba que se quedara con él, que la acompañara a su habitación, se echara en su cama y le permitiera tenerla en sus brazos mientras él la observaba caer en un sueño profundo y reparador. Deseaba ver la luz del sol jugando dulcemente en su cara cuando llegara la mañana, deseaba verla despertar poco a poco, toda adormilada, despeinada y cálida. Deseaba tenerla con él, no sólo ese día sino siempre, saber que fuera cual fuera el destino que lo aguardaba ella estaría ahí con él, preparada y dispuesta a compartirlo. Deseaba todo eso y más, pero era imposible. Eso lo entendía. Así que le cogió la cara entre las manos, obligándola a mirarlo, y sufrió al ver el brillo de las lágrimas en sus pestañas.

—Lo siento —le dijo, detestándose por la pena que le había causado, y porque no podría corregir eso jamás.

Charlotte lo miró sorprendida. ¿Cómo podía lamentar algo que había sido tan exquisito? No podía considerarse deshonrada, como no podría imaginarse deshonrada por ningún otro hombre.

Jamás había habido ningún otro hombre, y estaba absolutamente segura de que nunca lo habría.

—Yo no —susurró.

Él arqueó una ceja, sorprendido, nuevamente desconcertado por ella. Encontró consoladora su afirmación. De todos modos, sabía que le debía más.

—Haré todo lo que esté en mi poder para ayudarte, Charlotte
—le prometió—. Encontraré el dinero que necesitas para que tu
padre libere a Flynn. Pero quiero estar contigo cuando se haga el
intercambio para asegurarme de que tú y Flynn estais a salvo. También quiero explicarle a tu padre que no habrá más chantajes. —Le
pasó suavemente un dedo por el contorno de la mancha morada de
la mejilla, tratando de controlar la rabia que le hervía dentro al vér-
sela, y acabó en voz suave—: Le diré que si llega a ponerte aunque
sólo sea un dedo encima, lo haré pedazos.

Ella lo miró, hipnotizada por la grave cadencia de su voz, la
furia protectora que veía en sus ojos y la increíble suavidad de su
caricia. Jamás permitiría que él se encontrara con Archie. Estaría
mal exponer a una persona tan fuerte, hermosa y generosa como
Harrison a la horrible brutalidad de un hombre como Huesos
Buchan. Pero no se lo dijo eso. Se limitó a ponerle la palma en la
mejilla, memorizando el calor de su piel, el bien cincelado contorno
de su mandíbula, la oscura seguridad de su mirada.

—Gracias.

Él asintió. Entonces, comprendiendo que no le quedaba más
remedio que soltarla, rodó hacia un lado, se incorporó y le dio la
espalda, para darle un poco de intimidad, y se puso la bata.

Charlotte se abotonó y alisó lo mejor que pudo el vestido, esperando que Oliver no notara nada raro, y se arregló el pelo.

—Ya puedes volverte —dijo al final.

Harrison se volvió a mirarla y se le oprimió el corazón.

—Tendré el dinero dentro de unos días, te mandaré avisar cuando lo haya reunido. Entonces podremos organizarnos para encontrarnos con tu padre. Y no te preocupes por Flynn —añadió,
combatiendo el deseo de estrecharla en sus brazos—. Es un niño
fuerte y listo, que sabe arreglárselas solo. No le pasará nada.

Charlotte no estaba tan segura de eso, pero no discutió. No
tenía ningún sentido imaginarse lo peor. Permitirse un ataque de
histeria era un lujo que no tenía. Debía mantenerse fuerte, por el
bien de Flynn, Annie, Ruby, Violet y sus seres queridos. En cierto
modo, hasta tenía que mantenerse fuerte por Harrison, aunque no
lo entendía del todo.

—Telford te acompañará a la puerta —continuó él, tirando del
cordón de terciopelo para llamar al mayordomo—. No creo que a

Oliver le haga ninguna gracia verme en mi actual estado de semidesnudez.

Abrió la puerta que daba al corredor, temiendo que si continuaban un momento más solos lo abandonaría su resolución y la cogería en sus brazos.

Charlotte se puso ante él en la puerta y observó las profundas arruguitas que le marcaban la cara y las atormentadas profundidades de sus ojos, desgarradas entre el más potente deseo y el más atroz remordimiento.

—Harrison... —empezó en voz baja.

—¿Llamaba, milord? —preguntó Telford, adormilado, avanzando a toda prisa por el corredor, atándose el cinturón de su bata.

—La señorita Kent se marcha. Haz el favor de acompañarla hasta su coche.

—Por supuesto, milord. —Con un aire de extraordinaria dignidad a pesar de su desarreglado estado, se volvió hacia Charlotte y le hizo una venia cortés—. Usted primero, señorita Kent.

Charlotte echó a cojear en silencio por el corredor, con los ojos bajos, para que ni Harrison ni Telford vieran las lágrimas que derrotaron su enérgica resolución de no llorar.

Lewis se adentró en la oscuridad, observando en silencio mientras el coche de Charlotte traqueteaba perdiéndose en la niebla a las primeras luces del alba.

Había vigilado la casa de lord Bryden toda la noche; la misión le había resultado monótonamente aburrida, pero puesto que él mismo se la había asignado, no podía quejarse. Si el inspector jefe Holloway llegaba a enterarse de que uno de sus principales detectives se pasaba las noches vigilando la casa de uno de los ciudadanos más respetados de Londres, un conde famoso por ser un próspero inversor, un buen hijo y, a decir de todos, un miembro de la sociedad respetuoso de las leyes, le echaría un sermón sobre no perder su maldito tiempo habiendo tantos malditos asesinos sueltos. El inspector jefe sentía una inmensa antipatía por él, y jamás perdía una oportunidad de manifestársela; sospechaba que se creía más inteligente que él.

En ese punto, el jefe demostraba tener una perspicacia atípica.

Cuando lo trasladaron al Departamento de Detectives, cometió el craso error de comentar ante el inspector jefe que tenía formación universitaria. Este no tardó en informarlo de que sólo los frívolos y los tontos perdían el tiempo en la universidad. Todo lo que el inspector jefe Holloways sabía lo había aprendido en lo que llamaba «la escuela de la vida», como si los límites de su estrecha existencia fueran los límites a los que todo hombre debía aspirar. Le dijo que en esa escuela era donde todos sus agentes de policía y sus detectives debían aprender, en lugar de hacer cabriolas en una maldita universidad memorizando garabatos inútiles de la antigua Grecia. Él le indicó entonces que en realidad se podían aprender muchísimas cosas en los libros, y que la moderna aplicación de las leyes estaba inextricablemente ligada a las ciencias, la medicina forense, la psicología y el derecho, todo lo cual había que estudiarlo con más profundidad que los conocimientos que se podían recoger simplemente caminando por las calles de Londres.

Ese comentario le ganó la misión de investigar seis meses una serie de hurtos cometidos en los tendederos para la colada en el norte de Londres.

Su ascenso a través de los rangos fue tremendamente lento y frustrante, pero su inteligencia y resolución resultaron irrefutables y al final el jefe no tuvo más remedio que ascenderlo. Pero en su actual puesto de Inspector de Primera Clase había tocado techo, a no ser que se presentara una vacante para Inspector Jefe en alguna parte. Holloway no se iba a ir a ninguna parte, a menos que ese idiota arrogante cayera muerto repentinamente.

Sólo podía esperar.

Sacó su reloj de bolsillo y miró la hora. Las cuatro veintidós de la mañana. Tomó la libreta y la anotó, luego calculó el tiempo de la visita de la señorita Kent. Una hora y doce minutos. Cuando ella se marchó él no estaba lo bastante cerca para hacer observaciones fidedignas acerca de su estado de ánimo, pero cuando llegó, exactamente a las tres y diez de la mañana, había notado que parecía algo perturbada. El mayordomo de lord Bryden, que vestía su ropa de dormir, le abrió la puerta y después, cuando se marchó, la acompañó hasta el coche. Su anciano cochero, Oliver, se quedó esperándola y sólo se bajó dos veces del coche, para ayudarla a bajar y luego a subir. Estuvo un momento pensando, tratando de decidir si había alguna otra cosa que fuera necesario anotar inmediatamente. Después redactaría un informe más detallado, cuando estuviera sentado a su escritorio con una pluma y buena luz, como era su costumbre. Él era muy partidario de tomar notas. Se enorgullecía de tener una excelente memoria, pero eso no significaba que no comprendiera que hasta los detalles más importantes podían estar sujetos a las variaciones del tiempo y la imaginación. Si se anotaban, entonces se convertían en hechos reales.

Todo lo demás era pura elucubración.

Lewis volvió a guardarse la libreta en el bolsillo y sacó el inmaculado pañuelo de lino blanco que encontrara el agente Wilkins en el suelo la noche del robo en la casa de lord Pembroke y del asesinato de su mayordomo. Fue el monograma de ese pañuelo el que lo llevó a lord Bryden, como también a otros cinco hombres que habían asistido a varios bailes en los que lady Pembroke luciera su muy querido collar de rubíes. Cuatro de estos hombres resultaron ser demasiado viejos para realizar el tipo de proezas físicas de que tenía fama La Sombra. El quinto, lord Berry, resultó ser un hombre bajo y tan redondo como un nabo, por lo que también tuvo que descartarlo.

Solamente lord Bryden tenía, aunque sólo remotamente, la edad y el físico que le permitirían hacer tamañas proezas, aunque a los cuarenta años no lo creía muy capaz de escalar paredes y árboles. De todos modos, puesto que era la única posibilidad que le quedaba, había decidido investigar las circunstancias de lord Bryden, para ver si encontraba algo que pudiera insinuar aunque sólo fuera una tenue relación entre su señoría y el esquivo ladrón conocido como La Sombra.

En sus primeras investigaciones no encontró nada. Al parecer, lord Bryden gozaba de una sólida situación económica, gracias a un buen número de excelentes inversiones que habían resultado extraordinariamente lucrativas a lo largo de los años. No bebía en exceso; jugaba, pero sólo por diversión y con su buena cantidad de éxito. En otro tiempo era considerado un libertino, pero claro, no más que los muy deseables señores bendecidos con una apariencia relativamente agradable y el atractivo de su título y dinero. Pero las aventuras románticas de Bryden habían ido menguando los dos últimos años, tal vez debido en parte a la desmejorada salud de su madre. Se decía que lady Bryden estaba completamente loca, aunque él no había podido determinar si eso era cierto o no con sus indagaciones, pues hacía varios años que no la habían visto en público. Era muy posible que la dama simplemente estuviera sufriendo los crueles estragos de la edad y hubiera preferido dejar de salir. Lord Bryden, por su parte, parecía disfrutar asistiendo a reuniones sociales con relativa regularidad, y se consideraba un éxito cuando acudía a una cena, puesto que entonces la anfitriona podía intentar emparejarlo con alguna de sus insípidas invitadas solteras.

De repente Lewis se sorprendió pensando en Annie, la hermosa chica que encontró en la calle bajo la lluvia la noche que fue a interrogar a la señorita Kent. Había pensado en ella con frecuencia desde esa noche, en momentos extraños, cuando debía tener la mente firmemente centrada en su caso, o durante la vulgar preparación de su cena, o cuando estaba dando vueltas inquieto en la cama tratando de dormirse. Ella distaba muchísimo de las encorsetadas jovencitas de la buena sociedad de piel lechosa y rasgos finos, que él sospechaba lo miraban o bien con lástima o con desprecio. Y no era que pudiera inspirar mucha idolatría. Con su ropa arrugada, sus zapatos desgastados y su estrecho y gris apartamento, que rara vez veía porque siempre estaba trabajando, no era un partido atractivo. Pero Annie no lo miró como solían mirarlo la mayoría de las mujeres, evaluándolo rápidamente con los ojos entrecerrados y encontrándole faltas, o peor aún, ni siquiera digno de esa evaluación.

Los ojos color coñac de Annie relampagueaban al mirarlo a través de la lluvia, su mirada ardiente de desafío. Agitando la cabeza para echarse hacia atrás la mojada seda chocolate de su pelo, lo miró y esperó, como si de verdad creyera que él iba a hacer algo para corregir la injusticia que estaba sufriendo. Lógicamente eso se debió a que él era miembro del cuerpo de policía y, por lo tanto, estaba obligado a proteger a los inocentes y hacer respetar la ley. Pero, inexplicablemente, percibió que había algo más en esa conversación. Seguro que eso explicaba las extraordinarias sensaciones que le despertara ella cuando comprendió que él no iba a hacer nada. Su glacial desprecio lo hizo sentirse furioso y frustrado, y no sólo porque no tenía tiempo para ir a St. Giles a buscar al cabrón que la había golpeado, sino también porque ella había estado con alguien que se atrevió a levantarle la mano. En los ojos de Annie brillaba una aguda inteligencia, acompañada por una seductora feminidad que emanaba de su exuberante cuerpo cuando se dio media vuelta, descartándolo con la condescendencia de una reina. Era una prostituta, se decía una y otra vez, pero no lograba considerarla como tal. Annie rebosaba tanta belleza, furia y luz que no podía descartarla como a una prostituta. Además, el hecho de que hubiera buscado la ayuda de la señorita Kent dejaba claro que deseaba librarse de su vida anterior. Era una joven de experiencia, que había visto el lado más escabroso de la vida, pero demasiado combativa para que este la hubiera quebrado.

Se sentía atraído por ella, comprendió consternado.

Y no sólo debido a la promesa que ostentaba ella en sus labios llenos color cereza ni a las delicadas curvas de su encantador cuerpo. No, Annie era más que eso, estaba seguro. Él se enorgullecía de su muy afinada intuición, que combinada con su mente implacablemente lógica, no se equivocaba casi nunca. ¿Qué podía hacer entonces con esa atracción de escolar por una prostituta que se creía mejor que él?

Se pasó la mano por el pelo, desorientado. Estaba clarísimo que necesitaba dormir un poco. Eso explicaba que estuviera perdiendo tanto tiempo pensando en tonterías cuando tenía que centrar todos los trocitos de su atención en el caso más importante de su carrera. Miró el pañuelo de lino que tenía en la mano, hecho una bola, y dirigió su atención de vuelta al asunto de lord Bryden y el pañuelo que había encontrado.

A simple vista, la vida de lord Bryden parecía estar pulcramente en orden. Pero él no se dejaba convencer por las apariencias. Sabía que todo el mundo tiene fantasmas en su pasado y, tal como había supuesto, lord Bryden no era una excepción. Sólo con escarbar un poco había desenterrado las desgraciadas circunstancias que rodearon el prematuro deterioro y muerte de su padre.

Cuando el anterior conde era escasamente cincuentón, empezó a conducirse de una manera bastante rara. Finalmente se corrió el rumor de que sufría de una forma de demencia prematura, tal vez producida por la sífilis. Por desgracia, en ese entonces estaba lo bastante al mando de sus facultades para dar la impresión de que era capaz de administrar sus propiedades. La consecuencia de esto fue que invirtió toda su fortuna en una empresa muy arriesgada, que luego fracasó y quebró, dejándolo prácticamente en la ruina. Su señoría se vio obligado entonces a liquidar muchos de sus bienes, entre ellos sus propiedades en Somerset y Norfolk, así como una formidable colección de obras de arte y joyas. Lamentablemente esto no sirvió mucho para estabilizar la situación económica de la familia. Deprimido y presa de un estado mental cada vez más débil, finalmente se pegó un tiro, justo tres días antes de cumplir los cincuenta y seis años. Su hijo mayor pasó entonces a ocupar el puesto de conde a la edad relativamente temprana de veinticuatro años.

Una tragedia, reflexionó Lewis, pero no insólita. La historia está llena de padres borrachos o chiflados que se las arreglan para disipar la riqueza de la familia antes de morir. Lo atípico en este caso era la extraordinaria capacidad que demostró tener el joven lord Bryden, que hasta el momento de la muerte de su padre había sido bastante derrochador, para consolidar lo poco que quedaba de sus bienes y rehacer la fortuna de la familia. En el corto espacio de unos años, el nuevo conde se las había arreglado para reunir el capital suficiente y hacer inversiones que comenzaron a dar excelentes intereses. Pagó las deudas de su padre, conservó bien mantenidas las restantes casas de la familia, e incluso les hizo ampliaciones. Su señoría incluso buscó algunas de las obras de arte que se habían vendido para satisfacer deudas de su padre, y las compró a un precio muy superior al que pagaron por ellas sus compradores. Dado lo mal que, según se decía, había estado su situación económica, la elevación de lord Bryden a la riqueza era nada menos que extraordinaria. A lo largo de un año o más, el joven lord Bryden había mendigado, pedido prestado o robado los fondos suficientes para hacer las inversiones que pondrían firmemente a su familia de vuelta en la lista de los ricos de la sociedad inglesa.

Fue ese año el que captó la atención de Lewis.

La Sombra llevaba varios meses robando joyas por todo Londres. Al principio se supuso que no había ninguna relación entre los robos, que eran ladrones distintos. Pero al aumentar el número de robos se hizo evidente que estaban relacionados, que era un mismo ladrón. La sociedad de Londres le apodó La Sombra, en recuerdo del osado ladrón que aterrorizara a la sociedad enjoyada de Londres durante aproximadamente un año, a partir del verano de 1859. Lo especial y único de esos robos era que nunca vaciaba el joyero o la caja fuerte; como en el caso actual, sólo robaba joyas selectas de considerable valor y belleza. Ninguna de las joyas se recuperó jamás. Y de pronto, bruscamente, se acabaron los robos. Se supuso que La Sombra había sido capturado y encarcelado por algún delito menor, o que había muerto o lo habían matado. La teoría más popular era que se había retirado a una lujosa mansión en la costa del Mediterráneo.

O tal vez, reflexionó Lewis, mirando el anillo de luz color ámbar que seguía brillando alrededor de las cortinas del estudio de lord Bryden en la planta principal, fue tal su éxito que dejó de necesitar una fuente alternativa de ingresos.

El pañuelo seguía siendo problemático. Encontraba casi inconcebible que un hombre que con tanta destreza entraba y salía de las casas de los aristócratas de Londres, desapareciendo en la oscuridad de la noche, repentinamente se hubiera vuelto tan descuidado que dejara caer un pañuelo con su inicial cerca del escenario del crimen. La Sombra no era ningún tonto. Al parecer, tampoco lo era lord Bryden. ¿Para qué llevar con él un pañuelo con su inicial cuando iba a cometer uno de sus delitos? ¿Quería poner un cebo a la policía, tal vez desafiandola a que lo cogiera? ¿Desearía tal vez, en cierto modo, que lo desenmascararan? Sabía muy bien que muchos delincuentes encuentran más satisfacción y disfrute en demostrar que son más listos que la policía que en la realización de sus delitos. Era muy posible que La Sombra se hubiera hartado de aventajar tanto a la policía y hubiera decidido ponerles una pista en las narices para hacer más interesante la caza, o incluso para llevarla a su fin. También la explicación podría ser mucho más vulgar. Tal vez el ayuda de cámara de lord Bryden puso el pañuelo en el traje elegido para que se pusiera esa noche, sin el conocimiento de su señor. O tal vez esa noche lord Bryden simplemente pasó cerca de la casa de lord Pembroke y se le cayó el pañuelo. ¿Sería una simple coincidencia el hecho de que La Sombra hubiera estado activa el mismo año en que el joven Bryden trataba desesperadamente de reunir fondos para conservar sus propiedades y mantener a su madre y a sus hermanos menores, comprensiblemente afligidos?

Con todo cuidado Lewis se guardó el pañuelo en el bolsillo. Era posible.

Sin embargo, que la señorita Kent apareciera en la casa de lord Bryden a medianoche era poco probable que fuera una simple coincidencia.

Capítulo 10

—*B*uenos días, Harry —saludó lady Bryden entrando en el comedor—. Me alegra haberte encontrado antes de que salieras, tenemos mucho de qué hablar... Cielos, ¿es café lo que estás bebiendo?

Harrison levantó la vista del diario y miró atentamente a su madre, tratando de discernir su estado mental.

—Buenos días, madre. ¿Cómo te sientes hoy?

—La verdad, Harry, ¿qué diablo se te ha metido en la cabeza? Si tu padre te encuentra aquí leyendo su diario y bebiendo su café se va a molestar muchísimo, te lo aseguro.

—Padre no está aquí.

—Esa no es disculpa, y bien que lo sabes —repuso lady Bryden firmemente. Clavó la mirada en el mayordomo—: Telford, ¿tendrías la amabilidad de traerle a mi hijo una taza de té, con mucha leche y azúcar? Y tal vez uno de los exquisitos bollos de canela de la señora Shepherd, esos que chorrean jarabe. A Harry le encantan.

Telford miró a Harrison, indeciso.

—Eso no será necesario, Telford —le dijo—. Ya he acabado de desayunar, madre. Estoy a punto de salir.

—¿Sí? —Lady Bryden lo miró desconcertada, confundida por no conocer el itinerario de su hijo para el día—. ¿Adónde vas?

Harrison titubeó. Era cierto que tenía una cita esa mañana. Había quedado de encontrarse con su abogado para finalizar los detalles de la venta de acciones que tenía en tres diferentes empresas. El día anterior el abogado le había aconsejado que no vendiera, puesto que esas empresas eran relativamente nuevas y aún no llegaban a todo su potencial. Por desgracia, el tiempo era un lujo que no podía permitirse. Si todo iba bien, tendría el dinero en la mano dentro de unos días.

Entonces se encontraría con Charlotte para decidir la manera de entregárselo a su padre a cambio de Flynn.

Sintió una punzada de culpabilidad en el vientre. No había cesado de atormentarse por lo ocurrido entre él y Charlotte hacía dos noches. Entendía que en ese momento él tenía la mente obnubilada por el dolor de cabeza y el láudano que había tomado antes de que llegara ella. De todos modos, lo que hizo era horroroso. Ella había acudido asustada y sola en busca de su ayuda, orientación y apoyo, porque apenas lo entendía, en cierto modo se fiaba de él, y se aprovechó de ella. No había manera de pintarlo más claro. Había utilizado su considerable experiencia para seducirla cuando ella estaba más vulnerable. La tendió de espaldas y se enterró su cuerpo, poseyéndola en un frenesí de pasión como si hubiera sido una vulgar ramera que había ido ahí a servirlo.

Se sintió invadido por un fastidio contra sí mismo, intensificado por la repentina dureza que sintió en la entrepierna. ¿Qué diantres le pasaba?

—¿Harry? ¿Te sientes mal? De repente pareces enfermo.

—Estoy bien —dijo, tranquilizando a su madre, obligándose a volver al presente—. Quedé con un amigo para almorzar —añadió, en respuesta a su pregunta.

—¿Quién?

Harrison nunca sabía cuánta información debía dar a su madre en esas conversaciones. A veces ella aceptaba tranquilamente lo que fuera que le dijera, con sólo un despreocupado gesto de asentimiento, mientras que otras se obsesionaba por algún detalle aparentemente sin importancia y se ponía frenética haciendo preguntas.

—Se llama Lawrence —dijo.

—¿Es el hijo de lord Shelton? —preguntó ella, frunciendo sus delicadas y bien formadas cejas—. ¿El que le tiene miedo a los caballos?

Él se debatió un momento entre corregirla o no. Al final decidió que sería mejor que ella tuviera una imagen concreta de a quién iba a ver.

—Él mismo —mintió.

—Entonces no olvides invitarlo a tu fiesta, Harry —dijo ella, entusiasmada—. Te prometo que lo vamos a pasar muy bien. Tendremos todo tipo de juegos en el jardín de césped, helados, pasteles y ponies... —se interrumpió, frunciendo el ceño—. ¿No crees que al pobre Lawrence se le va revolver el estómago cuando los vea? Eso es lo que le ocurre, ¿sabes? Simplemete vomita todo en el instante en que está cerca de un caballo. Sus padres lo han intentado todo para mejorarlo. Incluso lo llevaron a un médico, que sugirió que podría ser el olor de los caballos lo que le daba asco. Entonces su niñera le ataba un pañuelo perfumado en la cara para que el perfume enmascarara el olor, pero entonces vomitaba en el pañuelo, que seguro que le molestaba mucho.

—Creo que ya ha superado su miedo a los caballos, madre —la tranquilizó Harrison.

—Bueno, eso tiene que ser un alivio para sus padres, sin duda. ¿Qué tipo de vida puede llevar un caballero si no puede montar un caballo sin ensuciarlo todo a su alrededor? La gente tiende a fijarse en ese tipo de cosas.

—Por no decir nada del pobre caballo —bromeó Tony, entrando en el comedor.

—Señor Poole —exclamó Telford, sobresaltado ante su súbita aparición—. ¿Cómo ha entrado?

—La puerta principal estaba entreabierta. Dije hola, pero nadie contestó, y os oí hablando aquí, así que me pareció mejor ahorrarte el trabajo de ir a abrir la puerta y entré. Buenos días, lady Bryden —saludó, cogiéndole la mano y besándosela—. Debo decir que está especialmente hermosa esta mañana. Cada vez que la veo la encuentro más joven y más radiante.

—Madre, recuerdas a mi amigo Tony Poole, ¿verdad? —terció Harrison, al ver nublarse de confusión los ojos de su madre al mirar a su joven admirador—. Ha estado aquí muchas veces.

—Sí, claro —dijo lady Bryden, sonriendo amablemente—. ¿Cómo está, señor Poole?

—Estupendamente, gracias, lady Bryden —contestó Tony, sentándose a la mesa—. Vamos, Harry, anoche me dejaste mal. Ahí estaba yo en el baile de los Fenwick diciéndole a todo el mundo que me habías jurado que asistirías, y al final no apareciste, cobarde. Lady Elizabeth me estuvo siguiendo toda la noche, y cada vez que aparecía llevaba a un tonto diferente colgado del brazo. Me parece que quería asegurarse de que cuando llegaras vieras que lo estaba pasando maravillosamente bien sin ti. Al principio parecía estar bastante contenta, pero a medida que pasaban las horas y los hombres que la rondaban eran cada vez más jóvenes y lastimosos, casi se sentía la irritación que emanaba de ella desde el otro lado del salón. Al final de la fiesta estaba tan deseperada que aceptó bailar con el hijo de piel morena de lord Beckett, que es tan bajo que apenas le llega al hombro. —Se echó a reír—. Se pasó todo el baile tratando de que él no le enterrara la nariz en el pecho.

—Vamos, Harry, ¿uno de tus amigos dio una fiesta anoche? —preguntó lady Bryden.

—Hubo una reunión en la casa de lady y lord Fenwick —repuso Harrison.

—¿Y por qué no fuiste?

—No me apetecía.

—La verdad, Harry, esa timidez tuya no te va bien —lo reprendió su madre—. Tienes que obligarte a salir, y una vez que estés ahí verás como lo pasas maravillosamente bien.

—Sí que deberías haber ido, Harry —convino Tony, levantándose a examinar el festín de ofertas para el desayuno dispuestas sobre la superficie de mármol del aparador—. Estaba lady Whitaker, y todo el mundo la lisonjeaba, porque su marido acaba de regalarle un magnífico collar de diamantes que compró a un joyero que conoció en Bélgica —explicó, sirviéndose bollos y varios trozos selectos de carne en el plato—. Parece que la piedra del centro es muy famosa, la llaman la Estrella de Persia, o algo así. Se comentaba que hubo un tiempo en que perteneció a una emperatriz, y que su valor es incalculable debido a su transparencia y a su color, un raro matiz de rosa. Provocó tanta fascinación que incluso se la menciona en el *Morning Post* de esta mañana, ¡os lo podéis creer! —concluyó, riendo—. Eso sólo ya te da una idea de lo aburrida que fue la velada.

A lady Bryden se le cayó la taza, derramando el té sobre la mesa.

—Permítame, milady —dijo Telford precipitándose con una servilleta a limpiar la mesa.

—¡Déjalo! —exclamó lady Bryden, con el cuerpo tenso y la mirada fija en Tony—. Creo que tiene que estar equivocado, señor Poole —dijo, agarrándose a la mesa como para apoyarse—. La Estrella de Persia me pertenece a mí. Me la regaló mi marido la noche en que nació mi querido Harry. Aunque rara vez tengo la oportunidad de ponérmela, es una joya que quiero muchísimo. Nunca la vendería, jamás. Es una preciosa reliquia de familia y un recuerdo irreemplazable del nacimiento de mi primer hijo. Pienso dársela a Harry cuando sea mayor, para que se la regale a su esposa cuando nazca su primer hijo. Así que, como ve, lady Whitaker no puede haberla llevado anoche. Lo que sea que le compró lord Whitaker puede ser muy excepcional, pero de ninguna manera es la Estrella de Persia.

Tony miró inquieto a Harrison.

—Tienes toda la razón, madre —dijo Harrison, con voz grave y tranquilizadora—. Probablemente lord Whitaker compró algo que solamente se parecía a la Estrella de Persia, y la gente se confundió con su historia. O igual el joyero intentó engañarlo. De todos modos, no tienes nada de qué preocuparte. Tu collar está muy seguro.

Ella asintió, pero su expresión era de terror, como si no supiera si creerle o no.

—¿Quiere ver el collar? —le preguntó a Tony—. Puedo ir a buscarlo, si lo desea. Sólo me llevará un momento.

Nuevamente Tony miró disimuladamente a Harrison, que le contestó con una mirada que le decía con mucha claridad que no aceptara el ofrecimiento.

—Tal vez en otra ocasión —repuso amablemente Tony—. Estos bollos dulces parecen estar absolutamente deliciosos, Telford —comentó, cambiando de tema—. Tienes que decirle a la señora Griffin que sencillamente adoro su repostería. —Se puso dos en el plato y volvió a la mesa, donde empezó a atacar la comida con gran entusiasmo.

—Madre, ¿vas a querer más té? —le preguntó Harrison, viendo que ella seguía perturbada por la mención de su collar.

—No, gracias, Harry. —Soltó la mesa y se levantó—. Tengo que ir a continuar con la organización de tu fiesta. —Sonrió forzadamente a Tony—: ¿Se lo ha dicho ya Harry, señor Poole?

Tony volvió a mirar a Harrison en busca de orientación. Este le hizo un sutil gesto de asentimiento.

—Sí, lady Bryden. Parece que va a ser maravillosa.

—¿Y puede venir?

—Nada me lo impediría.

—Espléndido. Bueno, entonces, tengo que ir a escribir las invitaciones. Vosotros, niños, comed, pero nada de café, Harry, ¿está claro? No te sienta bien.

—Sí, madre. ¿Dónde vas a escribir tus invitaciones?

—Bueno, pensaba escribirlas en el escritorio de mi habitación.

—Telford, acompáñala arriba, entonces.

—Pero, Harry, eso no es necesario. Telford tiene cosas mejores que hacer que acompañarme por toda la casa. No soy una inválida, ¿sabes?, y sé muy bien dónde está mi habitación.

—En realidad, señoría, estaba a punto de subir —le aseguró Telford.

Lady Bryden lo miró desconfiada.

—¿A qué?

—Tengo que ir a buscar una cosa en el ropero de lord Bryden —improvisó al instante.

Dado el estado de su madre, Harrison prefería tener el mínimo personal, por lo que no empleaba a un ayuda de cámara. Menos criados significaba poder pagar mejores salarios, con lo que había menos probabilidades de que estos buscaran empleo en otra parte. No quería un ir y venir de criados, que luego fueran a cotillear en otras casas acerca del frágil estado mental de su madre. Además, con los años había comprendido que ella no toleraba bien los cambios; para funcionar bien necesitaba una rutina, y un entorno y personas conocidos.

En ese aspecto, su enfermedad se parecía a la senilidad que poco a poco le estropeara la mente a su marido.

—Muy bien, Telford, si tenías que subir de todas maneras, puedes acompañarme, aunque no lo encuentro necesario. —Volvió a sonreírle a Tony—. Ha sido muy agradable volverle a ver, señor Poole. Me hará ilusión encontrarle de nuevo en la fiesta de Harry.

—Y a mí me hace ilusión asistir —contestó Tony, levantándose educadamente de su asiento—. No me cabe duda de que será magnífica.

Harrison también se levantó cuando su madre se dispuso a salir del comedor, y una vez que ella y Telford se hubieron alejado, volvió a sentarse y se bebió el resto de su café.

—¿Es cierto que lady Bryden tenía la Estrella de Persia? —le preguntó Tony, curioso.

Harrison asintió.

—Desgraciadamente fue una de las muchas cosas que mi padre se vio obligado a vender después de que fracasara su inversión.

—Pero ¿no se lo dijo?

—Supongo que no pensaba con claridad en ese tiempo —contestó Harrison, sopesando bien las palabras—. Estaba totalmente abrumado por las deudas. Pero tampoco quería que mi madre supiera lo mal que había manejado su riqueza. Me imagino que al principio pensó que vendería unas pocas cosas para aliviar en algo el apremio, con la esperanza de que algunas de sus inversiones dieran sus frutos. Por desgracia —continuó tristemente—, eso no ocurrió.

—¿Así que tu madre nunca se enteró de lo que le ocurrió a sus joyas?

—Sí —repuso Harrison, cortante. Aunque Tony era su amigo desde hacía casi dos años, no le gustaba hablar del pasado de su familia con él. Algunas cosas estaban mejor enterradas—. Pero su memoria se volvió algo selectiva después de que murió mi padre.

—Tal vez deberías ir a ver a lord Whitake y ofrecerle comprarle el collar —sugirió Tony—. Sin duda a tu madre le agradaría volver a tenerlo.

Harrison mantuvo la expresión impasible.

—Las reacciones de mi madre a las cosas son algo imprevisibles. Además, dudo que lady Whitaker esté dispuesta a separarse de una joya que ya le ha generado tanta admiración y publicidad.

—En eso tienes razón. Estaba francamente radiante con todo el mundo rondándola para mirarle la enorme proa que tiene por pecho. Me imagino que no serán muchas las personas que la han mirado una segunda vez desde el día que se casó —rió—. Pero si estás interesado, será mejor que te des prisa en hacer una oferta, antes de que venga La Sombra y se la robe. Anoche todo el mundo comentaba que cuando se entere de que esta famosa joya está en Londres, estará desesperado por añadirla a su colección. Debe de costar por lo menos diez veces más de lo que pagó tu padre por ella hace cuarenta años.

Lo más probable era que Tony tuviera razón, pensó Harrison. El ladrón que en esos momentos hacía de La Sombra había demostrado tener buen ojo para elegir lo mejor de lo mejor, a la vez que un extraordinario comedimiento cada vez que entraba en una casa. Igual que él, dieciséis años atrás; su justificación para hacerlo era muy sencilla: sólo robaba lo que sabía con certeza que le había pertenecido; esas magníficas joyas que su padre vendiera a una fracción de su precio en un doloroso momento de locura y desesperación. Eso tenía la ventaja de retrasar el momento en que los dueños de la joya robada se daban cuenta de que algo había desaparecido. Cuando llamaban a la policía para que lo investigara, los agentes tenían que buscar pistas en una casa en que habían robado hacía días, e incluso semanas. Sencillamente, apenas encontraban nada. Lo único seguro era que alguien había entrado y salido sin ser detectado, sin romper nada, sin hacerle daño a nadie.

Esa era la diferencia fundamental entre él y el hombre que le había robado su disfraz.

Él había estado resuelto a recuperar lo que consideraba legítimamente suyo, sin causar daños ni derramamiento de sangre. A la actual Sombra, en cambio, al parecer sólo le interesaba robar las joyas más valiosas que lograba encontrar. No le importaba un bledo quién resultara herido o muerto. Cuanto más tiempo continuara con su juego, mayor sería el riesgo de que resultaran heridas más personas. Por ese solo motivo necesitaba detenerlo. Pero él también tenía una necesidad más personal para poner fin a la carrera del ladrón. Al adoptar el personaje creado por él, este nuevo ladrón había despertado muchísimo interés en las proezas de La Sombra del pasado. Si bien los detectives que trabajaron en el caso hace dieciséis años nunca lograron descubrir que La Sombra era él, es posible que ahora no tuviera tanta suerte. Algún detective joven que se tomara muy en serio su profesión podría interesarse con nuevo empeño en volver a examinar el caso del pasado para compararlo con el actual. Y eso era peligroso. Lo supiera o no el hombre que hacía de La Sombra, al emular al ladrón creado por él, tenía el poder de desmontarle la vida que se había forjado con tanto esmero.

No podía permitir que eso ocurriera.

—Esto estaba absolutamente delicioso —comentó Tony terminando de dar cuenta de su último bollo dulce—. Esa señora Griffin tuya es una verdadera joya. No debes permitir que se te escape por entre los dedos, Harry, si no tendré que buscarme otra casa donde dejarme caer para el desayuno. Tengo una idea —exclamó alegremente, dejando a un lado la servilleta—. Vamos al Club Marbury a ver si se están haciendo apuestas sobre si La Sombra va a intentar alzarse con el collar de lady Whitaker esta noche, antes de que se vaya con su marido a París mañana. Seguro que le ganaré unas cuantas libras al viejo lord Sullivan.

—¿Cómo sabes que lord Sullivan va a apostar?

—No lo sé —repuso Tony, encogiéndose de hombros—. Sólo tengo que decirle que apuesto y él apuesta en mi contra. En realidad no le importa si gana o pierde, simplemente disfruta del deporte de decirles a todos lo estúpidas que son mis predicciones. Si apuesto a que La Sombra va a intentar robar el collar esta noche, lord Sullivan dirá que soy un tonto, y apostará a que La Sombra esperará hasta que lady Whitaker vuelva de su viaje a París. Habrá muchísima discusión cuando lord Shelton y lord Reynolds se metan en la refriega, se gritarán unos cuantos insultos, y luego todos podremos almorzar. Creo que hoy sirven pierna de cordero hervida con salsa blanca, uno de mis platos predilectos.

Por la mente de Harrison comenzaron a pasar veloces los pensamientos. Era probable que Tony tuviera razón. Si La Sombra sabía lo de la Estrella de Persia, y dada la atención despertada por la piedra la pasada noche no podía imaginarse que no lo supiera, lo más lógico era que intentara robarla esa noche, antes de que lady Whitaker se la llevara al extranjero. Si él deseara robar el collar, de ninguna manera esperaría un mes o más para ver si volvía.

No tenía ningún sentido permitir que esa magnífica joya se fuera a Francia, donde otro entusiasta ladrón de joyas podría encontrarla muy tentadora para resistirse a robarla.

—¿Qué dices, entonces, Harry? ¿Estás de ánimo para ir a tu club?

—Hoy no, Tony, lo siento. Tengo programada una reunión para esta mañana, y por la tarde tengo que atender un buen número de asuntos. Lo siento. —Tony no era miembro del Club Marbury, por lo tanto dependía de él para que lo llevara como invitado. Se levantó—. Puesto que Telford ha subido con mi madre, yo te acompañaré a la puerta.

—Qué lástima —dijo Tony, realmente decepcionado, cuando iban por el vestíbulo—. ¿Qué te parece mañana, entonces?

—Mañana podría ser una posibilidad. Ya veremos.

—Muy bien. ¿Piensas asistir a la fiesta de los Beckett esta noche? Promete ser magnífica. Si vas, haré todo lo posible por protegerte de lady Elizabeth —bromeó—. Dado lo mucho que se irritó contigo anoche, me temo que necesitarás mi protección.

—No sé si iré o no —contestó Harrison, evasivo.

Si quería entrar en la casa de lord Whitaker esa noche, tenía que hacer los preparativos. No le convenía perder el tiempo en una maldita fiesta.

—Muy bien. Entonces, me abandonas —bromeó su amigo—. Les diré a los hombres que estás pasando una tórrida noche de placer con una bella bailarina francesa, e informaré a las mujeres que estás muy ocupado en tus planes para una muy cara ampliación de tu casa de campo. Eso les dará algo de qué hablar.

—No me agrada particularmente que hablen de mí —dijo Harrison, abriendo la puerta.

—Eso es imposible. Eres un hombre con título, rico, relativamente joven y, por lo que he oído, las mujeres no encuentran nada horrible tu apariencia. Si asistes, cotillearán acerca de cuánto vales actualmente, de con quién vas a bailar y de quién tiene la posibilidad de convetirse por fin en tu esposa. Si no asistes, cotillearán acerca de cuánto vales actualmente, de con quien bailaste la última vez que te vieron y de qué demonios podrías estar haciendo que pueda ser más importante que asistir a esa fiesta. Ahí es donde yo, como tu amigo, simplemente tengo que intervenir. No quiero que piensen que estás en casa con tus zapatillas, leyendo polvorientos libros y bebiendo chocolate. Eso no es bueno para tu imagen, Harry —concluyó, saliendo por la puerta—. Créeme.

Harrison lo observó hasta que subió al coche que lo esperaba. La verdad es que le importaba un bledo su imagen, pensó, cerrando la puerta. Podían pensar de él lo que quisieran, mientras dejaran en paz a su madre y el recuerdo de su padre.

Y no descubrieran nunca la verdad sobre sus actividades en el pasado.

El reinado de robos de La Sombra estaba llegando a su fin, decidió, inundado por una repentina sensación de urgencia. Si el ladrón se parecía en algo a él, no perdería un momento en intentar robar el exquisito diamante Estrella de Persia. Esa noche él entraría en la casa de lord Whitaker, esperaría a que apareciera La Sombra y se enfrentaría a él una última vez. Y esta ocasión se encargaría de que nadie resultara herido.

Aunque eso significara tener que matar a ese cabrón asesino.

Capítulo 11

*E*staba absolutamente inmóvil, con la respiración retenida en el pecho, contando lentamente.

Ya había comenzado tres veces a retener el aliento, incapaz de llegar a su tiempo habitual. Lo enfurecía su debilidad. Era posible que el aire húmedo y polvoriento atrapado debajo de la cama, donde estaba escondido, estuviera tan enrarecido que sus pulmones no lo toleraran. Eso no importaba; las disculpas eran para los cobardes y los merengues. Después de cada uno de sus fracasos, volvía a comenzar, inspirando una buena bocanada de aire y obligando a relajarse a su pecho, pulmones y abdomen. Pero su cuerpo lo traicionaba, protestaba; se retorcía y se tensaba por el esfuerzo. El pecho se le hinchó tanto que le dolieron las costillas, se le contorsionó la cara, acalorada e hinchada. «Unos segundos más —se ordenó, tratando de dominar sus necesidades físicas—. Unos segundos más...»

La boca lo traicionó, abriéndose repentinamente como un explosivo bostezo, e inspiró furioso y frustrado, el aire rancio. ¿Qué diantres le pasaba? Estaba a punto de realizar el asalto perfecto. Cada uno de sus robos anteriores sólo habían sido un ensayo insignificante de lo que se proponía hacer esa noche. Sin embargo, estaba resollando como un recién nacido, incapaz de hacer acopio de la disciplina y la concentración, que eran sus habilidades fundamentales. ¿Era eso un aviso de que esa noche estaba en baja forma? ¿Debería reconsiderar su plan tan meticulosamente meditado? ¿La incertidumbre que empezara a corroerlo después de su lucha con Bryden hacía unas noches sería una indicación de que estaba perdiendo su filo?

Se dio una sacudida mental. No estaba perdiendo nada de nada. En cuanto a su filo, estaba muy agudo, con tantos años de amargura y furia, como para que lo pusiera romo una mera incomodidad física. El sufrimiento era lo que le activaba la fuerza y la resolución; lo había capacitado para despojarse de su patética existencia y transformarse en un hombre de logros y fama. En realidad, de esa inesperada forma, lo que le ocurriera a su familia había sido bueno para él.

Es mucho más fácil cortar las propias raíces cuando el suelo en que se asientan está podrido.

Oyó un ruido. Puso atención, aguzando los oídos para captar los sonidos de hasta los rincones más lejanos de la casa que dejaban pasar las paredes de la habitación de invitados que había elegido. Fuera lo que fuera el ruido, no se repitió. Se dio permiso para relajarse un poco, acomodándose nuevamente sobre el duro suelo.

Había pasado el anochecer escuchando los sonidos de la casa, desde la animada conversación entre lord y lady Whitaker acerca de lo que debían poner en los baúles para su viaje a París hasta los irritados refunfuños y pasos de los apresurados criados yendo de acá para allá. Finalmente descendió una fría calma sobre la casa. Oyó una serie de educados «buenas noches». Sonidos de puertas al cerrarse, ruido de agua al caer sobre jofainas, crujidos de camas. Se apagó la luz tenue naranja que entraba por la rendija de debajo de la puerta. Y continuó esperando. Dejó pasar lo que le parecieron otras dos horas, hasta estar seguro de que las tibias aguas del sueño envolvían a todos los que estaban dentro de la casa, a excepción de él.

Y si Dios era generoso, de Bryden.

Flexionó los dedos, abriendo y cerrando lentamente las manos, analizando las maneras en que podría desarrollarse esa noche. La primera era simplemente abrir la caja fuerte del estudio de lord Whitaker, coger la Estrella de Persia y salir de la casa con el diamante más valioso de Europa bien seguro en su bolsillo. Si eso era lo único que le reservaba la noche, no podría quejarse. Su riqueza personal se habría multiplicado varias veces en sólo una noche. Y

La Sombra podría continuar robando siempre que le fuera necesario o simplemente para divertirse.

Exhaló un suspiro. La idea de estar acurrucado en más lugares estrechos y húmedos y esperar infinitas horas para salir a robar alguna chuchería brillante se le antojaba vagamente poco atractiva, incluso algo torturante. Tal vez eso se debiera a su estado de ánimo, o a la estrechez y al maldito calor que hacía debajo de la cama. Lo más probable es que fuera de reconocer que cada robo le estaba resultando cada vez menos estimulante, pese al peligro inherente y al exorbitante valor de lo que fuera que robaba. Si dependiera totalmente de él, preferiría que esa determinada noche fuera la última en el papel de La Sombra.

Por desgracia, eso era algo que escapaba a su control.

Súbitamente desasosegado, salió de debajo de la cama, impaciente por poner manos a la obra. Después de unos breves estiramientos para desperezarse, metió la mano debajo de la cama y sacó la bolsa en la que llevaba muy ordenaditas las herramientas de su arte. No le gustaba particularmente descerrajar cajas fuertes, pero esto era una habilidad que se podía aprender como cualquier otra, y se consideraba tan bueno o incluso mejor que cualquiera de los otros ladrones que andaban sueltos por ahí. Por lo menos él tenía la ventaja de poder comprarse las mejores herramientas. También era capaz de evaluar el grado de dificultad de abrir una caja fuerte con relativa rapidez. Si calculaba que no podría abrirla en menos de quince minutos, no se tomaba la molestia. Siempre había un joyero en alguna parte con unas cuantas joyas bonitas que su señoría no se había molestado en dárselas a su marido para que se las guardara con llave. Pero estaba bastante seguro de que lord Whitaker no habría permitido semejante descuido con algo tan valioso como la Estrella de Persia. No, ese diamante sólo podía estar en su caja fuerte.

Le aguardaba su buen trabajito.

Abrió un pelín la puerta, se asomó y escuchó. Silencio. Convencido de que todos estaban durmiendo, salió al corredor, donde su atuendo negro le permitía fundirse con la oscuridad, y echó a andar rápidamente para bajar a la planta principal. Una vez allí, tomó por un corredor, bien pegado a la pared, sigiloso como un gato, buscando la puerta del estudio de lord Whitaker. Cuando llegó a la puerta, se quedó inmóvil un momento, con el oído alerta.

Si había venido Bryden, lo más seguro era que estuviera en el estudio, esperando, tal como estuviera esa noche en la casa de lord Pembroke. Dejó la bolsa en el suelo y sacó con sumo cuidado su pistola de la cinturilla del pantalón. Entonces, con el elegante sigilo que hacía famoso a La Sombra, abrió la puerta y apuntó la pistola a la oscuridad, preparado para disparar si notaba el más ligero movimiento.

No hubo ninguno.

Pasó por él una oleada de desilusión preliminar. No del todo convencido de estar solo, entró cautelosamente, con la pistola lista. En el estudio de lord Whitaker no había ningún ropero grande donde pudiera estar Bryden escondido. En un extremo había un sofá de tamaño modesto, pero las patas lo separaban menos de medio palmo del suelo. No había espacio para esconderse ahí. Su mirada pasó a las cortinas, que estaban cerradas y eran tan largas que rozaban el suelo. Avanzando silencioso, se acercó a observar la caída de las cortinas. No vio ningún bulto que sugiriera la presencia de un hombre escondido detrás. Una rápida inspección del suelo no reveló ningún pie asomando por debajo. Se giró y avanzó hacia el escritorio, que era el último lugar donde podía esconderse un hombre. Con el corazón golpeándole el pecho, le rodeó, con la pistola apuntando a la negra cavidad de abajo.

No había nada.

Paseó la mirada por el estudio una vez más, receloso. Había estado casi seguro de que Bryden intentaría cogerlo. Después de todo, Bryden tenía que haber sospechado que La Sombra querría robar la Estrella de Persia esa noche.

¿O su señoría pensó que esperaría hasta que lord Whitaker regresara de París?

Se quedó inmóvil con la pistola lista. Todavía era posible que Bryden le saltara encima desde alguna parte. Pero pasado un rato de implacable silencio, en que sólo se oía el tic tac de un reloj de repisa de algún lugar del comedor, comenzó a aceptar que Bryden no estaba ahí. Bajó la pistola y se relajó un poco, verdaderamente decepcionado.

Entonces sería simplemente otro robo.

Se asomó al corredor para recoger su equipo de herramientas, cerró la puerta y fue a situarse ante el escritorio. Dejó la pistola sobre la brillante superficie y abrió la bolsa. Sacó una pequeña linterna oscura, rascó una cerilla y encendió el cabo de vela del interior. Brilló una tenue luz, apenas suficiente para iluminar algo más de un palmo hacia delante, pero más que suficiente para sus fines. Se giró y paseó la luz por la pared de detrás del escritorio, recubierta por elegantes paneles de roble inglés. Pasó los dedos a lo largo del zócalo, en busca de alguna ligera variación en los espacios entre paneles. Pasado un momento la encontró. Cogió el borde de madera de arriba y empujó; el panel se abrió, dejando a la vista la caja fuerte negra. Acercando más la linterna, examinó la formidable hechura de la puerta, las letras de marca y la cerradura. Era una caja fuerte Chubb, bien considerada por su solidez y fiabilidad. Un rápido examen le dijo que era un modelo antiguo, fabricado antes de las mejoras en las cerraduras introducidas por la empresa en 1860.

Por suerte, lord Whitaker no era esclavo de las técnicas de última moda.

Golpeó suavemente la puerta, tratando de calcular su profundidad y resistencia. Las cajas fuertes de fabricación más reciente se hacían más pesadas y duraderas, con aleaciones resistentes a casi cualquier taladro. Las cajas fuertes más antiguas, en cambio, se podían perforar con las herramientas adecuadas y la habilidad necesaria. Calculó la mejor manera de atacarla, y consideró la utilidad de usar una broca pequeña que se introducía en el centro del agujero de la cerradura y luego se le enganchaba un berbiquí. Con bastante fuerza y resolución, así se podía romper la cerradura y abrir la puerta. Pero ese trabajo podría llevarle muchísimo tiempo y sus resultados no eran seguros. Hacer saltar la cerradura con pólvora era otra opción, pero provocaría demasiado ruido.

Al final sacó de la bolsa su berbiquí, su broca pequeña, una llave para fijar firmemente el berbiquí, una sierra para metal y una palanqueta o pie de cabra. Perforaría una abertura encima del hoyo de la cerradura, y con la sierra la ensancharía lo bastante para meter la mano. Entonces levantaría el pestillo de la cerradura y abriría la puerta.

Le llevaría tiempo, pero era sistema bello, sencillo y seguro.

Colocó las herramientas en la alfombra, en el orden preciso en que las iba a necesitar. Frotó con la manga la puerta metálica, para limpiar el lugar donde iba a hacer la perforación. Después fijó la broca al berbequí, presionó con fuerza sobre el metal negro y comenzó a girar la manivela, hundiendo la afilada punta en la fría superficie de la puerta metálica.

Le llevó más tiempo del que había calculado perforar y serrar una abertura lo bastante grande para pasar la mano. Cuando finalmente lo logró, tenía mojada la máscara y la ropa y le dolían los brazos. Rebosante de expectación, metió la mano en la abertura y palpó en busca del mecanismo de la cerradura. En cuanto lo encontró, cerró los ojos y pasó los dedos por encima, para hacerse una idea de su estructura, y una vez que estuvo familiarizado con los complejos recovecos y redondeces, encontró el pestillo y lo echó hacia atrás.

La puerta se abrió.

El corazón le retumbó de alivio y triunfo. Ya estaba acabada la parte más difícil. Pasó la mano por la profunda cueva, buscando una caja o una bolsa en la que estuviera reposando la magnífica Estrella de Persia.

—No está ahí —dijo alguien arrastrando la voz.

Se quedó inmóvil.

Armándose de serenidad, sacó lentamente el brazo de la caja fuerte vacía. Estaba acuclillado, lo cual era una ventaja, comprendió, mirando con los ojos entrecerrados a través de la penumbra al hombre de cara seria que había entrado sigilosamente en el estudio sin que él lo oyera por estar trabajando. Pasó las yemas de los dedos por la alfombra y cogió la palanqueta. Se levantó lentamente, ocultando la barra de hierro con la manga.

—Lo voy a arrestar —le informó Lewis, apuntándolo con su pistola—. Si tiene algún arma, le recomiendo que la suelte. No se le hará daño mientras coopere.

Su captor sólo podía ser un agente de policía, comprendió, para soltar tantas tonterías con una sinceridad tan seria. Su falta de uniforme indicaba que era un inspector. Eso lo hizo sentirse al menos un poco mejor.

Le habría fastidiado muchísimo haber caído en la trampa de un simple agente de policía mal pagado.

—Mi pistola está en el escritorio —dijo tranquilamente, como si estuviera resignado a su destino. Y puesto que notaba que su captor estaba sensatamente receloso, añadió en tono tranquilizador—: No opondré resistencia. Sé cuando me han derrotado.

Lewis lo miró receloso. Lord Bryden era un caballero que probablemente consideraba infalible su palabra. Por desgracia era también un asesino a sangre fría que había matado a dos hombres en su ilustre carrera de ladrón de joyas. No tenía la menor intención de convertirse en su tercera víctima.

—Aléjese lentamente del escritorio —ordenó, con el fin de poner distancia entre el ladrón y su arma. Notó que la voz le salía insólitamente aguda, delatando su nerviosismo. Se aclaró la garganta—. Muy bien. No se mueva.

No tenía ninguna experiencia en arrestar a un criminal tan peligroso como La Sombra, pero lo único que tenía que hacer era ponerle las esposas y luego asegurarse de que lo tenía dominado. Sintió la tentación de llamar al agente Wilkins que estaba en el ático. Le había ordenado que vigilara las puertas de todos los criados, por si La Sombra decidía entrar por el tejado. Pero esa noche no lo había hecho así. No sabía cómo había entrado en la casa de lord Whitaker esa noche, pero en ese determinado momento eso no importaba. Lo había cogido por fin. Mientras La Sombra no intentara escapar del arresto, su mortal carrera estaba acabada.

Su propia carrera estaba a punto de comenzar.

—Ha sido muy inteligente su forma de actuar esta noche, inspector —comentó La Sombra, con la voz toda admiración—. Me imagino que sabía que la Estrella de Persia perteneció a mi familia. Supongo que comprendió que yo deseaba recuperarla.

—Me imaginé que captaría su atención —reconoció Lewis—. Una vez que sospeché que era usted el reponsable de los robos, lord Bryden, comencé a buscar una pauta, no en su forma de robar, que era evidente, sino en lo que robaba. Comencé a fijarme más detenidamente en sus robos en el pasado y en la historia de esas determinadas joyas. Entonces fue cuando descubrí el vínculo único que las unía. Cada joya había pertenecido a su familia antes de que muriera su padre, algunas durante varias generaciones. Entonces se me ocurrió la idea de que lord y lady Whitaker simularan que tenían en su posesión la Estrella de Persia. Estaba seguro de que usted sentiría impaciencia por recuperar esa determinada joya.

—Muy astuto —fue el elogio de su cautivo, ladeando la cabeza.

Lewis asintió. No había esperado que lord Bryden se mostrara tan civilizado durante su arresto. Así eran las cosas entre la aristocracia, supuso. Podían sucumbir a la tentación de robar y asesinar como cualquier otro delincuente común, pero al comprender que los habían cogido recordaban quiénes eran y se comportaban en conformidad.

Lo cual iba a hacer su trabajo mucho más fácil.

—Si me tiende las manos, creo que tendré que ponerle las esposas. Sólo es una formalidad, ¿comprende? —añadió—. Estoy obligado a hacerlo.

—Lo comprendo —le aseguró La Sombra.

Tendió las manos, sumiso, observando pacientemente hasta que el inspector, serio, inclinó la cabeza para ponerle las esposas en las muñecas. Entonces le golpeó la nuca con la palanqueta, haciéndolo caer pesadamente en el suelo.

Se quedó observándolo un momento, con la palanqueta lista para golpear si veía el menor movimiento en él. No quería matarlo, se dijo, tratando de controlarse. Al fin y al cabo el inspector era un componente esencial para poner fin a su juego.

—Suelta eso —ordenó repentinamente una voz grave—, antes que te haga saltar tu maldita cabeza.

Levantó la vista, sobresaltado. La sala seguía en penumbra, la oscuridad iluminada muy tenuemente por la luz de su pequeña linterna. No importaba. Conocía a la figura enmascarada que estaba delante de él.

—Buenas noches, Bryden —dijo, tratando de contener la exaltación que le hacía vibrar las venas. No se iba a negar eso después de todo—. Pensé que no ibas a aparecer.

—Suelta tu palanqueta y aléjate de él —repitió Harrison, sosteniendo firme la pistola.

Cuando Bryden vio entrar al inspector Lewis en el estudio pensó que todo había acabado. Medio jugó con la idea de escabullirse y dejar que la policía disfrutara de la espléndida victoria de arrestar a La Sombra. Pero vaciló tan pronto como cayó en la cuenta de que no había agentes de policía en el corredor para entrar a ayudar al intrépido detective. Y por su anterior altercado con el ladrón de joyas sabía con absoluta seguridad que su émulo no se iba a rendir fácilmente. Por lo tanto esperó, dudando que el inspector Turner tuviera idea de lo peligroso que era el hombre al que había puesto esa trampa.

En el instante en que oyó caer un cuerpo al suelo comprendió que el policía había perdido la batalla.

—He de decir que me alegra que hayas decidido venir —dijo La Sombra alegremente, sin hacer caso de su orden—. Con todo el trabajo que se han tomado la policía y lord y lady Whitaker para atraerme hasta aquí habría sido una lástima que te lo hubieras perdido. —Se golpeó suavemente la palma con la palanqueta.

Harrison se le acercó un poco, reduciendo la distancia entre ellos.

—Suelta tu pie de cabra. No pienso acercarme tanto como para que lo uses conmigo, y si intentas aplicárselo al pobre inspector, te prometo que te disparararé antes de que des el primer golpe.

—Tienes razón —concedió La Sombra, suspirando—. Parece que de verdad el juego ha acabado.

Se encogió de hombros y se inclinó hacia el escritorio como para dejar ahí la palanqueta, pero lo que hizo fue coger su pistola y apuntar con ella a Bryden.

—Bueno, esto es un cambio fascinante, ¿no te parece, Bryden? —dijo en tono burlón—. Nuevamente estamos igualados, más o menos. La única diferencia es que yo tengo los cojones para dispararte, mientras que tú, a mi parecer no sabes con seguridad de si estás tan desesperado como para dispararme.

Harrison levantó un poco la pistola, apuntando a la cabeza de ese cabrón.

—No me pongas a prueba —le avisó en voz baja.

La Sombra lo miró un momento, su expresión inescrutable. De pronto movió la pistola y apuntó a la cabeza patéticamente vulnerable del inspector.

—Suelta el arma, Bryden —gruñó—, si no, desparramaré los guapos sesos de este inspector en la preciosa alfombra turca de lord Whitaker.

Harrison vaciló. No sabía si La Sombra cumpliría realmente su promesa, pero en su mente vio al pobre mayordomo de lord Pembroke con la hoja plateada sobresaliendo del pecho y sangre esparcida por todas partes; todo el camisón blanco del mayordomo empapado. Nadie podía salvarlo, igual que nadie podría salvar al inspector Turner si ese cabrón que lo estaba apuntando le perforaba el cráneo con una bala.

Con el cuerpo tenso de furia, soltó a regañadientes la pistola.

—Excelente decisión —dijo La Sombra, asintiendo aprobador—. Y ahora me perdonarás, pero debo marcharme. —Caminó hasta la ventana, sin dejar de apuntar con el arma a la figura del inspector Turner tendida boca abajo en el suelo—. No me cabe duda de que el inspector tendrá mucho de qué hablar después que me haya ido. —Apartó las cortinas y subió el panel.

—No puedes huir —dijo Harrison—. Hay agentes apostados fuera vigilando la casa. Te dispararán mucho antes de que toques el suelo.

—La verdad es que no creo que el inspector cuente con mucha ayuda —comentó La Sombra, mirando fuera—. Eché una buena mirada antes de entrar y no vi a nadie raro por ahí. De todos modos, tienes toda la razón, es posible que haya uno o dos agentes acechando por ahí. Démosles algo interesante que encontrar ¿eh?

Apuntó la pistola a la cabeza del inspector Turner.

Rugiendo de rabia, Harrison se abalanzó sobre él, cogiéndole el brazo justo antes de que disparara. La Sombra lo apartó hacia un lado de un empujón, y saltó por el alféizar. Cuando Harrison llegó a la ventana ya iba caminando por la oscuridad del jardín de detrás de la casa.

Bryden soltó una maldición y pasó una pierna por el alféizar. Lo encontraría y lo mataría aunque eso fuera lo último que hiciera, juró, pasando la otra pierna. Lo destrozaría sólo con sus manos...

—¡Alto o disparo!

Un aterrado agente joven acababa de entrar en el estudio blandiendo una temblorosa pistola. Cuando vio al inspector Turner tendido en el suelo se le contorsionó la cara de horror.

—¡No se sido yo! —exclamó Harrison, comprendiendo que parecía que él le había disparado—. La Sombra acaba de huir...

—Cierra el pico —ladró el agente Wilkins, con la pistola temblando—. Estás arrestado, ¿entiendes? Y si haces algo, aunque sea un resuello, te mataré, ¿entendido?

Harrison cerró los ojos para aliviar la creciente presión que empezaba a extendérsele por la parte delantera del cráneo. Estaba acabado, comprendió. Nadie se creería que había otro ladrón ahí con él, el que descerrajó la caja fuerte de lord Whitaker y luego golpeó al inspector cuando este intentó arrestarlo. Además, la policía ya había decidido que él era La Sombra. Por eso habían ideado el fantasioso atractivo de la Estrella de Persia.

Alguien había descifrado finalmente las pistas de su pasado.

Pasó las piernas por el alféizar y entró en el estudio, sintiéndose viejo y derrotado.

Y horrorosamente consciente de que había fracasado, dejando a Charlotte y a Flynn impotentemente vulnerables.

Capítulo *12*

—¡*L*o han cogido!

Oliver se giró al instante y vio la cara aterrada de Annie y el mechón de pelo que le caía sobre los hombros.

—¿Han cogido a quién, muchacha?

—¿A Flynn? —preguntó Eunice, asustada.

—No, a La Sombra —contestó Annie, mirando a Charlotte con expresión grave—. Lo han arrestado, señorita Charlotte. Lo tienen encerrado en Newgate. Lo van a juzgar en Old Bailey por robo y asesinato.

Charlotte apretó la cuchara con que estaba removiendo el batido del pastel de Eunice.

—¿Estás segura?

—Se comenta en todo Londres. Dicen que lo cogieron anoche tratando de robar un diamante muy especial en la casa de lord Whitaker. Pero no había ningún diamante para robar; era una trampa tendida por los trasquilones. La Sombra le disparó a uno de ellos también, al detective que vino a casa la noche en que usted lo trajo aquí. Lo dejó tendido en el suelo, impotente como un bebé, el muy asqueroso.

El rugido que sentía Charlotte en los oídos se le hizo insoportable, produciéndole naúseas.

—¿Está muerto?

—Dicen que no. —Los ojos de Annie estaban empañados de emoción—. Espero que no, aunque sea un poli.

—¿Por qué? —preguntó Violet—. ¿Te gustaba?

—¡Noo! —exclamó Annie acalorada—. Sólo que me parece una pena que un hombre como ese la diñe cuando está tratando de hacer que se respete la ley.

Violet miró a Ruby, visiblemente asombrada.

—¿Quién es La Sombra, entonces? —preguntó Doreen—. ¿Un rico?

—No sólo un rico —contestó Annie—, es un noble. Lord Bryden el Sanguinario lo llaman ahora. Vive en una mansión en la plaza Saint James, y también tiene una fabulosa propiedad en el campo.

—¡Lo sabía! —exclamó Ruby—. Siempre lo noto por las manos. Las de él eran manos bonitas y limpias, ¿recuerda, señorita Charlotte? Y hablaba tan bien...

—¿Qué hace un conde que tiene dos mansiones corriendo por Londres por la noche tratando de robar joyas? —preguntó Eunice, ceñuda y desconcertada.

—Igual lo hacía para divertirse —sugirió Violet—. Quería saber qué era robar.

—Y después que lo hizo una vez le cogió el gusto —añadió Ruby—. Eso pasa a veces, como beber. Te gusta tanto que tienes que volver a hacerlo, sólo para sentir la misma emoción.

—Qué lástima —se lamentó Doreen, agitando la cabeza—. Si hubiera cambiado después que la señorita Charlotte lo trajo aquí, podría haber vivido sus días en paz y tranquilidad. Ahora tendrá el dogal del verdugo, ¿y por qué? Por una pasta que no necesitaba.

—Igual el muchacho tenía deudas —sugirió Eunice—. Igual lo que le gustaba no era robar sino apostar, y no podía permitírselo.

—De todos modos jugaba un juego peligroso. Sobre todo teniendo tanto que perder. Tendría que haber sabido que no podía ir por delante de los polis eternamente.

—Vamos, muchacha, no te culpes —dijo Doreen notando la palidez de las mejillas de Charlotte y la piel tensa de sus nudillos—. Después de todo apenas tuviste tiempo de hablar con él. Si hubieras tenido unos pocos días más, y si él no hubiera estado sufriendo ese horrible dolor de cabeza, y estado bien drogado con láudano, habrías logrado cambiarlo. En cuando al inspector, bueno, no tenías manera de saber que La Sombra era capaz de asesinar. Tú misma dijiste que sólo llevaba un cepillo para el pelo esa noche en que se encontraron vuestros caminos.

—Parece haber descendido un largo camino en poco tiempo —musitó Oliver tristemente—. Un puñal en el pecho del pobre mayordomo de lord Pembroke y luego una bala en el inspector. No me habría imaginado que pudiera tener tanta sangre fría. —Estuvo en silencio un momento, titubeante—. ¿Sabías lo de lord Bryden, muchacha?

Charlotte lo miró indecisa, sintiendo girar el mundo, totalmente fuera de su control. Las mujeres la estaban mirando con interés, tal vez pensando que ella había conocido a lord Bryden en alguna de las cenas o fiestas a las que había asistido últimamente. No sabían nada de su visita a la casa de él hacía varias noches. Le había rogado a Oliver que no lo dijera a nadie, y lógicamente él había hecho honor a su palabra.

—¿Usted sabía quién era La Sombra? —le preguntó Annie.

Era evidente que el disparo que había recibido el inspector Turner la perturbaba, observó Charlotte.

—Sí —contestó. El aire parecía haberse calentado y reducido en la cocina, y no lograba llenar los pulmones—. Y todo lo que les ha ocurrido al mayordomo de lord Pembroke y al inspector Turner ha sido por mi culpa.

—No seas boba —la reprendió Doreen, impaciente—. Tú le salvaste la vida trayéndolo aquí esa noche, si no se habría muerto desangrado o colgado. En cuanto a entregarlo a los trasquilones, bueno, hasta ese momento no había matado a nadie, sólo había robado unas bonitas joyas.

—A ninguno se nos ocurrió que iba a asesinar —dijo Eunice, chasqueando la lengua—. No parecía de ese tipo.

Charlotte ya estaba embargada por la vergüenza, acompañada por una sofocante desesperación.

—Yo lo obligué a cometer esos robos —confesó, tristemente—. Los hizo por mí.

Oliver la miró incrédulo.

—¿Qué tonterías dices, por san Andrés?

Tenía que decirlo, comprendió ella. No había vuelta de hoja.

—Cuando comprendí que lord Bryden era La Sombra, traté de chantajearlo —explicó—. Fue del todo incorrecto, por supuesto, pero en ese momento no lo vi. Necesitaba muchísimo dinero, y rápido, y lo único que se me ocurrió fue que lord Bryden tenía los medios para proporcionármelo. No sabía que tendría que robarlo, pero la verdad era que no me importaba. Lo único que sabía era que Flynn estaba en peligro. Necesitaba cinco mil libras para recuperarlo, y lord Bryden era la única persona que conocía que podía conseguírmelas sin hacer demasiadas preguntas.

—Vamos a ver, ¿qué pasa con Flynn? —preguntó Oliver, con expresión de incredulidad—. Me pareció oírte decir que envió a decir que se había mudado de casa y que no teníamos que preocuparnos por él.

—Mentí. Lo siento terriblemente, Oliver, pero no sabía qué otra cosa hacer. —Las palabras le salían más rápido, estaba al borde de la histeria—. No podía decir la verdad porque si la decía a alguien él le haría daño a Flynn o a alguno de vosotros o incluso a Grace, o a Annabelle o a Simon...

—Vale, muchacha, respira —le ordenó Eunice, rodeándola con un brazo—. ¿Quién dijo que le haría daño a Flynn?

—Si alguien te ha amenazado a ti o le ha hecho algo a Flynn, le enviaré el culo al domingo de una patada —rugió Doreen, apretando los puños de sus delgadas manos.

—¿No fue Jimmy, verdad? —preguntó Annie, con los ojos relampagueantes de furia—. ¿Él le hizo ese morado en la mejilla la otra noche?

—Me juraste una y otra vez que te tropezaste y te caíste —terció Eunice—. ¿No fue así?

Charlotte se cogió fuertemente de la desgastada mesa de madera. El pasado que tanto había tratado de dejar atrás, por mal que lo hiciera, la estaba envolviendo de nuevo. En su vida con Genevieve y Haydon, Huesos Buchan había sido un fantasma remoto, uno que la había dejado con cicatrices físicas y emocionales, pero que ya no tenía ningún poder sobre ella. Eso había cambiado. Su intento de mantenerlo en secreto y tratar con él sola, según las reglas de él, había sido un error. Ahora lo iban a pagar Flynn y Harrison.

—A Flynn lo cogió mi padre, mi verdadero padre —dijo con la voz hueca, avergonzada—. Lo apodan Huesos Buchan. Hacía muchos años que no lo veía, desde que tenía diez años y nos arrestaron a los dos por robo. Él fue a una cárcel de Escocia. Ahora está en Londres.

—Y cuando te encontró decidió sacarte unas cuantas libras —dijo Oliver, con su arrugada cara contorsionada por la furia.

Charlotte asintió.

—Quiere cinco mil libras. Le dije que no las tenía pero no me creyó. Dijo que le haría algo terrible a mi familia si no se las conseguía. Así que fui a ver a lord Bryden y le pedí el dinero, a cambio de mi silencio. Yo ya me había dado cuenta de que él era La Sombra. Me dio ochocientas libras, que era todo lo que tenía en su poder en ese momento. Pero cuando se las di a mi padre, dijo que no era suficiente, y entonces me dijo que tenía a Flynn. Así que volví a ir a casa de lord Bryden, y él me prometió que me conseguiría el dinero. Y eso es lo que fue a hacer a la casa de lord Whitaker. Quería robar lo suficiente para que yo le pagara a mi padre y recuperara a Flynn.

—Deberías habernos dicho eso, muchacha —la amonestó Oliver severamente—. Sabes que habríamos hecho todo lo que hubiéramos podido por ayudarte.

—Quería decíroslo, Oliver, pero tenía miedo. Mi padre es muy violento. Me juró que si se lo decía a alguien haría algo terrible, no sólo a mí, sino a Flynn o a alguno de vosotros.

—Muy bien, entonces —dijo Annie, animada por la necesidad de actuar—. Díganos cómo es ese Huesos Buchan, y entre yo, Ruby y Violet correremos la voz de que lo andamos buscando. Seguro que habrá alguien por ahí al que no le importará delatarlo a cambio de una cerveza o un par de empanadillas de carne.

—Y cuando lo encontremos, recuperaremos a Flynn y entonces no tendrá ningún poder sobre usté —continuó Ruby—. Tengo unos cuantos amigos también a los que les puedo pedir ayuda, para que le hagan entender que no tiene que volver a molestarla.

—No creo que nadie le pueda hacer entender eso —dijo Charlotte, cansinamente—. Es muy violento.

—Así son la mitad de los hombres en Saint Giles, y la mitad de las mujeres también —bufó Annie, nada impresionada—. Su padre debe de andar cerca de los cincuenta, ¿verdad?

—La verdad es que no lo sé. Supongo que sí.

—Entonces no es ni de cerca tan fuerte como cuando usté era una niña —decidió Annie.

—Annie tiene razón —convino Ruby—. Sólo hay que ver a quién amenaza, a un niño flaco medio muerto de hambre y a una dama con la pierna lisiada. —Soltó un bufido de asco—. Es vergonzoso, eso es lo que es. Algunos de los chicos que conozco estarían felices de atizarle una buena paliza sólo por eso.

—Por no decir nada de lo que pensarán tus hermanos cuando se enteren —añadió Eunice—. No me imagino que Jack dejara mucho de él si alguna vez le pone la mano encima.

—Jack no debe saberlo nunca —objetó Charlotte—. Por favor, Eunice, podemos decírselo a Simon y Jamie, pero no a Jack. Se enfurecería si se enterara de que mi padre me ha estado amenazando. Podría hacer algo terrible, algo que quizá le llevara a la cárcel.

—La muchacha tiene razón —concedió Oliver—. Simon y Jamie son capaces de mantener fría la cabeza, pero Jack no. El muchacho lleva en la sangre lo de mover los puños primero y hablar después.

—Poco importa eso, puesto que todavía anda lejos en uno de sus viajes —observó Doreen—. No creo que piense regresar hasta el mes que viene, como muy pronto.

—Estupendo, entonces —dijo Oliver levantándose de la mesa—. Iré a Mayfair a contarles lo ocurrido a Simon, Jamie, Annabelle y Grace. Y les enviaré una nota a la señora Genevieve y a su señoría, que están de visita en el campo, pidiéndoles que cojan el próximo tren a Londres.

—Si reciben la nota esta noche, podrían estar aquí mañana por la tarde —reflexionó Eunice—. Entonces todos juntos podremos decidir qué vamos a hacer para manejar a Huesos Buchan.

La fiera resolución y energía que llenaban la calurosa cocina circuló por Charlotte, dándole fuerzas renovadas. Ahora que había revelado lo de su padre, se le aliviaba un tanto la aplastante carga que llevaba encima desde su primer encuentro con él. Se había equivocado al intentar tratar con él sola, comprendió. Había creído que al mantener en secreto sus viles amenazas protegería a sus seres queridos, y en lugar de eso los había expuesto al peligro, aumentando las posibilidades de que les hiciera daño. No volvería a cometer el mismo error.

—Iré contigo a Mayfair, Oliver, para explicarles todo yo misma a mis hermanos —decidió, levantándose también—. Pero primero haremos una parada en Newgate.

Oliver la miró indeciso.

—¿Estás segura de que eso será prudente, muchacha? Si la policía sospecha que sabías que La Sombra era lord Bryden...

—Sea prudente o no, iré a ver a lord Bryden. —Tragó saliva, para dominar las emociones que se agitaban en ella—. Quiero saber cómo está. Quiero pedirle perdón por haberlo puesto en esa terrible situación. Y quiero ver si puedo hacer algo para ayudarlo. —Lo siento, Annie —se disculpó, al notar la indignación de la chica—, pero el lord Bryden que conozco es muy diferente del hombre que arrestaron anoche. No sé explicar por qué le disparó al inspector Turner cuando estaba indefenso, si es que es cierto eso. Pero fuera lo que fuera lo que hiciera, y por qué lo hizo, hay algo que tengo que decirle... —se interrumpió bruscamente.

—No pasa nada, muchacha —dijo Oliver. Preocupado por su evidente aflicción, miró dudoso a Eunice y a Doreen, que asintieron—. De acuerdo, entonces —concedió, de mala gana—. Iré a buscar el coche y te llevaré a Newgate si allí es donde estás empeñada en ir.

La cárcel de Newgate era una austera y lúgubre fortaleza de granito cuya sola vista podía encender la llama del miedo en el fondo de los corazones de los ciudadanos más respetuosos de la ley de Londres. En ese sitio empapado de sufrimiento se levantaba una cárcel desde comienzos del siglo XII, cárcel que reconstruyeron en 1770 y diez años después volvieron a remodelar. Durante casi cien años, desde que ostentaba la dudosa distinción de ser la principal prisión de Londres, hasta 1868, había sido el lugar favorito de la gente para buscar la más horrible de las diversiones, ya que hasta ese año todas las ejecuciones habían sido públicas, y gozaban de muchísima popularidad.

Todos los lunes a las ocho en punto de la mañana, se reunía una multitud delante de la Debtor's Door*, una verdadera marejada de hombres, mujeres y niños, todos gritando y empujando, para presenciar el desfile de almas abatidas condenadas a ser ejecutadas ese día. Los lunes se colgaba a los asesinos, y su ejecución era una atracción mucho mayor que ver retorcerse y patalear colgados del extremo de la soga a los ejecutados por robo, falsificación o sodo-

* Puerta de los Deudores. *(N. de la T.)*

mía. Cuando se bajaba la palanca de la horca, el condenado sólo descendía entre dos y tres palmos, lo que hacía casi seguro que tardara varios minutos en morir. A los que llevaban dinero en el bolsillo se les encontraba asientos elevados, con buena vista a las horcas; el precio era hasta de diez libras, una fortuna, pero la opinión general era que lo valía. Alrededor del patíbulo se montaban tenderetes para vender comida y bebida, y se consumían enormes cantidades de cerveza tibia, coñac aguado y empanadas grasientas hechas con carnes de dudosa procedencia, y el aire húmedo estaba preñado de una alegre camaradería.

Por desgracia para aquellos que de nada disfrutaban tanto como de un buen ahorcamiento, un cambio en las leyes durante la década de 1830 limitó los delitos castigados con la pena capital. En 1868 se abolieron del todo las ejecuciones públicas, poniendo así fin a lo que la sociedad británica con conciencia social consideraba una grotesca forma de diversión. Después de esa fecha, a los asesinos se los colgaba en privado y sus cuerpos se enterraban discretamente en tumbas sin lápida dentro de los muros prácticamente impenetrables de Newgate.

Harrison se sentía sumamente agradecido por esa pequeña ventaja.

Con la espalda apoyada en la fría pared de piedra de su celda y los brazos cruzados sobre el pecho, estaba contemplando los rayitos de tenue luz que entraban por entre los gruesos barrotes negros de la diminuta ventana. El mobiliario era escaso: una banqueta destartalada que amenazaba con desmoronarse bajo su peso, una mesa lavabo con la jofaina y el jarro bastante trizados, un jergón gris enrollado, una repisa que sostenía una Biblia, un libro de oraciones, un plato con taza y, finalmente, en un rincón, un orinal descascarillado y manchado. Clavado en la pared había un candelabro de hierro con un cabo medio derretido de una vela amarilla barata. Muebles espartanos, según cualquier criterio, y sin duda a una distancia importante de los lujos a los que estaba acostumbrado.

Curiosamente, no se sentía muy molesto por la cruda sencillez de su celda. No había nada bello ni de color en ella, aparte del rayo de luz dorada limón que entraba por la ventana con alegre desenfado, del todo indiferente a la clara intención de los arquitectos, que diseñaron y rediseñaron Newgate a lo largo de los siglos, de que las celdas fueran implacablemente lóbregas. El sol teñía con su velo dorado la lobreguez para luego ir a posarse sobre el desgastado suelo de piedra, donde las sombras de los barrotes se rompían en bloques pequeños que se podían contar y contemplar a medida que iban cambiando de tamaño y nitidez en el curso de la mañana. Mirar ese juguetón charco de luz le había dado el medio para serenarse y enfocar la mente, para dejar de lado la frustración y la rabia que lo habían consumido desde el momento de su arresto hasta su llegada a Newgate.

Una vez allí, mientras caminaba penosamente por los interminables y estrechos corredores de la prisión, pasando por incontables puertas cerradas con llave, puertas reforzadas con hierro, y con las manos esposadas a la espalda, se sintió avasallado por una furia y una desesperación inmensas que no recordaba haber experimentado jamás. Le empezó a penetrar un dolor sordo por la parte anterior del cráneo y la visión se le emborronó. Comprendió entonces que si sucumbía a uno de sus discapacitadores dolores de cabeza, para el que no tenía láudano a disposición, estaría verdaderamente perdido. Se obligó a hacer respiraciones profundas y parejas, aun cuando el aire era fétido, y procuró calmar los rápidos latidos de su corazón, que parecían ir al ritmo del martilleo de la cabeza.

Ante su sorpresa, consiguió mantener a raya el dolor de cabeza.

Fue capaz de entrar en su celda, que, según le aseguró su bajito y decrépito carcelero, era una de las mejores, asignada solamente a aquellos reos de las clases más respetables, como él, que tenían la mala suerte de pasar un tiempo en Newgate; al parecer, el carcelero le daba su selectiva aprobación a la celda. Fue capaz de continuar de pie mientras el hombrecillo le quitaba las esposas y parloteaba acerca de la época en que a los prisioneros se los encerraba en celdas comunes, hasta cuando se rediseñó la cárcel con un sistema de celdas individuales, y de la suerte que tenía de tener esa celda para él solo, ya que ese día Newgate estaba decididamente vacía de presos respetables. Fue capaz de caminar hasta su cama, tenderse encima y continuar respirando parejo mientras cerraba los ojos, diciéndose que no, que de ninguna manera permitiría que su maldito y traicionero cuerpo sucumbiera a su infernal debilidad.

Lo increíble fue que se le pasó el dolor de cabeza.

Lo atormentó, sí, durante varias horas, pero no hasta el extremo que tenía por norma desde hacía mucho tiempo. En ningún momento pasó de superar un dolor sordo, desagradable sí, incluso nauseabundo, pero muy poco debilitante, relativamente hablando.

Cuando le disminuyó el dolor de cabeza fue capaz de pensar con más claridad. Comprendió entonces que tendría que poner grillete a sus emociones, amarrar bien su rabia y su miedo, para poder evaluar su situación y decidir qué se podía hacer para mejorarla, si es que se podía hacer algo. Era difícil, pero no imposible.

El rayo de luz del sol lo ayudó infinitamente.

Lo que más le preocupaba en ese momento eran su madre, Charlotte y Flynn. Conocía lo bastante la lealtad de Telford para saber que este no le diría a su madre lo que sin duda ya sabía: que a él lo habían arrestado por robo y asesinato. Esa noche el arresto se produjo demasiado tarde para aparecer en la primera edición de los diarios, pero la noticia ya se habría extendido por todo Londres, lo cual significaba que todos los chismosos, criados, carteros, recaderos y reporteros, estarían golpeando su puerta, deseosos de saber si era cierto y suplicando algunos emocionantes detalles. Telford protegería a su madre durante todo lo que pudiera, inventando uno u otro motivo para explicar su ausencia, que ella seguro aceptaría, al menos por un tiempo.

Pensaba escribirles a Margaret y Frank, contándoles lo ocurrido y pidiéndoles que vinieran lo más pronto posible. Aunque detestaba la idea de perturbarles la vida, no había más remedio. Frank tendría que dejar Estados Unidos y concentrarse en aprender los detalles de llevar las propiedades y administrar las inversiones. Si su juicio iba mal, su hermano menor podría acabar siendo el siguiente conde de Bryden. Pero mejor no pensar en eso por el momento. Y Margaret tendría que dejar a sus hijos un tiempo para atender a su madre, que quedaría destrozada cuando finalmente se enterara de que a él lo habían arrestado por asesinato.

Por primera vez que recordara, se sorprendió deseando que el estado mental de su madre continuara separándola de la realidad. En cierto modo eso le parecía un destino más amable que afrontar la verdad.

Su otra gran preocupación eran Charlotte y Flynn. Su abogado había quedado en disponerlo todo para tener el dinero que le había pedido y llevárselo a casa esa mañana. Después del arresto le envió una nota al señor Brown pidiéndole que se encontrara con él en Newgate, y no en su casa. Cuando llegara, le ordenaría que se lo hiciera llegar discretamente a Charlotte, junto con una nota que aún tenía que escribir.

Eran muchas las cosas que deseaba decirle.

Deseaba decirle que él no era el ladrón ni el asesino que ella creía que era, al menos no del todo. También deseaba advertirle que de ninguna manera, en ninguna circunstancia, debía enfrentarse sola a su padre. Finalmente, deseaba hacerla comprender lo mucho que había llegado a significar para él, pese a que se conocían desde hacía tan poco tiempo. Que ella era más fuerte y más estimulante para él que cualquier otra mujer que hubiera conocido en su vida, que su valor, resolución y generosidad habían encendido una luz brillante en su existencia, en un momento en que se sentía rodeado por una amarga oscuridad. Deseaba decirle todo eso y más. Pero hacerlo la implicaría a ella si la carta caía en manos no convenientes. Por lo tanto, sólo le escribiría una breve nota, diciéndole que había sido un placer conocerla y que le deseaba todo lo mejor con su casa albergue.

Ni siquiera el más listo de los fiscales podría extraer una prueba incriminatoria de eso.

Una llave rascó la cerradura y se abrió la maciza puerta de madera. De mala gana desvió la mirada del rayo de luz y vio entrar en la celda a su demacrado carcelero, el señor Digby, con sus mechones de pelo amarillo, y su figura lastimosamente encorvada metida en una levita que no era de su talla y unos pantalones a rayas que se veían demasiado finos para lucirlos en una prisión.

Detrás de él entró cojeando un inspector Lewis Turner notablemente vivo.

—Ha venido a verle el inspector Turner, señoría —anunció Digby solemnemente, irguiéndose en todo lo que le permitía su joroba.

La cara generosamente arrugada del carcelero estaba muy seria, y Harrison creyó detectar un levísimo asomo de orgullo en sus ojos de párpados fláccidos, esperando que él aceptara su anuncio. Estaba claro que en alguna época el señor Digby había aspirado a un puesto algo mejor que el de carcelero, y por consiguiente estaba impresionado por el rango social y la notoriedad de su último prisionero.

—Gracias, Digby —contestó amablemente.

Su tono no delató en lo más mínimo el alivio que sentía al ver que el inspector había sobrevivido al ataque de La Sombra. Estaba a punto de añadir: «Eso será todo», movido más por la idea de que el hombre podría agradecerlo que porque creyera que se iba a quedar ahí esperando para ver si podía hacerle otro servicio, pero el inspector Lewis aplastó secamente esa oportunidad.

—Déjanos solos —ordenó bruscamente, golpeando el bastón en que se apoyaba.

Digby miró a Harrison, interrogante.

—Eso será todo —le dijo Harrison—. Gracias.

—Sí, señoría —contestó el carcelero, inclinando levemente la cabeza—. Si me necesita, sólo tiene que llamarme.

Acto seguido salió retrocediendo de la celda y echó nuevamente la llave, dejándolos solos.

—Inspector Turner, me alegra verle tan bien —comentó Harrison cordialmente—. ¿No quiere sentarse? —le preguntó, haciendo un gesto hacia la destartalada banqueta.

Lewis lo miró indignado y continuó donde estaba. Sí que le habría gustado muchísimo sentarse, pero no estaba dispuesto a aceptar la hospitalidad del cabrón que le golpeó la cabeza y luego le disparó cuando estaba en el suelo inconsciente. Por suerte, Bryden tenía muy mala puntería, o tal vez la oscuridad de la habitación le redujo la habilidad. Fuera cual fuera el motivo, la bala sólo le entró en la parte superior del muslo. Después de examinarlo, palparlo, hurgarlo y atizarlo durante una eternidad, para luego ponerle los puntos, el cirujano, que habría hecho mucho mejor carrera en una carnicería, le dijo que había tenido muchísima suerte, que debía guardar cama una semana para descansar y permitir que cicatrizara la herida.

Él pidió un bastón.

—Veo que se ha metido firmemente en el bolsillo al carcelero —observó ácremente, detestando la manera de actuar del viejo, como si lord Bryden fuera una especie de héroe—. Supongo que comparado con la escoria que se ha acostumbrado a vigilar a lo largo de los años, usted le parece casi de la realeza.

—Tal vez simplemente soy uno de los pocos presos que lo ha tratado con un mínimo de respeto —replicó Harrison—. Podría convenirle probarlo algún día, le sorprenderían los resultados.

Lewis lo miró francamente.

—No se atreva a darme sermones, Bryden. Es usted el que se ha pasado la mayor parte de su vida allanando moradas como un vulgar ladrón, robando joyas y asesinando a personas. Si se hace la ilusión de que es mejor que yo porque nació con un título, está lamentablemente equivocado.

—Perdone, jamás pretendería creer que soy mejor que usted, inspector Turner. Usted es un hombre educado e inteligente, y posee una singular resolución que da la casualidad que yo admiro. Me caben poquísimas dudas de que si trabaja arduo, su carrera será nada menos que brillante. Conozco a muy pocos hombres nacidos con título de los que se pueda afirmar lo mismo.

Lewis lo miró cauteloso. ¿Era un cumplido?

—¿Por qué lo ha hecho, Bryden? —le preguntó, curioso—. Entiendo que cuando comenzó, hace años, se debió a que su padre disipó su fortuna. Estaba resuelto a recuperar una parte, aunque eso significara robarla. No me cabe duda de que creía que sólo cogía lo que por derecho ya era suyo. ¿Qué lo hizo volver a empezar? He investigado sus finanzas, y a no ser que haya algo muy oculto por ahí que ni siquiera saben sus banqueros, su situación económica es muy sólida. ¿Para qué comenzar a correr por ahí a media noche robando joyas, la mayoría de las cuales podía comprarlas si las quería?

Harrison contempló con expresión impasible los rectángulos de luz en el suelo. Su situación era verdaderamente desesperada. Si reconocía los robos que había cometido hacía dieciséis años, quedaría inextricablemente ligado a la reciente racha de robos, dos asesinatos y un intento de asesinato, que sólo se podían castigar con la horca, pese a su rango de conde. Algo le decía que el inspector Lewis no aceptaría su explicación de que había cometido esos robos antes y había estado presente en varios de los últimos, entre ellos el de la noche anterior, en la que desgraciadamente le dispararon a él, pero que sólo había acudido porque deseaba capturar al hombre que andaba robando por ahí haciéndose pasar por él, o, más exactamente, haciéndose pasar por el hombre que fuera él en otro tiempo. Hasta él encontraba ridícula esa explicación, por el amor de Dios. Por lo tanto, sus únicas opciones eran o negarlo todo, lo cual era ridículo puesto que lo habían cogido tratando de escapar por la ventana del estudio de lord Whitaker, o no decir nada, lo que se interpretaría como una hosca admisión de culpa.

De una u otra manera, el resultado sería el mismo.

—Dígame una cosa, inspector Turner —dijo, sin dejar de mirar el movimiento de la luz en el suelo—. ¿Ha habido algún momento durante su investigación en que haya pensado que las pistas o pruebas no tenían mucho sentido? ¿En que se ha encontrado con un buen número de hechos aparentes que no cuadran?

Lewis tuvo buen cuidado de mantener impasible la expresión. En realidad, había varios elementos a los que no les encontraba sentido. Recordó el dormitorio de lady Pembroke, con el mueble volcado, el gorro negro de lana y la máscara encontrados debajo de la cama, y la colcha muy bien arreglada aun cuando el ladrón no había devuelto la llave del joyero a su escondite, debajo de la almohada. Todas esas cosas lo habían intrigado. Y a pesar de haber resuelto finalmente el caso, seguían desconcertándolo.

—Muchas investigaciones presentan pruebas que a veces parecen extrañas o contradictorias —concedió—. Ese es el reto del investigador, barajarlas todas y descifrar su sentido.

—¿Y usted cree que lo ha conseguido, inspector Turner? —le preguntó Harrison, sin dejar de contemplar el suelo como si fuera una magnífica obra de arte—. ¿Cree que ha encontrado el sentido a todas las pruebas?

—No del todo —reconoció Lewis—. Todavía tengo algunas dudas.

—Y eso debe de preocuparle un poco —musitó Harrison—, porque sabe que tengo los fondos para contratar a los abogados defensores más brillantes de Londres, y si hay algún agujero o incongruencia en su investigación, por pequeña o insignificante que pueda parecerle, mis abogados concentrarán gran parte de la atención en eso. Lo cual será problemático para su caso, e incluso un poco vergonzoso para la policía.

—Anoche le encontraron vestido con ropa negra y una máscara en el estudio de lord Whitaker, tratando de escapar por la ventana. Eso es un hecho.

—Uno que no niego.

—Y forzó la puerta de la caja fuerte de lord Whitaker con su equipo para descerrajar, en busca de la Estrella de Persia, de lo cual tenemos pruebas.

—Pues bien, me temo que eso sí tengo que negarlo —dijo Harrison—. Puedo decir muy sinceramente que jamás en mi vida he forzado una caja fuerte, aunque ha habido ocasiones en que la cerradura de la mía se ha puesto un poco tozuda y la he golpeado unas cuantas veces.

—Entonces hizo un maravilloso trabajo en simular que forzaba una caja fuerte, puesto que perforó un agujero en ella y logró abrir la puerta. También me golpeó la cabeza con un pie de cabra y luego me disparó.

—¿Me vio dispararle?

—¡Desde luego que no! Antes me dejó inconsciente.

—Perdone la pregunta, inspector, pero si lo dejé inconsciente, ¿para qué diantres iba a necesitar dispararle?

—¡No lo sé! —ladró Lewis, de súbito irritado. Le dolía horrorosamente la pierna, sólo había dormido unas pocas horas esos últimos días y no tenía paciencia para seguirle el juego a Bryden, fuera el que fuera—. Supongo que porque temía que yo pudiera identificarle.

—¿Podría haberme identificado?

Lewis estuvo a punto de decir que sí, pero alcanzó a tragárselo. Bryden llevaba su gorro y máscara cuando él lo sorprendió en el estudio de lord Whitaker, recordó.

—No —admitió de mala gana.

—¿Y por qué no?

—Sabe muy bien por qué no. Usted llevaba la máscara y el gorro puestos.

—Entonces, si usted no me vio la cara y estaba inconsciente, ¿qué demonio pudo poseerme para que le disparara?

—Tal vez porque es un hijo de puta sanguinario y disfruta matando personas.

—Podría ser —concedió Harrison—. Esa es una posibilidad, sin duda. Pero si yo estaba tan empeñado en matarle sólo para mi vil placer, y usted estaba tendido en el suelo inconsciente, ¿cómo fue que erré tan completamente el tiro y sólo logré darle en, supongo, la pierna, dadas su cojera y su dependencia de un bastón?

—Quizá porque tiene muy mala puntería —replicó Lewis, mordazmente—. Lo cual ha sido una suerte para mí.

Harrison levantó la vista y lo miró muy serio.

—Fue una inmensa suerte para usted, inspector Lewis, que quienquera que le disparó no le diera en la cabeza, como muy bien podría haber ocurrido, o en otra parte más vital que su pierna. Lo curioso, sin embargo, es que si este era el mismo hombre que le disparó al pobre lord Haywood en la escalinata de la casa de lord Chadwick, desde una distancia de unos veinte pasos, parecería que en realidad tiene muy buena puntería. Lo cual lleva a la pregunta, ¿por qué erró el tiro y no le mató? ¿Qué le obstaculizó la puntería?

—El agente Wilkins entró en la sala en ese momento. Supongo que eso lo distrajo.

—¿El agente Wilkins le dijo eso?

—Me dijo que entró y le sorprendió tratando de saltar por la ventana.

—Entonces no fue él quien distrajo al hombre que le disparó, ¿verdad? Como usted mismo acaba de admitir, el agente Wilkins entró después del disparo de la pistola.

—¿Qué diantre quiere decir, Bryden? ¿Me está pidiendo que crea que usted es simplemente un ciudadano responsable que por casualidad estaba anoche en el estudio de lord Whitaker? ¿He de creer que es usted una especie de aristócrata hastiado que sale enmascarado por la noche para tratar de seguirle la pista a delincuentes, y que simplemente estaba ahí porque quería capturar a La Sombra?

—Sólo le pido que continúe analizando las pruebas —contestó Harrison muy serio—. Usted es un hombre educado, inspector. Le han formado para examinar, analizar y, por encima de todo, hacer preguntas, en especial sobre las cosas que no tienen sentido. Y sé que hay varias circunstancias en esta investigación que le preocupan. Sí, yo estaba en el estudio de lord Whitaker anoche. Sí, llevaba una máscara. Pero estaba ahí por el mismo motivo que estaba usted. Para encontrar a La Sombra y encargarme de que por fin lo cogieran y llevaran a la justicia antes de que tuviera la oportunidad de volver a robar o a matar.

—Qué terriblemente noble. Perdone que me muestre algo incrédulo, pero ¿por qué haría una cosa así?

—La Sombra es un peligro para la sociedad. Es necesario que lo cojan.

—¿Y por qué no dejar que lo haga la policía? Ese es mi trabajo, no el suyo.

—Le dejé hacerlo, inspector, durante tres meses. Pero, lamentablemente, fracasó. Y cuando La Sombra se puso más osado, comprendí que necesitaba cierta ayuda.

—Eso ha sido muy generoso de su parte, Bryden —dijo Lewis en un tono empapado de sarcasmo—. Pero eso no explica por qué se ha interesado tan repentinamente en este determinado caso. Londres está plagado de ladrones y asesinos. ¿Por qué no tratar de capturar a uno de los numerosos delincuentes que amenazan el bienestar de nuestros ciudadanos? ¿A qué se debe su interés exclusivo en La Sombra?

—Mis motivos no son de su incumbencia.

—No estoy de acuerdo en eso. Si quiere pedirme que me crea que es inocente en todo esto, que no es otra cosa que un conde honrado, respetuoso de la ley que ha estado dispuesto a tomarse el trabajo de entrar en casas para ayudar a capturar a uno de los delincuentes más notorios de Londres, tiene que decirme por qué. Nadie hace nada sin una motivación, Bryden. Codicia, lujuria, pasión, furia, venganza, elija. Siempre hay un motivo. ¿Por qué habría de tomarse ese trabajo, por no mencionar arriesgar su vida, para capturar a un delincuente que no tiene nada que ver con usted?

—A veces tenemos que hacer las cosas, queramos o no. Y esta era una de esas veces.

—¿Y qué demonios significa eso?

—Significa que me siento muy aliviado de que sus sesos no estén desparramados por toda la alfombra de lord Whitaker, inspector, como podría haber ocurrido.

Giró la cara y volvió a fijar la mirada en las cambiantes bandas amarillas de luz.

Lewis lo miró fijamente, furioso y frustrado. ¿Qué tipo de juego pretendía Bryden jugar con él? ¿Sinceramente esperaba que se creyera que era inocente? Eso era ridículo. Y sin embargo algunas de las preguntas que planteaba eran preocupantes. Más aún, no tenía la sensación de que estuviera mintiendo.

Si bien eso no probaba su inocencia, era decididamente inquietante.

Comenzó a cojear hacia la puerta y de pronto se detuvo.

—Por cierto, ¿esto es suyo? —preguntó, sacando despreocupadamente un cuadrado de lino de un bolsillo.

Harrison apenas miró el pañuelo.

—Lamentablemente, no.

—¿Por qué dice «lamentablemente»?

—Porque no tengo ningún pañuelo aquí y me vendría bien uno. —Continuó en tono irreverente—: Pese a los heroicos esfuerzos de Digby para mantener limpio este lugar, creo que algunas de estas superficies se beneficiarían de un buen fregado.

—Entonces lamento no poder darle este. Por desgracia, lo encontraron en el suelo fuera de la casa de lord Pembroke la noche en que mataron a su mayordomo, y por lo tanto es una prueba. Sólo se me ocurrió que podría ser suyo porque tiene la letra «be» bordada en una esquina. ¿Quiere mirarlo más de cerca? Igual se le cayó cuando iba...

—No es mío, inspector.

—Claro. —Lewis se volvió a meter el pañuelo en el bolsillo—. Tiene otra visita. La señorita Charlotte Kent. Está esperando en una de las oficinas de abajo.

Harrison tuvo buen cuidado de mantener la expresión impasible. No podía permitir que el inspector pensara que él tenía alguna relación con Charlotte ni que su asociación con él pudiera incriminarla.

—Apenas conozco a la señorita Kent, inspector. Y si bien le agradezco su deseo de visitarme, dada su obsesión por reformar a delincuentes, no creo que Newgate sea un lugar apropiado para una dama. Además, en estos momentos no me siento de humor para recibir un sermón mojigato sobre la moralidad y el castigo. Hágame el inmenso favor de presentarle mis respetos y pedirle que se marche.

Lewis se impresionó. Si no hubiera sido por la leve tensión que le vio en el músculo de la mandíbula, casi podría haberse creído la actuación.

—Ya le dije que no debería verle. Le advertí que se podría malinterpretar su deseo de visitarle, lo que dañaría su reputación. ¿Y quiere saber lo que me dijo?

Harrison suspiró, como si encontrara tedioso el tema.

—Sin duda ha venido porque cree que soy La Sombra y querría echar una mano para reformar mi negra alma antes de que sea demasiado tarde. Dígale que no me interesa...

—Dijo que su reputación ya había estado por los suelos durante años —lo interrumpió Lewis—, y que había estado en la cárcel antes y que no cree que en Newgate pueda haber algo que no haya visto ya. Me aseguró enérgicamente que no se marchará mientras no le vea, y me advirtió que era probable que usted se negara a verla. Me dijo que le dijera que no le importaba si tenía que esperar toda la noche aquí, que estaba más que preparada para hacerlo.

Harrison puso los ojos en blanco, mostrando una actitud que decía que encontraba tremendamente pesadas a las bien intencionadas solteronas obsesionadas por la reforma de las almas.

—Muy bien, inspector —cedió, enmascarando el torbellino de emociones que pasaban por él bajo la capa de una aparente indiferencia—. Envíeme a la señorita Kent, si así ha de ser.

Capítulo 13

*L*a desesperación ya se había apoderado de Charlotte mucho antes de que apareciera por fin el anciano y pequeño carcelero llamado Digby.

Había estado casi dos horas sentada en una lúgubre oficina de la planta baja de Newgate, esperando que el inspector Turner hiciera lo que fuera necesario hacer para que la llevaran a la celda de Harrison. La habitación era la sala de espera para las visitas, en la que tenían que firmar un libro detallando la fecha y la hora de la visita y el nombre del desgraciado prisionero que deseaban ver. Después de eso tenían que elegir una de las dos sillas que había y dedicarse a contemplar el entorno. No era mucho lo que había para contemplar, aparte de un maltrecho escritorio cubierto de papeles y una repisa en la que reposaban los bustos en yeso de dos de los asesinos más notorios de Newgate.

A medida que los minutos se transformaban en horas, fue invadiéndola una terrible sensación de impotencia. La mente le retrocedió a la oficina del alcaide de la cárcel de Inveraray en Escocia, donde estuvo sentada, ella, una andrajosa y sucia niña de diez años, esperando aterrada enterarse qué le sucedería. Fuera lo que fuera, estaba segura de que sería algo horroroso. Había oído historias de niños colgados por robo o atados a una mesa donde los azotaban hasta que la blanca piel de su espalda y trasero se rompía y manaba sangre. Alguien le había dicho que eso sólo se lo hacían a los niños, pero ella no supo si en eso se refería a los azotes o a la horca, o a las dos cosas. El juez al que se presentó unos días antes la había llamado sinvergüenza, y la sentenció a treinta días en prisión, a los que seguirían tres años en un reformatorio de Glasgow. Ella no tenía ni idea de dónde estaba Glasgow, ni qué era un reformatorio ni si la azotarían una vez que llegara allí. La mujer que compartía su celda le dijo que era igual que una prisión, con la diferencia de que a los niños los obligaban a trabajar día y noche hasta que se morían de agotamiento, una bendición, le aseguró la mujer, puesto que vivir ahí era absolutamente insoportable. Y mientras estaba sentada temblando, con la pierna lesionada vibrante de dolor y los hombros encogidos para combatir el húmedo frío que impregnaba cada pulgada de la cárcel de Inveraray, sintió la misma agobiante desolación que sentía en esos momentos, unos quince años después.

A diferencia de hoy, aquel día se abrió la puerta y entró Genevieve, le cogió sus sucias manos entre las suyas, le apartó de la cara la mata de pelo enredado y se agachó para mirar sus ojos con amabilidad. Entonces ella sintió el muy débil aleteo de la esperanza de que tal vez, sólo tal vez, Dios la estaba observando después de todo.

—Esta es, milady —le dijo Digby solemnemente, después de llevarla por un laberinto de lúgubres corredores.

Nuevamente él buscó entre las llaves que colgaban de una inmensa anilla.

Charlotte se mordió el labio y esperó, mientras el carcelero levantaba una pesada llave de hierro para mirarla a la débil luz plomiza que entraba en el pasaje de piedra. La miró con los ojos entrecerrados, pasó sus nudosos dedos por sus contornos negros, volvió a mirarla y la desechó en favor de otra. También miró intensamente la siguiente llave, examinándola con sus ojillos oscuros que apenas eran visibles bajo los pliegues de sus arrugados párpados. Satisfecho al fin, la insertó en la cerradura y abrió la puerta.

—Ha venido a verle la señorita Kent, milord —anunció Digby con una ceremoniosa reverencia.

Harrison apartó la vista de la luz ya tenue que entraba por la ventana, se volvió y vio aparecer a Charlotte en la entrada de su celda. Durante un largo momento, todo se detuvo, se paralizó.

Deseó correr a estrecharla en sus brazos, sentir su menudo y suave cuerpo apretado contra él, hundir la cara en la fragante seda de sus cabellos, sumergirse en su bondad, fuerza y esperanza, tan reñidas con la desnuda desolación de su celda.

Pero continuó donde estaba, adoptando la expresión más indiferente que pudo.

—Buenas tardes, señorita Kent —dijo educadamente, en tono tranquilo y muy formal—. He de confesar que no esperaba el placer de su compañía en este desolado lugar.

Ese comentario era en beneficio de Digby, porque aunque presentía que le caía bien al viejo carcelero, no quería dar la más leve indicación de que su relación con Charlotte era algo más que la de simples conocidos.

—Debo pedirle disculpas por la austeridad de mi entorno —continuó en tono burlón—. Pase, por favor, ¿le apetecería algún refrigerio?

Charlotte negó con la cabeza, desconcertada por su mirada indiferente, su tono seco, su evidente falta de placer al verla.

—Ah, vamos, tiene que servirse algo —insistió él—. Señor Digby, ¿tiene algo que pueda traer a la señorita Kent para que se reponga un poco? Sin duda el viaje y la espera han sido muy agotadores. ¿Un té, tal vez, y una o dos galletas dulces, si es posible? Más tarde yo podré recompensarle muy bien el trabajo que le haya llevado eso, cuando llegue mi abogado.

La mención de una compensación hizo aumentar el volumen de los ojos de Digby por entre sus voluminosos pliegues.

—Puedo hervir agua para el té —aseguró muy serio—. Y leche también, si quiere. Tengo unas galletas, las mías, que me prepara mi mujer para el té.

—Gracias, pero no —dijo Charlotte, que ya tenía un nudo en el estómago. Creyó que vomitaría.

—Las galletas son frescas —añadió Digby, tratando de convencerla—. Son de jengibre y pasas. Y le buscaré una taza de porcelana bien limpia, no tiene que preocuparse por eso, señorita.

La miró suplicante. Estaba claro que deseaba hacer esa tarea, bien por el dinero o porque le gustaba la sensación de parecer más un valorado mayordomo de un caballero que un detestado carcelero, Harrison no se pudo decidir.

—Me parece espléndido —dijo, entusiasmado, como si el hombre les hubiera ofrecido prepararles un espectacular festín—. Tráigalo, Digby. Estoy seguro de que cuando la señorita Kent vea las galletas de su esposa no podrá resistirse a probar una.

—Sí, señoría —dijo Digby, sonriendo agradecido, dejando ver un lastimoso revoltijo de dientes amarillentos—. Tengo que bajar a la cocina, pero no tardaré más de unos minutos.

Salió a toda prisa al corredor, haciendo tintinear su pesado llavero al cerrar la puerta con llave.

Harrison esperó hasta que se perdió el sonido de esas llaves por el corredor de piedra y se apagó el ruido de abrirse y cerrarse la puerta de roble que aislaba su celda del resto de la prisión. Entonces, cuando estuvo absolutamente seguro de que estaban solos, se permitió quitarse la máscara de despreocupada indiferencia.

—No deberías haber venido, Charlotte —dijo, en voz grave y urgente—. Le dije al inspector Turner que apenas te conozco y le di a entender que sólo venías a verme por tu interés en reformar a otra alma delincuente más. Si vuelves a encontrarte con él haz todo lo que puedas para reforzar esa impresión.

Empezó a pasearse, aplastando el avasallador deseo de acariciarla, y habló rápido, repasando la lista de cosas que ella necesitaba saber:

—Ya he dispuesto las cosas para tener el dinero para tu padre. Mi abogado te lo hará llegar después de verme aquí más tarde. Mi idea era que te lo llevara él personalmente, pero puesto que has venido aquí, eso ya no es prudente. No puedo estar seguro de que el inspector Turner no lo haga seguir, y no te conviene estar asociada conmigo más de lo que ya estás. Le ordenaré a mi abogado que hoy vuelva a su oficina y mañana envíe varias cosas a diversas direcciones, con unos cuantos recaderos. Si Turner pone a un solo hombre a vigilarlo, que es lo más probable, cuando vea salir a varios recaderos será demasiado tarde para pedir ayuda para seguirlos a todos. Lo que es absolutamente esencial es que de ninguna manera y bajo ninguna circunstancia trates de darle el dinero a tu padre tú sola.

Se pasó la mano por el pelo, nervioso y con la sensación de urgencia.

—Puesto que yo no puedo estar contigo, quiero que me jures que buscarás la ayuda de tu familia. Si no quieres pedirle a lord

Redmond que te acompañe, lleva contigo a tus hermanos, Jamie y Simon, y a Oliver también, para que Buchan entienda que lo superan en número. Si tus hermanos son buenos para usar sus puños, estupendo, pero si no, que por lo menos uno de ellos lleve una pistola, aunque sólo sea para enseñarla, no para usarla. Tu padre es un hombre violento, y hay que tratarlo de una manera que él entienda. Dile a Oliver que lleve su puñal también. Por último, bajo ninguna circunstancia te pongas al alcance de Buchan. Que uno de tus hermanos le entregue el dinero. Pero no le permitas que le dé el dinero mientras no te haya devuelto a Flynn sano y salvo. No nos conviene que Buchan decida retener otro tiempo más a Flynn, pensando que podría sacarte unas cuantas libras más. —Calló un momento, calculando si ya se lo había dicho todo—. Cuando vuelva Digby con el té dile que tienes que marcharte inmediatamente. No debes estar en mi compañía ni un segundo más de lo necesario; eso sólo daría motivo para habladurías. ¿Entiendes?

Charlotte lo miró en conmocionado silencio, reprimiendo las lágrimas que pugnaban por bajar por sus mejillas.

Harrison la miró, sintiéndose impotente, observando la fragilidad de su postura, la palidez de su piel, el agudo dolor que brillaba en sus ojos. Ver su sufrimiento lo rebanó como un cuchillo, cortándole la fría racionalidad que se había esforzado en mantener desde el momento que ella entró en su celda. Sentía la boca reseca y el cuerpo le dolía de la necesidad de abrazarla, de sentir los suaves latidos de su corazón contra su pecho y el sedoso coral de sus labios en su boca. No pudiendo soportar más tiempo la desesperanza que se extendía entre ellos, cruzó la distancia en dos pasos, la rodeó con sus brazos y aplastó la boca en la de ella, envolviéndola en su fuerza, mientras Charlotte se aferraba a él con desesperación.

La saboreó a fondo, explorando todos los dulces secretos de su boca, pasando las manos por sus cabellos cobrizos, bebiendo de la pasión y ternura con que ella respondía a las suyas, tratando de hacerla comprender con sus caricias lo que no había logrado decirle con palabras.

«Te amo —musitó en silencio, bajando los dedos por sus mejillas, por la tersa columna de su cuello, por las suaves curvas de su cuerpo—. Y si pudiera, pasaría el resto de mi vida demostrándotelo —añadió en un ruego, bañándole de besos el cuello, estrechándola protectoramente contra él hasta que estuvieron acoplados—. Y no dejaría pasar ni un solo momento sin que sintieras mi amor —prometió, desesperado, hundiendo la cara en los suaves montículos de sus pechos, donde sintió el frenético golpeteo de su corazón en la mejilla. Levantó la cabeza y volvió a besarla, avasallado por el deseo combinado con una atroz tristeza. Deseó tumbarla sobre el duro jergón gris y sumergirse en su belleza y valor, permitirle rescatarlo de la sordidez de su entorno y del desastre de su vida. Y a cambio tal vez podría hacerle entender la profundidad de su amor por ella, que comenzó en el momento en que ella le puso un cepillo para el pelo de plata en la mano, mirándolo como si lo creyera capaz de apoderarse del mundo.

La había hecho sufrir, eso lo entendía. No podía saber si no la haría sufrir más al demostrarle la intensidad de sus sentimientos por ella. Esperaba que no. Pero el tiempo era su enemigo. Por lo tanto hizo más lentos los besos, tratando de apagar su deseo y el que había despertado en ella. Aflojando la presión de sus brazos, deslizó suavemente los labios por sus mejillas, su boca, sus ojos, hasta que finalmente logró abrazarla sin devorarla.

—Lo siento, Charlotte —se disculpó, con la voz rota—. Si pudiera cambiarlo todo en este momento, lo haría. A excepción de una cosa.

Charlotte levantó la vista hacia sus ojos, sintiendo cómo la rabia, desesperación y necesidad de él llenaban la celda hasta que no había espacio para nada más.

—¿El qué? —preguntó, con la voz apenas en un susurro.

—Conocerte —dijo él, mirándola con infinita ternura—. Eso no lo cambiaría jamás.

—No veo por qué no —contestó ella apenada—. Si yo no te hubiera pedido dinero no te habrías visto obligado a hacer las cosas terribles que te han traído aquí. No te habrías visto obligado a matar... —Se le quebró la voz.

—No, Charlotte. —Dios todopoderoso, ¿de verdad creía que ella lo había convertido en un asesino?—. Estás equivocada. Todo lo que he hecho... había otros motivos para hacerlo, cosas que no tenían nada que ver contigo. Y pese a lo que puedan decir los demás, yo no maté al mayordomo de lord Pembroke esa noche en que entraron a robar a su casa, como tampoco le disparé al inspector Turner anoche.

Debes creerme cuando te digo eso. No me importa un bledo lo que piensen los demás, pero tú... —Se interrumpió bruscamente, le dio la espalda y se alejó. No podía mirarla—. Necesito que creas que no soy un asesino. El resto del mundo puede irse al maldito infierno —concluyó, con la voz embargada de amargo pesar.

Charlotte contempló su alta figura tensa, tan erguido, potente y hermoso, en contraste con la lóbrega desnudez de la celda. Y de repente sintió una emoción que no supo identificar de inmediato. La invadió con tanta fuerza que se le contrajeron los músculos hasta que se sintió como un manantial reprimido a punto de brotar a chorros. Olvidada de su cojera, avanzó decidida por el desgastado suelo de piedra, lo cogió por los hombros y lo obligó a girarse. Los sorprendidos ojos de él se encontraron con los suyos.

No le cabía la menor duda de que Harrison decía la verdad. Siempre había sabido que él aborrecía la violencia; eso lo percibió en el momento mismo en que lo sorprendió en el dormitorio de lady Chadwick. Lo percibió en su amable gesto al sujetarla cuando ella tropezó, lo vio en su renuencia a tomarla de rehén, aun cuando ella prácticamente le rogó que lo hiciera. Por eso cuando se enteró de que al mayordomo de lord Pembroke lo habían apuñalado en el pecho, su reacción fue de horrorizada incredulidad; sabía que él no habría cometido jamás un acto tan terrible. Y ahora él decía que no lo había hecho.

Lo cual significaba que estaba en Newgate esperando que lo juzgaran y colgaran por un asesinato que no había cometido.

—Si no mataste al mayordomo de lord Pembroke ni le disparaste al inspector Turner, ¿quién lo hizo, entonces?

La voz le salió bastante pareja, dado que estaba casi dispuesta a estrangularlo ella misma.

—No lo sé —dijo él, sorprendido por su evidente furia. Fuera cual fuera la reacción que había esperado de ella, no era la furia apenas contenida que estaba viendo—. Había otro hombre allí. Él es el ladrón de joyas que ha estado robando a los ricos de Londres estos últimos meses, no yo.

Charlotte lo miró incrédula.

—¿Quieres decir que no eres La Sombra?

—La respuesta a eso es algo complicada —suspiró él—. La noche que me encontraste en el dormitorio de lady Chadwick había ido allí con el fin de cogerlo, no para robar las joyas. Sabía que ella había adquirido un magnífico collar de esmeraldas que en otro tiempo perteneció a una célebre noble francesa a la que ejecutaron durante la Revolución Francesa. Entré en la casa porque pensé que La Sombra intentaría robar el collar esa noche. Cuando me encontraste estaba mirando el joyero para ver si el collar seguía allí, no para cogerlo.

Charlotte frunció el ceño, tratando de encontrarle sentido a eso.

—¿Cómo podías saber que La Sombra trataría de robarlo esa determinada noche?

—No lo sabía con seguridad —concedió Harrison—. Llevaba unos meses siguiendo con atención las noticias de sus robos, tomando nota de todos los detalles disponibles, tratando de encontrar una relación entre ellos, una especie de pauta, o tal vez una serie de pautas. Y a medida que se volvía más osado, me di cuenta de que se inclinaba a robar joyas que eran o muy admiradas o famosas. Lady Chadwick había asistido a una fiesta la noche anterior con su collar nuevo, y todo el mundo armó un gran revuelo al respecto. La noche que entré en su casa, ella y su marido ofrecían una cena, y yo me imaginé que no se pondría el collar dos noches seguidas, sobre todo porque esa era una reunión íntima, y ese collar habría sido muy ostentoso. Por lo tanto, se daban tres elementos importantes: el primero, la fama adquirida recientemente por la joya; el segundo, que no era probable que se la pusiera esa noche, y el tercero, su accesibilidad, puesto que todo el personal, familia e invitados estarían ocupados abajo la mayor parte de la noche. Era el conjunto de circunstancias perfecto para un ladrón de joyas.

—Si estabas tan seguro de que La Sombra intentaría entrar en casa de lord Chadwick esa noche, ¿por qué sencillamente no los advertiste para que pudieran contactar con la policía?

—La policía llevaba meses tratando de cogerlo, sin éxito. Tenía poca fe en su capacidad de hacer algo más que ahuyentarlo. Yo quería cogerlo, no ahuyentarlo.

—¿Por qué significaba tanto para ti su captura, Harrison? —le preguntó ella, pensando en lady Bryden y en las magníficas joyas que llevaba el día en que la conoció—. ¿Te había robado algo?

Él miró sus ojos agrandados, todo interés y preocupación. Era como si creyera que si él le decía la verdad a todo el mundo, se le podría devolver su vida de alguna manera. Por desgracia, él sabía que no era así. La gente estaba deseosa de que se resolviera el caso de La Sombra, y el inspector Turner creía, no insensatamente, que acababa de resolverlo. Él estaba seguro de que al inspector no lo impresionaría ninguna confesión parcial. Además, aun en el caso de que lo juzgaran solamente por los delitos cometidos hacía dieciséis años, eso bastaría para dejarlo años pudriéndose en la cárcel, y en ese tiempo casi seguro que su mente se desintegraría por la misma enfermedad que sufrió su padre.

De uno u otro modo, igual estaría acabada su vida.

La única persona de la que necesitaba comprensión en esos momentos era de Charlotte. Lo había conocido en su muy peor aspecto; sin embargo, en lugar de condenarlo, se arriesgó para ayudarlo, aun cuando él tratara de rechazar esa ayuda. Era cruel e injusto, pensó, mirándola, que esa hermosa joven, modesta y resuelta, que finalmente había conseguido ahondar por debajo de las mentiras y artificios y abrirle el corazón a él, sólo hubiera entrado en su vida cuando esta estaba girando fuera de su control. En muchos sentidos, Charlotte y él tenía el mismo espíritu. Ella era una superviviente, como él. Y dado que se había visto obligada a hacer ciertas cosas para sobrevivir, no juzgaba a los demás con esa piadosa superioridad con que lo hacían prácticamente todas las mujeres que había conocido. Por eso puso tanto empeño en ayudarlo la noche en que se conocieron; por eso se sintió con la confianza para recurrir a él en busca de ayuda cuando la necesitó; y por eso se abrió a él, entregándose en cuerpo, alma y corazón, y luego no simuló sentirse horrorizada o avergonzada por la gloriosa pasión que ardió entre ellos. A su manera callada y valiente, Charlotte era mucho más fuerte y más sincera que él. Lo hacía sentirse humilde y reverente.

Y en ese momento, lo único que deseaba era abrazarla estrechamente y decirle la verdad.

—Cuando yo tenía veinticuatro años, mi padre se suicidó —comenzó, con la voz tensa, desprovista de emoción—. Se pegó un tiro en la cabeza, ya fuera en un momento de absoluta locura o de completa lucidez, no lo sé. Su mente se había ido erosionando a lo largo de muchos años, y lo que comenzaron como incidentes divertidos de olvidos y confusión se fue convirtiendo poco a poco en algo mucho más terrible.

—¿Qué le ocurrió?

—Empezó a tener unos dolores de cabeza atroces, que le producían náuseas, y lo único que se lo aliviaba un poco era encerrarse en su habitación en absoluto silencio, con las cortinas cerradas, uno o más días, durante los cuales no aceptaba comida, bebida ni compañía. Mi madre hizo venir a una serie de médicos, de toda Inglaterra y del Continente. Sus diagnósticos variaban entre decir que simplemente sufría por causa de una dieta demasiado suculenta a que tenía insuficiente provisión de sangre en el cerebro. Uno insistió en que lo que le causaba el dolor era un tumor, y se mostró muy deseoso de abrirle el cráneo para extirpárselo. Le dijo a mi madre que no creía que mi padre sobreviviera a la operación, pero que el intento sería un noble servicio al progreso de la ciencia. No hace falta decir que mi madre ordenó que lo echaran de casa.

»Otro sugirió que sufría de una forma de dolor de cabeza llamado migraña, y empezó a atiborrarlo de una miríada de pociones hechas con raíz de valeriana, corteza de un árbol peruano, cicuta, alcanfor, mirra y opio, entre otras cosas. Cuando ninguna le produjo ningún alivio, le hizo ampollas detrás de las orejas y le sacó tres muelas, con lo que sólo consiguió aumentarle el sufrimiento. Incluso lo sangró, por el amor de Dios. Y mi padre sólo empeoró. Continuaron sus dolores de cabeza y su mente siguió deteriorándose.

»El problema fue que no nos dimos cuenta de lo grave que era ese deterioro. Siempre que olvidaba algo o se enfurecía sin ningún motivo aparente, atribuíamos sus olvidos y sus ataques de violencia a los medicamentos que tomaba. Mi madre insistía en que sus estallidos eran muy comprensibles, por lo mucho que sufría, aun cuando una noche intentó estrangularla. Siempre fue tremendamente protectora con él, y nada logró disuadirla de la idea de que cuando ella encontrara un remedio para sus dolores de cabeza, él volvería a ser como antes. Mientras tanto, sus hijos y los criados debían tratarlo con respeto, tolerar sus cambiantes estados de ánimo e inventarle discretas disculpas si alguien que no fuera de la casa notaba su comportamiento cada vez más raro. Y mientras todos simulábamos que él estaba bien y respetábamos su dignidad y su intimidad, mi padre se las arregló, aunque no por culpa suya, para dejarnos prácticamente en la ruina. Y entonces se metió en su estudio y se pegó un tiro.

Charlotte vio lo mucho que le costaba mantener la expresión serena. Vio que eso era tremendamente doloroso para él, a pesar de su esfuerzo por aparentar que estaba hablando de algo que ya había perdido su poder de hacerlo sufrir. Pero también percibió su angustiosa necesidad de hablar de eso, de contarle esa terrible parte de su pasado que alteró el curso de su vida.

—Continúa —dijo dulcemente.

—Yo tenía veinticuatro años, y tal vez no era más tonto que los otros nobles jóvenes e insensibles con que me relacionaba, pero por desgracia mi irresponsabilidad tuvo consecuencias desastrosas. Me creí enamorado de una bailarina de un *music hall* y este romance me consumía la mayor parte de mis horas de vigilia. No había hecho el menor esfuerzo en enterarme un poco de las finanzas o inversiones de mi familia, ni de qué era exactamente lo que pagaba nuestros gastos. Supongo que me imaginaba que había montones de dinero reposando en el banco y que cuando me convirtiera en conde, dentro de diez o veinte años, simplemente heredaría ese dinero y lo usaría para que todo fuera tirando. Pues bien, como no tardé en enterarme después del funeral de mi padre, la cosa no era así.

»Durante los dos años anteriores a su muerte, mi padre había hecho una serie de desesperadas inversiones en empresas que al principio parecían prometedoras pero que luego fracasaban, hundiéndolo más en deudas. Comenzó a emplear cualquier cosa como garantía de pago, entre ellas propiedades, obras de arte y la colección de joyas de nuestra familia, que era importante. Los hombres con los que negociaba, sus acreedores, fueron muy acomodaticios para aceptar estas garantías, incluso lo ayudaron, buscándole compradores discretos. Los documentos de todas estas transacciones eran confusos y estaban incompletos, y pronto comencé a sospechar que en realidad a mi padre lo habían estafado. Acudí a las autoridades y me dijeron que no había pruebas suficientes para hacer una investigación, que sería larga, cara y, casi con toda seguridad, inútil. Y así me quedé con un montón de deudas tremendas, varias propiedades sobrehipotecadas, y una madre, un hermano y una hermana destrozados por la muerte de mi padre y que no lograban comprender cómo era posible que nuestras finanzas estuvieran tan mal.

—Así que decidiste recuperar algo de eso robándolo, y comenzaste por las joyas.

Él asintió.

—Los bancos no estaban dispuestos a concederme más crédito. Y yo estaba furioso por haber permitido que ocurriera eso, por haber sido un ingenuo al creer a mi madre cuando insistía en que mi padre era perfectamente capaz de llevar sus asuntos de negocios. Cuando vi la verdad comprendí que tenía que hacer algo, y rápido. Dado que creía que todo lo que habíamos perdido en realidad nos lo habían robado, decidí recuperarlo simplemente robándolo. Claro que robar una obra de arte no era práctico, y casi imposible de vender, de todos modos. Pero las joyas eran otra historia. Son pequeñas y fáciles de vender, porque se pueden sacar de sus engastes y venderse como piedras sueltas.

»Así, durante un año más o menos, entraba en las casas y robaba solamente aquellas joyas que consideraba legítimamente mías. Los diarios me apodaron La Sombra, y en mi rabia y arrogancia, me sentí bastante feliz de que me convirtieran en una figura romántica. Encontraban enorme placer en detallar mis últimos robos, y gran parte de Londres gozaba pensando que alguien andaba por ahí robándoles joyas a los ricos, y sin hacerle daño a nadie. Vendí las joyas y reduje mis deudas a la vez que hacía también algunas inversiones bien pensadas. Por suerte, mi instinto para los negocios era bueno, y poco a poco empecé a rehacer la fortuna de mi familia.

—¿Cuánto tiempo estuviste entrando en las casas?

—Casi un año. Podría haber continuado más tiempo, pero una noche tuve una mala caída al salir por una ventana y me lesioné la espalda; por un momento creí que no podría levantarme. Entonces fue cuando comprendí que tenía que parar. Era tonto pensar que podía continuar sin que me cogieran, y mi madre, Margaret y Frank me necesitaban. Así que los robos acabaron de repente. Se elucubró que a La Sombra lo habían matado, arrestado por un delito de menor cuantía, o que se había retirado a una villa del Mediterráneo.

»Y entonces, hace unos meses, alguien adoptó mi disfraz y comenzó a robar. Dejaba notas identificándose como La Sombra. Al principio no hice caso. Pensé que no tardarían en capturarlo y ahí acabaría todo. Pero cuando se volvió más osado y la policía no conseguía cogerlo me preocupé, temiendo que algún investigador entusiasta pudiera revisar los archivos sobre La Sombra para ver si podía resolver el misterio de su identidad mirando el pasado en lugar del presente. Ya fuera que este nuevo ladrón lo supiera o no, sus robos entrañaban un peligro para mí y mi familia.

—Entonces decidiste capturarlo tú.

—Sí, y estuve muy cerca de conseguirlo. Esa noche en la casa de lord Pembroke, me enfrenté a él. Peleamos, pero desgraciadamente escapó después de quitarme la máscara.

—¿Te vio la cara con claridad?

—Sí, y me reconoció porque dijo mi apellido. Después le arrojó un puñal al mayordomo de lord Pembroke antes de que yo pudiera impedírselo. Me escapé, pero comprendí que se me estaba acabando el tiempo. Quien fuera este La Sombra, me llevaba ventaja, porque sabía que yo le iba detrás. Si antes no había hecho la conexión con mi pasado, esa noche la hizo, lo que significaba que podía dejar pruebas que apuntaran a mí. —Movió la cabeza, furioso por su estupidez—. Seguí creyendo que sería más listo que él, porque pensé que podría adelantarme a su próximo golpe. Cuando me enteré de que lady Whitaker andaba luciendo la Estrella de Persia, tuve la seguridad de que La Sombra la iría a buscar. No tenía ni idea de que el inspector Turner ya me había relacionado con los robos. Encontraron un pañuelo con mi inicial fuera de la casa de lord Pembroke la noche que mataron a su mayordomo, y eso lo condujo rápidamente a mí.

—¿Se te cayó?

Él negó con la cabeza, frustrado.

—No lo recuerdo. —No le dijo que últimamente había muchas cosas que no lograba recordar—. En general, tengo mucho cuidado con lo que llevo encima cuando soy La Sombra. Pero supongo que es posible que lo llevara en un bolsillo y se me cayera sin darme cuenta.

—O que cuando La Sombra comprendió quién eras te lo robara y lo dejara caer ahí adrede, para dirigir hacia ti los pasos de la policía.

Harrison frunció el entrecejo.

—Pero ¿cómo podría haber puesto las manos en mi pañuelo?

—Podría habértelo cogido fácilmente del bolsillo sin que lo notaras. Hasta yo podría hacerlo, y eso que ya he perdido la práctica. O podría haber contratado a un niño carterista deseoso de ganar una moneda por hacerlo. O podría haber entrado en tu casa para robarte uno.

Harrison prefirió pensar que alguien le había cogido el pañuelo sin entrar en su casa. Comprendió la ironía de eso, dados todos los allanamientos de morada que había hecho él en su vida.

—¿Le explicaste todo esto al inspector Turner?

—El inspector Turner está muy feliz por haber capturado a La Sombra, sobre todo porque cree que yo traté de matarlo anoche. La verdad es que impedí que le volaran la cabeza, pero él no lo sabe. Si le digo que yo fui La Sombra pero que ya no lo soy, simplemente sacará a luz mis delitos de esa época y señalará lo mucho que se parecen a los de ahora. Eso sólo me implicará más. Me parece que no ganaré nada diciéndole la verdad, Charlotte. Le dije que anoche estaba ahí con el fin de coger a La Sombra, pero eso le ha causado muy poca impresión. A menos que cojan a este nuevo La Sombra antes de que yo vaya a juicio, no hay ningún motivo para que Turner ponga en duda la solidez de su acusación. Por desgracia, no creo que este ladrón vuelva a robar.

—¿Y por qué no?

—Porque mi captura es un final perfecto para su carrera. Lograr que cuelguen a otro hombre por sus delitos, cierra el caso de La Sombra.

—O lograr que te cuelguen a ti en particular por sus delitos, Harrison. ¿No se te ha ocurrido pensar que a este hombre podría haberlo impulsado su deseo de que tú cargues con la culpa de sus actos? ¿Por qué, si no, tenía uno de tus pañuelos para dejarlo caer como prueba la misma noche en que te enfrestaste a él?

—No sabemos seguro que lo hiciera —observó Harrison.

—Y aun en el caso de que no lo hiciera, no creo que haya sido una coincidencia que este hombre decidiera adoptar el disfraz de La Sombra —alegó Charlotte—. Planeó y ejecutó meticulosamente sus robos, lo cual demuestra que es inteligente. Sin embargo, empezó a dejar notas identificándose como La Sombra. ¿Para qué elegir un disfraz que se hizo famoso hace casi dos décadas?

—A riesgo de parecer vanidoso, porque admiraba mi fama.

Charlotte negó con la cabeza.

—Puede que la haya admirado tanto que adoptó tus métodos, pero eso no explica que haya elegido hacerse llamar por el mismo apodo. ¿Por qué no dejar que la gente le pusiera su propio apodo basándose en sus proezas? ¿O ponerse él mismo un apodo? A los delincuentes les gusta la notoriedad, y que se los conozca por sus obras, por feas que estas sean. Su legado puede ser breve, pero según mi experiencia, les gusta que sea suyo.

—¿Sugieres que quienquiera que ha estado haciendo esto lo hacía con la intención de que me arrestaran a mí por esos delitos?

—No estoy segura —repuso ella—, pero si ha sido así, ha conseguido lo que quería: que te arresten. Lo único que podría hacer que volviera a robar sería creer que te han puesto en libertad.

—El inspector Turner está convencido de que ha capturado a un asesino peligroso, y a menos que le entreguemos al verdadero La Sombra, no tiene ningún motivo para soltarme.

—¿Se te ocurre alguien que pudiera desear verte condenado?

—Me vienen varios a la mente —musitó Harrison, pesaroso, recordando las indiscreciones de su juventud—. Pero me cuesta creer que alguno de ellos haya cultivado su rencor tanto tiempo, hasta el punto de tomar medidas tan drásticas.

—Es posible que uno de ellos esté más furioso de lo que imaginas, y se las haya arreglado para ocultarlo hasta ahora —dijo ella. Pensó un momento—. Tenemos que conseguir que el inspector Turner diga que te va a poner en libertad. Esa es la única manera de conseguir incitar a La Sombra a volver a actuar. Tenemos que hacerlo creer que su plan ha fracasado y que sigues siendo una amenaza para él.

—Turner se negará. Lo único que conseguirás con eso será incriminarte tú más. No te permitiré hacerlo, Charlotte. Me importa un bledo lo que me ocurra a mí, pero a ti...

—No voy a pedirle que te ponga en libertad —interrumpió ella—, sino sólo que «diga» que te ha soltado. Necesitamos tenderle una trampa a La Sombra, y para eso tenemos que hacerle creer que estás libre de toda sospecha. Si mis instintos no me engañan, este hombre que intenta implicarte no soportará que salgas libre. Además, no tengo la menor intención de ir a hablar con el inspector Turner. Conozco a alguien que será mucho más eficaz que yo en lograr que él acepte nuestro plan.

—¿Quién? —preguntó él, mirándola curioso.

—Annie. Estaba muy preocupada cuando se enteró de que le

habían disparado. Si recuerdo bien su expresión la noche que la conoció, el inspector Turner estará muy bien dispuesto a verla.

—Puede que esté dispuesto a verla, pero eso no significa que acceda a seguir tu plan.

—Si no acepta, tendremos que inventar otro. Lo que no voy a hacer, Harrison, es quedarme de brazos cruzados y verte juzgado y condenado por unos delitos que no has cometido. Y si es necesario que tengas que reconocer los delitos de tu juventud para evitar que te juzguen por asesinato, eso es lo que deberás hacer.

—Mi pasado sólo me condenará más.

—O podría absolverte.

—Y ser condenado a años de prisión. La verdad, prefiero que me cuelguen y acabar de una maldita vez.

—Yo no.

Él la miró con pesar.

—Lo siento, Charlotte. Nunca fue mi intención arrastrarte a esto. Y nunca he querido hacerte sufrir.

—Lo único que me hace sufrir ahora es verte resignado a este destino. Podemos cambiar nuestro destino, Harrison. Yo lo hice. Y tú también puedes.

—Eso era distinto.

—Tienes razón. Yo no tenía las ventajas que tienes tú.

—¿Qué ventajas?

—Eres fuerte, educado, rico y respetado. Procedes de una familia privilegiada, y sabes que puedes resistir la tormenta del escándalo que te rodeará cuando esto haya acabado. Y lo más importante de todo, te amo —añadió, con la voz más baja, casi quebrada—. Eso era lo único que tenía yo cuando Genevieve me sacó de la cárcel. Me dio amor, y una familia que me amaba y me hacía sentirme segura. —Vacilante, alargó la mano y se la puso sobre el pecho, para sentir en la palma los latidos de su corazón—. Y eso es lo que te daré yo, Harrison, si me lo permites.

Incluso mientras decía esas palabras se sentía asombrada. Pero no había tiempo para la timidez ni el decoro, ni para dejar palabras sin decir. Y en cierto modo Harrison hacía de ella una mujer totalmente diferente de la callada, retraída y generosa Charlotte Kent que había sido siempre para el resto del mundo. La hacía sentirse apasionada y furiosa; la hacía desear luchar, no sólo para combatir las injusticias contra los demás, sino por ella también. Toda su vida había creído que nunca conocería a un hombre que la amara con la pasión que ella deseaba. Pero Harrison la amaba así. Eso lo sentía en el ardor de sus caricias, en la avidez de sus besos, en las desesperadas ansias de su cuerpo. Él la hacía desear más de la vida de lo que antes aceptaba.

La hacía desearlo.

Y si lo perdía, no sería capaz de soportarlo.

Harrison cerró los brazos a su alrededor.

—Desde el momento en que me pasaste ese maldito cepillo supe que serías un problema —susurró, posando los labios en los de ella. La besó larga, apasionadamente, acariciándola, palpándola con sus manos, para memorizar su tacto, sabor y aroma, encendidos sus sentidos de deseo y pesar—. Charlotte...

—Aquí estamos —gritó Digby alegremente, metiendo su llave en la cerradura.

Charlotte se apartó y se giró, pasándose rápidamente las manos por el pelo y por el vestido, mientras Digby cogía la bandeja del suelo del corredor sin darse cuenta de nada.

—Digby, se ha superado a sí mismo, de verdad —exclamó Harrison entusiastamente, acercándose al viejo carcelero para admirar la bandeja que había preparado, ocultando así un momento a Charlotte de su vista—. Hay que ver esas galletas, se ven gloriosas.

—Están un poco quebradas —se disculpó Digby, mirando pesaroso el plato de galletas rotas—. Pero saben bien.

—Sin duda son absolutamente espléndidas —convino Harrison—. Venga, señorita Kent, ¿me permite que le ofrezca una taza de té?

—Perdone, pero no puedo quedarme ni un momento más, lord Bryden —contestó Charlotte, esforzándose en no parecer una mujer que acababa de estar experimentando la emoción de un apasionado beso. Apretó los labios, no fuera que se vieran hinchados—. Tengo que ocuparme de un buen número de cosas.

Digby la miró alicaído.

—¿Está segura, señorita Kent? Encontré una bonita taza limpia, sólo para usted. La lavé yo mismo.

—Ha sido muy amable, señor Digby, y se lo agradezco muchísimo —le aseguró Charlotte—, pero por desgracia, tengo que marcharme. —Volvió la atención a Harrison—. Gracias por aceptar verme, lord Bryden. Espero que reflexione seriamente en todas las cosas que le he dicho.

—Sí que lo haré —le prometió Harrison galantemente—. Bueno, Digby, puesto que no podemos convencer de quedarse a la señorita Kent, espero que no le importe acompañarla fuera.

Miró al viejo carcelero con una expresión significativa, como si no viera las horas de sacar de ahí a su piadosa visita.

—Como quiera, milord —repuso Digby, asintiendo comprensivo—. Usted primero, señorita Kent.

Charlotte salió cojeando de la celda, con la espalda recta y la expresión impasible. Mientras Digby cerraba a la puerta con llave, la invadió el pánico. Se imaginó golpeándolo en la cabeza, robándole las llaves, abriendo la puerta y liberando a Harrison. Con lo que no lograría nada, claro. Como si presintiera su desesperación, Harrison comenzó a silbar alegremente, sirviéndose una taza de té. Su aparente calma, verdadera o forzada, la capacitó para dominarse. Esperó en silencio mientras Digby terminaba su tarea y luego se dejó llevar por el oscuro corredor.

Cuando sintió cerrarse la puerta grande que aislaba el sector de su celda, Harrison dejó de silbar como un idiota. Contempló un momento la taza de porcelana trizada que Digby había llevado especialmente para Charlotte.

Y entonces la cogió y la arrojó hacia la ventana, donde la delicada taza se hizo trizas al estrellarse contra los barrotes de hierro.

Capítulo 14

—*U*na dama ha pedido verle, inspector. Dice que es muy importante.

Lewis miró ceñudo al solícito joven agente de policía que estaba nervioso delante de él.

En el Cuartel de la Policía Metropolitana, más conocido por Scotland Yard, todos estaban ocupadísimos ungiéndolo de gloria como al brillante joven detective responsable de coger por fin al infame La Sombra. De ser un hazmerreír había pasado a héroe, pensó, por lo menos entre los policías y las víctimas del esquivo ladrón de joyas. Los periodistas llevaban dos días concentrados fuera del edificio, esperando impacientes más detalles acerca de la captura de lord Bryden. Por desgracia, también deseaban informarse más acerca de él, conocer detalles personales como su crianza y educación, su estado civil y, horror de los horrores, sobre la naturaleza exacta de su herida. Esa repentina invasión en su vida privada, totalmente inesperada, era lo que lo llevó a retirarse a su escritorio después de hacer el anuncio a la prensa. Que el inspector jefe Holloway hiciera las declaraciones, pensó mordazmente. Por lo visto al jefe le encantaba estar ahí pontificando acerca de cómo se encargó de que Londres fuera un lugar más seguro para vivir, como si él hubiera sido personalmente el responsable de la captura de lord Bryden.

—¿Quién es? —preguntó.

—Una tal señorita Annie Clarke, señor —contestó el joven agente—. Asegura que le conoce. Dice que le conoció una noche en la casa de la señorita Charlotte Kent.

Lewis olvidó al instante el montón de papeles y el surtido de pruebas que tenía sobre el escritorio.

—¿Dónde está? —logró preguntar, abrochándose los botones de su arrugada chaqueta marrón.

—Esperando en el vestíbulo, sentada en el banco que hay frente al escritorio del sargento Jeffrey. Si quiere, puedo acompañarla a su...

—Eso no será necesario.

Lewis cogió su bastón y echó a caminar laboriosamente hacia el vestíbulo de recepción, haciendo un mal gesto por el dolor que le bajaba por el muslo cada vez que se apoyaba en él. Sentía la cara un poco sonrojada, lo que esperaba que no se notara. Por si acaso, cuando la viera haría algún comentario sobre lo caluroso que estaba el día. No le agradaba que ella lo viera cojeando y pensara que estaba a punto de desmayarse.

—Buenas tardes, señorita Clarke —saludó, simulando una sosa formalidad, que esperaba ocultara la potente atracción que sentía por ella desde el instante en que la vio.

Estaba más hermosa de lo que recordaba. Le había desaparecido el morado del ojo, y lo estaba mirando con sus ojos grandes e inteligentes, que parecían penetrarlo hasta lo más profundo, explorando y evaluando. No había miedo en esos ojos, y al parecer, tampoco juicio, y si lo había no era del tipo despectivo que le arrojara a la cara la noche en que él se negó a ir tras el hombre que la había golpeado. Hacía tiempo que lamentaba su decisión de no dar por lo menos algunos pasos para encontrar a ese cabrón. ¿Qué diantres podría haber pensado ella de él esa noche, aparte de que era un gilipollas al que no le importaba un pepino que un hombre le enterrara los puños en la cara a una chica indefensa? Sostuvo su mirada con fingida calma, tratando de que no viera el efecto que estaba teniendo en él.

—Buenas tardes, inspector —repuso ella amablemente.

Annie se levantó del duro banco en que estaba sentada, esforzándose por recordar todos los buenos modales que había intentado inculcarle Charlotte. Se sentía tremendamente incómoda dentro del recinto de Scotland Yard, con todos esos polis cara de jamón que la estaban mirando desde arriba. Llevaba uno de los vestidos de día de Charlotte, con un corpiño gazmoño abotonado hasta el cuello, mangas largas un poquitín abombadas y una falda generosamente amplia que se mecía majestuosamente alrededor de ella al caminar. También llevaba uno de los sombreros de Charlotte; al principio lo encontró algo feo, pero después que ella y Doreen le recogieron el pelo en un moño y se lo pusieran, tuvo que reconocer que se veía bastante elegante. La sorprendió ver lo bonita y distinguida que se veía. La ropa de Charlotte la hacía sentirse un tanto diferente, casi como si fuera una dama, no una puta vestida elegantemente. Ex puta, se dijo con firmeza. Notaba que la gente también la miraba de manera diferente. Ciertamente el inspector Lewis la estaba mirando de un modo muy distinto a como la miró la noche en que la encontró toda mojada, magullada y despotricando bajo la lluvia. ——

—Siento mucho lo de su pierna. —Se mordió el labio, repentinamente indecisa, sin saber cómo debía actuar. El inspector Turner era mucho más agradable de ver de lo que recordaba, hecho que la hacía sentirse decididamente insegura por dentro—. No es muy grave, ¿verdad?

—No. No es grave.

—Bueno, eso es un alivio. —Miró alrededor, sintiéndose como si todo el mundo, en todo el cuartel, los estuviera mirando.

—¿Le apetecería dar un corto paseo? —propuso él.

Había considerado la posibiliad de acompañarla de vuelta a su escritorio, pero no tenía despacho propio, y ella ya había atraído la suficiente atención allí. Llevarla a dar un paseo era la única manera de hablar en privado con ella sin comprometer su reputación. Trató de no contemplar qué reputación era esa.

—Un paseo sería agradable —contestó ella.

—Si no le importa, saldremos por una de las puertas de atrás del edificio —sugirió él, al recordar que lo más probable era que todavía hubiera una manada de periodistas esperando delante.

Ella apretó los labios en una delgada línea. Estaba claro que a él le daba vergüenza la perspectiva de que lo vieran en público con ella.

—Si quiere.

Lewis creyó ver pasar un destello de rabia por sus ojos. ¿Es que no entendía que él quería proteger su intimidad también? Desconcertado por su reacción, la llevó hasta la parte de detrás del edificio, tratando de desentenderse de las miradas curiosas que los seguían. Se dijo que los agentes de policía y los detectives simplemente estaban fascinados por Annie porque era tan pasmosamente bonita. Además, él acababa de resolver el caso de La Sombra, por lo tanto, todo lo que hacía de repente era de interés para ellos. Pero mientras pasaban esas justificaciones por su mente, la lógica dictaminaba que por lo menos reconociera el motivo más obvio de sus miradas.

Annie irradiaba sexualidad.

Esta impregnaba las exuberantes curvas de su cuerpo, los mullidos y tersos labios de su boca, el suave e irresistible meneo de sus caderas. Su ropa no era provocativa, lo cual él agradecía infinitamente, ni se había puesto ningún color artificial en las mejillas ni labios. De todos modos, había un algo en ella avasallador y embriagadoramente seductor.

¿O sólo pensaba eso porque se sentía tan atraído por ella?

—Esto está mejor —comentó, al salir con ella por la puerta a una calle bañada por el sol—. Ahora no tendremos que contender con ningún periodista fisgón mientras caminamos por la calle.

Annie lo miró sorprendida.

—¿Por eso quería que saliéramos por la parte de atrás, entonces? ¿Por los periodistas?

—Me han hecho la vida imposible desde que se enteraron de la noticia de mi encuentro con lord Bryden antenoche —explicó él—. Quieren saber dónde nací, quiénes fueron mis padres, qué le parece a mi padre que yo sea detective. Uno de ellos tuvo incluso la cara de preguntarme cuánto dinero gano al año, como si eso fuera un maldito asunto suyo. Me dieron unas ganas de estrangularlo.

Se interrumpió bruscamente, pensando si no debería haber dicho esas palabrotas en su presencia. Ella parecía no haberlo notado, o si lo notó, prefería no hacer un problema de eso. Eso le gustó. De todos modos, tendría que tener cuidado, pensó. No quería que ella pensara que decía groserías en su presencia porque no la respetaba lo bastante para comportarse como un caballero.

—La próxima vez dígale que se meta en sus malditos asuntos —le aconsejó Annie—, o le mete un puñetazo en su esqueleto.

—No creo que mi inspector jefe apruebe esa sinceridad —musitó Lewis, divertido por su franqueza—. La policía ha soportado burlas y críticas estos últimos meses. Ahora que hemos atrapado a La Sombra, el jefe desea disfrutar al máximo del momento.

Annie clavó la vista en la calle y guardó silencio.

Lewis la miró indeciso. ¿Aceptaría ella su brazo si se lo ofrecía, o lo rechazaría porque lo ponía en el montón con todos los demás polis que claramente la hacían sentirse mal? Decidiendo correr el riesgo, se lo ofreció.

Annie lo miró sorprendida. Supuso que él sólo lo hacía por caballerosidad. De todos modos, se sintió enormemente complacida de que pese a que fuera un poli, la respetara lo suficiente para simular que ella era una dama, al menos delante de los demás. Apoyó la mano enguantada en su manga, muy ligeramente, tal como le explicara Charlotte que debía hacerlo si alguna vez un caballero le ofrecía el brazo. Notó que a él se le encogía el músculo del brazo al rozarlo ella con los dedos. No supo cómo interpretar eso. Consciente de la cojera de él, comenzó a caminar lentamente por la acera.

—Cuando supe que le habían disparado, me imaginé lo peor —reconoció—. Pensé que la había diñado. Me alegró saber que no.

—Tuve suerte —dijo él, complacido al pensar que ella había estado preocupada por él—. La bala sólo me dio en la pierna.

—¿Se curará?

—Sí.

No quería que ella pensara que iba a andar cojeando con un bastón el resto de su vida.

—Bueno, menos mal. —Desvió la vista, fingiendo una repentina fascinación por un coche que iba pasando—. Su esposa debe de haber estado terriblemente asustada.

—No estoy casado.

Ella volvió a mirarlo.

—¿No?

—No. —Creyó detectar un asomo de alivio en sus ojos. ¿O sólo se lo imaginó porque deseaba creer que ella podría estar interesada en él?—. ¿Por qué ha venido a verme hoy, señorita Clarke? —Guardó silencio un instante, mirándola atentamente, observando la renuente tensión de su preciosa boquita—. ¿La ha enviado la señorita Kent?

—En cierto modo, sí —reconoció Annie—. Quería que yo le pidiera algo a usted. Pero yo también deseaba venir a verle —se apresuró a añadir—, sólo para ver con mis ojos que no estaba tan mal herido.

—Me conmueve su interés —dijo él, en tono ligeramente seco.

Sabía que era ridículo pensar que Annie había venido sólo para verlo. Ella no había estado pensando fervientemente en él día y noche. Lo más probable era que tuviera una cola de hombres esperando para probar sus diversos encantos, pese a su estancia en la casa albergue de la señorita Kent.

—¿Qué quería la señorita Kent que me pidiera?

Annie notó su repentina frialdad. Deseó no haber venido sólo para pedirle algo. Deseó haber venido solamente para caminar con él, para pasear bajo el sol del verano, con sus enormes faldas meciéndose por la acera, aventurando una sonrisa amable de tanto en tanto a los caballeros y damas que pasaban junto a ellos, como si fuera una verdadera dama.

—Es un favor, en realidad.

—Continúe.

—Lo que pasa es que la señorita Kent está segura de que lord Bryden no es el hombre que usted busca —soltó ella de un tirón—. Jura que él no es La Sombra. Y dice que ahora que usted tiene a su señoría en chirona, está segura de que nunca cogerán al verdadero criminal. Cree que él sabía que lord Bryden quería cogerlo y que ahora que usted tiene a lord Bryden, el verdadero La Sombra simplemente continuará su vida normal, riéndose hasta que se vaya a la tumba, mientras a su señoría lo cuelgan por sus crímenes.

Así que era eso, reflexionó Lewis. La relación de la señorita Kent con lord Bryden tenía que ser todo lo íntima que sugerían los hechos de esa noche en que él la vio visitarlo en su casa a altas horas de la madrugada. Eso no lo sorprendía, dada la insistencia de ella de ver a lord Bryden en su celda el día anterior. Aunque no había logrado descubrir nada que sugiriera que se conocían antes de que Bryden la cogiera de rehén en la casa de lord Chadwick, suponiendo que el enmascarado fuera Bryden, él ya estaba convencido de que ella tuvo un papel esencial en ayudarlo a escapar aquella vez. Lo que encontraba más curioso era que esas dos personas de personalidades y pasados tan opuestos pudieran sentirse tan atraídas.

Lord Bryden era seguro de sí mismo, osado, franco, y en otro tiempo había gozado de la fama de haber seducido a algunas de las grandes beldades de Londres. La señorita Kent, en cambio, no era el tipo de mujer con las que Bryden solía tener aventuras; era una solterona tímida, apagada, lisiada y de origen humilde, que nunca sería aceptada en la sociedad aristocrática en que la habían metido. Se sorprendió preguntándose si Bryden realmente la querría o si simplemente la habría utilizado para que lo ayudara a escapar y lograr sus propósitos.

—¿Y cómo es que la señorita Kent puede estar tan segura de la inocencia de lord Bryden? —preguntó.

—No lo sé —admitió Annie—. Eso no me lo dijo. Y no sé tanto acerca de lord Bryden como para saber si eso es cierto o no. Además, usted lo vio dispararle cuando estaba en el suelo indefenso. ¿Por qué iba a hacer algo tan sucio si no era La Sombra?

Lewis no contestó. No podía, porque en realidad no estaba consciente cuando le dispararon, como señalara tan acertadamente lord Bryden.

—Lo único que sé seguro es que la señorita Kent es una dama tan buena que nunca se conocerá otra igual —continuó Annie—. Es diferente a todas las personas que he conocido, y he conocido a muchas. —Lo miró desafiante, dejándole claro que no pedía disculpas por su anterior vida—. Ha vivido con la gentuza más baja y negra que usted se pueda imaginar, y con los ricos más poderosos y elegantes. Incluso ha estado encerrada en la cárcel, aunque eso uno jamás lo imaginaría al verla. Y sabe que hay que mirar hasta el fondo para saber lo que es una persona. Y si ella ha mirado hasta el fondo del interior de lord Bryden y dice que no es un asesino, yo le creo. Y con esto no quiero decir que usted deba hacer salir a su señoría por la puerta y ya está, ni nada de eso —se apresuró a aclarar—. Algo se traía entre manos para estar en la casa de lord Whitaker a medianoche y luego dispararle a usted cuando estaba indefenso. Pero la señorita Charlotte dice que usted nunca cogerá al verdadero La Sombra si cuelgan a lord Bryden. Y si usted es un hombre de justicia, debería por lo menos asegurarse de que cuelga al hombre que debe, si no su alma lo atormentará hasta la tumba.

Lewis guardó silencio un momento, sin dar la más mínima indicación de que se le hubiera ocurrido la posibilidad de que lord Bryden fuera inocente. De hecho, esa posibilidad lo había estado importunando constantemente durante las largas horas transcurridas desde que habló con Bryden en Newgate.

Se consideraba un buen detective. Se fijaba en los detalles, ya fuera mientras examinaba el escenario de un crimen, analizaba la posible relación entre una serie de hechos, o interrogaba a un testigo. Su gusto por anotar los hechos y sus observaciones con la mayor exactitud, le servía para mantenerlos correctos, sin distorsionarlos ni embellecerlos, como eran propensos a hacer muchos otros detectives y policías. Era también muy lógico, al menos en lo referente a asuntos criminales. Y pese a que la mayoría de las pruebas apuntaban a lord Bryden, no podía negar que muchas piezas sencillamente no encajaban. Además, no podía discutir el argumento de Bryden de que en realidad no había ninguna necesidad de dispararle a él, puesto que estaba inconsciente y de ninguna manera podría haber identificado al hombre que se escondía tras la máscara de La Sombra. Pero lo que más lo pinchaba era que se consideraba un analista del carácter humano bastante perspicaz.

Y algo le decía continuamente que lord Bryden no era el tipo de hombre que le quitaría la vida a otro por unas cuantas joyas.

—Si la señorita Kent no espera que yo ponga en libertad a lord Bryden, ¿qué es exactamente lo que usted quiere pedirme que haga?

Annie lo miró sorprendida. Le había visto la expresión tan sombría mientras caminaban que pensó que lo único que había conseguido era enfadarlo. En ese momento comprendió que se veía así porque estaba pensando. Le gustaba que fuera un hombre que se tomaba el tiempo para pensar antes de hablar. Casi todos los hombres que había conocido en su vida estallaban con un ataque de lujuria o de furia antes de tomarse un minuto para usar su cerebro. Se sentía un poco violenta por no ser tan inteligente ni tan educada como él, pero cuando estaba en su compañía él no hacía nada para hacerla sentirse inferior. Sabía que un poli como él no consideraría jamás la posibilidad de tener un interés honrado en una puta como ella, ni siquiera en una puta empeñada en cambiar su vida. Había conocido a muchas chicas que puteaban con su buen número de polis, pero siempre era para que los muy cabrones las dejaran en paz para ganarse los cuartos en su oficio. Pero el inspector Turner no le había hecho ninguna insinuación indecorosa. Todo lo contrario, la trataba como si fuera una verdadera dama, ofreciéndole el brazo y caminando con ella por la calle para que todo Londres los viera. Claro que sólo había aceptado verla debido a su relación con la señorita Charlotte, y a que sospechaba que esta sabía más acerca de lord Bryden y de La Sombra de lo que aparentaba saber. De todos modos, era fabuloso estar en la calle caminando en su compañía, con la mano cómodamente apoyada en su fuerte brazo, y que él le hablara como si de verdad le importara lo que ella pensaba.

—Necesitamos tenderle una trampa —le dijo—. Y tenemos que darnos prisa. Si el verdadero La Sombra cree que a lord Bryden lo van a colgar por sus crímenes, igual podría decidir hacer sus maletas y marcharse de Londres hasta que todo esté hecho y acabado. Incluso podría marcharse para siempre.

—Suponiendo que haya otro ladrón, igual podría decidir quedarse sentado sin hacer nada y esperar a que cuelguen a Bryden.

—De las dos maneras él queda libre mientras cuelgan a su señoría —protestó Annie enérgicamente, agitando la cabeza—. Eso no es justo. Tenemos que hacerle creer que lord Bryden ha salido en libertad. Si la señorita Kent tiene razón y La Sombra estaba tratando de endilgarle sus fechorías a su señoría, lo más seguro es que quiera hacer algo más para conseguir que vuelvan a arrestarlo. La señorita Kent tiene una idea, que ella cree que hará correr a La Sombra hacia su señoría como un gato detrás de un arenque ahumado. Y usted tiene que asegurarse de tener a muchos polis allí para cogerlo cuando lo haga.

Lewis asintió y se le acercó un poco más, ostensiblemente para que nadie pudiera oír su conversación. El delicado aroma a agua de naranja le llenó la nariz. No se habría imaginado que una chica tan experimentada como Annie hubiera optado por una fragancia tan dulcemente modesta. Tal vez la señorita Kent tendría éxito en su intento de reformar la aporreada vida de Annie.

Sinceramente lo esperaba.

—Dígame más cosas —susurró, con la esperanza de no estar a punto de cometer el mayor error de su carrera.

Capítulo *15*

DAILY TELEGRAPH, 28 de julio de 1875

Lord Bryden en libertad

El conde de Bryden ha sido liberado esta mañana temprano de la Cárcel Newgate. Su señoría fue detenido porque se sospechaba que estaba implicado en los recientes robos de joyas y asesinatos que se han atribuido al personaje «La Sombra». El inspector Turner de Scotland Yard ha explicado que si bien a lord Bryden se le apresó en la casa de lord Whitaker en circunstancias irregulares, ahora la policía está segura de que en realidad él no es el esquivo asesino y ladrón que ha atormentado a Londres estos últimos meses. Dicen que lord Bryden ha cooperado mucho con la policía desde su arresto, dándole información esencial sobre la identidad de La Sombra, basándose en sus dos encuentros con este notorio ladrón. La policía supone que su arresto será inminente.

Lord Bryden ha decidido marcharse inmediatamente de Londres, sin revelar su destino.

Todo lo bueno tiene que llegar a su fin.

Así se consolaba avanzando por el aterciopelado aire nocturno. Subió sigilosamente la ancha escalera de mármol que llevaba al magnífico salón de la primera planta, el que usaba lady Bryden cuando se imaginaba atendiendo alegremente a los invitados fantasma de una fiesta celebrada hacía veinte años. Pasó junto a un grupo de macetas con helechos marchitos. Dio la vuelta alrededor de un par de estatuas antiguas ligeras de ropa, robadas hacía decenios por un arrogante coleccionista británico que consideraba que esos tesoros estaban mejor adornando los mal ventilados interiores de Inglaterra, ahogados en terciopelo, que en los hermosos templos bañados por el sol de Grecia.

Iría a Grecia una vez que acabara todo. A Grecia, a Italia, a España, a cualquier lugar de clima cálido. Ahí contemplaría su vida, sentado bebiendo enormes cantidades de buen vino y comiendo maravillosos platos preparados con especias exóticas. Ya podía tomarse un tiempo libre. Podía permitirse lo que fuera que se le antojara.

Ese había sido un beneficio inesperado.

Se buscaría una mujer. Tal vez se daría el gusto de echarse una amante española, de largos cabellos negros y pechos voluminosos de pezones color bronce, que supiera cabalgar a un hombre largo y fuerte y sólo necesitara regalos, dinero y copiosos halagos a cambio. Hacía mucho tiempo que no se enterraba en una mujer. La prudencia le había prohibido ese tipo de intimidad, a no ser con putas, pero estas podían dejar a un hombre meando agujas y alfileres; además, ya le había tomado aversión a ese olor dulzón de la suciedad que desprendían, aun cuando hubo una época en que equiparaba ese mal olor con sexo. Ya no. Ahora entendía la diferencia entre limpio y sucio. Entendía la gran diferencia que separaba el mundo de aquellos que llevaban joyas preciosas y vivían en mansiones con molduras rococó, hogares de mármol y fabulosos cuadros al óleo, y el de aquellos que tenían que bregar para lograr un pedazo de carne dura y col marchita para prepararse en una sartén grasienta un miserable plato de carne picada con col y patatas.

Después de un año más o menos de viajes y placer, tal vez consideraría la posibilidad de buscarse esposa. Una chica joven, dulce e impresionable, que escucharía sus fantásticas historias, admiraría sus elegantes modales y se sentiría convenientemente pasmada por sus encantos y su riqueza. Pero no la hija de un aristócrata, no. La hija de un noble británico estaría mucho más interesada en su pedigrí.

No podía permitirse que un entrometido noble anduviera fisgoneando por ahí haciendo averiguaciones sobre su pasado. Tendría que contentarse con una chica de clase inferior, tal vez la hija de un banquero o un hombre de negocios rico. Siempre que fuera bonita, de buenos modales y no excesivamente inteligente. Una mujer inteligente haría demasiadas preguntas y a él no le hacía ninguna falta eso.

Deseaba olvidar su pasado, no verse obligado a tenerlo presente constantemente.

En la planta de arriba se encontró ante una hilera de maletas ordenadas en el corredor que llevaba al dormitorio. O sea, que era cierto, pensó. Bryden estaba a punto de marcharse del país, al parecer por un tiempo considerablemente largo. Fácilmente podría haber averiguado adónde iba, pero la idea de seguirlo por el Continente y ponerle fin a la caza en una habitación de hotel lejos de Londres no era ni de cerca tan satisfactoria como la de enfrentarse a ese cabrón en su propia casa. Además, aunque detestaba reconocerlo, se estaba cansando un poco. A sus treinta y un años no era viejo, pero ya comenzaba a notar la edad. Trepar y bajar por paredes de casas y entrar y salir por las ventanas se había cobrado su precio. Ya era hora de ponerle fin a eso y pasar a la siguiente fase de su vida.

Se detuvo delante de la puerta del dormitorio de Harrison. Con el pecho oprimido por la expectación, giró silenciosamente el pomo.

La habitación habría estado oscura del todo si no fuera por la tenue luz fantasmal que entraba por una estrecha rendija entre las cortinas. Harrison se hallaba tendido en la cama, vestido, roncando apaciblemente. Demasiado coñac o demasiado láudano, o tal vez ambas cosas, lo habían hecho quedarse dormido con la ropa puesta. Tres imponentes baúles para el barco reposaban al pie de la cama, esperando ser llevados abajo, y en el suelo había más maletas esperando, con montones de camisas, pantalones, chalecos y chaquetas inmaculadamente planchadas, botas, zapatos y otros efectos personales, muy ordenaditos dentro. Dondequiera que pensara ir su señoría, era evidente que esperaba estar lejos bastante tiempo.

Cerró la puerta con llave, como precaución por si de repente entraba algún criado. Entonces se dirigió a la ventana, la abrió y se asomó para evaluar la ruta de su escapada. Luego se hurgó los bolsillos y sacó varias de las joyas robadas. Era una lástima perderlas, pero no había más remedio. La codicia le había impedido poner antes esas pruebas incriminatorias. Craso error. No creía que la policía se hubiera mostrado dispuesta a soltar a Bryden tan rápido si hubieran encontrado los últimos robos de La Sombra en su casa. Esta vez, cuando el intrépido inspector Turner viniera a investigar, descubriría unas cuantas de las joyas importantes escondidas entre sus efectos personales. Eso sellaría su culpabilidad.

Y por fin se cerraría el caso de La Sombra.

Estuvo inmóvil un momento, esperando sentir una oleada de placer ante la perspectiva de destruir a Bryden, pero sólo se sintió extrañamente hueco. Esto lo atribuyó simplemente a la decepción de que no lo aclamarían por resolver el caso. Al fin y al cabo, se debía a su resolución e intelecto superior que por fin llevaran a Bryden ante la justicia. Si había alguna justicia en el mundo, tendrían que aclamarlo por su tenacidad e inteligencia. Encontraría satisfacción en el conocimiento de haber logrado el éxito donde tantos otros habían fracasado.

La considerable riqueza acumulada mientras hacía esto le aliviaría la frustración de no poder contarle su victoria a nadie.

Se agachó y se puso al trabajo de esconder las joyas en el fondo de las maletas, tomándose tiempo para envolverlas primero en un pañuelo u otra prenda de ropa. Tenía que parecer que a Bryden le había llevado trabajo esconderlas bien, y no que simplemente las había guardado despreocupadamente entre la ropa. Cuando acabó, sacó su pistola cargada de debajo del cinturón y se incorporó, listo para enfrentarse a Bryden por última vez.

No estaba en la cama.

—Buenas noches.

Sobresaltado, se giró y se encontró con un muy despierto y lúcido Harrison de pie a unos pocos palmos de él.

—Bueno, esto sí que es un fascinante giro de los acontecimientos —comentó, apuntándolo con la pistola—. La verdad es que me sorprende bastante verte en pie tan tarde, puesto que normalmente a estas horas ya estás inconsciente por el coñac y el láudano. ¿No te duele la cabeza esta noche, Harry?

Harrison lo miró tranquilamente, sin revelar ni un asomo de lo mucho que lo herían esas palabras, dichas con una voz tan dolorosamente conocida.

—En realidad me siento muy bien esta noche, Tony. Gracias por tu interés.

Tony se quitó la máscara y el gorro y los tiró al suelo. De todos modos había pensado quitárselos justo antes de matarlo. Quería que Harrison supiera que, después de tantos años de guardar su secreto y evadir la justicia, el hombre al que tal vez consideraba su amigo más íntimo había sido más listo y lo había descubierto.

—Me imagino que te sorprenderá verme vestido como tú, o mejor dicho convertido en una versión tuya más joven y en mejor forma —musitó Tony—. Tiene que ser condenadamente frustrante enterarte que todo el tiempo que has ido corriendo por ahí tratando de descubrir a La Sombra yo he estado justo ante tus narices.

—Reconozco que me sorprende su poco descubrir en qué has andado últimamente —concedió Harrison—. Sabes que si tenías dificultades económicas podías recurrir a mí. No tenías por qué robar.

Salió una risa amarga de la garganta de Tony.

—¿Eso es lo que crees, Harry? ¿Que esto lo he hecho por dinero?

Harrison continuó con su expresión impasible.

—¿No es así?

—Pobre Harry —dijo Tony, negando con la cabeza—. Tantos años que has pasado tratando de dejar atrás tu pasado. Tantos años creándote una buena imagen que no tiene nada que ver con tus travesuras de entonces. Pero yo sospeché de ti desde el mismo comienzo. Eso fue lo que me motivó a buscarte en primer lugar, ese día en que conseguí que nos presentaran en la fiesta de lord Beckett. Y aunque creo que representé brillantemente el papel de amigo adorador, jamás me permitiste intimar demasiado. Tuve que comenzar a presentarme a tu puerta e insistir en que saliéramos juntos, porque tú nunca habrías tomado esa iniciativa. Al principio creí que percibías algo sospechoso en mí. Ahora comprendo que no dejas que nadie intime contigo. No es de extrañar que tengas tan pocos amigos de verdad.

—Dado el resultado de esta amistad, creo que mi gusto por la soledad es comprensible —repuso Harrison en tono sarcástico.

—Bueno, por suerte para ti, Harry, no tendrás que guardar más tiempo tu secretito —replicó Tony, sin dejar de apuntarlo con la pistola—. Las joyas no eran nada comparadas con enfrentarme a ti. Llevo casi dieciséis años soñando con este momento.

Harrison arqueó una ceja, escéptico.

—Hace dieciséis años apenas era algo más que un niño.

—Tenía quince años —lo informó Tony secamente—. Y no era el hijo de un vizconde, aunque me parece que he representado extraordinariamente bien ese papel en concreto. Era el hijo de un policía, un inspector en realidad. El inspector de policía Rupert Winters. ¿Significa algo ese nombre para ti?

La sorpresa inundó la cara de Harrison.

—Ah, veo que lo recuerdas. Es bueno saber que por lo menos dejó una impresión en ti. Aunque en ese tiempo debiste pensar que era poco más que el tonto inepto que lo consideraba el resto de Londres debido a que fue incapaz de cogerte.

—Nunca pensé que tu padre fuera un tonto, Tony.

—Pues claro que sí. ¿Cómo podrías no haberlo pensado? Tú eras el listo La Sombra, que te pasaste un año entrando y saliendo de las mansiones de Londres, atormentando a los hombres que intentaban cogerte. Y mi padre sólo era un inspector de policía mal pagado, muy trabajador, al que le asignaron el caso más importante de su carrera. La presión que ejercían sobre él para que te cogiera era agobiante, y sólo empeoraba cada vez que volvías a robar. Después los diarios comenzaron a ridiculizar a la policía y a los detectives que trabajaban en el caso, y mi padre tuvo que soportar lo peor de su desprecio. Juró cogerte o morir en el empeño. ¿Sabes qué le ocurrió?

—Al inspector Winters lo mataron mucho después que acabaron los robos de La Sombra —contestó Harrison, tratando de recordar los detalles—. Salió en los diarios. Estaba trabajando en otro caso, y un delincuente lo atacó y mató en un callejón. Su muerte no tuvo nada que ver conmigo.

—Tuvo que ver todo contigo, hijo de puta —exclamó Tony glacial—. Mi padre se obsesionó con cogerte, hasta el punto de que casi no comía, ni bebía ni dormía, y ni siquiera recordaba que tenía esposa e hijos cuando se encerraba en su despacho a estudiar sus papeles o salía a recorrer Londres en busca de pistas. Cogerte se convirtió en su vida. Y cuando de repente dejaste de robar, no se lo creyó. Esperó y esperó a que volvieras a robar, para poder por fin encerrarte y ser aclamado por su trabajo. Pero no volviste a robar. Y en lugar de agradecer que tu racha delictiva hubiera llegado a su fin, el público cargó contra él. Los diarios hacían chistes diciendo que La Sombra se engordó y envejeció esperando que Winters lo cogiera. Pintaron a mi padre como a un estúpido. Comenzó a beber y a descargar su rabia con su familia. Destruyó su carrera; le asignaban casos de poca monta en los peores barrios de Londres, y cuando andaba investigando uno de esos un matón le aplastó la cabeza, dejándonos en la indigencia a mi madre, a mi hermana y a mí. Así que no vengas a decirme que no tuvo nada que ver contigo, maldito cabrón. Tuvo que ver todo contigo. Tu gusto por las joyas destruyó y mató a mi padre, lo cual, seguro que podrás entenderlo, ejerció un efecto aniquilador en la esposa y los hijos que dejó.

Harrison lo miró fijamente sin poder contestar. Jamás se le había ocurrido que sus robos hubieran hecho daño a alguien aparte de a las personas a las que había robado. Y en su opinión, esas personas habían sido cómplices en la ruina de su padre y por lo tanto se merecían sufrir. No creía que se lo pudiera responsabilizar de la muerte del inspector Winters, pero no podía negar que sus actos habían tenido un papel importante en la destrucción de la carrera y la vida de aquel hombre.

—Te odié durante años —continuó Tony amargamente—. Cuando me hice mayor, ya no me bastó con odiarte, sobre todo porque no sabía qué había sido de ti. Así que comencé a leer las notas de mi padre sobre La Sombra, devorando hasta los más pequeños detalles, con la esperanza de resolver el misterio de tu identidad. Mi padre había escrito veintenas de páginas, explicando sus teorías sobre el tipo de hombre que podría ser La Sombra, enumerando las posibilidades de clase, educación e intelecto. Su teoría favorita es que era o bien un aristócrata o un criado de un aristócrata, un hombre que conocía los usos y costumbres de las casas de los ricos y estaba presente en sus fiestas. Tenía que ser un hombre relativamente joven, con un físico que le permitiera trepar y bajar por árboles y deslizarse por los techos. Y tenía que tener un motivo. Y ahí era donde las posibilidades se hacían abrumadoras. Prácticamente todos los criados se creen con derecho a llevar una vida mejor que la de servir a los pomposos gilipollas que sirven, y hay incontables aristócratas que pasan por dificultades económicas, o hijos segundos o terceros de nobles irritados por la injusticias de las asignaciones monetarias que reciben. Todos esos hombres podrían haber pensado que robar unas cuantas joyas era una manera perfectamente razonable de aumentar sus ingresos.

—Así que decidiste que tenías que resucitar a La Sombra.

—Exactamente. Sabía que si seguía vivo, era posible que todavía estuviera en bastante buena forma, dadas las hazañas físicas de que había sido capaz hacía dieciséis años. Así fue como nació la idea de atraparte con una serie de nuevos robos. Me lo aprendí todo acerca de tus métodos y luego me preparé para imitarlos. Me creé una nueva identidad: el honorable Tony Poole, el simpático y divertido hijo de un vizconde de poca monta, para poder infiltrarme en la sociedad de Londres y observar a los hombres que componían mi lista de posibilidades. Fue bastante sorprendente, en realidad, la rapidez con que me aceptaron. Eso demuestra lo esencial que es la buena pronunciación, la ropa y la historia. Te lavas bien, adoptas un cierto aire aristocrático y le dices despreocupadamente a unas cuantas personas que eres hijo de un vizconde. Luego estas te presentan a otros y a la tercera vez que lo hacen se acepta como una realidad.

—Has representado muy bien tu papel, Tony.

Tony bufó despectivo. No estaba dispuesto a aceptar elogios de Harrison.

—Al principio no te consideré como posibilidad, a pesar de que estabas en el marco de edad aproximado y parecías estar en bastante buena forma. Había muchos otros cuyas mujeres chorreaban de joyas, que tenían inclinación a usar ellos joyas también, o que seguían con dificultades económicas. Pero me picó la curiosidad cuando me enteré del suicidio de tu padre y del feo asunto de las deudas que dejó. Entonces fue cuando decidí entablar amistad contigo, para ver si lograba descubrir algo más. Por desgracia, tú nunca querías hablar de tu padre y te mostrabas poco dispuesto a dejarme pasar un tiempo en compañía de tu madre. Tuve que fiarme de los cotilleos para armar las piezas. Mis sospechas aumentaron, pero no estuve seguro del todo hasta que apareciste en la casa de lord Pembroke y conseguí quitarte la máscara.

—Y entonces fue cuando dejaste caer uno de mis pañuelos. Esperabas que eso llevara a la policía a arrestarme.

—No lo hice mientras no estuve absolutamente seguro de que tú eras La Sombra —observó Tony—. No quería que la policía le fuera detrás al hombre equivocado.

—Pero es que no perseguían al hombre equivocado, Tony —replicó Harrison—. Te perseguían a ti.

—Yo sólo quería llevarte ante la justicia, Bryden. Lo que se debería haber hecho hace años.

—Perdóname si no te veo como a una especie de valiente héroe que lucha noblemente por restablecer el recuerdo de su padre. Has asesinado a dos hombres inocentes, y habrías matado al inspector Turner también si yo no te lo hubiera impedido.

—En realidad, sólo maté a ese criado idiota que entró corriendo en la habitación cuando yo estaba saliendo por la ventana de lady Pembroke. No era mi intención matarlo, pero no me dio otra alternativa. Por lo que a mí se refiere, tú eres el responsable de su muerte, no yo. En cuanto a Turner, quería asegurar absolutamente que te encontraran culpable de asesinato. Eso es lo que te mereces.

—¿Y lord Haywood? Lo mataste de un disparo en la escalinata de la casa de lord Chadwick. ¿Tampoco te dio alternativa?

—Me temo que no puedo atribuirme ese mérito. Tenía pensado entrar en la casa de lord Chadwick esa noche, pero cuando llegué tú ya estabas saliendo de ella, protegido por la hermosa señorita Kent. Tú lo mataste.

Harrison frunció el ceño. Si Tony no le disparó a lord Haywood esa noche, ¿quién diablos lo hizo?

—He de reconocer que esperaba con ilusión el espectáculo de tu juicio y ejecución —continuó Tony—. Habría sido agradable verte desfilar ante el juez y obligado a luchar por tu vida. Me llevé una tremenda desilusión cuando ese idiota de Turner decidió ponerte en libertad. Pero ahora comprendo que esta es una manera más apropiada de poner fin al misterio de La Sombra.

—¿No crees que la gente se preguntará quién me asesinó? Seguro que el inspector Turner tendrá unas cuantas preguntas respecto a mi repentina muerte.

—Pero es que no te van a asesinar, Harry. Te vas a matar tú de un disparo, tal como hizo tu padre.

—¿Y por qué habría de hacer eso? Si soy, como dices, La Sombra, y me acaban de liberar de la prisión porque había pruebas insuficientes en mi contra, ¿qué podría hacerme desear suicidarme? No sé, me parece que el inspector Turner no se creerá que de repente me sentí agobiado por el remordimiento.

—Te vas a matar por el mismo motivo que llevó a tu padre a poner fin a su vida, Harry. Porque se te está deteriorando la mente y no soportas sufrir las indignidades de la locura, y porque cuando estés loco no serás capaz de matarte.

Harrison tuvo buen cuidado de mantener la expresión absolutamente serena. No le había hablado a nadie de su miedo a que se le estuviera deteriorando la mente.

—Pero es que eso no está pasando, Tony —replicó.

Este se encogió de hombros.

—Tal vez no. Pero todos los criados de tu casa saben que sufres de los mismos debilitantes dolores de cabeza que atormentaban a tu padre. Sólo hay que mirar tus recetas de láudano para ver con qué periodicidad lo tomas para aliviarte el dolor. Cuando la policía me interrogue les diré lo mucho que sufrías y testificaré de cómo iban en aumento tus olvidos. Citaré las veces que quedamos en encontrarnos y no apareciste, explicaré tu incapacidad para encontrar objetos cotidianos y cómo te esforzabas en recordar nombres de personas que conocías. Gracias a mí, tu deterioro mental es bien conocido entre los miembros de tu club, que se han afligido muchísimo al saberlo. Pero dada la enfermedad mental sufrida por tus dos padres, todos entenderán que sólo era cuestión de tiempo que cayeras víctima de la misma enfermedad. Parece que muchas veces estas cosas se transmiten de generación en generación.

Harrison lo miró incrédulo. Le empezó un doloroso martilleo en la frente, advirtiéndole que se avecinaba un dolor de cabeza. Tranquilo, se dijo. Hizo una respiración lenta y profunda para aflojar el nudo de rabia e incredulidad que lo estaba empujando hacia el precipicio de ese dolor que lo dejaba impotente.

—¿Quieres decir que todas esas veces que asegurabas que habíamos quedado de encontrarnos, o hablabas de personas que supuestamente yo conocía, eran mentira?

—Algunas cosas las olvidabas, y otras las inventaba yo —contestó Tony tranquilamente—. Sabía que temías más que cualquier otra cosa volverte como tu padre. Cuando aumentaron mis sospechas de ti, aproveché ese miedo, al comprender que en algún momento podría resultarme útil.

Harrison no supo si sentirse furioso o aliviado. La posibilidad de que su mente no se estuviera deteriorando hasta el extremo que creía era casi demasiado buena para creerla. ¿Podría ser que no estuviera condenado a acabar como su padre después de todo?

Claro que si Tony conseguía meterle una bala en la cabeza su salud mental no importaría nada.

—Es duro enterarse de que no estás ni de cerca tan senil como creías justo antes de que tu vida llegue a su fin —musitó Tony, pensativo—. Por lo menos no tendrás que pensar mucho rato en eso. Ahora, si no te importa, quiero que vayas hasta ese sillón y te sientes —ordenó, haciendo el gesto con la pistola—. Creo que montaremos esto para que parezca que estuviste sentado un rato contemplando la idea de meterte un tiro en la cabeza hasta encontrar el valor para hacerlo.

Harrison no se movió del sitio donde estaba.

—No.

—De verdad, Harry —suspiró Tony—, este no es el momento para imaginar una escena en que luchas bravamente para liberarte. No estoy dispuesto a rodar contigo por el suelo como hicimos en casa de lord Pembroke. Los dos sabemos que si tuvieras un arma ya me la habrías enseñado, así que sólo tienes dos opciones: que te dispare ahora ahí donde estás, de pie, o que te dispare donde puedes estar cómodamente sentado. Yo en tu lugar elegiría sentado en el sillón. Así por lo menos no caerás muy lejos. Además, sería una lástima manchar toda de sangre esta preciosa alfombra. Quedaría hecha un desastre y el pobre Telford tendría que limpiarla.

—Creo que no me vas a disparar, Tony. Esta noche no.

Tony lo miró divertido.

—Perdona, Harry, si tienes pensado otro momento mejor, pero por desgracia, esta es la única noche que tengo libre para matarte.

—Podrías pensar otra cosa si te giras.

—No me insultes, Harry. No soy tan estúpido como para que me puedas distraer con ese truco idiota. Ahora muévete hacia el sillón antes de que...

—Suelte la pistola —ordenó una voz grave detrás de él.

Harrison vio con triste satisfacción agrandarse de sorpresa los ojos de Tony.

—Bueno, bueno —masculló Tony, sin dejar de mirar a Harrison—. Parece que este momento tendrá que ser en compañía después de todo.

Levantó la pistola.

Harrison se arrojó sobre él y le cogió el brazo, arrojándolo al suelo en el momento en que se disparaba la pistola. El ruido ensordecedor resonó en toda la habitación. Harrison sintió explotar el dolor de cabeza en miles de trocitos, produciéndole náuseas. Golpeó fuertemente la mano de Tony contra el suelo, obligándolo a soltar la pistola.

—¡No se mueva! —gruñó Lewis, de pie dentro del baúl donde había estado escondido, apuntando su pistola a la sien de Tony—. ¡O le volaré la cabeza!

—Y por si él falla —dijo Simon, saliendo del macizo ropero muy labrado del otro extremo de la habitación—, le prometo que yo no.

—Tampoco yo —añadió Jamie, saliendo de detrás de las cortinas.

—Por los dedos de los pies de san Andrés, ¿qué encierro de locos tenemos aquí? —preguntó Oliver, abriendo la puerta de un golpe—. Cualquiera pensaría que en una casa tan grandiosa como esta pondrían cerraduras un poco más fuertes —masculló, ofendido por la poca resistencia que le opuso el mecanismo—. ¿No tienes miedo de que entren ladrones, muchacho?

Apretando los ojos para aliviar el dolor que sentía en la cabeza, Harrison se puso de pie.

—Queda arrestado. —Lewis pronunció lentamente las palabras, saboreando el placer de decirlas por fin al hombre correcto—. Y si hace cualquier cosa por escapar, o incluso cualquier cosa que me fastidie, le prometo que no vacilaré en dispararle. Igual podría dispararle de todos modos simplemente para aliviar algo del dolor que me ha causado con esa bala que me metió en la pierna. Llevadlo a Newgate —ordenó a los seis policías jóvenes que habían entrado en la habitación—. Pero primero ponedle las esposas y, por el amor de Dios, que en todo momento haya alguien vigilándolo.

—Tiene que arrestarlo a él también —protestó Tony cuando

dos policías lo ponían de pie—. Él es La Sombra, el que robó todas esas joyas hace años.

—Déjate de divagar —lo reprendió Oliver impaciente—. Como si alguien fuera a hacerle caso a un canalla bobo como tú.

—¡Es cierto! —insistió Tony, resistiéndose a que lo sacaran por la puerta—. Bryden entró en la casa de lord Chadwick, preguntadle a ella —gritó furioso cuando Charlotte entró cojeando en la habitación—. Ella estaba con él, ¡ella lo sabe!

—Si vas a sugerir algo aunque sea remotamente ofensivo sobre mi hermana, te recomiendo que cierres la boca —le dijo Simon, en tono engañosamente manso.

—Es un buen consejo —añadió Jamie, pasando un brazo protector por los hombros de Charlotte.

Harrison la miró, olvidándose de Tony y de sus acusaciones. No la veía desde que ella lo visitó en Newgate. Nadie le había dicho que estaba ahí, esperando nerviosa para ver qué ocurriría cuando él se pusiera como cebo para atrapar a La Sombra. Vio que a pesar del calor de la noche estaba temblando.

—Bryden es La Sombra, usted lo oyó reconocerlo —le gritó Tony a Lewis, con la cara casi roja de frustración y furia—. ¡Tiene que arrestarlo también!

El agente Wilkins miró a Lewis interrogante.

—¿Señor?

—Wilkins, saque de aquí a ese pedazo de escoria —ordenó Lewis bruscamente. Y sin siquiera mirar a Harrison, añadió—: Creo que lord Bryden ya ha soportado suficiente de sus vociferaciones y mal comportamiento para una noche.

—Sí, señor. De acuerdo, entonces, ¡vámonos! —ordenó el agente Wilkins, haciendo salir a Tony y a los policías del dormitorio.

—¡Tiene que arrestarlo también! —gritó Tony mientras lo llevaban a rastras por el corredor—. ¡No puede dejarlo escapar!

—Es una pena —musitó Oliver, moviendo la cabeza—. A veces la rabia es más dañina que lo malo que la ha causado —añadió, mirando significativamente hacia Harrison.

Este continuó inmóvil, esperando. El dolor de los huesos de la cara había disminuido un poco. Si lograba mantenerse muy quieto y muy callado, igual podría impedir que se convirtiera en un sufrimiento total.

Por desgracia, no creía que el inspector Turner fuera a descartar lo que acababa de saber durante su conversación con Tony.

Lo único que deseaba en ese momento era acercarse a Charlotte. Deseaba cogerla en sus brazos, estrecharla fuertemente, para abrigarla y hacerla sentirse protegida y segura, aunque sólo fuera por un momento. Deseaba cerrar los ojos y perderse en ella, sentir su dulzura apretada contra él, el suave revoloteo de los latidos de su corazón en su pecho, su fragancia veraniega embriagando sus sentidos. Deseaba escapar de todo lo que había corroído su vida y sus alma durante dieciséis años, todo el sufrimiento, las mentiras y el engaño, a los que ahora podía añadir la culpa de haber destruido al admirablemente resuelto inspector Winters y a su familia. Todo eso lo deseaba con tal intensidad que pensó que no podría soportarlo.

Pero se mantuvo inmóvil, observando en silencio mientras el inspector Turner hurgaba en sus maletas sacando las joyas que escondiera Tony en ellas.

Lewis se fue metiendo las piedras preciosas y las joyas en los bolsillos, consciente de que iba acumulando más riqueza en su arrugada chaqueta de lo que podía esperar ganar durante toda su carrera. Cuando estuvo seguro de que había sacado todas las pruebas del robo, se levantó y miró a Harrison muy serio.

—Parece, lord Bryden, que le debo la vida. Y le estoy profundamente agradecido. —Guardó silencio un momento—. Por desgracia, todavía queda una pregunta que debo hacerle.

Así es como ha de terminar esto, entonces, se dijo Harrison, esforzándose en no dejar que se colara su desesperación en la implacable calma que deseaba mantener. Debía comprender que el inspector insistiera en conocer la verdad. Después de todo, ese era su trabajo. Y más aún, entendía que resolver un caso y dejar claro hasta el último detalle era también su pasión. De todos modos, no podía dejar de sentirse resentido, sólo un poco. Le costaba aceptar que sencillamente no podía escapar de los errores de su pasado, por graves que pudieran haber parecido a los ojos de la ley.

Sobre todo cuando por fin había encontrado a Charlotte, que conocía exactamente sus defectos y que de todos modos lo quería.

—Adelante —dijo.

Lewis miró a Charlotte, Simon, Jamie y Oliver, indeciso.

—Tal vez podrían darnos un momento para hablar en privado.

—Deje que se queden —dijo Harrison, con la voz rota.

Miró intensamente a Charlotte. No le ocultaría más secretos. Quería que ella lo supiera todo. No permitiría que la hicieran salir de la habitación como si no se le pudiera confiar lo que fuera que él iba a revelar. Ella ya era parte de él. Lo había ayudado cuando más lo necesitaba; había confiado en él cuando tenía muy pocos motivos para hacerlo; había sido fuerte y resuelta por él cuando él se había sentido cansado y derrotado. Y al hacerlo había adherido su alma a la de él. Tenía derecho a saber la verdad, por negra y fea que fuera. Por lo tanto añadió dulcemente:

—Prefiero tener a la señorita Kent y a su familia conmigo.

Lewis vaciló. Deseó que Harrison hubiera elegido hablar a solas con él. Al menos si hablaban en privado, lo que fuera que se revelara quedaría entre ellos dos. Después él podría considerar qué medidas debía tomar, si tomaba alguna. Apretó las mandíbulas, frustrado, y perplejo por su nada característica renuencia a llevar el caso de La Sombra a su conclusión lógica e inevitable.

—Lord Bryden, le pido disculpas por preguntarle esto, pero basándome en todo lo que tengo que considerar en este caso, me parece que no tengo más remedio. —Guardó silencio un momento, deseando no tener que continuar. Finalmente se obligó a preguntar—: ¿Usted disparó la bala que mató a lord Haywood la noche de la cena en casa de lord y lady Chadwick?

—No, inspector Turner —contestó Harrison, negando con la cabeza—. Le doy mi palabra que no disparé.

Lewis lo miró fijamente, tratando de perforar cualquier capa de artificio, mentira o falsas protestas de inocencia, para saber la verdad.

Harrison le sostuvo la mirada francamente. No tenía idea si su mirada le parecía sincera o no. Lo único que sabía era que Turner tenía el poder de encarcelarlo o dejarlo libre. Si basaba su decisión en la abundancia de pruebas que tenía contra él y en la confirmación de Tony de que era él el que escapó de la casa de Chadwick con Charlotte esa noche, sólo tenía una opción.

—Lord Bryden no pudo haber matado a lord Haywood —dijo Charlotte repentinamente—. Sólo llevaba un cepillo para el pelo en el bolsillo.

Lewis se giró a mirarla, curioso.

—¿Un cepillo para el pelo?

—Sí, yo lo obligué a coger el cepillo de lady Chadwick, para que se lo metiera en el bolsillo y simulara que era una pistola y pudiera utilizarme como rehén. —Haciendo pasar las palabras a través de su desesperación, continuó—: A mí me pareció muy mala planificación por su parte que no fuera armado, pero eso también me convenció de que no tenía intención de hacerle daño a nadie, y no lo hizo. Lo que hizo fue tratar de protegerme con su cuerpo cuando lord Haywood nos disparó.

—El muchacho es de la vieja escuela, como yo —terció Oliver, haciéndole un guiño de aprobación a Harrison—. No hay ningún honor en blandir una pistola amenazando con hacerle un agujero a alguien sólo por unos pocos cuartos. No quemas el granero para librarte de los ratones, no disparas una pistola cuando un buen puñal va igual de bien. Demasiado ruido y humo, ¿y cómo podemos escapar en silencio?

Lewis frunció el ceño, confundido.

—Perdóneme, lord Bryden, pero si usted no le disparó a lord Haywood, ¿quién le disparó entonces?

—No lo sé —contestó Harrison sinceramente—. Yo pensé que La Sombra, ya que estaba entre la multitud, quizá porque no quería que me matara nadie que no fuera él. Pero después de oír a Tony negarlo, no estoy tan seguro.

—Es posible que lord Haywood tuviera un enemigo ahí en medio de la multitud —sugirió Simon—. Alguien que aprovechó el momento y le disparó, sabiendo que se lo atribuirían a La Sombra.

—O tal vez le disparó por accidente uno de los hombres de la multitud, en la excitación del momento —observó Jamie—. Y luego le horrorizó tanto lo que había hecho que no lo confesó.

—Sería muy raro que a lord Haywood le hubiera disparado alguien por accidente estando en la escalinata de la casa de lord Chadwick, justo en el lugar opuesto a donde estaba La Sombra —señaló Lewis—. Ese alguien tendría que tener una puntería increíblemente mala.

—Sí, tiene razón, seguro —dijo Oliver—. Pero en cualquier caso, tiene que estar de acuerdo en que este muchacho no pudo haberle disparado a su señoría con un cepillo para el pelo. Yo puedo jurar que eso era lo único que llevaba en los bolsillos. Yo estaba ahí cuando lo pusimos en la cama y le quitamos la ropa...

Lewis levantó la mano para silenciarlo, antes de que el viejo lograra decir algo más que pudiera incriminar a la familia de Charlotte. Se volvió hacia Harrison.

—Gracias, lord Bryden, por su colaboración con la policía para prender a un peligroso criminal esta noche. Me encargaré de dejar claro en mi informe que su papel en ayudar a la policía a arrestar a La Sombra ha sido extraordinario y esencial.

Lo dejaba libre, comprendió Harrison, asombrado. Lo único que deseaba saber Turner era si él había asesinado o no a lord Haywood. Ahora que estaba convencido de que no, Turner decidía cerrar la puerta sobre sus delitos del pasado.

Empezó a recorrerlo un glorioso alivio que casi le eliminó el dolor que seguía vibrándole en la cabeza.

—Gracias, inspector Turner.

Lewis asintió y se giró a mirar a Charlotte.

—Perdone, señorita Kent, pero hay una cosa más que quisiera preguntar.

—¿Sí? —preguntó Charlotte, mirándolo tímidamente.

Azorado, él cambió el peso al otro pie, sin saber cómo plantear la pregunta. Ni siquiera tenía el bastón para apoyarse o juguetear con él o bien algo a lo que mirar que no fueran las puntas de sus desgastados zapatos de piel.

—Se trata de la señorita Clarke, que reside en su casa albergue. —Se aclaró la garganta.

Un ramalazo de inquietud asaltó a Charlotte.

—¿Annie ha hecho algo incorrecto, inspector?

—No, no, nada de eso —se apresuró a tranquilizarla—. Como sabe, la señorita Clarke fue a verme el otro día. Sólo dimos un paseo juntos —añadió, no fueran a pensar que había ocurrido algo indecoroso entre ellos—. Y creo que pasamos una hora muy agradable en mutua compañía.

Se interrumpió bruscamente, azorado.

Un rayo de comprensión comenzó a descender sobre Charlotte.

—Creo que Annie también disfrutó mucho de su paseo con usted, inspector —dijo, con el fin de aliviar su confusión.

Un destello de esperanza iluminó los ojos de él.

—Bueno, puesto que la señorita Clarke reside con usted, supongo que eso hace de usted una especie de tutora.

La verdad era que él no estaba muy seguro de que eso fuera así, porque daba la impresión de que todos los residentes en la casa refugio de la señorita Kent estaban ahí por propia voluntad, y por lo tanto entraban y salían cuando querían. De todos modos, deseaba demostrarle a Annie que quería tratarla con la misma deferencia con que trataría a cualquier señorita formal. Para eso, debía considerar su nada normal situación como si fuera normal, y eso significaba darle a la señorita Kent el título de tutora o guardiana.

—Lo que quiero decir, señorita Kent, es que deseo pedirle permiso para visitar a la señorita Clarke, siempre que ella consienta en verme, por supuesto.

—Vamos a ver, ¿y qué quiere decir con «visitar»? —preguntó Oliver en tono severo—. Annie es una buena muchacha que desea hacer algo mejor de sí misma, y no voy a permitir que usted venga a jugar con sus sentimientos. Si hace eso, por muy inspector que sea y por mala que tenga la pierna, conocerá el tacón de mi bota en sus maldit...

—Creo que las intenciones del inspector Turner son honradas, Oliver —lo interrumpió Charlotte, y miró a Lewis comprensiva—, ¿verdad, inspector?

—Sí. Muy honradas.

Oliver arqueó una ceja, desconfiado y nada convencido.

—Muy bien, entonces —se aplacó—. Puede visitarla. Pero sepa que Eunice, Doreen y yo siempre estaremos vigilando para que no ponga en entredicho la reputación de la muchacha.

Lewis asintió. Le agradaba saber que Annie tenía a aquel arisco viejo para vigilarla. Se sentiría mejor sabiendo que habría otros allí para protegerla de los sinvergüenzas cuando él no estuviera.

En cuanto al Negro Jimmy, recurriría a todos los medios disponibles para encontrar a ese cabrón. Y cuando lo encontrara, se encargaría de que ese pedazo de mierda entendiera que golpear a las mujeres no era aceptable.

—Gracias, Oliver. Y gracias a todos —añadió, dirigiéndose al resto—, por la ayuda para capturar a La Sombra.

—No fue nada, muchacho —bufó Oliver modestamente—. Si volviera a necesitar ayuda no tiene más que decírmelo. Hay unas cuantas cosas que podría enseñarles a sus trasquilones, como por ejemplo a forzar una cerradura sin romperla. Me enorgullece decir que no hay ni una sola cerradura en Londres que yo no pueda...

—Tengo que irme —interrumpió Lewis, desesperado por salir de allí antes que Oliver revelara nuevamente algo que no quería saber.

Oliver pestañeó, decepcionado.

—Muy bien, muchacho. Ya hablaremos de eso cuando vaya a ver a nuestra Annie.

—Eso iría muy bien —contestó Lewis—. Buenas noches.

—Le acompañaré a la puerta —se ofreció Harrison.

Por seguridad, había enviado a su madre y a todos los criados a pasar la noche en la casa de la familia de Charlotte.

—Eso no hace falta, yo le acompañaré —se ofreció Oliver alegremente—. ¿Sabe, muchacho? —le dijo a Lewis, iniciando la conversación al salir con él al corredor—, si yo no hubiera sido ladrón habría sido detective. Así que si alguna vez cree que le vendría bien una ayudita...

Harrison miró a Charlotte en silencio.

—Estoy muerto de hambre —declaró súbitamente Simon, haciendo un gesto a Jamie—. Bajemos a la cocina a ver si encontramos algo para comer.

—Excelente idea —aceptó Jamie—. El rato que he estado detrás de esas cortinas no he hecho otra cosa que desear haber tenido la previsión de pedirle a Eunice una bolsa con sus galletas de avena con jengibre.

Harrison continuó donde estaba hasta que ellos salieron.

Entonces atravesó la habitación en tres pasos y cogió a Charlotte en sus brazos, estrechándola fuertemente y devorándole la boca. La besó concienzuda y apasionadamente, calentándola con su fuerza y caricias, tratando de hacerla entender lo que creía que jamás podría poner en palabras. Te amo, le declaró en silencio, vertiendo todo su amor en la urgencia del beso, en las tiernas caricias de sus manos sobre sus hombros, espalda y caderas, en la dureza de su cuerpo envolviéndola en el calor de su abrazo. Finalmente apartó la boca y la miró muy serio.

—¿Dónde está Flynn?

—Sigue con mi padre —repuso ella, abrazada fuertemente a él, extrayendo fuerzas de su protector abrazo—. Recibí el dinero que me envió tu abogado. Mi padre dijo que vendría mañana a por él. Simon, Jamie y Oliver estarán conmigo en la casa mientras esperamos que aparezca. Simplemente tenemos que rogar que cumpla su palabra y traiga a Flynn con él.

—No vamos a esperar, Charlotte —decidió él—. No voy a dejar a Flynn en compañía de ese cabrón ni un segundo más de lo necesario. Entre tus hermanos y yo lo encontraremos esta noche, aunque tengamos que registrar Saint Giles pulgada a pulgada, y llevaremos a Flynn a casa.

—Yo iré también.

—No.

—Tengo que ir con vosotros, Harrison —replicó ella—. Soy la única que sabe cómo es mi padre.

—Cuando descubramos dónde está el hombre al que llaman Huesos Buchan, seguro que sabré quien es —dijo Harrison, con una voz que denotaba que a duras penas lograba contener su furia—. No quiero que estés ahí cuando lo encuentre.

—Pero si mi padre ve acercarse a tres desconocidos, creerá que es una trampa y escapará, o peor aún, le hará algo terrible a Flynn. Tú no lo conoces como yo, Harrison. No sabes de qué es capaz.

—Vi lo que te hizo en la cara la otra noche, Charlotte. Y he visto lo que le hizo a tu pierna. Creo que sé perfectamente bien de qué es capaz. Y me encargaré de hacerle entender que nunca jamás en su vida debe volver a acercarse a ti, ni a Flynn ni a nadie de tu familia.

—Tienes que dejarme ir con vosotros —insistió ella—. Es mi padre, Harrison, y Flynn es mi responsabilidad. Creo que la única posibilidad de que devuelva a Flynn es que vea que he ido yo a llevarle el dinero. Eso fue lo que exigió y eso es lo que espera. Si no me ve a mí, se enfurecerá. Y cuando se enfurece es capaz de hacer cosas terribles.

Harrison la miró indeciso. No quería que Charlotte fuera con él; quería que estuviera en otra parte hasta que entre él y sus hermanos hubieran enfrentado a Huesos Buchan y llevado a Flynn a casa. No quería que ella se expusiera a más violencia, amenazas ni malos tratos, de su padre ni de nadie.

Tampoco quería que presenciara la paliza que pensaba darle a ese viejo cabrón para asegurarse de que nunca volviera a hostigarla.

La miró muy serio, para decirle que una cloaca infestada de delincuentes como Saint Giles no era un lugar para una mujer como ella. Pero Charlotte le devolvió la mirada con esa misma extraordinaria resolución que le demostrara la noche en que se conocieron. Se negó a abandonarlo entonces y se negaba a abandonarlo en ese momento, y a abandonar a Flynn, Oliver y a sus hermanos. Así era Charlotte, comprendió. Dentro de su esbelto y sobrio cuerpo femenino, latían el corazón y el alma de una luchadora. No le importaba un bledo su condición de mujer, su cojera, ni ser supuestamente más débil que la mayoría de la gente que la rodeaba. Había soportado una infancia de indecibles pobreza y malos tratos. En lugar de haberse dejado derrotar por ellos, se había hecho fuerte, resuelta e implacable. Él veía brillar el miedo en el suave jade y oro de sus ojos, pero ni por un instante podía pensar que ese miedo fuera por ella. Su miedo era por Flynn, por Oliver, por Simon y Jamie.

Y tal vez incluso por él, aun cuando le agradaría pensar que tenía la suficiente fe en él para creer que sería capaz de vérselas con un bruto como Huesos Buchan.

—Si yo digo que no debes venir, ¿me harás caso y te quedarás en casa?

—No —contestó ella al instante—. Pero prefiero con mucho ir contigo en lugar de andar vagando sola por Saint Giles. Normalmente no voy allí por la noche, y siempre llevo a Oliver conmigo.

—Muy bien, entonces —suspiró Harrison—. Pero te quedarás en el coche con Oliver, ¿está claro?

Charlotte le echó los brazos al cuello y apretó los labios contra los suyos, besándolo con ardiente ternura. Él gruñó y la estrechó con más fuerza, introduciendo la lengua en el húmedo calor de su boca, sintiendo endurecerse al instante su cuerpo con el sensual hechizo de su aroma, dulzura y caricias.

Súbitamente ella interrumpió el beso.

—Iré a decirles que nos vamos —susurró, cojeando hacia la puerta.

Harrison gimió, tratando de dominar el deseo que ya le rugía por dentro.

Y entonces movió la cabeza exasperado al caer en la cuenta de que ella no le había dado ninguna respuesta a su ultimátum.

Capítulo 16

—*D*eja de hacer ese ruido, Sal, maldita sea —rezongó Archie, con la lengua estropajosa por el gin.

Hizo crujir la cama al darse la vuelta para darle una fuerte palmada en el trasero.

—No soy yo —protestó Sal, con la voz igualmente estropajosa—. Debe de ser el muchacho. —Hundiendo más la cara en la rancia humedad de la almohada, reanudó sus ronquidos.

—Deja de meter ruido, cachorro canijo, si no quieres que te rompa la coca —gruñó Archie.

—No soy yo —contestó Flynn desde su lugar en el suelo, donde yacía atado—. Alguien está golpeando la puerta.

—Qué diantres... —Archie se sentó y se enterró los puños en los ojos para despejarse la cabeza—. ¿Quién diablos es? —gritó furioso.

—Soy yo —dijo una voz femenina, dulce y tímida—. Te he traído el dinero.

Archie dejó de golpearse las órbitas de los ojos y pestañeó, desconcertado.

—¿Lottie?

—Déjame entrar —urgió Charlotte—. Date prisa.

—Abre la puerta, rápido —siseó Sal, dándole un codazo en las costillas—. Antes de que alguien la agarre y le afane la pasta.

—Voy —ladró Archie, bajando las piernas por el borde de la cama.

A trompicones por la plomiza penumbra, se golpeó en el borde de la mesa. Soltando una maldición, llegó tambaleante hasta la puerta y giró el pestillo, tratando de recordar cuándo le había dicho a Lottie dónde vivía.

La puerta se estrelló en él arrojándolo de espaldas al suelo. Unas potentes manos lo cogieron por el cuello como tenazas y lo levantaron, cortándole la entrada de aire y la salida de sonidos.

—Buenas noches —dijo Harrison arrastrando la voz—. ¿Huesos Buchan, supongo?

Debatiéndose como un loco, Archie le agarró las manos a Harrison.

—Aceptaré eso como un sí —dijo Harrison, levantándolo del suelo y estrellándolo contra la pared, sin dejar de apretarle el cuello.

—Déjalo en paz —chilló Sal desde la cama. Cogió del suelo una botella de gin vacía y la enarboló por encima de la cabeza—. Suéltalo o te romperé la maldita crisma.

—Eso no será necesario, señora —le aseguró Simon, entrando y apuntándola con su pistola—. Si hace el favor de soltar esa botella, encender esa lámpara y sentarse, esto irá mucho más rápido.

—Su amigo está perfectamente bien —añadió Jamie, en tono tranquilizador, echando una somera mirada a Archie al entrar—. Estoy estudiando para médico, y sé de cierto que no tiene que empezar a preocuparse mientras los ojos no se le salgan de las órbitas.

—¡Oliver! ¡Señorita Kent! —exclamó Flynn, al verlos entrar en la habitación—. ¿Qué hacen aquí?

—Buscándote, muchacho —le dijo Oliver, entrecerrando los ojos para no deslumbrarse con el tenue velo de luz proveniente de la lámpara que Sal ya había encendido—. Y ya era hora también, con lo que nos ha costado.

—¿Cómo te encuentras, Flynn? —le preguntó Charlotte preocupada, cojeando para ir a arrodillarse en el suelo junto a él—. ¿Te han hecho daño?

Flynn cerró los ojos y aspiró su limpia fragancia, dejándose bañar por ella.

—Estoy bien, señorita Kent, sólo un poco entumecido y con hambre, nada más.

—¡Dulce san Colombo! —exclamó Oliver, al verle las muñecas y los tobillos amarrados. Se giró a mirar a Sal—: ¿Qué clase de malvados sois que amarráis tan fuerte a un muchachito mientras trata de dormir?

—Tuvimos que atarlo para que no se escapara —replicó Sal, a la defensiva—. Si hubiera intentado escaparse, Archie le habría pegado. Era mejor atarlo para que se estuviera quieto.

Oliver movió la cabeza disgustado al ver que tenía enterradas las cuerdas en la tierna piel de las muñecas y tobillos.

—Venga, muchacho, aguanta firme —le dijo malhumorado, serrando la cuerda con su puñal—. No tardaré en quitarte esto.

—Lo siento, Flynn —dijo Charlotte con los ojos llenos de lágrimas, acariciándole suavemente la cara magullada—. Lo siento terriblemente.

—No fue culpa suya, señorita Kent —le dijo Flynn, preocupado por su afligida expresión—. Este viejo tonto se ha vuelto loco. —Con las manos ya libres, se sentó y miró a Archie con el odio más puro, mientras Oliver le cortaba la cuerda de los tobillos—. El ajumao cree que es su pa.

—Eso cree, ¿eh? —dijo Harrison. Habiéndosele quitado ya casi todas las ganas de pelear, aflojó un poco la presión en el cuello, manteniéndolo clavado a la pared—. Ahí es donde diferimos de opinión.

Archie tosió y resolló, tratando de llenarse los pulmones.

—Es su pa —afirmó Sal, ya más osada, al notar que los hombres no tenían la intención de matarlos ni a ella ni a Archie—. Se tiró a una puta en Escocia.

—Yo en su lugar tendría quieta la lengua —le advirtió Jamie, tratando de dominar el genio.

—Es cierto —logró decir Archie con la voz rasposa—. La cuidé desde que era una cría chillona, y ahora que tiene pasta en el bolsillo sólo le pido que comparta unas pocas libras con su viejo. ¿Y qué hace? Manda a estos matones de postín a zurrarme.

—Se lo dije —musitó Flynn, moviendo la cabeza, incrédulo—. Ha perdido completamente la chaveta.

—Nunca me cuidaste —dijo Charlotte con la voz rota, abrazando fuertemente a Flynn—. Sólo me usabas, como usas a todo el mundo.

—¿Que te usaba? —protestó Archie, mirándola incrédulo—. No eras más que una cría escuálida, siempre enferma, con miedo de tu propia sombra. ¿Cómo diantres te iba a usar?

—Me obligabas a salir a robar antes e que tuviera cinco años. Me volviste carterista y ladrona, y si no encontrabas valioso lo que conseguía robar me golpeabas.

—Sólo quería enseñarte a sobrevivir —protestó Archie. Miró a Oliver, calculando que el viejo escocés comprendería mejor que cualquiera de los otros hombres presentes—. No teníamos nada, ni siquiera una moneda para pagar unas gotitas de remedio cuando Lottie las necesitaba, y se pasaba todo el tiempo enferma. Tenía que aprender un oficio, y rápido, si queríamos tener un techo sobre nuestras cabezas. Así que me figuré que lo mejor que podía aprender era lo único que yo sabía hacer, robar. Así, si a mí me pasaba algo, ella sabría arreglárselas bien.

—Me hacías robar porque eso significaba más bebida para ti —replicó Charlotte. Ya sentía vibrar la rabia dentro de ella, rabia y un intenso resentimiento—. Eso era lo único que te importaba. No te preocupabas de si tenía comida o ropa que ponerme, sólo pensabas en ti. Yo sólo era una carga. Y cuando te diste cuenta de que yo no iba a ser la ladroncita lista que esperabas que fuera, decidiste que la única manera de obligarme a hacer dinero era convertirme en una prostituta. Pero una noche me arrojaste contra una mesa y me quebraste la pierna, dejándome esto... —hizo un furioso gesto hacia su pierna coja—. Y de repente yo ya no podía convertirme en la niña puta que deseabas que fuera.

—Nunca deseé que putearas, Lottie —protestó Archie, notando que Harrison le apretaba más fuerte el cuello—. Pero no sabía qué otra cosa hacer contigo. Si yo te hubiera fallado, bien tenías que poder hacer algo para ganarte una moneda o dos. Muchas muchachas lo hacen —añadió a la defensiva, mirando a Harrison—. Eso les pone pan en la boca y un techo sobre sus cabezas. Y eso era lo que yo quería para mi Lottie.

Harrison tuvo que hacer ímprobos esfuerzos para dominarse y no estrangularlo.

—Tu interés por su bienestar es de lo más conmovedor —dijo.

—¡Le salvé la vida! —maulló Archie, acobardado—. Seguro que me merezco algo por eso.

—Nunca me has salvado la vida —replicó Charlotte—. Nunca te importó lo que me ocurriera.

—¡Eso no es cierto! ¿Quién crees que le disparó a ese barril de noble tripudo la noche que te llevó La Sombra? ¡Yo!

Ella lo miró soprendida.

—Sí, y fue bueno que lo hiciera también, con la forma como movía la pistola. Tenía buenas posibilidades de hacerle un agujero a mi Lottie y a La Sombra —continuó desesperado, hablándole a Harrison—, y como vi que La Sombra no era lo bastante hombre para cuidar de sí mismo, disparé. Ella la habría espichado de seguro si no hubiera sido por mí.

Había cierta verdad en lo que decía Huesos Buchan, tuvo que reconocer Harrison de mala gana. Lord Haywood ya le había disparado a él una vez. Si él se hubiera movido, aunque fuera ligeramente, la siguiente bala podría haberle dado a Charlotte. Al parecer su padre había sido lo bastante perspicaz para adivinarlo.

—Aunque le hayas disparado a lord Haywood —observó—, sólo lo hiciste porque querías chantajear a Charlotte—. La veías como una fuente fácil de dinero y no querías que nada te obstaculizara eso.

—¡Eso no es cierto! —gritó Archie con vehemencia—. No digo que no sea capaz de darle uno o dos tortazos —concedió, al comprender que Harrison sabía lo de los golpes que le había dado—, pero cuando se trata de su vida, eso es diferente. Es mi hija, después de todo. Un hombre tiene que proteger a los suyos, y eso fue lo que hice, protegerla.

—Si estabas tan preocupado por mí, entonces, ¿por qué dejaste que me raptaran? —le preguntó Charlotte, dudosa—. Viste cómo un peligroso ladrón me llevaba de rehén. ¿Por qué no le disparaste también?

—No era peligroso —bufó Archie—. Lo vi rodearte con su cuerpo al instante en que ese idiota salió corriendo de la casa. Ahí fue cuando me di cuenta de que no te haría ningún daño. Lo que fuera que quisiera, mi Lottie sabría arreglárselas con un tipo como él. —La miró fijamente, sus ojos preñados de algo parecido a orgullo—. También comprendí que lo más seguro es que te lo llevaras a tu casa para curarlo y que no lo entregarías a la policía, y tenía razón. Puede que hayas vivido con nobles muchos años, pero no has olvidado tus raíces. Por muchos aires que te des, en el fondo eres la Lottie Buchan de Devil's Den, y siempre lo serás.

Charlotte lo miró fijamente, con una tormenta de emociones rugiendo dentro de ella.

Desde que tenía memoria, siempre había detestado y temido a su padre. Lo había odiado por su violencia y crueldad, y temido porque le controlaba la vida. Incluso después de que se separaron por sus respectivos arrestos, él siguió teniendo poder sobre ella. Los horribles recuerdos de su infancia y la posibilidad de que algún día la encontrara la habían atormentado hasta la edad adulta, haciéndola asustadiza y miedosa. Y aún más constantemente, llevaba de manera imperdonable, la realidad de su pierna, que jamás le permitía olvidar su vida como Lottie Buchan.

De todos modos, mientras él estaba ahí acobardado entre las manos de Harrison, defendiéndose desesperado y alegando que era un padre simple pero amoroso que sólo deseaba enseñarle a sobrevivir a su hija, el miedo y el odio comenzaron a desmoronarse bajo el peso de un abrumador cansancio. Ya no sentía ningún deseo de mantener su rabia hacia Huesos Buchan, pese a todo lo que le había hecho. Él creía que le había enseñado a sobrevivir; igual era cierto. Creía que le había salvado la vida; podía haber un grano de verdad también en eso, aunque la apenaba inmensamente pensar que lord Haywood había muerto por ella. El erróneo intento de su padre de protegerla no cambiaba el hecho de que era un bruto y un egoísta, pero sí indicaba que en los profundos recovecos de su alma había una semilla de algo bueno.

Eso esperaba.

—No quiero volver a verte —le dijo tranquilamente—. Si alguna vez vuelves a intentar acercarte a mí o a cualquiera de mis familiares o amigos, te prometo que iré directo a la policía y pondré un anuncio ofreciendo una enorme recompensa por tu captura, para que todos los ladrones, prostitutas, pilluelos de la calle y vendedores ambulantes se peleen entre si para entregarte. Incluso Sal te volverá la espalda y se hará rica —añadió, al ver cómo agrandaba los ojos la mujer al oír hablar de una gran recompensa.

—No me enviarías de vuelta a la cárcel, Lottie —dijo Archie mirándola incrédulo—. ¡Soy tu padre!

—No lo eres —repuso ella con voz hueca.

—No puedes cambiar lo que planeó Dios —la desafió él, enfadándose—. Dios te entregó a mí.

—Y luego me alejó de ti y me entregó a lord y lady Redmond. —Apretó los puños, obligándose a ser fuerte ante él. Le salió una voz débil pero entera al terminar—: Y ellos me amaron y me ayudaron a superar todo lo que me hiciste.

—Vamos, puta mal agradecida...

—¡Cállate! —ladró Oliver, indignado—. Vigila tu sarnosa lengua, si no quieres que te la arranque.

Llevando a Flynn cogido por los hombros, Charlotte echó a cojear por la lúgubre habitación en dirección a la puerta, seguida por Oliver en actitud protectora.

—Adiós —dijo.

—¡No puedes cambiar lo que eres, Lottie! —gritó Archie furioso—. Llevas mi sangre corriendo por tus mimadas venas, ¡y nada cambiará eso jamás. Siempre serás una mendiga y una ladrona, ¿me oyes? ¡Siempre!

—Creo que ya te hemos escuchado bastante —dijo Harrison, apretándole más el cuello impidiéndole continuar hablando—. Y ahora quiero añadir mi parlamento. Te marcharás de Londres hoy, y no volverás. Se te han dado ochocientas libras. Eso tendría que ser más que suficiente para conseguir alojamiento decente para ti y tu amiga Sal en casi cualquier ciudad que se te ocurra. Si eres inteligente, invertirás ese dinero en algún negocio. Yo te recomendaría algo así como una taberna o una posada, dada tu evidente pericia en beber y dormir. No me importa un comino mientras te mantengas alejado de Charlotte. Y estoy seguro de que lo harás, si valoras tu vida. Porque si alguna vez vuelves a acercarte a ella o a su familia, no me molestaré en ir a la policía. Te buscaré yo. Y cuando te encuentre —añadió con la voz letalmente suave—, te haré desear haber hecho caso de mis recomendaciones. ¿Entiendes?

Archie asintió enérgicamente, con la cara morada por falta de aire.

Harrison lo soltó bruscamente.

—Estupendo.

Archie quedó tosiendo y resollando, tratando de respirar.

—Archie, ¿te sientes mal? —exclamó Sal, volando hacia él.

—Está bien —la tranquilizó Jamie—. Ni siquiera tiene hinchados los ojos —añadió, en tono decepcionado.

—Lo único que necesita es un poco de aire fresco —recomendó Simon, saliendo detrás de Harrison y Jamie—. Creo que la costa podría ser un buen cambio para los dos. Tengo entendido que es muy agradable en esta época del año.

—Ven aquí, Archie, déjame que te sostenga —dijo Sal, atrayéndolo a su voluminoso cuerpo—. ¿Te sientes bien?

—¡Suéltame, coño! —ladró él, furioso por haberse dejado humillar delante de ella y de Charlotte.

—¿Necesitas algo?

—Tráeme un maldito trago —ordenó él, tambaleándose hacia la cama—. Y después coge tus cosas. Nos vamos.

Ella sirvió gin en un vaso sucio y se lo pasó.

—¿Adónde vamos?

Él apuró el vaso.

—A cualquier lugar que esté lejos de aquí —masculló.

—¿Adónde? —insistió Sal, ceñuda.

Sabía que Archie se sentía mal, pero eso no significaba que ella estuviera dispuesta a recorrer toda Inglaterra con él sin saber cuándo podía cansarse de ella y dejarla tirada. Por lo menos en Londres tenía personas más o menos amigas. Tenía sitios donde ir. Conocía la ciudad.

—Si nos vamos de Londres, tengo derecho a saber adónde —insistió, sin amilanarse por su mirada furiosa.

—No lo sé —gruñó él—. Tal vez al norte, tal vez al sur, tal vez a la costa. Tengo unas pocas libras, vamos a la estación de trenes y decidimos.

Ella negó con la cabeza.

—Sabes que siempre he ido contigo a donde querías, Archie, y tal vez esta vez iré también. Pero primero quiero saber qué es lo que deseas. Eso no es mucho pedir, sobre todo ahora que tienes pasta en el bolsillo. Necesito saber qué gano yo con esto.

Joder, primero ha estado casi a punto de morir estrangulado y ahora quiere dominarlo su mujer. Ochocientas libras, pensó, meditabundo, contemplando su vaso vacío. No estaba tan mal; un hombre puede llegar muy lejos con ochocientas libras, sobre todo si no las derrocha todas en gin y juego. No, tenía que ser inteligente. Igual compraría un negocio, uno en que él pudiera ser el jefe y sólo trabajar lo que quisiera. Una taberna podría estar bien, con unas cuantas habitaciones arriba, para los que necesiten una cama para pasar la noche. Si la mantenía acogedora y limpia, y no aguaba demasiado la cerveza, podría irle muy bien. Decididamente, era una oportunidad. De todos modos, no se sentía capaz de llevarla él solo. Sabía más de beber gin que de servirlo, y no tenía ni una maldita idea de cocinar ni de lavar la ropa ni de mantener un lugar lo bastante aseado y agradable para que la gente deseara gastar su dinero en él.

Paseó la vista por la habitación sucia y miserable, y después miró a Sal dudoso. No era muy buena para cocinar ni para limpiar. Pero era fuerte para ser mujer y no estaba de tan mal ver. Además, ya se había acostumbrado a tenerla a su lado, regañona y todo. Exhaló un suspiro y se limpió la boca con la manga.

—Dime una cosa, Sal. Si nos compráramos una pequeña taberna, ¿crees que podrías aprender a cocinar?

Capítulo 17

—... *Y* entonces viene la muchacha y coge a nuestro Flynn y se muestra tan fuerte y ágil que deja al viejo Huesos Buchan cociéndose en sus sucios disparates —concluyó Oliver, sonriendo tiernamente a Charlotte—. No volverá a molestarte, muchacha, a no ser que quiera sentir el filo de mi puñal rebanándole su flaco y sarnoso cogote.

—Oye, que esa no es manera de hablar delante de las muchachas —protestó Eunice severamente, ofreciendo pasteles de hojaldre en una bandeja.

—Van a tener pesadillas —convino Doreen, ayudando a Beaton y Lizzie, el mayordomo y el ama de llaves de Haydon y Genevieve, a servir el té a la familia de Charlotte.

Oliver frunció el ceño, perplejo.

—Por san Colombo, ¿por qué van a tener pesadillas? He dicho que le cortaría el cuello, eso debería hacerlas sentirse seguras.

—No se habla de cortar cuellos delante de las damitas —explicó Lizzie, poniendo generosas cantidades de azúcar y leche en cada una de las tazas—. Es mejor decir que vas a echar a cualquier bribón con el palo de una escoba, que es lo que haré yo si ese canalla aparece por aquí, y dejémoslo así.

—Me encanta cuando hablas de usar tu puñal para protegernos, Oliver —le aseguró Annabelle.

—Siempre nos hace sentir mucho mejor saber que estás preparado para usarlo —añadió Grace sonriendo.

—Toma, ¿lo veis? —exclamó Oliver alegremente—. Las muchachas saben que siempre estoy dispuesto a darle una buena somanta a cualquier despreciable canalla que se atreva a asustarlas o a jugar con sus sentimientos —concluyó, arqueando significativamente una ceja en dirección a Harrison.

—Perdone, señor —dijo lady Bryden, confusa—, ¿qué es una somanta?

—Una paliza —explicó sucintamente Oliver—. Y no se deje engañar por mis viejas manos, todavía soy capaz de volarles los dientes de un puñetazo y dejarlos mordiendo el polvo.

—¿Sí? —pestañeó lady Bryden, visiblemente impresionada—. Qué extraordinario. Entonces, señor, tal vez podría estar dispuesto a darle unas pocas clases de puñetazos a mi Harry. Es un niño tan tranquilo y amable. Me preocupa que algún día pueda tener necesidad de defenderse.

—Bueno, claro, supongo que podría enseñarle una o dos cosas al muchacho —contestó Oliver afablemente—. Aunque no creo que tenga ninguna necesidad de preocuparse. Le he visto mantenerse en sus trece y lo ha hecho bastante bien. Claro que el escuálido viejo borrachín era la mitad de su tamaño y lo doblaba en edad —añadió, con un ladrido de risa.

—Harry, ¿has estado peleando? —le preguntó lady Bryden a Harrison, mirándolo desaprobadora.

—No tuve más remedio —le explicó Harrison—, el tipo estaba molestando a Charlotte.

—Ah, en ese caso hiciste bien —sonrió su madre, contenta de que su hijo fuera tan protector con su nueva amiga.

Genevieve apretó más el brazo alrededor de Charlotte. Su hija se veía delgada, pálida y agotada, y eso era preocupante. No sabía si el estado de Charlotte se podía atribuir a lo ocurrido esas dos semanas pasadas o si el terrible estrés de llevar una casa albergue en uno de los barrios menos convenientes de Londres tenía un efecto negativo en ella.

—Te estoy tremendamente agradecida, Oliver, por haber cuidado siempre tan bien a los niños —dijo—. Desde que Charlotte decidió venirse a Londres a establecer su casa albergue ha sido una gran tranquilidad y consuelo para Haydon y para mí saber que tú, Eunice y Doreen estáis con ella y la cuidáis con tanto esmero.

—Sabemos que vuestra ayuda le ha sido valiosísima, indispensable, para establecerse —añadió Haydon.

Quería dejar claro eso a los ancianos criados, para que comprendieran lo mucho que se los valoraba y agradecía. Una sola mirada a la preocupada cara de su mujer lo había hecho entender que ella tenía decidido que sería mejor llevarse a Charlotte a la casa de Inveraray para que descansara un tiempo. Después de todo lo que le había pasado a Charlotte en ese último año, él estaba totalmente de acuerdo.

—No ha sido nada —dijo Oliver modestamente.

—La muchacha hace la mayor parte del trabajo —añadió Doreen, al captar que Genevieve y Haydon estaban repensando las cosas respecto a la empresa de Charlotte.

—Sí, nosotros sólo ayudamos a que las cosas vayan bien, nada más —declaró Eunice—. Siempre es un buen día cuando podemos sentar a unas cuantas almas hambrientas alrededor de una mesa y darles una comida caliente y una cama.

—Eunice hace unos panecillos de melaza de primera —comentó Flynn, entusiasmado—. Pensaba en ellos noche y día cuando estaba allí esperando una oportunidad para escapar de ese viejo tonto.

—¿En eso pensabas? —dijo Eunice con su regordeta cara radiante de placer—. Bueno, muchacho, da la casualidad de que iba a preparar panecillos de melaza para esta noche, junto con cualquier otra cosa que te guste, para celebrar tu vuelta a casa. ¿Qué te gustaría?

—Cualquier cosa que no sea haggis* —contestó Flynn arrugando la nariz—. Quizá ese estofado marrón de carne con patatas y guisantes.

—Estofado marrón de carne entonces, con cranachan* de postre.

---

* *Haggis, cranachan*: platos típicos escoceses. El haggis es una especie de enorme embutido hecho con el estómago muy bien lavado de un cordero lechal. Hay muchísimas variaciones de relleno, pero el más típico se prepara con los menudillos del cordero picados, harina de avena, cebolla y especias. Se sirve en rodajas, y es el plato típico para el 25 de enero, en que se celebra el nacimiento del gran poeta escocés Robert Burns. El cranachan es un pudín dulce preparado con harina de avena tostada, nata, Drambuie, canela y frambuesas o cualquier otra fruta. *(N. de la T.)*

—Uy, Eunice, qué espléndido —exclamó Simon, al que ya se le hacía la boca agua con sólo pensar en esas exquisitas comidas de Eunice—. ¿Puedo ir yo a esa cena? Estoy muerto de hambre.

—A mí también me gustaría ir —se apresuró a añadir Jamie.

—Pero por supuesto, muchachos, hay espacio suficiente. Tal vez podrían ir todos. Seguro que Annie, Ruby y Violet estarán encantadas de oír toda la historia de cómo anoche atrapasteis a La Sombra y le disteis su merecido a Huesos Buchan.

—Muy amable de tu parte, Eunice —dijo Genevieve—, pero creo que esperaremos a otra noche. Me parece que Charlotte está muy cansada y necesita una noche de apacible descanso.

—Estoy bien —le aseguró ella—. Estaré encantada de teneros en casa, si queréis.

No quería ser ella quien impidiera a su familia reunirse para cenar y celebrar los últimos acontecimientos. Era evidente que todos estaban entusiasmados y deseaban tener tiempo para hablar, reír y disfrutar de la mutua compañía. Ojalá ella pudiera sentirse con más ánimo para celebraciones. Tendría que sentirse eufórica, por el rescate de Flynn y por haberse mostrado firme con su padre por primera vez en su vida.

Sin embargo se sentía vacía y extrañamente frágil.

—¿Puedo ir yo también? —dijo una voz grave, en tono ligeramente guasón, desde la puerta.

Charlotte levantó la vista y vio a Jack, su queridísimo hermano mayor, apoyado perezosamente en la pared de la entrada al salón. Una trémula sonrisa se le extendió por la cara.

—¡Jack! ¿A qué hora llegaste? —gritó Annabelle, levantándose de un salto y corriendo a besarlo.

—¿Por qué no nos avisaste que venías? —le preguntó Genevieve, también levantándose para abrazarlo.

Todos se levantaron a rodearlo y el salón se convirtió en un torbellino de abrazos de bienvenida y excitadas preguntas. Sólo Charlotte continuó sentada donde estaba, con las manos fuertemente cogidas a su arrugada falda.

Jack la miraba atentamente mientras abrazaba a cada uno de sus familiares, observándola en todos los detalles, desde la palidez de su cara a las azuladas ojeras por falta de sueño que le oscurecían la piel bajo los ojos. Su mirada pasó rápidamente a Harrison y a lady Bryden, que eran las únicas personas a las que no conocía. Lady Bryden le correspondió la mirada con una expresión de amable curiosidad; era evidente que mientras esperaba que se lo presentaran estaba disfrutando del jolgorio que había armado su familia alrededor de él. En cambio el hombre que estaba sentado al lado de ella tenía una expresión más difícil de interpretar; parecía bastante amistosa, pero sus ojos oscuros estaban sombríos.

—Lady Bryden, lord Bryden, permitidme que os presente a mi hijo, Jack Kent —dijo Haydon—. Jack, lord Bryden y su madre lady Bryden.

Sintiendo cierto recelo, como le ocurría siempre que se encontraba en compañía de aristócratas desconocidos, Jack hizo una leve y rígida inclinación de cabeza.

—Encantada de conocerle, joven —dijo lady Bryden sonriendo—. ¿He de suponer por su bronceado que ha estado en el extranjero?

—Sí.

—A nuestro Jack le encanta el mar —explicó Oliver, orgulloso—. No podemos tener al muchacho en un mismo lugar más de una o dos semanas. Siempre se marcha en un barco a la India o a la China o a alguno de esos lugares salvajes. Lleva en los huesos la necesidad de recorrer mundo.

—¿Sí? Qué fascinante —exclamó lady Bryden, extasiada—. Tiene que venir a cenar a casa una noche y contarnos todo acerca de sus viajes. Seguro que a mi Harry le encantará saber de todos los lugares que ha visitado, ¿verdad, Harry?

—Sería un honor tener a toda la familia de Charlotte en nuestra casa para cenar —dijo Harrison, sosteniendo la penetrante mirada de Jack con simulada calma.

En el instante en que vio posarse los ojos de Charlotte en su hermano, comprendió que esos dos estaban unidos por un lazo muy potente, único. Lo sintió vibrar entre ellos a través de la sala, cuando Jack estaba recibiendo los saludos y abrazos del resto de su familia. Aunque el joven aún no se había acercado a ella, él sentía emanar de él una especie de escudo protector hacia Charlotte.

Estaba claro que si ese apuesto joven llegaba a sospechar que él había estado abrazando y besando a su hermana sin proponerle matrimonio, encontraría un enorme placer en dejarlo hecho papilla.

Cuando acabaron los abrazos de bienvenida, Jack fue a arrodillarse delante de ella.

—Me diste un susto de muerte, Charlotte —le dijo, cubriéndole suavemente las manos con las de él, impidiéndole que siguiera aferrada a los pliegues de su falda—. Estábamos atracados en Italia cuando uno de mis hombres me dijo que habían visto un diario de Inglaterra que decía que te habían raptado.

—Eso no fue nada, muchacho —bufó Oliver—. Yo me ocupé de tener a salvo a la muchacha, y después llevamos a casa a este, La Sombra, y allí Eunice y Doreen lo cosieron, y después ayudamos a la policía a encontrar al verdadero ladrón que ha andado por Londres robando y asesinando. Todo eso ya se ha acabado, pero estamos contentos de que hayas hecho el viaje de vuelta a Londres.

Jack lanzó a Harrison una mirada fulminante. Lo único que había asimilado de lo que acababa de decir Oliver era que ese cabrón había cogido a Charlotte en contra de su voluntad.

—Jack —dijo Charlotte al notar su indignación—, no es lo que piensas.

—¿Él es el que te tomó de rehén? ¿Del que hablaban en los diarios?

—En realidad, su hermana insistió en que la tomara de rehén —explicó Harrison—. Hice todo lo posible por disuadirla.

—Eso es cierto —confirmó Charlotte al instante—. Harrison estaba atrapado, y vi que la única manera de salir de allí entre el gentío, era llevándome a mí a modo de escudo...

—¿Y eso hizo? —Jack se incorporó, sin poder creer que Charlotte estuviera defendiendo a ese cobarde cabrón—. ¿Cogió a una chica indefensa, que apenas camina, y la llevó a rastras delante como escudo, sólo porque ella se lo sugirió?

—No, acepté la sugerencia de una joven que es a la vez inteligente y fuerte de voluntad, y salimos caminando juntos —replicó Harrison sin alterarse, levantándose del sillón para mirarlo a la cara—. Y, la verdad, encuentro absolutamente errónea su descripción de Charlotte como una chica indefensa que apenas camina. Es una mujer extraordinaria, capaz de cosas extraordinarias, y el hecho de que sufra de una cojera no le impide hacer todo lo que se propone hacer.

—¡Bien dicho, muchacho! —exclamó Oliver, dándose palmadas en la rodilla—. Hace años que yo pienso lo mismo de la muchacha.

—A veces hay que apechugar con una desventaja y echar pa'-lante —observó Eunice, filosóficamente—, y eso es lo que ha hecho Charlotte.

—Y sí que ha hecho cosas increíbles últimamente, Jack —terció Annabelle—. Ha hecho un trabajo maravilloso en su casa albergue, y ya ha ayudado a un buen número de mujeres y niños.

—Y ha asistido a cenas y bailes, e incluso ha hablado en público, solicitando donativos —añadió Grace.

—Ideó un excelente plan para atrapar al verdadero La Sombra —continuó Jamie, orgulloso.

—Y anoche se enfrentó a su padre, después de que él trató de chantajearla, y le dijo que si volvía a molestarla otra vez iría directa a la policía —terminó Simon, sonriendo de oreja a oreja a Charlotte—. Estuvo brillante.

Jack miró a su hermana sorprendido.

—¿Todo eso has hecho?

Ella asintió, observando que la expresión de Jack pasaba de incredulidad a doloroso pesar.

—Bueno —dijo él—, supongo que han cambiado muchas cosas durante mi ausencia. —Se aclaró la garganta y miró indeciso a Harrison—: Perdóneme.

Dicho eso, se giró bruscamente y salió del salón.

—¡Jack! —Charlotte se levantó y lo siguió fuera del salón, cerrando la puerta—. ¡Espera!

Él se detuvo en lo alto de la escalera, por donde iba a bajar, y se volvió a mirarla.

—Perdona, Charlotte.

—¿Qué?

Él se encogió de hombros.

—Te han ocurrido muchas cosas, y yo debería haber estado aquí contigo. Te raptaron, por el amor de Dios, y luego tu padre... —Movió la cabeza—. Debería haber estado contigo y no estuve.

Charlotte le tendió la mano, se la cogió y se sentaron juntos en el peldaño.

—No tienes por qué pedir perdón, Jack —le dijo dulcemente, apoyándose en él, como hacía siempre, desde que eran niños—. Siempre he sabido que no podías quedarte en Inverness y pasar la vida cuidando de mí. Nunca lo esperé, y nunca lo deseé. Y, como puedes ver, me las he arreglado bien con la ayuda del resto de la familia. No soy tan impotente como crees. —Guardó silencio un momento y luego musitó, pensativa—: Soy mucho más fuerte de lo que creía.

Él la miró indeciso, tratando de asimilar todos los cambios que notaba en ella.

—¿Y ese Bryden? ¿Tienes sentimientos por él?

Ella bajó los ojos, repentinamente incapaz de sostener su mirada.

—Sí.

Él la miró fijamente en lúgubre silencio, tratando de aclarar el torbellino de sentimientos que lo desgarraban; vio un sentimiento de pérdida y una innegable tristeza. ¿En qué momento su tímida y dulce hermanita, que siempre acudía a él en busca de consuelo y protección, se había convertido en esa mujer hermosa y segura de sí misma? ¿En una mujer que ahora miraba a otro hombre como a su protector? Tragó saliva.

—No hace falta preguntar si él tiene sentimientos por ti. Eso lo vi en el instante en que entré en el salón.

Ella levantó la vista y lo miró sorprendida.

—¿Lo viste?

Él asintió.

—¿Se va a casar contigo?

—No lo sé. Anoche conoció a mi verdadero padre, y... —Volvió a cogerse los pliegues de la falda, sin poder terminar.

—¿Y qué?

—Una cosa es conocer el pasado de una persona, te lo cuentan y piensas, bueno, eso ocurrió hace muchos años, y otra muy distinta es verlo realmente. Anoche Harrison vio el mundo del que vengo, y al padre del que procedo, y fue horrible. ¿Cómo puedo esperar que un señor elegante, con título de nobleza, como Harrison, desee una esposa que procede de ese mundo tan vil? ¿Qué diría la gente?

—Sería condenadamente afortunado de tenerte —dijo Jack a secas—, y si no está de acuerdo haré que lo lamente.

Ella no pudo evitar que se le extendiera una sonrisa por la cara.

—Sabía que dirías eso, Jack, y te quiero muchísimo por eso. Pero ¿no ves que es imposible?

Jack se pasó la mano por el pelo, frustrado. Se sentía muy mal equipado para tratar esa pena de amor de su hermana.

—Escucha, Charlotte, no sé mucho sobre el amor, y menos aún sobre el matrimonio. Pero sé lo que he visto entre Haydon y Genevieve. La gente siempre hablaba de ellos, y nunca parecía molestarlos.

—Sí que les molestaba —replicó Charlotte—. Simplemente trataban de que no lo notáramos.

—Pero nunca afectó los sentimientos entre ellos —enmendó Jack—. Sólo les molestaba porque querían protegernos, y no querían que nos juzgaran por el mundo del que veníamos. Si Bryden te quiere, le enfurecerá lo que la gente diga de ti, pero no alterará lo que siente por ti. Ya sabe de dónde procedes, Charlotte. —Con la esperanza de tener razón en lo que creyó ver en los ojos de Bryden, concluyó—: Y a juzgar por lo que me dijo en el salón, yo diría que entiende lo increíblemente excepcional y especial que eres.

—¿Tú crees?

Él se encogió de hombros.

—Comprobémoslo.

Antes de que ella pudiera detenerlo, él se levantó y fue a abrir las puertas del salón.

—Mi hermana desea hablar contigo, Bryden —anunció, sin ningún preámbulo—. Te está esperando en la escalera.

—¿Y por qué no viene ella aquí? —preguntó Eunice, desconcertada—. Con Doreen estamos sirviendo un rico té...

—Creo que la muchacha quiere hablar con el muchacho a solas —sugirió Oliver.

—Los niños y sus juegos —dijo lady Bryden agitando la cabeza divertida—. Dígame, lady Redmond, ¿cómo se las arregla para seguirles la pista a tantos niños?

Genevieve sonrió tiernamente a Haydon.

—Tengo muchísima ayuda.

—Si me disculpan, por favor —dijo Harrison dirigiéndose a la puerta.

Al pasar junto a Jack este le dirigió una seria mirada de advertencia antes de cerrar la puerta.

Charlotte estaba sentada en lo alto de la escalera esperándolo. Su expresión era grave. ¿Qué le habría dicho Jack que de pronto la hacía sentirse tan insegura?, pensó.

—¿Puedo sentarme?

—Sí.

Él se sentó a su lado, sin tocarla.

—¿De qué querías hablar conmigo?

Charlotte lo miró tristemente. No había deseado hablar de nada con él, no así, con él obligado a mirarla ahí en el rellano de la escalera mientras su familia esperaba en la sala contigua, todos deseosos de saber de qué hablarían.

—Fue idea de Jack que hablara contigo —le dijo—. Simplemente es muy protector conmigo. Siempre lo ha sido, mucho más que Simon y Jamie, más incluso que Haydon, si es por eso.

—Tienes suerte de tener una familia tan amorosa, Charlotte. Eso es parte de lo que te ha hecho tan increíblemente fuerte.

Ella asintió y desvió la vista. De repente se sentía incapaz de soportar la intensidad de su mirada.

—Hay una cosa que tengo que decirte, Charlotte.

Su voz era grave y teñida de pesar. O sea, que lo que fuera que le iba a decir, temía decirlo. Era el fin, comprendió, tratando de mantener una apariencia de dignidad mientras el corazón se le partía en dos. ¿Y qué había creído que ocurriría? ¿De verdad había creído que Harrison se casaría con ella? ¿Que simplemente haría la vista gorda respecto a la sordidez de su pasado, incluso después de haberse encontrado cara a cara con Huesos Buchan?

«¡No puedes cambiar lo que eres, Lottie!», le había gritado su padre. «Llevas mi sangre corriendo por tus mimadas venas». Y en ese momento, mientras Harrison la miraba con inmensa pena, comprendió que su padre tenía razón. Podía haber cambiado su manera de vestir, hablar y actuar, pero nada cambiaría jamás la sangre que corría por sus venas. En carne y hueso seguía siendo Lottie Buchan de Devil's Den.

—Creo que es posible que tenga la misma enfermedad que sufrió mi padre —le dijo Harrison, con la voz titubeante—. Tienes derecho a saberlo, por eso te lo digo.

Charlotte lo miró asombrada.

—¿Qué quieres decir?

—Sufro de los mismos dolores de cabeza atroces que sufrió él durante años. A veces consigo aliviarlos permaneciendo absolutamente inmóvil en una habitación oscura, pero otras muchas tengo que recurrir al láudano. Este no hace mucho efecto, aparte de aliviarme un poco el dolor y adormecerme, pero incluso un sueño inquieto es preferible a soportar el dolor.

—¿Has visto a algún médico?

Él negó con la cabeza.

—No lo necesito. Mi padre consultó a tantos médicos por sus dolores de cabeza que eso me curó de cualquier deseo de acercarme a ellos. No quiero ingerir ninguna de sus insalubres pociones, y de ninguna manera me voy a someter a que me sangren o me hagan ampollas, ni permitirles que me abran el cráneo.

—Tienes que hablar con Jamie, Harrison. Todavía no es médico, pero está estudiando en la Universidad de Edimburgo, que tiene fama de tener una de las mejores facultades de medicina del mundo. Puede hablar con muchos de los mejores médicos de Gran Bretaña, por lo que puede informarse acerca de nuevos tratamientos que podrías probar. Jamie es muy inteligente en lo que a medicina se refiere, siempre es el primero de la clase, así que no creo que vaya a recomendarte algo que no tenga beneficios probados.

—Tal vez —concedió Harrison, no muy convencido. Guardó silencio un momento, titubeante, y luego añadió de no muy buena gana—: Hay otra cosa que debes saber, Charlotte.

Ella esperó, combatiendo el miedo que la atenazaba.

—Hace un par de años me di cuenta de que empezaba a olvidarme de cosas. Al principio no le di importancia, atribuyéndolo a los implacables efectos de la edad, pero cuando vi que esos olvidos me ocurrían con mayor frecuencia, empecé a pensar que sufría del mismo deterioro mental que sufrió mi padre.

Charlotte lo miró sorprendida.

—Nunca he notado que seas olvidadizo, Harrison.

—Creo que he aprendido a ocultarlo bien. Pero anoche Tony reconoció que había explotado mi miedo a volverme como mi padre. Durante casi dos años trató de hacerme creer que estaba cada vez más olvidadizo, pensando que en algún momento podría usar eso en mi contra. —Agitó la cabeza, frustrado—. Si bien me alivia saber que tal vez mi mente no se ha deteriorado hasta el punto que yo creía, no tengo manera de saber cuántos de esos olvidos eran verdaderos y cuántos fueron inventados por Tony.

—Pero eso es estupendo —observó Charlotte—. Tomando en cuenta lo mucho que deseaba Tony destruirte, es muy posible que todos esos incidentes no fueran otra cosa que olvidos normales o inventos de Tony.

—Es posible —concedió Harrison—. Pero sin saberlo de cierto, ¿cómo puedo dar pasos en mi vida? —Desvió la vista, sin poder mirarla a los ojos y terminó, pesaroso—: ¿Cómo puedo pedirte que te cases conmigo sin saber si con eso te condeno al mismo terrible destino que mi madre se vio obligada a sufrir viendo deteriorarse la mente de mi padre?

Charlotte lo miró un momento, muda de asombro.

—¿Es esa tu manera de proponerme matrimonio? —logró decir al fin.

—Es mi manera de explicarte por qué no puedo proponerte matrimonio.

—¿Y mi pasado y procedencia o quién fue mi padre no tiene nada que ver con eso?

Él arrugó la frente, desconcertado.

—¿Qué demonios tiene que ver tu padre con esto?

Una cautelosa sensación de histérica alegría comenzó a discurrir por toda ella. A él no le importaba. Lo encontraba increíble, pero así era. Él conocía su infancia y todas las cosas horribles que le habían acarreado; incluso había visto una parte en persona. Sabía que por ella corría la sangre de Huesos Buchan.

Y no le importaba.

—Francamente, Harrison, hay momentos en que no sé si arrearte una buena sacudida o besarte —dijo exasperada.

Él frunció el ceño.

—Parece que no entiendes...

—Creo que lo entiendo perfectamente —replicó ella—. No quieres pedirme que me case contigo porque temes condenarme a la obligación de aguantarte a lo largo de una enfermedad que ni siquiera sabes si tienes. ¿Es más o menos correcto eso?

—Sí, pero...

—Por lo tanto sugieres que en lugar de vivir juntos nuestras vidas, amándonos y siendo felices durante el tiempo de que dispongamos, sea el que sea, es mejor que nos separemos y vivamos el resto de nuestras vidas solos. ¿Es correcto eso?

—No del todo. Tú podrías casarte con otro, Charlotte —dijo él en tono brusco—. Podrías forjarte tu vida con otro hombre.

—No, Harrison, no podría. Porque ocurre que te amo a ti. Intensamente. Eres el único hombre que he amado y eres el único hombre que amaré en mi vida. —Suavemente puso una mano en la de él y con la otra le acarició tiernamente la oscurecida curva de la mandíbula—. No me da miedo ayudarte a soportar tus dolores de cabeza. Sé lo que es el dolor, he vivido con él la mayor parte de mi vida. Y si no logramos encontrar el remedio para el tuyo, aprenderé todo lo que pueda para ayudarte a vivir con él. Y no le tengo miedo a enfrentar un futuro incierto contigo. Si de verdad sufres de esa enfermedad que tuvo tu padre, yo estaré a tu lado para ayudarte a sobrellevarla, tal como hizo tu madre por él. Porque eso es lo que hacen las personas que se aman. Se miran y se ven con todos sus defectos y debilidades, y se aman a pesar de ellos, y se ayudan mutuamente a soportar cualquier carga que les traigan sus vidas. Y yo te amo, Harrison, absolutamente.

Una cautelosa sensación de felicidad comenzó a filtrarse por Harrison, como débiles rayitos de sol por entre negros nubarrones. Charlotte tenía razón, comprendió. Era estúpido suponer que a su mente sólo le ocurriría lo peor, sobre todo cuando acababa de enterarse de hechos que podrían llevarle a pensar que no. Nadie puede predecir el futuro. Ocurriera lo que ocurriera, una cosa estaba absolutamente clara. Amaba a Charlotte hasta el fondo de su ser.

Y no podría soportar vivir ni un solo momento más de su vida sin ella.

Sintiendo de pronto su mente extraordinariamente lúcida, la rodeó con los brazos y la atrajo hacia él.

—Te amo, Charlotte —le dijo con la voz ronca, hundiendo la cara en la fragante seda de su pelo—. Si me dejas, me sentiría muy honrado al casarme contigo y pasar el resto de mi vida demostrándote cuánto te quiero. —Le dejó una estela de besos a lo largo de su marfileño cuello—. Pero creo que tendríamos que celebrar la boda lo antes posible —susurró rozándole con los labios la blanca redondez por encima del escote del vestido—. Si no fuera porque toda tu familia nos está esperando impaciente al otro lado de esas puertas, te tumbaría sobre esta misma hermosa alfombra y comenzaría inmediatamente a demostrarte lo mucho que te amo.

—¿Aquí? —exclamó Charlotte, simulando estar horrorizada.

—Escandaloso, ¿no? —repuso él, con voz ronca y perezosa—. Y a mitad del día.

Le acarició suavemente las curvas, besándola intensa y apasionadamente, sin dejarle la menor duda de que deseaba hacer exactamente lo que había dicho. Finalmente gimió y apartó la boca.

—A riesgo de parecer un cobarde, creo que tendremos que parar —consiguió decir.

—No te preocupes, Harrison —dijo ella con expresión traviesa, apartándole un mechón oscuro de la frente—. No permitiré que Jack te haga daño.

—No es Jack el que me preocupa —le aseguró él en tono ofendido. Le dio un rápido beso en la mejilla—. Es Oliver.

Ella se echó a reír y lo abrazó, sintiéndose gloriosamente feliz, fuerte y completa.

Derrotado su desganado intento de decoro, Harrison decidió arriesgarse a la indignación de Oliver y volvió a capturarle la boca con la de él.

Sobre la autora

*K*aryn Monk escribe desde que era niña. En la universidad descubrió su amor por la historia. Después de trabajar varios años en el muy pesado mundo de la publicidad, decidió cambiar y empezar a escribir novelas históricas. Está casada con un hombre maravillosamente romántico, Philip, que le permite creer que él es el modelo para sus héroes.

Los lectores pueden enterarse de más cosas acerca de Karyn en www.karymonk.com.

www.titania.org

Visite nuestro sitio web y descubra cómo ganar
premios leyendo fabulosas historias.

Además, sin salir de su casa, podrá conocer
las últimas novedades de
Susan King, Jo Beverley o Mary Jo Putney,
entre otras excelentes escritoras.

Escoja, sin compromiso y con tranquilidad,
la historia que más le seduzca
leyendo el primer capítulo de cualquier libro
de Titania.

Vote por su libro preferido y envíe su opinión
para informar a otros lectores.

Y mucho más...

4/07